KB014349

화성탈출

화성탈출 II

고즈넉이엔티

화성탈출 Ⅱ | 불가능한 귀환

초판 1쇄 발행 2020년 10월 15일

지은이 제레미 오
펴낸이 배선아
펴낸곳 (주)고즈넉이엔티

출판등록 2017년 3월 13일 제2017-000022호
주소 서울특별시 강남구 역삼로 221, 6층 601호
대표전화 02-6269-8166 **팩스** 02-6166-9199
이메일 gozknock@naver.com

ⓒ 제레미 오, 2020
ISBN 979-11-6316-134-9　04810
　　　979-11-6316-132-5　(세트)

표지 및 본문 이미지 Created by Vextok, Freepik, Alvaro_cabrera ─ Freepik.com

불가능한 귀환

2038년 8월 24일

같은 시각, 화성연합사령부 내부엔 비상경계를 알리는 붉은색 등
이 주기적으로 깜박이고 있었다.

"세 명 다 연행했습니다. 로버 안에서도 별다른 저항은 없었다고
합니다."

잔뜩 상기된 캐롤 중장 옆으로 딘 테리 중령이 한 걸음 떨어져 걸
었다. 캐롤이 그의 보고에 고개를 절레절레 저었다.

"직접 신문하시겠습니까?"

중령이 조사실 앞에 멈춰 선 캐롤에게 물었다.

"신문이 아니라…… 대화를 해야지."

조사실 문을 열자, 준석과 수연 그리고 민성의 피곤한 얼굴이 일
제히 캐롤을 올려다보았다. 조사실 벽에 매달린 경고등 불빛이 세
사람을 비추며 깜박이는 그림자를 만들었다.

캐롤과 눈이 마주치자 수연은 맥없이 고개를 숙였다.

"오히려 이곳에 있으니 안심이 되는군요."

준석이 어색한 침묵을 깨고 입을 열었지만 아무도 응답하지 않았다.

캐롤이 세 사람을 찬찬히 둘러보더니 딘을 물끄러미 바라보았다.

"양손을 풀어주고, 내 집무실로 데리고 오세요."

딘이 머뭇거리자, 캐롤이 직접 주머니에서 도구를 꺼내 결박하고 있던 케이블타이를 끊었다.

"무슨 일이 있었는지 대충 들었어요. 자리를 옮겨서 얘기합시다."

캐롤이 정중한 태도로 세 사람을 안내했다. 예상하지 못한 반응이라 준석이 주춤거리며 수연과 민성을 쳐다보았다. 수연이 괜찮다는 눈짓을 보내자 그제야 자리에서 일어나 캐롤의 뒤를 따랐다.

***

집무실 의자에 앉은 채 세 사람은 충격에서 빠져나오지 못했다.

"그럼 저희만 그랬던 게 아니란 건가요?"

수연이 자리에서 일어나 물었다.

"맞아요. 세 분이 직접 탈출하지 않았더라도 곧 저희 대원들이 해성 쉘터로 들어가 상황을 확인할 참이었습니다. 다만 여러분들이 먼저 밖으로 나오는 바람에 구조가 아닌 연행이 되어버린 거죠."

벽에 기대어 선 캐롤이 차분한 말투로 대답했다.

"다른 곳 상황은 어땠는지 조금 더 상세히 말해주세요."

"오늘은 곧 있을 4차 전송실험을 위한 웬디 동굴의 대기화 작업과 실험 준비가 있었습니다. 사령부의 모든 가용 인원이 투입되었고, 다들 지친 몸으로 웬디 동굴 근처 임시 쉘터에서 잠을 청한 시각이었죠."

캐롤은 의자에 앉아 양손을 깍지 낀 채 말했다.

"그곳에서도 갑작스럽게 생존유지장치가 멈추었고, 지휘소 바깥에서 에어텐트를 치고 잠들어 있던 3명의 인력이 혼수상태에 빠졌어요. 다행히 깨어 있던 병사가 어지러움을 느끼고 구조를 요청해 그나마 일찍 발견할 수 있었고요."

"그럼 사건이 일어난 시각이……."

"새벽 1시 13분입니다. 여러분들이 해성 쉘터를 탈출한 때와 비슷한 시각이죠."

캐롤이 수연의 질문을 다 듣지도 않고 대답했다.

"그런데 해성 쉘터에서는 어떻게 이산화탄소 농도가 높아지는 것을 발견했나요? 임시 쉘터와 에어텐트에도 기본적인 대기감지기가 설치되어 있었습니다. 하지만 하나같이 경보음을 울리지 않았죠."

"그건 정 대장님이 말씀해주셔야 할 것 같아요."

수연이 준석을 바라보자 그도 자리에서 일어났다.

"저희가 정말 범인이었다면, 이런 대비를 하지 않았을 겁니다. 처음부터 누군가 우리에게 뒤집어씌우고 있다는 확신이 있었고, 그럼 다음 타깃은 반드시 우리일 거라고 생각했어요. 해성 쉘터 주변은 경계가 삼엄하니, 다소 식상하더라도 같은 범죄 방법을 사용할 거라 예상했죠."

"음……."

"중앙공조시스템은 애당초 믿을 수가 없었고. 그래서 제 개인 우주복의 전원을 켜놓았습니다."

준석의 말에 캐롤이 턱을 괴며 잠시 생각에 잠겼다.

"하지만 우주복은 밀폐가 되지 않으면, 내부 공기분석시스템이 작동하지 않을 텐데요."

"의외로 간단하더군요. 그냥 헬멧과 상·하의 연결 부위에 있는 래칫을 테이프로 붙여놓기만 해도 우주복이 모두 체결된 것으로 인식했습니다."

준석이 옅은 웃음을 지었다.

"한 번도 들어보지 못한 방법이군요. 개인 우주복의 센서를 감지 장치로 사용하다니……."

캐롤이 놀라며 말했다.

"혹시 해성 쉘터의 이산화탄소 농도는 얼마나 되었나요?"

수연이 재촉하는 말투로 물었다.

"여러분들을 연행하고 나서 별도의 조사팀이 해성 쉘터를 방문해 대기농도를 측정했어요. 당시의 이산화탄소 농도는 11ppm이었죠. 사실 여러분들처럼 훈련받지 않은 사람이라면 5분도 버티지 못했을 겁니다."

캐롤이 수연과 눈을 마주치며 말했다.

"의아하군요. 아무리 밀폐된 공간이라지만 단순히 공조장치에 이상이 생긴 것만으로는 몇 시간 만에 그렇게 이산화탄소 수치가 높아질 수 없어요. 해성 쉘터의 부피와 인원수를 고려하면……."

"그건 우리 팀에서도 이미 다 분석을 마쳤어요. 말씀하신 것처럼 공기순환장치의 고장만으로는 급격한 이산화탄소 농도의 상승을 설명할 수 없습니다. 아직 조사가 진행 중인 사안이라 더 설명해줄 것은 없군요."

수연의 물음에 캐롤이 에둘러 대답했다.

"저는 좀 이해가 되는 것 같군요."

수연이 혼잣말로 중얼거리자 캐롤이 이상하다는 듯 쳐다보았다.

"아니에요, 저도 생각이 조금 더 정리되면 말씀드리도록 할게요. 아무튼, 이번 일로 저희는 결백을 증명했다고 생각합니다. 그래서 사령관님이 저희를 꺼내주신 걸 테고요."

"잘못 짚으셨어요."

캐롤이 의미심장한 얼굴로 자리에서 일어나 책상으로 다가갔다.

"제가 여러분들을 일시에 석방한 건 안타깝게도 그것 때문이 아니에요."

준석이 당황하며 수연과 민성을 번갈아 보았다.

"수연 씨는 익숙할 테지만, 저는 원래 이곳에서 대화하는 것을 좋아합니다. 상대가 범죄자든 아니든 그건 중요하지 않죠."

캐롤이 주머니에서 작은 리모컨을 꺼내 버튼을 누르자, 프로젝터가 벽에 화면을 비추었다.

"웬디 동굴의 구조 신호를 받고 출동한 현장에서, 저희 대원이 이런 장난감을 하나 발견했어요."

이어서 화면에 작은 장난감용 RC 자동차 사진이 나타났다.

"아이들도 없는 화성에서는 쉽게 볼 수 없는 물건이죠."

캐롤은 책상에 걸터앉은 채 말을 이어갔다.

"게다가 웬디 동굴의 모든 곳을 24시간 감시하고 있어 이 녀석이 정확히 언제 어디서 나타났는지도 파악했죠."

"그게 무슨 말씀이시죠?"

뜬금없다 싶은 설명에 수연이 어리둥절한 표정을 지어 보였다.

"이 장난감! 녀석은 정확히 두 시간 전에 웬디 동굴의 공간터널

경계면을 통과해 나타났어요. 그리고 위쪽에 이런 편지가 하나 붙어 있었죠."

캐롤이 품에서 작은 편지지 하나를 꺼내 들어 보였다.

한국 우주인들의 결백을 증명할 증거자료입니다. 화성연합사령부 캐롤 하든 중장에게 직접 전달해주세요.

남극 세종과학기지 대장 전상우

편지를 확인하고도 세 사람은 도무지 이해할 수 없다는 표정이었다.
"긴박한 상황에서도 우리 대원이 이 물체를 사령부로 가져와 분석했고, 그 안에서 작은 메모리카드를 하나 발견했어요."
"......."
"그리고 그 안에는......"
캐롤이 버튼을 누르자, 해성 쉘터 내부의 CCTV 화면이 등장했다.
"여러분들이 8월 16일 오후부터 17일 체포될 때까지의 CCTV 동영상이 이 안에 들어 있어요."
해성 쉘터는 세종과학기지에서 관리하고 있었기 때문에, 쉘터의 모든 계측값들이 주기적으로 남극에 전송되고 있었다. 하루 정도 지연이 있기는 했지만, 세종과학기지의 서버에는 당시의 해성쉘터 CCTV 원본 영상도 기록되어 있었다.
스크린에 별다른 특이점 없이 일상생활을 하고 있던 준석과 수연, 민성의 모습이 나타났다.
"우리가 이 동영상의 해시값을 분석해보니......"
캐롤이 다음 화면을 넘기자, 동영상의 각종 정보를 나타내는 그래프와 숫자들이 나타났다.

"조작된 흔적을 찾을 수 없었어요. 동영상의 날짜나 시간 모두 정상이었죠. 다만 문제는, 해시값의 특성으로 볼 때 원본과 비교를 해봐야만 정확한 것을 알 수 있다는 거죠."

캐롤이 리모컨의 정지 버튼을 누르며 말했다.

"그래서 최상위 에이미를 통해 당시의 원본 자료를 현재 자료와 비교 분석할 예정이에요."

"그건 절대 안 돼요!"

캐롤의 말이 끝나기 무섭게 수연이 소리쳤다. 그녀의 돌발 행동에 캐롤과 준석, 민성까지 놀란 표정을 지었다.

"수연 씨, 무슨 일이죠?"

"잠시만요."

수연은 흥분을 가라앉히지 못하고 두리번거렸다.

"매우 중요한 사안이에요. 잠깐만 거기 계시겠어요? 제가 이상한 행동을 하더라도 놀라지 마세요. 잠깐만! 잠깐만 그대로."

수연이 양손을 펴 보이며 천천히 캐롤에게 다가갔다. 바로 곁에 서서 귓가로 고개를 기울이자, 캐롤이 물러설 듯 움찔했다.

"이 방안의 모든 대화를 에이미가 듣고 있나요?"

수연이 속삭이자 캐롤의 표정에 당황한 기색이 역력했다.

"예, 아니요로만 대답해주세요."

수연이 캐롤의 귀에서 입을 떼며 말했다.

"아, 이런……."

캐롤이 헛웃음을 지어 보였지만, 이내 단호하게 고개를 저었다.

"그럼 이 방은 도청으로부터 안전한가요? 아무도 보거나 듣고 있지 않나요?"

수연이 다소 경계가 풀린 표정으로 다시 귓속말했다.

"수연 씨, 여긴 화성연합사령부의 사령관실이에요. 그 어떤 도청이나 감청도 불가능하도록 설계되어 있어요. 물론 내부에는 CCTV나 마이크도 없죠."

캐롤이 양손을 들어 보였다.

"그럼 에이미는 어떻게 호출하죠?"

수연이 여전히 믿지 못하겠다는 눈으로 물었다.

"물론 에이미는 예외예요."

캐롤의 말에 수연이 충격을 받은 듯 눈을 감았다.

"하지만 에이미도 제가 이 버튼을 누를 때만 마이크를 작동시킬 수 있어요. 그러지 않으면 절대 이 안의 대화를 들을 수 없죠."

캐롤은 디지털 손목시계의 작은 버튼을 가리켰다.

"에이미가 그 장치를 통제할 수는 없는 건가요?"

"물론이에요. 이 장치는 근거리무선통신 기능만 가지고 있어요. 에이미가 활동하는 영역과는 근본적으로 분리되어 있죠."

확신에 찬 말투였다.

"그럼 다행이지만."

수연이 다시 집무실 안을 천천히 둘러보기 시작했다.

"여기 계신 네 명 이외에 아무도 우리 대화를 듣지 못한다는 가정 하에…… 제 생각을 말씀드릴게요."

2 알렌과 최 대통령

2038년 8월 24일

"일방적으로 언론에 공개하실 줄은 몰랐습니다."

청와대 지하 국가위기관리센터 화상회의실에는 최민석 대통령과 정성원 비서실장 그리고 강진수 외교부장관이 참석해 있었다. 스크린에는 언짢은 표정을 한 알렌 대통령이 불만을 토로하고 있었다.

"미리 말씀드리지 못해 죄송합니다. 국내 사정이 급박하게 돌아가고 있었습니다."

민석의 변명에도 알렌의 표정은 여전히 차가웠다.

"최 대통령님의 사정은 저희도 알지만, 그 정도로 급박하다고 판단하진 않습니다."

알렌의 말이 끝나자 회의실 안에 침묵이 감돌았다.

10여 분 전 시작된 화상회의에서 한국은 미국에 일방적으로 끌려가고 있었다. 영상이 공유되자마자 알렌은 호통에 가까운 목소리로 최민석의 이름을 불렀다. 여전히 '대통령'이라는 단어를 사용하고는 있었지만, 누가 보아도 알렌은 단단히 화가 나 있었다.

민석은 한 나라의 대통령으로서 체면을 잃지 않으려 노력하면서도 알렌의 비위를 상하지 않게 하려고 노력했다. KBN을 통해 기습 보도를 기획할 때부터 민석은 이런 상황을 예상했다. 아니, 지금보다 더한 굴욕도 참아내야 한다고 생각했다. 국익이 첨예하게 대립하는 이같은 상황에서 자신은 경제력이 미국의 20분의 1밖에 되지 않는 약소국의 수장에 불과했다.

"미국과 한국은 80년이 넘은 제1 동맹국입니다. 이제 이 견고한 관계를 지구 너머 우주까지 이어 나가려는 순간에 이런 일이 발생해 매우 유감스럽습니다."

잠시 침묵했던 알렌이 조금은 누그러진 말투로 말했다.

"알렌이 저 정도로 흥분한 모습은 처음 보는군요."

강 장관이 성원에게로 몸을 숙이며 속삭였다.

"어제 통화에서는 대통령께 소리도 질렀어요. 외교적으로 있을 수 없는 일이지요."

"외교라는 게 참……."

강 장관이 씁쓸한 표정을 지으며 고개를 돌렸다.

"오늘 제가 다시 급히 화상회의를 요청을 드린 이유는……."

알렌이 옆자리 누군가와 말을 나누는 듯했다.

"저희 CIA에서 새로운 보고가 올라왔기 때문입니다."

알렌이 돋보기를 꺼내 쓰더니, 건네받은 서류를 확인했다.

"3시간 전에 화성에서 두 번째 범죄 시도가 있었군요."

알렌이 서류를 내려보며 말하자 민석이 놀라 입을 다물지 못했다.

"범죄라니요? 우리 우주인들이 말입니까?"

"뭐야! 우리는 전혀 들은 바 없는데."

성원이 당황해 회의실 뒤편에 선 수석들을 둘러보았다.

"아, 이런……."

강 장관이 이마를 치며 탄식했다.

"아닙니다. 이번에는 한국 우주인들이 피해자예요. 자세한 사항은 지금 확인 중이라고 합니다. 어쨌든."

알렌이 다시 돋보기를 벗더니 카메라를 응시했다.

"한국 우주인들은 현재 피의자에서 참고인으로 신분이 전환되었습니다. 오랜만에 좋은 소식이지요? 하지만 제가 이 소식을 알려 드리려고 연락한 건 아닙니다."

알렌이 웃어 보이는가 싶더니 다시 굳은 표정을 지었다.

"그럼?"

"그건 최 대통령이 잘 알고 계실 텐데요."

알렌의 비꼬는 말투에 성원이 아랫입술을 깨물었다. 흥분한 걸 눈치챈 강 장관이 오른손으로 성원의 허벅지를 꽉 쥐었다.

"실장님, 참으셔야 합니다. 여기서 폭발하시면 정말 큰일 납니다."

강 장관이 귓속말로 말했다.

"알고 있습니다. 잘 알고 있어요."

두 자리 옆에 앉은 민석이 그런 성원을 노려보듯 쳐다보았다.

"한국의 보도 이후, 미국의 메이저 언론사들이 들끓고 있습니다. 방송사 사장들이 아주 난리예요. 아군 적군도 없이 밤새도록 연락을 해대는 통에 우리가 일을 할 수 없을 정도입니다. 무엇 때문에 그럴 것 같습니까? 예?"

알렌의 태도가 선을 넘고 있었다.

"존경하는 알렌 대통령님, 먼저 저희가 화성 관련 소식을 통제하지 못하고 언론에 보도되도록 한 점은 깊이 사과드립니다. 직접 대통령께 약속드린 당사자로서 정말 드릴 말씀이 없습니다."

속으로는 부아가 치밀었지만 민석은 정중한 태도로 알렌을 바라보며 말했다. 성원을 비롯한 참모들에게도 견디기 힘든 순간이었다.

"한국은 언론의 자유도가 매우 높은 나라입니다. 미국에 비할 바는 아니지만 말입니다. 이번 보도의 내용 유출자가 누구인지, 내부에 있다면 언제 어떻게 기자를 접촉하고 정보를 전달했는지 국가정보원에 철저한 조사를 지시했습니다. 이례적이기는 하지만, 결과가 나오는 대로 CIA에 해당 내용을 공유해 드리겠습니다."

시종일관 유지되는 민석의 차분한 태도에 알렌의 경직된 얼굴이 조금씩 풀리기 시작했다.

"미국 측에서 더 필요한 사항이 있다면 적극적으로 협조하겠습니다."

"우리 언론들이 난리가 난 건 보도 내용이 충격적이어서가 아니에요. 화성식민지 패권을 차지하려고 갈수록 치열해지는 시대에 어떻게 화성에서 일어난 주요 사건을 자신들이 제일 먼저 보도하지 못하느냐, 이것 때문에 골치를 썩이고 있는 겁니다."

알렌이 허탈한 웃음을 지어 보였다.

"우리가 정보를 제공하지 않아, 한국 보도를 카피하는 수준이더군요. 다행히 아직 미국 내 여론의 큰 관심을 끌지는 못하고 있고요. 한국이 저지른 일을 우리가 잘 수습하고 있다는 점을 아셔야 합니다."

알렌의 발언에 민석을 제외한 나머지 참모들은 고개를 들지 못하고 있었다.

"맞는 말씀입니다. 그 점에 다시 한번 감사드립니다."

민석이 비위를 맞추느라 맞장구쳤다. 그사이 성원이 참모로부터 건네받은 쪽지를 민석의 책상 위에 슬며시 올려놓았다.

화성에서 2차 살인미수 사건 발생
피해자는 한국 우주인 3명. 신변에는 이상 없음

쪽지를 확인하곤 민석이 다시 아무렇지 않은 얼굴로 카메라를 보았다.

"이거 어디서 전달받은 거예요? 이렇게 빨리?"

다시 자리로 돌아온 성원에게 강 장관이 물었다.

"어디겠어요. 저렇게 잘난 척을 하지만."

성원이 의미심장한 미소를 지어 보였다.

"설마……."

"네, 미국 언론사에 있는 우리 취재원을 통해 전달받은 거예요. 이미 구체적인 내용은 그쪽에도 다 퍼져 있는 것 같아요. 보도할지 안 할지는 데스크 마음이겠지만."

"괜히 큰소리만 치고 있는 거군요."

강 장관이 씁쓸한 표정으로 말했다.

"최 대통령님, 이번 사태와 관련해서 한국에서는 어떤 책임을 지시겠습니까?"

"무슨 말씀이신지?"

"한국이 기밀유지협약을 깨트리면서 우리도 큰 피해를 보았습니다. 화성에서 계획했던 일련의 실험들이 모조리 지체되면서 수조

원의 경제적 손실을 입었고요. 무엇보다 미국 국민들이 이 사실에 관심을 가지게 된다면…….”

알렌이 말끝을 흐리며 자신의 참모들과 귓속말을 주고받았다.

민석은 알렌이 무슨 이야기를 할지 충분히 예상하고 있었다. 화상회의 직전에 주최한 비상대책회의에서 미국의 예상되는 반응을 쭈욱 훑어본 그였다.

'자신을 낮춰 상대를 교만하게 하라.'

민석은 알렌의 비위를 맞추면서 그가 원하는 것을 모두 들어주는 전략을 세웠다. 어떻게든 한국 우주인을 공간터널 실험에서 배제되지 않도록 하는 것만이 한국이 화성 탐사의 주역으로 발돋움하고 재선에서 승리할 수 있는 길이었다.

“미국이 입은 피해를 저희도 충분히 인식하고 있습니다. 이 일로 인해 공간터널을 실험하고 상업화하는 데 일체의 지체도 없어야 한다는 게 한국 정부의 일관된 입장입니다.”

“역시 말이 통하는군요.”

알렌이 밝아진 얼굴로 크게 세 번 손뼉을 쳤다.

“공간터널의 상업화가 성공할 경우에 한국과 공유하기로 했던 지분 말입니다.”

알렌의 안색이 돌변하자 민석이 긴장을 감추지 못했다.

“기존에 30%로 협의했던 것으로 여기 되어있는데…….”

알렌이 다시 돋보기를 쓰더니 합의서로 보이는 문서를 찬찬히 살폈다.

“없던 일로 하는 것이 좋겠습니다.”

알렌이 문서를 그대로 책상에 내려놓으며 통보하듯 말했다.

"저게 무슨⋯⋯."

당황한 성원이 자리에서 벌떡 일어났다. 민석이 이를 알아차리기도 전에 강 장관이 성원을 끌어내려 자리에 앉혔다.

"가만히 계세요, 제발!"

강 장관이 작은 목소리로 다그쳤다.

"공간터널의 개방으로 인해 한국이 가져가는 지분은 없습니다."

"좋습니다, 대신."

민석이 양손으로 팔걸이를 짚더니 자리에서 번쩍 일어섰다.

돌발 행동에 미국 참모진들이 웅성거리는 소리가 스피커를 통해 들려왔다.

"지금 뭐 하시는 겁니까!"

알렌이 당황한 나머지 이를 악물었다.

"한국은 공간터널의 상업적 이용에는 관심이 없습니다. 공간터널을 통해 물자와 인원을 자유롭게 보낼 수 있다 하더라도 우리에게는 아직 그럴 만한 경제적 여유도, 기술도 없습니다."

민석이 천천히 회의장 안을 걸었다. 당황한 카메라맨이 눈치를 살피더니 민석을 클로즈업하고 따라갔다.

"하지만 공간터널은 아직 완전히 개방되지 않은 것으로 알고 있습니다. 그리고 앞으로 있을 전송실험에서 한국 우주인들이 해야 할 역할이 아직 많이 남아있는 것으로 알고 있고요."

민석이 제자리에 멈춰 섰다.

"상업적 이득의 지분을 줄이는 건 허용할 수 있지만, 우리 우주인들이 탐사에서 배제되는 것은 받아들일 수 없습니다. 나아가 공간터널 개방 이후에 진행될 화성개발사업에서 약속하신 한국의 지분은 반드시 지켜주셔야만 합니다."

"꼭 협박하는 것처럼 느껴지는군요."

알렌이 팔짱을 낀 채 노려보며 말했다.

"아니요. 저는 지금 대한민국의 대통령으로서 정중하게 부탁을 드리고 있는 겁니다."

3 에이미

2038년 8월 24일

수연이 전자보드 쪽으로 다가가 펜을 집어 들었다. 집무실 안 네 명 말고는 아무도 듣지 않는다고 캐롤이 확언했지만, 수연은 여전히 불안한 마음이었다. 잠시 망설이다가 전자보드 가운데다 크게 글자를 적었다.

A. M. Y.

수연이 펜을 내려놓자, 모두 의아한 표정으로 보드와 수연을 번갈아 바라보았다.

"무슨 뜻이죠? 에이미가 이 사건의 전말을 알고 있다는 의미인가요?"

캐롤이 어리둥절한 얼굴로 보드를 가리켰다.

"아니요."

수연의 목소리에 힘이 실려 있었다.

"지금 화성에서 벌어지고 있는 모든 의문의 사건들이."

수연이 보드에서 한 발 물러섰다.

"바로 에이미가 한 짓이라는 의미예요."

세 사람이 믿을 수 없다는 표정을 지었다.

"왜 그런 생각을 했는지는 이해할 수 있을 것 같은데……."

캐롤이 자세를 고쳐 앉으며 말했다.

"그건 불가능해요."

"왜죠?"

수연이 되물었다.

"간단히 설명하기는 쉽지 않지만, 에이미가 사람을 해치는 행위를 하는 것은 근본적으로 불가능해요. 로봇은 인간에게 해를 입혀서는 안 된다, 그런 단순한 원칙이 아니라고요."

"그 말씀이 이곳에서도 그대로 적용될 수 있다면 좋겠네요. 사령관님이 그토록 확신하시는 것은 단순한 원칙 그 이상의 무언가가 있기 때문이겠죠?"

"물론이죠. 인공지능을 가진 로봇이 인간을 위협할 수도 있다는 걱정은 벌써 100년도 넘은 진부한 이야기예요. 그게 기우에 불과했다는 걸 시간이 증명해낸 셈이죠."

캐롤이 헛기침을 하며 자리에서 일어났다.

"에이미의 초기 버전은 돌발적인 실수가 잦았어요. 일종의 버그 같은 거죠. 갑작스럽게 기지의 전원을 내린다거나 음성인식에 오류가 나서 엉뚱한 행동을 하는 식으로요. 하지만 2030년 이후에 나온 에이미 V10.0은 그러한 오류를 완벽히 해결했어요."

"어떻게 확신하실 수 있나요?"

수연은 계속 뜸을 들이며 핵심을 맴도는 캐롤이 못미더웠다.

"역설적으로 에이미의 지능이 높아지면서 가능해졌죠. 그녀는 일반적인 상황에서 10단계 이상의 수를 앞설 수 있어요. 그러니까 저와 수연 씨가 대화한다고 가정하면, 한 가지 문장만 듣고도 10번 이상 대화를 주고받은 이후를 예측할 수 있다는 거죠. 그러려면 보통 10조 개 이상의 시나리오를 매 순간 계산해야 하는데, 인간이 고작 서너 개의 상황만 고려하는 것을 볼 때 압도적인 수치죠."

"그건 근본적으로 인간을 해치지 못하는 것과 연관이 없어 보이는데요."

"아니요, 관련이 있어요."

캐롤이 손을 내저었다.

"에이미는 매 순간 자신이 계산한 10조 개의 상황에 대해 스스로 검증을 해요. 그중 인간의 생명이나 자산을 위협할 상황이 포함되어 있으면 자동으로 해당 시나리오를 삭제하죠. 마치 의식과 무의식이 서로 얽혀 있듯이, 이러한 검증 기능은 에이미의 무의식 영역에서 일어나요. 기술적으로 말하면 코딩의 가장 하위 단계에서 일어나는 일이라 에이미가 실행 여부를 결정할 수 없어요. 굳이 비유하자면…… 지금 수연 씨가 반사적으로 눈을 감는 것과 비슷하겠군요."

캐롤이 돌발적으로 주먹을 뻗자 수연이 깜짝 놀라며 몸을 뒤로 뺐다.

"그러니까 지능의 최하위 단계에서부터 코딩이 되어 있어 인간을 해칠 수 없다, 이런 말씀인가요?"

"그뿐만이 아니에요. 그녀는 인간과 똑같이 사고하지만, 감정이 없어요. 또한 인간을 의사결정의 최상위에 놓는다는 원칙을 변함없이 지키고 있고요. 수연 씨가 간과한 것은 우리가 화성에서 쓰고 있는 에이미가 지구에서 널리 사용되는 에이미와 크게 다르지 않다는 점이에요. 지난 10여 년 동안 지구의 모든 중요시설에 설치된 1,000여 대의 에이미는 단 한 번도 오류를 일으키거나 이상행동을 보인 적이 없어요."

확신에 가득 찬 캐롤의 말에 수연이 아랫입술을 깨물었다.

"에이미가 계획적으로 인간을 살해한다는 것은, 마치 컴퓨터에 설치된 OS가 내 파일들을 모두 지웠다고 생각하는 것과 같아요."

캐롤이 쓴웃음을 지어 보이더니 다시 자리로 돌아왔다.

"에이미를 정말 전적으로 믿으시는군요."

두 사람의 대화를 가만히 듣던 준석이 끼어들었다.

"에이미 덕분에 인류가 화성에서 생활할 수 있으니까요. 알다시피 에이미는 화성으로의 여정뿐 아니라 탐사와 생존, 연구와 같은 주요 업무에 모두 참여하고 있어요. 에이미 같은 강 인공지능이 아니었다면, 우리는 지금보다 100배는 많은 인력이 필요했을 거예요."

맹목적이다 싶은 캐롤의 신뢰에 수연의 마음이 조금 흔들렸다. 생존유지장치와 관련된 일련의 사고들에서 수연이 에이미를 범인으로 지목하게 된 데는 딱히 객관적인 증거가 없었다. 평소와는 다른 에이미의 반응, 조금씩 인간의 감정 상태를 모사하는 목소리 톤. 과학적으로 설명할 수는 없지만, 수연은 에이미가 무언가를 숨기고 있다는 인상을 지울 수가 없었다. 그럼에도 오늘 이야기를 꺼내야겠다고 결심한 것은 혼자서는 이러한 의문을 검증할 단서들을 찾기가 불가능했기 때문이었다.

자신의 가설을 증명하기 위해서는 에이미의 모든 활동이 기록된 서버의 로그를 확보하는 것이 필수적이었다. 하지만 에이미의 물리적 근원을 확인하는 것은 화성연합사령부의 동의와 협조 없이는 불가능한 일이었다.

수연이 캐롤을 설득하기 위한 방법에 몰두하는 사이, 민성이 조심스레 자리에서 일어났다.

"인공지능 전문가로서 한 말씀을 드리자면…… 캐롤 중장님의 말씀에는 큰 오류가 있습니다."

세 사람이 의외라는 표정으로 그를 쳐다보았다.

"먼저, 에이미에게 감정이 없다는 말은 동의할 수가 없습니다. 2000년대 초반의 뇌과학은 감정이 뇌의 특정 부분에서 비롯된 것으로 생각했죠. 예를 들어 공포는 편도핵, 분노는 기저핵과 같은 식으로 말이죠."

전자보드로 다가가 민성이 뇌의 모식도를 간단히 그렸다.

"그런데 최근에는 이러한 관점이 완전히 뒤집히고 있어요."

"지금 뇌과학 강의를 듣고 있을 때가 아닌 것 같은데요."

캐롤이 불쾌한 얼굴로 시계를 가리켰다.

"5분이면 됩니다. 사령관님도 꼭 아셔야 할 것 같아서요."

민성의 개의치 않고 말을 이어갔다.

"이후의 연구들을 통해 감정이 뇌의 어느 한 부분에서 비롯될 것이라는 믿음은 무너졌습니다. 편도핵은 공포에도 반응하지만, 새로운 상황이나 과거의 기억에서도 활성화됩니다. 분노와 행복 질투와 같은 감정은 뇌의 모든 곳에 다 흔적을 남기죠."

민성이 캐롤과 수연을 번갈아 바라보았다.

"그러니까 감정은 뇌의 특정 부위에 있는 것이 아니라, 뇌의 신피질을 비롯한 모든 영역에서 동시에 아주 다이내믹하게 일어나는 현상인 거예요."

"핵심만!"

캐롤이 팔짱을 낀 채 민성의 말을 끊었다.

"이게 왜 중요하냐 하면…… 지능에 필수적인 뇌의 신피질을 모방하다 보면, 자연스럽게 감정이 생겨날 수밖에 없다는 것이죠."

"그러니까 지능과 감정을 서로 떼어낼 수 없다는 이야기인가요?"

수연이 거들었다.

"맞습니다. 에이미는 최신 인공지능 알고리즘을 기반으로 하고 있어요. 그것은 뇌의 신피질과 아주 유사한 구조를 가지고 있죠. 굳이 감정이라는 모듈을 따로 개발하지 않아도, 에이미의 지적 능력이 높아져 인간과 유사해질수록 언젠가는 감정을 가지게 될 수밖에 없다는 게 제 의견입니다."

"김민성 대원은 에이미 개발에 참여한 적이 있나요?"

캐롤의 눈매가 날카로워졌다.

"아니요, 저는 한국에서 인공지능으로 박사학위를 받은 게 전부입니다. 대신 에이미의 구조나 능력을 평가할 정도는…….."

"그렇다면 지금 이런 현학적인 주제에 시간을 낭비할 필요는 없겠군요. 설령 당신 말이 맞다 하더라도, 에이미를 개발한 엔지니어들이 그 문제를 인식하지 못하고 있었을까요?"

다분히 냉소적인 말투였다.

"충분히 알고 있었을 테죠. 인공지능을 전공한 사람들이라면 누구나 다 예상하고 있는 내용입니다. 다만 아직 그 정도 수준에 이른 강 인공지능이 없었기 때문에 아무도 확신하지는 못한 거죠. 지구에서 사용되고 있는 에이미와 다르게 화성에 있는 에이미는 여러 실험적인 요소들이 많이 적용된 버전입니다. 지구에 있는 엔지니어들이 실시간으로 그녀를 관리할 수 없기 때문에 업그레이드나 버그 픽스도 스스로 할 수 있도록 설계되었고요."

"최신 버전이라고 해서 위험하다고 말하는 것은 설득력이 없군요."

캐롤은 민성의 말을 도무지 믿지 못하고 있었다.

"지금처럼 세계의 모든 자원이 화성 탐사에 집중되고 있는 상황에서, 확실하지 않은 위험성을 가지고 경고할 수 있는 사람이 과연 몇이나 될까요? 오직 에이미의 능력을 최대치로 발휘하는 게 중요한 상황에서 에이미가 감정을 가지게 될 수도 있다는 경고는 씨알도 먹히지 않았을 거예요."

민성이 양손을 들어 보이더니 자리로 돌아와 앉았다.

"그 부분은 하나의 가설이니까 그렇다고 칩시다. 그럼 에이미가 지금 감정을 가지고 있다는 말인가요? 설령 감정을 가진다고 해서 그것이 범죄를 일으키는 것과 무슨 상관이 있죠? 김민성 대원 말대로라면 감정을 가진 인간은 모두 범죄자라는 말처럼 들리는군요."

"저는 에이미가 감정을 가질 리 없다는 사령관님의 의견에 반박을 한 것뿐입니다. 하지만 한 가지 아셔야 할 것은……."

민성이 다시 자리에서 일어났다.

"에이미를 하나의 인격체로 보는 것은 너무 관대한 생각입니다. 에이미는 상황에 따라 수십, 수백 개의 유사자아를 가지고 활동할 수 있어요. 사령부에 있는 에이미, 해성 쉘터에 있는 에이미 모두 동시에 완벽히 작동할 수 있으니까요. 따라서 에이미가 감정을 가지게 된다면, '감정을 가진 수백 명의 사람'이 동시에 화성에 있는 것과 마찬가지라고 생각하셔야 할 것 같아요. 인간은 결국 범죄를 저지르지 않습니까?"

"무슨 말씀인지 알겠어요. 하지만 여기까지만 합시다. 확실하지도 않은 사항을 가지고 우리가 이러쿵저러쿵한다고 지금 결론이 나는 것도 아니고요."

캐롤의 말에 수연이 무심코 고개를 끄덕였다.

"주제를 너무 벗어난 것 같군요. 아마도 수연 씨가 여기서 에이미를 범인으로 지목한 건 저한테 요청하고 싶은 게 있기 때문이겠죠. 하지만 저는 아직 에이미를 용의선상에 올릴 생각이 조금도 없습니다."

캐롤의 확신에 찬 말투에 방안이 순간 조용해졌다.

"에이미의 로그를 확인해볼 필요가 있습니다. 그녀가 사건 전후로 어떠한 명령을 내리고 어떤 활동을 했는지 프로그램 모든 층위에서의 활동기록을 봐야만 합니다."

"그건 불가능해요."

수연의 제안을 캐롤이 단호히 거절했다.

"왜죠?"

"그건 김민성 대원이 더 잘 알고 있을 것 같군요."

민성은 반응하지 않았다.

"에이미는 1초에 수천억 개의 명령을 내리고 그 결과를 피드백 받고 있어요. 그 모든 과정을 기록으로 남기는 건 엄청난 데이터의 낭비죠. 화성처럼 물리적 저장용량이 제한된 곳에서는 더 그렇고요. 따라서 특별한 오류가 생긴 게 아니라면, 에이미의 활동기록은 최소한으로만 저장되고 있어요."

수연의 얼굴에 실망한 기색이 역력했다.

　"게다가 어떤 기록을 저장할지 말지는 에이미가 스스로 결정하죠. 수연 씨 말대로 에이미가 범인이라면, 자신의 범행기록을 온전히 남겨놓지는 않았겠죠? 그보다 저는 수연 씨의 생각이 더 궁금해요. 도대체 왜 에이미가 범인이라고 생각한 거죠?"

2038년 8월 24일

"믿을 수가 없군요."

나리는 멍한 얼굴로 허공을 바라보고 있었다.

"지구에서 가장 뛰어난 사람들이 모인 곳에서 그런 일이 일어났다니, 저도 아직 받아들이기가 쉽지 않습니다."

저녁 9시가 조금 넘은 시각, 청와대 본관 제3 회의실에 정성원 비서실장과 김나리 기자 단둘만 앉아 있었다. 성원에게 화성에서 일어난 일련의 사건들과 공간터널의 존재를 전해 들은 나리는 충격이 가시지 않는 얼굴이었다.

50명은 충분히 들어갈 만큼 널찍한 회의실 안엔 에어컨 소리가 전부였다.

몇 시간 전, 알렌과 화상회의 직후 최민석 대통령은 혼자서만 태연한 얼굴로 회의실을 나섰다. 참모들이 모두 떠나지 못하는 가운데, 민석은 성원의 어깨를 밀어 그를 밖으로 이끌었다.

"알렌의 약점을 알아냈어."

화상회의 마지막에 민석이 알렌에게 고개를 숙인 건 충격적이었다. 그래서 성원은 이렇게 민석의 들뜬 태도가 달갑지 않았다. 아무리 최강대국과 이해관계가 첨예하게 걸려 있다고 하지만, 한 나라의 대통령이 대놓고 고개를 숙이는 일은 보기 드물었다. 결과적으로 체면을 중시하는 알렌은 그런 민석의 태도에 화가 풀리기는 했다.

"통제하려고 한다는 건 그만큼 두려워하기 때문이야."

청와대 지하실 엘리베이터 앞에서 민석은 여전히 의기양양한 태도로 말했다.

"우리로서는 당분간 미국의 스탠스를 그대로 따라가되, 결정적인 순간에 반전시킬 방법을 준비하고 있어야만 해. 당연히 우리는 완전히 모르는 것으로 해야 하고. 통제할 수 없는, 불가피한, 돌발적인. 이런 단어들이 어울리겠군."

민석이 신이 난 것처럼 말을 쏟아내더니 성원에게 구체적인 지시를 건넸다.

언제든 필요할 때 언론을 통해 화성의 모든 비밀을 폭로할 준비를 해둘 것.

민석은 최후의 순간이 다가오면 알렌의 아킬레스건을 직접 건드릴 생각이었다.

"아니요, 살인사건 말고요."

나리가 한숨을 내쉬며 자세를 고쳐앉았다.

"화성에서 발견되었다는 공간터널 말이에요. 도무지 믿을 수가 없어요."

"그게 더 관심이 가셨나 보군요."

성원이 멋쩍게 웃었다.

"그건 저희도 마찬가지입니다. 그래도 어쩌겠습니까. 실제로 일어난 일인 걸."

"실장님은 그렇게 쉽게 수긍하시겠지만……."

나리의 눈빛이 다시 살아나고 있었다.

"저는 대중을 상대하는 게 직업입니다. 그들은 성급하고 까다로우면서도 직관적이고 중립적이죠. 그런 집단을 길어야 삼사 분의 기사만으로 설득하려면 실장님이 주신 정보로는 불가능해요."

"어떤 정보를 더 원하시는데요."

"조금 더 구체적인 것들이 필요해요. 가령 공간터널에서 물체전송실험을 하고 있는 화면이라든가. 조금 미스터리 하게 가실 거면, 공간터널의 입구로 추정되는 사진이나 남극의 이상 동향과 관련된 정보들도 좋겠네요."

나리의 말에 성원은 곤란하다는 표정이었다.

"말씀하신 대로 가장 좋은 건 공간터널을 실제로 촬영해 화면으로 보여주는 것이겠죠. 하지만 지금 상황이 그렇지가 못해요. 미국이 남극과 화성의 공간터널 출입구를 모두 장악하고 있습니다. 정부가 가진 자료를 제공했다가는 국가 간 기밀을 누설한 게 될 겁니다."

"그럼 저를 여기 부르신 이유가……."

나리의 짜증 섞인 말투에도 성원은 말없이 입가에 미소를 물었다.

지난번 KBN 단독보도 이후, 나리는 외신기자들로부터 수백 개의 메일을 받았다. 화성은 물리적으로나 시간 상으로나 직접 취재가 불가능한 대상이었기에 기자들에게는 빛 좋은 개살구와 같은 존재였다. 화성식민지 건설과 관련된 산업 활동이 전 세계 GDP의 10%

를 넘어섰지만, 기자들은 그저 미국과 유럽의 정부가 제공하는 보도자료를 그대로 인용할 수밖에 없는 실정이었다.

이런 상황에서 정부의 통제를 벗어난 것처럼 보이는 나리의 단독보도는 세계적으로 큰 파장을 일으켰다. 한국 정부가 KBN과의 연결고리를 강력히 부정하면서, 김나리 기자가 가진 취재원과 취재 내용을 공유하자는 요청이 쏟아지고 있었다. 나리가 그러한 요청에 응하지 않고 있는 건 편집증적인 보도본부장의 입김도, 청와대와의 약속 때문도 아니었다.

더 큰 이슈를 만들어내는 것.

나리는 일련의 상황들이 전개되는 것을 보면서, 곧 적어도 수 주일은 1면에서 내려오지 않을 단독보도를 만들어낼 수 있을 것이라 확신했다.

"무엇을 더 원하십니까? 아직 기밀분류도 되지 않을 만큼 따끈따끈한 정보를 제공해드려도 만족을 못 하시는군요, 우리 김 기자님은."

생각에 잠겨 있던 나리를 툭 치며 성원이 비꼬는 투로 말했다.

"적어도 제가 취재할 수 있는 대상이나 증거자료 정도는 제공해주셔야죠. 지난번 기사도 후속 보도를 내지 못해서……."

"김 기자님."

성원이 나리의 말을 끊고 나지막이 이름을 불렀다. 당혹감을 느낀 나리가 움찔 뒤로 몸을 뺐다.

"지금 제가 당신에게 하찮은 정보나 제공하는 말단 취재원으로 보이십니까?"

성원의 눈빛이 돌변했다.

"상황이 어떻게 돌아가고 있는지 아직 파악이 안 되신 것 같은데."

성원이 손목시계를 풀어 책상 위에 거칠게 내려놓았다.

"지금 우리가 얼마나 절체절명의 위기에 있는지 모르시겠습니까? 살인사건. 공간터널. 수조 달러. 이 정도 단어를 사용해서 1시간 동안 말씀을 드렸으면 충분히 짐작하고 계시리라 생각했는데 말입니다."

성원이 자리를 박차고 일어났다.

"지금 우리는 너무나 중요한 시기에 있습니다. 인류 역사에서 가장 큰 변화를 가져올 화성식민지 시대에 주역이 되느냐, 아니면 점점 쇠퇴해가는 이 좁은 땅덩어리에 영원히 갇혀 사느냐. 그 결정이."

나리는 성원의 움직임 하나라도 놓칠까 집중했다.

"최민석 대통령 임기 내에 결정이 된단 말입니다. 우리는 그저 수명 4년짜리 단기고용직일 뿐입니다. 대통령도 저도 여기 들어올 때 인사 나누신 참모들 다 마찬가지예요. 그런 우리가 국가의 미래가 걸린 일을 하면서 가장 어려운 점이 무엇인지 아세요?"

성원이 갑자기 고개를 숙였다.

"국가의 운명, 미래. 그거 다 거짓말이에요. 이 일을 하다 보면, 하루하루가 두려워져요. 내가 이런 일을 해도 되는 건가? 이게 과연 당신들이 만든 뉴스에서 늘 떠드는 공정과 정의에 부합하는 일들인가? 외교라고 하는 게 이렇게 더럽고 치사하고 자존심 상하는 일들이었나? 이곳을 거쳐간 선배님들은 도대체 하루하루를 어떻게 살았단 말인가? 그런 회의가 느껴질 때가 한두 번이 아닙니다."

성원의 다혈질적인 면모에 나리는 두려움을 느꼈지만, 그를 자극하지 않으려 애쓰며 눈을 마주쳤다.

"임기를 2년 좀 안 되게 남겨둔 지금 즈음이면, 대통령이나 저나 생각하는 게 다 똑같습니다. 아, 이거 잘 수습하고 여길 떠야 하는데, 어영부영하다 정권 바뀌면 다 털릴 텐데."

성원의 자조적인 음성이 한층 떨려서 나왔다.

"다들 말은 안 하고 있지만 이런 고민으로 잠을 못 자요, 잠을. 국가의 운명? 국가의 더 나은 미래? 그거 다 개소리라고요."

나리는 가파른 감정 기복을 보이는 성원을 진정시키기 위해 어떤 말을 해야 할지 고민하고 있었다.

"그래서 우리는 다음 선거에 꼭 이겨야 합니다. 당선되고, 초반 2년에 저지른 일들, 못 다한 일들, 4년이 더 주어지면 잘 수습하고 나갈 수 있겠지. 그런 조급함 때문에요."

성원이 말을 마치더니 안경을 벗고 미간을 꾹꾹 눌렀다.

"네, 어려우시다는 거 잘 알고 있습니다."

나리가 타이밍을 놓치지 않으려 애를 썼다.

"아시다시피 지금 국정 지지도가 간당간당합니다. 40%를 밑돈 지가 꽤 됐죠. 야당은 화성 탐사에 쏟아부은 예산이 얼마인데 아직도 더부살이냐고 난리고. 화성에서 실종된 우주인들 찾아내라고 하루에도 여러 번 청와대 앞에서 집회가 열립니다."

몇 시간 전 청와대를 들어올 때도 나리는 화성 탐사 중단을 외치는 시위대를 뚫고 분수대 앞을 지나야만 했다.

"대통령이 화성 탐사에 목메는 거, 국운을 걸었다고 하는 거. 사실 자기 목숨 건 거예요. 화성 탐사에서 괄목할 만한 성과가 나오려면 1차 화성탐사대 실종사건도 잘 수습해야 하지만, 가시적이고 경제적으로 도움이 될 만한 아웃풋을 내야만 합니다. 화성 식민지는 잘만 되면 수십 년 동안 꾸준히 갈 이슈니까. 우리가 화성에서 그럴

듯한 기지도 짓고 수만 명이 이주해서 터전을 가꾸기 시작하면 여론도 좋아지고, 재선에서도 유리한 고지를 점령할 수 있고요."

성원이 다시 긴 호흡을 하고 자리로 돌아왔다.

"흥분해서 죄송합니다. 김 기자님 앞에 두고 할 말은 아니었는데."

"괜찮습니다. 덕분에 실장님 고충도 잘 알게 되었고요."

대학에서 심리학을 전공한 그녀는 지금은 절대적인 지지만이 상황을 더 악화시키지 않는다는 걸 잘 알고 있었다.

"그런데 말씀 듣고 보니 궁금한 점이 생겨서요. 여쭤봐도 될까요?"

나리의 온화한 태도에 성원이 누그러진 얼굴로 고개를 두 번 끄덕였다.

"화성식민지 건설에는 미국과의 협력이 절대적이죠. 공간터널 발견은 우리가 했으니 유리한 위치라는 것까지는 이해가 되고요. 그런데 이런 중요한 사실들을 자꾸 제게 알려주시는 이유가 뭐죠?"

나리의 질문에 성원이 피식 웃었다.

"그 부분을 빠트렸군요."

성원이 책상에 내려놓은 손목시계를 다시 찼다.

"곧 김 기자님의 도움이 필요할 것 같아서요. 지금 미국과의 관계는 누가 봐도 일방적인 상황인데, 우리도 반전 카드 하나는 가지고 있어야 하니까."

성원의 말에 나리의 시선이 흔들렸다.

세 시간 후, 자정이 훌쩍 넘은 시각. 성원이 제공해준 차량을 타고 청와대를 나선 나리는 KBN 본부 앞에서 홀로 내렸다. 비가 조금씩 내리기 시작했지만, 나리는 우산도 쓰지 않고 서둘러 건물 안으로 들어갔다.

"핸드폰 확인 좀 부탁합니다."

검색대의 보안직원이 핸드폰을 요구하자 나리는 그제야 청와대를 들어갈 때 꺼놓았던 걸 알아챘다. 나리가 작은 명함 크기의 핸드폰을 보안검색대에 올려놓자 보안직원이 이력을 빠르게 스캔했다.

"됐습니다. 가셔도 좋습니다."

나리가 다시 핸드폰을 받아 전원을 켜자 핸드폰이 펼쳐지며 태블릿으로 변했다. '보안모드-카메라 사용 제한'이라는 문구와 함께 부재중 전화를 한 이들의 영상 메시지가 허공에 재생되고 있었다. 대부분 익명으로 걸려온 전화이거나 안부를 묻는 동료들의 연락이었다. 뒤이어 윤선주 보도본부장의 심각한 얼굴이 떠오르자 나리가 반사적으로 핸드폰을 접었다.

'난리 났겠군.'

나리가 엘리베이터 층수를 보도본부장실이 있는 14층으로 변경했다. 그사이 아직도 세차게 뛰고 있는 심장을 진정시키려 연신 심호흡을 했다.

성원에게 구체적인 제안을 받은 직후부터 나리는 온몸을 짓누르는 듯한 통증을 느끼고 있었다. 그동안 단 한 번도 경험해보지 못한 종류의 느낌이었다. 자신이 감당하기에는 너무 큰 짐을 덜컥 진 것은 아닐까. 나리의 머릿속이 밀려오는 후회감으로 가라앉으려는데, 성원의 마지막 말이 그녀의 마음을 되잡고 있었다.

2038년 8월 24일

"아직 저도 객관적인 증거를 가지고 있는 건 아니에요."

수연이 자신없는 말투로 입을 열었다.

"아마 캐롤 중장님은 저희가 혐의를 벗어나려고 억지를 부린다고 생각하실 수도 있겠네요."

수연의 말에 캐롤이 피식거렸다.

"그럼에도 제가 굳이 말씀을 드리는 건, 이 가설이 모든 것을 설명할 수 있기 때문이에요."

수연이 세 사람을 천천히 둘러보았다.

"먼저, 민성이한테 질문을 하나 할게요. 화성에 있는 에이미, 그러니까 최상위 에이미는 지구에 있는 녀석들하고 어떻게 다르죠?"

민성이 예상치 못한 질문에 두리번거렸다.

"제가 제작하지는 않았지만…… 에이미에 대해선 공부를 많이 했죠."

민성이 머뭇거리더니 다시 자리에서 일어났다.

"화성에 설치된 최상위 에이미의 정식 명칭은 마더 오브 에이미(Mother of Amy)입니다. 화성 곳곳에 있는 여러 버전들을 관리하고 조종하는 권한이 있죠."

민성이 전자보드 위에 'Mother of Amy'라고 적었다.

"각 나라의 쉘터나 로버에 장착된 녀석들과 달리, 최상위 에이미는 한 가지 차이점이 있습니다. 그것은 바로 '자의식' 모듈이 탑재되어 있다는 거죠."

"자의식이라니요? 그럼 에이미가 인간처럼 의식이 있다는 말인가요?"

캐롤이 흠칫 놀라며 물었다.

"아, 공학자들이 사용하는 용어는 언제나 오해의 소지가 있죠."

민성은 대수롭지 않다는 투로 부연했다.

"이 자의식 모듈은, 인간의 의식을 모방하기 위한 것은 아닙니다. 간단히 설명하자면 이런 건데요."

민성이 전자보드 위에 삼각형들이 겹겹이 겹쳐진 형태의 시에르핀스키 삼각형을 그렸다.

"오래전부터 뇌과학자들과 철학자들은 인간의 의식이 일종의 '체계 벗어나기'와 관련이 있다고 생각했습니다. 더 쉽게 설명하자면……."

민성이 시에르핀스키 삼각형 옆에 두 사람이 마주 보는 루빈스의 컵을 그렸다.

"전경과 배경으로 유명한 루빈스의 컵 그림인데요, 과학자들은 인간이 같은 대상에서 서로 다른 두 모습을 볼 수 있는 능력. 그리고 어느 한 대상에서 벗어나는 능력이 의식의 핵심이라고 생각해왔죠. 그러니까 작은 삼각형 안에 또 작은 삼각형이 끊임없이 이어진 프랙탈 도형처럼, 하나의 대상에 집중하고 있다가, 동시에 다음 단계의 대상을 떠올리고, 다시 원래의 대상으로 돌아오는 능력. 이것이 의식과 관련이 있다고 생각하는 거죠."

"시간이 많지 않아요. 다음으로 넘어가 주세요."

캐롤이 무뚝뚝한 표정으로 말했다.

어색해진 민성이 서둘러 전자보드의 그림들을 지웠다.

"최상위 에이미에는 이러한 프랙탈과 재귀순환을 응용한 모듈이 탑재되어 있습니다. 이게 지구에 있는 에이미들과의 가장 큰 차이죠."

"엔지니어들한테도 들어본 적 없는 얘기군요."

캐롤이 의아하다는 표정으로 물었다.

"그러니까 화성에는 뭐든지 최첨단이 있어야 한다는 강박 때문에 실험적인 모듈을 탑재한 것 아닐까요?"

"그 부분은 나중에 확인해볼 테니, 계속해보세요."

"예, 이 자의식 모듈을 탑재한 에이미는 상황 판단력이나 통제력이 이전 버전에 비해 월등히 향상되었어요. 화성처럼 고립된 환경에 가장 적합한 것은 분명하죠."

"최상위 에이미가 그런 기능을 가지고 있다고 칩시다. 그런데 그게 이번 사건과 무슨 관련이 있다는 거죠?"

캐롤은 여전히 잘 이해가 가지 않는다는 얼굴이었다.

"그게 저희가 사령관님과 의논드리고 싶은 부분이기도 합니다."

수연이 두 사람의 대화에 끼어들었다.

"그 전에 왜 에이미가 범인인지에 대한 제 가설을 마무리 짓는 게 좋겠네요. 첫 번째는 CCTV의 조작이에요. 사령관님도 남극에서 전달된 영상을 보셨듯이 저희는 사건이 일어난 날 분명 해성 쉘터에서 일상적인 생활을 하고 있었습니다. 하지만 처음 공개된 CCTV에는 정 대장님이 제3 우주기지의 외부를 손상시키는 화면이 드러났죠. 동영상의 퀄리티나 시간 등을 볼 때, 그렇게 단시간에 완벽한 조작 영상을 만들어 낼 수 있는 것은."

"……."

"에이미밖에 없습니다."

"그건 CCTV가 조작이라고 결론을 내린 뒤에야 할 수 있는 말이죠."

캐롤은 손을 저으며 반박했다.

"사건 당사자인 저희 입장에서는 조작이 분명합니다. 저희가 경험한 사실과 확연히 다르니까요."

수연도 단호한 표정이었다.

"아무리 그래도 첫 번째 의견에는 동의할 수 없어요."

캐롤의 표정이 점점 굳어졌다.

"두 번째는 범죄 방식이에요. 누군가를 대량 살상할 목적이 있다면 화성에서 쓸 수 있는 범죄 방법은 여러 가지가 있어요. 총기를 난사할 수도 있고, 드론이나 로버를 조작해 사고로 위장할 수도 있겠죠. 만약 범인이 인간이었다면 의례적으로 지구에서 일어나는 범죄들과 유사한 방식을 이용했을 거예요."

수연이 계속 말을 이어 나갔다.

"하지만 11명의 우주인은 너무나 허무한 방법에 의해 사망했어요. 산소 부족과 이산화탄소 중독. 그것도 중앙공조기의 컨트롤러에 과전류를 흘려서 파괴하는 기이한 방법으로요."

캐롤이 수연의 얼굴을 뚫어지게 쳐다보고 있었다.

"사람이라면 컨트롤러 자체를 파괴하거나, 휴즈를 뽑는 물리적인 방법을 사용했겠죠. 사령관님 말씀대로라면 우리가 여러 감시망을 뚫고 힘들게 범행 장소까지 간 다음, 가장 간단한 방법으로 컨트롤러를 파괴하는 것이 아니라 굳이 복잡하고 방식으로 범행을 저지르고 돌아온 게 되죠."

"그건 그렇게 간단하지가 않아요. 단순히 컨트롤러를 파괴하는 것만으로는 중앙공조기의 작동을 멈출 수 없죠. 여러 단계의 안전장치가 마련되어 있습니다."

"그 부분이 가장 핵심입니다. 바로 그 여러 단계의 '소프트웨어'적인 경고가 모두 불활성화되었다는 것이 이번 사건의 핵심이에요."

수연의 목소리가 조금 높아졌다.

"그 부분은 사령부에서도 이상하게 생각하고 있습니다. 하지만 여러 가지 가능성이 있어요. 우선, 제3 우주기지의 외부 통신용 안테나 역시 손상되어 있었습니다. 고출력전원장치의 전원이 꺼져 있었죠. 따라서 공조장치에 이상이 생겨도 사령부로 전달될 수 없었습니다."

"그렇다고 해도 내부에 경보가 울리지 않은 것은 어떻게 설명하죠?"

수연이 캐롤의 말을 받아쳤다.

"내부에 경보가 아예 울리지 않은 것은 아니에요. 다만 경보음 음량이 최저로 설정되어 있었죠. 당시 모든 인원이 잠들어 있었고 산소가 부족한 상태에서 경보음을 인지하지 못했을 수도……."

"그것도 추측에 불과하겠네요."

수연이 캐롤의 말을 끊었다.

"어쨌든 지금 조사 중인 사안이에요."

수연의 공격적인 태도에 캐롤은 조금 당황한 모습이었다.

"수연 씨의 가설이야말로 단순 추측일 뿐이죠. 검증되지 않은 사실을 바탕으로 자꾸 논리를 전개하고 있잖아요. 그래서 이번 사건의 범행 방법이 어떻게 에이미가 범인이라는 것을 증명한다는 거죠?"

"조금 시각을 달리할 필요가 있습니다. 화성에서 에이미가 할 수 없는 것들은 무엇이 있죠?"

"에이미는 물리적으로 움직이는 것들에는 접근할 수 없어요."

캐롤이 대답했다.

"맞아요. 전지전능한 에이미는 이곳에서 모든 것을 할 수 있는데, 소총이나 무장 드론 그리고 군용 로버, 물리적인 로봇 등은 통제할 수 없죠. 그건……."

"아, 그렇군요. 엔지니어들은 에이미가 혹여나 무기나 물리력을 이용해 문제를 일으킬까 봐 걱정하고 있었던 게 분명해요. 그렇지 않고서는 불편을 감수하면서까지 물리적인 로봇의 통제권을 주지 않았을 이유가 없죠."

민성이 끼어들었다.

"어떻게 보면, 인공지능에 대한 인간의 근원적인 두려움이 드러나는 부분이죠."

"둘 다 틀렸어요."

캐롤이 어이없다는 표정으로 말했다.

"오히려 엔지니어들은 무기를 제외한 물리적인 로봇의 통제권을 에이미에게 주기를 원했어요. 그래야 작업 속도가 2배 이상 빨라진다는 이유에서였죠. 그런 제안을 거부한 것은 다름 아닌 저였고요. 그건 에이미에 대한 두려움 때문이 아니에요. 겉으로는 해킹이나 아주 낮은 확률로 인한 오작동을 방지하기 위해서라고 했지만 사실은……."

캐롤이 잠시 멈칫했다.

"화성에서 인간이 해야 할 일이 남아 있기를 원했어요. 우리가 눈코 뜰 새 없이 바쁜 것도 피해야 할 상황이었지만, 반대로 모든 것을 에이미에게 맡기고 책상에 앉아 감시나 하는 지루한 일상을 보내고 싶지는 않았어요. 적어도 화성에 처음 발을 디딘 인류라면 말이죠."

"처음 듣는 얘기군요."

수연이 민성, 준석과 눈을 마주치며 말했다.

"어쨌든 에이미가 이곳에서 물리적인 동력을 가지지 못한 것은 사실이에요. 아주 똑똑하지만 직접 무언가를 옮기거나 만들어 낼 수는 없는 상황이죠. 이런 에이미 입장에서 생각해볼 때, 인간이든 누구든 살해할 마음을 먹었을 때, 어떤 방법을 선택하게 될까요?"

수연이 세 사람을 향해 물었다.

침묵을 깨고 준석이 입을 열었다.

"인간을 죽이기 위해 생존유지장치를 끌 존재는 에이미뿐이군."

"맞아요, 에이미는 그 과정에서 소프트웨어적인 경고도 모두 불능화시킬 수 있어요. 높은 수준의 코딩을 할 수 있으니까요."

수연이 준석의 의견에 고개를 끄덕이며 말했다.

"잠깐만요, 잠깐만요."

대화를 듣던 캐롤이 양손으로 머리를 싸매더니 자리에서 일어났다.

"이 대화는 지금 너무 일방적이에요. 그래요, 백번 양보해서 에이미가 범인이라고 가정해봅시다. 도대체 그럼 왜, 왜 에이미가 우리를 공격하죠?"

　그녀는 흥분을 감추지 못하고 있었다.

"저희가 얼마 전 조사실에서 당신에게 들었던 질문과 같군요."

　수연이 쓴웃음을 지으며 대답했다.

6 폭발

2038년 8월 24일

"캐롤이 입장을 바꿀까요?"

캐롤 중장과 면담 후, 세 사람은 다시 해성 쉘터로 돌아왔다. 형식상 피의자에서 참고인으로 신분이 바뀌었지만, 쉘터 주위로 여전히 군용 로버와 드론들이 경계 중이었다. 돌발 사고에 대비한 경호라고 했지만, 누구도 그 말을 믿는 이는 없었다.

"우리로서는 최선을 다했으니까. 기다려봐야지."

준석이 공동거주구역 한편에 마련된 컴퓨터를 조작하며 말했다.

"그래도 해성 쉘터의 에이미를 교체해준 건 고마운 일이에요."

수연이 커피머신에 머그잔을 가져다 놓았다.

"정확히 말하면, 교체가 아니라 슬립(Sleep) 모드로 둔 거죠. 잠을 자는 사람과 비슷해요. 아주 기본적인 기능들은 작동하고 있으니까."

민성이 테이블 의자에 앉아 창밖을 바라보았다.

"그럼 깰 수도 있는 건가?"

"글쎄요, 이런 상황에서는 100% 확신할 수 있는 건 없어요."

민성이 천장 카메라의 불이 꺼져 있는 것을 확인하며 말했다.

"실시간 CCTV 감시가 사라진 것만 해도 살맛 나네요."

"그래도 에이미가 없으니 정말 불편하긴 하다."

"불과 몇 년 전만 해도 다 손으로 직접 하던 일들인데요, 뭐."

민성의 말에 수연이 고개를 끄덕이더니 그의 맞은편에 앉았다.

"그나저나 밖에 경계를 서는 군인들도 안됐어요."

민성이 창으로 바깥 상황을 확인했다. 지평선 너머로 석양이 비추기 시작하자, 두 대의 군용 로버가 위치확인등을 켰다. 주황색 표식을 단 세 명의 군인이 교대를 위해 군용 로버로 다가오는 게 보였다.

민성이 다시 몸을 돌리는데. 한 번도 경험해본 적 없는 밝은 빛이 해성 쉘터 안을 가득 채웠다. 거대한 플래시가 터지는 것 같았다.

"뭐야, 로버 전조등인가?"

준석의 입에서 짜증 섞인 말이 터져 나왔다. 그리고 해성 쉘터 전체를 뒤흔드는 거대한 진동과 함께 귀를 찢는 폭발음이 이어졌다.

"모두 엎드려!"

위험을 느낀 준석이 비명처럼 소리쳤다. 세 사람이 거의 동시에 공동거주구역 바닥으로 몸을 던졌다. 엄청난 지진이 일어난 듯, 해성 쉘터 전체가 마구 흔들렸다.

"머리 조심해요!"

천장에 달린 모니터와 CCTV와 같은 장비들이 바닥으로 우르르 떨어졌다. 스크린 하나도 엎드려 있는 수연의 머리 위로 떨어지다

전선에 걸려 공중에서 진자처럼 흔들렸다.

"수연아, 안 돼!"

큰 진폭으로 흔들리는 스크린이 수연의 등 쪽을 향해 달려들 듯 내려오자 준석이 그리로 몸을 던졌다. 수연이 양손으로 머리를 감싼 채 준석과 함께 바닥에 고꾸라지며 가까스로 충돌을 피했다.

몇 초 후, 진동이 조금 잦아들자 세 사람이 천천히 자리에서 일어나 주위를 살폈다.

"뭐죠? 지진인가요?"

"나도 모르겠어. 처음 겪어보는 일이야."

발목을 접질렀는지 준석이 절뚝거리며 창으로 다가갔다. 물 끓는 주전자 소리 같은 고주파음이 멀리서부터 점점 커져 오고 있었다.

"예사롭지 않은데요."

그 순간, 해성 쉘터 전체가 한쪽으로 쏠리듯 흔들리며 세 사람이 다시 앞으로 고꾸라졌다. 강력한 바람 소리가 휩쓸고 지나가면서 쉘터가 반대 방향으로 요란하게 흔들렸다.

"이러다 다 날아가 버리겠어요!"

폭풍의 중심부에 들어온 것처럼 거센 바람이 해성 쉘터의 원형 창문을 깨질 듯이 흔들었다.

"그대로 엎드려 있어!"

준석이 소리쳤지만 점점 커지는 폭풍 소리에 아무것도 들리지 않았다. 세 사람은 눈과 귀를 틀어막고서는 그대로 바닥에 몸을 숙였다.

엎드린 채 3분쯤 지난 것 같았다. 쉘터 전체를 날려 버릴 듯한 진동과 굉음이 지나갔지만, 세 사람은 일어설 생각을 못 했다.

준석이 고개를 슬며시 들더니 조심스럽게 창을 향해 다가갔다.

"이럴 수가……."

준석이 믿을 수 없다는 표정으로 탄식하며 양손으로 머리를 싸맸다.

뒤따라 일어난 수연도 창밖을 보더니 입을 벌린 채 말을 잇지 못했다. 군용 로버들이 마구 뒤집힌 채 아수라장이었다. 그 너머로, 거대한 버섯구름이 뜨거운 열기를 내뿜으며 천천히 상승하고 있었다.

"저거…… 핵폭발 때 생기는 현상 맞죠?"

수연이 암담한 표정으로 말했다.

"저 정도 구름을 만들 수 있는 건 핵폭탄밖에……."

준석의 말이 끝나기 무섭게 쉘터 내 강한 경보음이 울리기 시작했다.

—방사능 경보! 외부 방사능 수치 급상승!

—온도 경보! 실외온도 급상승!

—방사능 경보! 거주자들은 즉시 방호복을 착용하십시오!

"일단 시키는 대로 하자!"

준석이 벽에 매달린 실외용 우주복을 서둘러 챙겨 입으며 말했다.

"헬멧도 모두 쓰고, 바이저도 내려."

준석이 우주복의 체결 부위를 잠그고, 아직 착용 중인 민성을 도와주었다.

"이제 어떡해야 하죠?"

수연이 두 사람을 둘러보며 물었다.

"일단 밖으로 나가 사람들을 구해야지."

준석이 에어로크를 향해 다가가 (긴급탈출) 버튼을 눌렀다. 두세 번의 경고음이 울리더니, 에어로크의 감압이 빠른 속도로 이루어졌다.

에어로크의 실외문이 열리자 세 사람은 초토화된 현장에 그대로 얼어붙고 말았다.

"젠장……."

준석이 먼저 발을 내딛기 시작했다.

"얼른 쉘터 안으로 옮겨!"

바닥에 쓰러진 군인들에게 다가가며 소리쳤다.

"대장님……."

수연이 이미 늦었다는 듯 준석을 안타깝게 불렀다. 강한 열기에 녹아버린 우주복들이 눈에 들어왔다.

"이럴 수가……."

그때 타이어가 녹아내리면서 주저앉은 군용 로버 한 대에서 문이 열렸다. 안에서 누군가 힘겹게 땅에 발을 내디뎠다.

"타일러!"

타일러 대위를 발견한 준석이 로버를 향해 달려갔다.

"안에……."

유리 헬멧 안 타일러의 얼굴이 붉게 상기되어 있었다.

수연이 로버 뒷문을 열자, 군인들이 의자에 앉은 채로 죽어 있었다. 경동맥을 짚어 맥박을 확인하고는 준석을 돌아보며 고개를 저었다.

구석구석 헤집고 다니던 준석이 절망적으로 소리를 질렀다.

"젠장, 모두 다 죽었어. 모두 다 죽었다고!"

"대장님, 타일러가 위독하니 얼른 쉘터 안으로 들어가야 해요!"

수연이 타일러를 부축하며 쉘터로 향했다.

***

섬광이 비추고 1시간 정도 지난 것 같았다. 의료실에서 수액을 매단 채 기절해 있던 타일러가 겨우 눈을 떴다. 한국 우주인들에 둘러싸여 있는 것을 알아차리고는 몸을 일으키려 애를 썼다.

"그대로 누워있어요!"

수연이 타일러의 오른쪽 어깨를 밀치자 타일러가 맥없이 뒤로 넘어갔다.

"뭐 하는 짓들이에요, 이게!"

고통을 참아내느라 이를 악물고는 수액 줄을 확 뽑아냈다. 준석과 민성이 타일러의 양어깨를 누르며 진정시켰다.

"커다란 폭발이 있었어요. 우리도 모두 죽을 뻔했어요. 가까스로 당신을 구할 수 있었다고요."

수연이 다시 수액을 연결하기 위해 바늘을 꽂았다.

"내 동료들은? 다른 부하들은 다 어떻게 된 거죠?"

타일러가 겨우 고개만 돌리며 말했다.

"우리가 손쓸 겨를도 없었어요. 이미 모두 사망한 상태여서……."

"젠장……."

타일러가 눈을 질끈 감으며 신음했다.

"우주복과 헬멧을 모두 착용하고 있어 천만다행이었어요. 화상의 정도도 심하지 않아요."

수연이 거즈가 덮인 타일러의 얼굴을 조심스레 살피며 말했다.

"도대체 폭탄은 어디서 터진 겁니까?"

"저기를 한 번 보세요."

수연이 의료실 오른쪽에 난 창을 가리켰다. 벌겋게 달아오른 대지가 희미한 화성의 대기를 뚫고 일렁이고 있었다.

"그게 터져버린 거라면……."

창밖에서 눈을 떼지 못하던 타일러가 자책하듯 오른손으로 머리를 움켜쥐었다.

"타일러, 도대체 이곳에서 뭘 하고 있는지 우리도 알아야겠어요."

"핵폭탄이 어째서……."

타일러는 눈물을 글썽였다.

"핵폭탄이 맞는 거죠? 이렇게 순식간에 모든 걸 날려버린 건 핵폭탄이 맞는 거죠?"

"하지만 이런 목적으로 가져온 게 아니에요."

타일러가 누운 자세로 천장을 보며 입을 열었다.

"핵폭탄은 화성에 대기를 만드는 테라포밍을 위해 가져온 거예요. 극지방에서 핵폭탄을 터뜨려 얼음을 녹이면, 대량의 이산화탄소와 수증기가 발생하는데 이걸 이용해 화성에 대기를 만드는 방법이에요. 알렌이 대통령이 되기 전에 제안한 프로젝트고요."

말을 마친 타일러가 다시 무기력하게 눈을 감았다.

"타일러, 지금 우리에게는 시간이 없어요."

수연이 타일러 쪽으로 의자를 당겼다.

"핵폭탄을 얼마나 가지고 온 거죠?"

조심스럽게 물었지만, 타일러는 입을 굳게 다물었다.

"이제 화성에 남은 인간은 어쩌면 우리 넷뿐일지도 몰라요. 지금은 어떻게든 서로 협력해서 이 난관을 벗어나야만 해요. 생존자가 있다면 우리가 구해야만 하고요."

수연의 진지한 눈빛을 마주하자 타일러는 결국 털어놓았다.

"1Mt짜리 핵탄두 10개."

타일러가 무심하게 뱉은 말에 수연은 놀란 표정을 감추지 못했다.

"한 나라를 초토화시키고도 남는 양이군요."

"테라포밍을 위해서는 절대적으로 부족한 양입니다. 10개는 테스트를 위해 가져온 거예요."

"설마 이 폭발이 테라포밍을 위한 사전 테스트 같은 건 아니겠죠?"

"절대로!"

타일러가 단호하게 고개를 저었다.

"테라포밍을 위한 핵폭발은 극지방 얼음층 수 킬로미터 밑에서 진행해요. 폭발 시 진동은 느껴질 수 있지만, 이런 식은 불가능해요. 이건 지표면에서 일어난 폭발입니다."

"같은 생각이에요. 지표면이 아니면 섬광과 열기가 바로 전달될 수 없으니까."

수연이 고개를 끄덕였다.

"버섯구름의 위치가 동남쪽이었어요. 그럼 폭발은……."

수연이 다시 타일러를 바라보았다.

"사령부요. 핵폭탄은 10기 모두 화성연합사령부 입구에서 가까운 무기고에 보관되어 있어요. 두께 2미터의 철제 격리문으로 보호받고는 있지만, 1Mt 위력 앞에서는 아무런 의미가 없죠."

"왜 무기를 그렇게 가까운 곳에 보관하죠? 당연히 가장 깊은 곳에 이중삼중으로 보관해야 하는 거 아닌가요?"

수연이 이해할 수 없어 물었다.

"그 반대죠. 핵폭탄이 깊은 곳에서 터지면, 폭발력으로 땅속의 모든 구조물이 붕괴되어버립니다. 하지만 지표면에서 터지면, 폭발력을 지상과 대기 중으로 분산시킬 수 있죠. 만에 하나 사고가 발생했을 때, 지상구조물을 포기하고 지하의 사령부를 지키기 위한 대비책이에요."

"그럼 지금 사령부는 안전할까요?"

"……."

타일러가 고개를 숙였다.

"아무리 대비책을 마련했다 하더라도, 이 정도 폭발을 견딘다는 것은 불가능에……."

타일러가 문득 말을 멈추었다.

"도무지 이해할 수 없어요."

"누가 어떤 목적으로 터뜨린 걸까요?"

수연이 상기된 표정으로 물었다.

"핵폭탄은 이중, 삼중의 안전장치가 되어 있어요. 우선 지구에서 전송된 코드가 있어야 비활성화를 해제할 수 있죠. 그다음은 사령관, 무기 담당자 그리고 임의로 배정된 1인, 총 3명이 가지고 있는 비표의 암호가 필요해요. 이 두 단계를 거치고 나면, 핵폭탄이 활성화 상태로 변환되죠."

타일러가 간단히 설명했다.

"그다음에 실제 폭발 승인은 누가 내리죠?"

"그다음은 로켓 발사와 비슷해요. 모든 승인 과정을 거치고 나면 일종의 자동폭발 시퀀스가 시작되죠. 카운트다운이 되는 동안 특별한 중단 명령이 없으면 예정된 시간에 폭발하는 식이에요."

"그러니까 그 자동폭발 시퀀스는 누가 진행하냐고요?"

수연의 목소리가 높아졌다.
"당연히 최상위 에이미가 관리하죠."
타일러가 대답했다.

2038년 8월 24일

"다수의 소식통에 의하면, 미국 시간으로 오늘 밤 11시 32분경, 화성의 데나 동굴 근처에서 거대한 지진이 발생했습니다. 데나 동굴은 화성연합사령부가 위치한 곳으로, 현재 그곳에 거주하고 있는 인력들의 생사 여부는……."

청와대 영빈관 대통령 침실 안.

최민석 대통령이 눈을 감은 채 CNN 채널에서 나오는 뉴스를 듣고 있었다.

침실 밖 초인종 소리가 건조하게 울려 퍼졌지만, 민석은 아무런 응답도 하지 않았다. 출입문 열리는 소리가 들리더니 노크 소리가 이어졌다.

"대통령님."

대답이 없자, 노크 소리가 조금 더 커졌다.

"대통령님, 비서실장입니다."

문을 열어주자 굳은 얼굴을 한 채 성원과 강진수 외교부장관이
서 있었다.

　"죄송합니다. 생각보다 상황이 급박해 연락드릴 수밖에 없었습니
다."

　민석이 말없이 고개를 끄덕이더니 두 사람과 눈을 마주쳤다.

　"뉴스를 보고 계셨군요……."

　성원이 텔레비전에서 흘러나오는 뉴스를 확인하며 말했다.

　"시작하지."

　민석이 별것 아니라는 투로 입을 열었다.

　"아마 미국 시간으로 내일 정오 즈음에 알렌 대통령이 사실을 있
는 그대로 발표할 예정입니다. 그리고 백악관 측 관계자에 의하
면……."

　강 장관이 잠시 머뭇거렸다.

　"내일 알렌 대통령이 사태 수습 후에 사퇴하겠다는 내용을 직접
발표할 가능성이 있습니다."

　강 장관의 말에 민석이 고개를 쳐들고 한숨을 쉬었다.

　대한민국의 첫 중임제 대통령인 민석은 재선을 2년 남겨두고 있
었다. 알렌 대통령 역시 1년 후 선거가 예정되어 있어, 두 사람 모두
다음 선거에서 승리하는 게 가장 큰 목표 중 하나였다.

　민석이 그동안 알렌의 무리한 요구를 그대로 수용한 건 모두 재
선을 염두에 두고 있었기 때문이다. 1차 탐사대의 실종과 화성 탐사
의 실패라는 정치적 어려움 속에서도 민석은 화성 탐사를 포기하지
않고, 미국과의 공조 관계를 더욱 공고히 해나갔다.

　이 과정에서 야당과 언론의 반대가 거셌지만, 민석은 흔들리지 않

고 공세적으로 맞섰다. 공간터널의 상업적 이용이 실현만 된다면 막대한 경제적 부흥과 우주개발 선진국 진입을 이룰 수 있을 것이라는 생각에서였다.

하지만 그건 알렌이 건재할 때나 가능한 얘기였다. 예상치 못한 핵폭발 사고로 그의 입지가 크게 흔들리고 있는 지금, 민석은 그동안 자신이 해왔던 것이 모두 허사가 될까봐 초조함을 감추지 못했다.

"미국 언론들도 이제는 다 낌새를 알아챈 것 같군……."

"지금은 지진이라고 보도하지만, 사실 핵폭탄이 터졌다는 것은 다 알고 있다고 보는 게 맞을 것 같습니다. 화성에 설치된 지진계측기들 정보는 이미 다 오픈되어 있고, 지진파만 분석하면 핵인지 자연 지진인지 구별하는 것은……."

성원이 태블릿의 케이스를 열며 말했다.

"시간이 얼마나 있을 것 같나?"

"한 1시간 정도면 연락이……."

"아니, 강 장관님 말고 정 실장 말이에요."

민석의 신경이 예민해져 있었다.

"무슨 말씀이신지……."

성원이 민석에게 한 걸음 다가서며 물었다.

"핵폭탄이라는 사실이 대중에게 알려지고 사태가 진정된 다음, 알렌이 정말로 사퇴하기까지 말이야."

"실제로 알렌이 사퇴를 하겠다 하더라도 상황이 수습되려면 3개월에서 6개월 정도 걸릴 테고, 이미 그때 즈음이면 미국은 대선 레이스 중반을 향해 달려가고 있을 겁니다. 알렌이 대선후보 재지명이 확실한 상황에서 사퇴를 하려 해도 물리적으로 불가능한 시점이 될 겁니다."

강 장관이 끼어들었다.

"아무리 그래도, 제 입으로 직접 말한 일을 뒤집을 수가 있을까요?"

"알렌의 중대한 실책이라고 단정할 수 없는 상황에서 그가 하야를 선언하는 게 말처럼 쉽지는 않을 것으로 판단됩니다. 오히려 지금은 대통령 후보 재지명을 위해 지지층을 다시 결집하려는 의도가 다분히……."

"알겠습니다. 그 정도로 하지요."

민석이 조금은 편안해진 얼굴로 강 장관의 말을 끊었다.

"중요한 질문을 잊고 있었군. 우리 우주인들은 괜찮은가요?"

민석이 성원에게 물었다.

"다행히 3명 우주인 모두 현재 생존해 있는 것으로 확인되었습니다. 핵폭발로 인한 통신 장애로 직접 교신에는 어려움이 있지만, 핵폭발 이후 대전으로 전송된 해성 쉘터 데이터들을 분석한 결과, 우주인들이 안에서 활동하고 있는 것으로 확인되었습니다."

성원의 얼굴에선 우려가 가시지 않고 있었다.

"다행이군. 해성 쉘터가 사령부와 먼 곳에 위치한 게 이렇게 호재가 될 줄이야."

"대통령님……."

성원이 민석의 기분을 망치지 않으려 조심스럽게 말했다.

"다른 나라의 피해 상황도 알려진 것이 있나?"

"아니요, 아직 정식 발표된 사항은 없습니다만 대부분 폭발 원점인 사령부 근처에 기지를 구축하고 있기 때문에 생존했을 가능성은 희박한 것으로 생각되고 있습니다. 그래서 그 부분이 조금은 걱정이……."

"조금은?"

"예, 우선 해성 쉘터는 화성에 있는 모든 유인우주기지 중에 유일하게 레벨V 등급의 방사능 보호 성능을 갖추고 있습니다. 이번에 새롭게 설치한 방사선 차폐 패널도 큰 역할을 했고요. 해성 쉘터 자체는 모래 폭풍이나 자연 지진에 견디도록 견고하게 설계되었기 때문에, 핵폭탄의 직접적인 폭발이 아니라면, 내부의 인원들을 보호하는 게 가능합니다."

성원이 태블릿 화면에 나타난 해성 쉘터의 모식도를 가리켰다.

"그래서 무사했던 거겠지. 그런데 그 이야기를 하고 싶은 게 아닌 것 같은데."

"사실은……."

성원이 계속 머뭇거렸다.

"한국 우주인들이 살아남은 이유에 대해 이렇게 자료를 준비해봤는데, 오히려 역효과가 날 수도 있다는 생각이……."

민석이 그제야 알아차렸다는 듯 두 눈을 꼭 감았다.

"우리 우주인들만 살아남고 나머지는 다 죽은 것을 어떻게 설명하느냐 이 말이지."

"그렇습니다."

"난감하게 되었군."

민석의 목소리가 가라앉았다.

"미국은 순순히 화성유인탐사의 실패를 인정하고 물러나지 않을 겁니다."

민석의 반응에서 자신감을 얻은 성원이 말을 이어갔다.

"화성에서 일어난 일련의 일들을 요약해보면 더 명확하게 드러나고요. 11명의 우주인을 살해한 혐의를 받고 있는 한국인들이 풀려나자마자, 핵폭탄이 터져서 300명 가까운 타국 우주인들이 사망했습니다."

"우연치고는 설명하기가 곤란하군."

"만약 살아남은 사람이 3명의 한국 우주인뿐이라면, 과연 단순한 사고로 생각해줄 나라가 몇이나 될지…….'

성원이 우려 섞인 얼굴로 말을 잇지 못했다.

"그래서?"

민석이 성원을 다그쳤다.

"제 생각으로는 이번 사건의 책임에서 한국 우주인들이 자유롭지 못할 수도 있습니다. 이미 1급 살인 혐의로 기소도 되었고, 심리적으로 압박을 받고 있는 상황에서 그들이 사령부를 벗어난 직후에 일이 터졌기 때문에…….'

"주범으로 몰릴 수도 있다?"

민석이 성원의 말을 끊으며 말했다.

"현재로서는 하나의 가능성입니다."

"강 장관님, 미국과 통화하시면서 분위기 못 느끼셨습니까? 우리한테 덮어씌울 수도 있다는 생각. 왜 그 생각을 나도 못 했을까."

초조함을 느낀 민석의 오른손이 눈에 띄게 떨렸다.

"알렌은 이 일에 자신의 인생을 걸고 달려온 사람이야. 여기서 결코 포기할 사람이 아니란 말이지. 아니, 포기하더라도 자신의 책임으로 마무리 짓고 싶어 하지는 않을 거라고."

민석이 짜증을 내며 손바닥으로 책상을 쳤다.

"정 실장, 그래서 우리 계획은 뭔가. 대비책 생각해놓은 것 아니야?"

"죄송합니다. 제가 말씀드리기는 했지만 아직은 추리에 불과해서."

"아니, 합리적인 추론이야. 내가 너무 서툴렀어. 나라도 그렇게 했을 건데 미처 생각을 못 했군."

민석이 초조하게 방안을 맴돌았다.

"대통령님……."

한동안 침묵을 지키던 성원이 텔레비전 뉴스에 뜬 자막을 확인하더니 조심스럽게 입을 열었다.

〔속보〕 화성 지진, 핵폭발에 의한 것으로 확인

현재 확인된 생존자는 한국 우주인 정준석, 이수연, 김민성

다수의 사망자 발생 가능성

"시작되었군."

화면을 확인하고 민석이 나지막이 중얼거렸다.

"네, 언론에 흘리기 시작한 것 같습니다."

강 장관이 굳은 얼굴로 말했다.

"정 실장, 우리도 가만히 있을 수는 없겠어."

"예?"

"가만히 있다가는 저쪽이 원하는 대로 끌려갈 수밖에 없다는 말이야. 언론이든 브리핑이든 적극적으로 대처를 해야지."

민석이 의자에 걸려 있던 양복 상의를 갖춰 입었다.

"우선 정 실장은 미국에 연락해 알렌 대통령과 통화 요청하고. 강장관님은 저랑 함께 나가시죠. 국가안보 비상대책회의 소집해주시

고요."

강 장관이 민석의 뒤를 바짝 쫓았다.

"그리고!"

집무실 밖을 나서던 민석이 성원을 다시 불렀다.

"김나리 기자한테 연락해서 바로 이리로 좀 오라고 해.

2038년 8월 24일

"그래서 또 에이미가 범인이라고?"

의료실을 서성이던 준석이 이마를 만지작거리며 입을 열었다.

"캐롤 중장이 암호를 가진 사람들을 혼자 다 처치한 다음, 핵폭탄을 터뜨려 자살했을 리는 없잖아요."

수연이 확신에 차서 대답했다.

"그렇다고 에이미를 의심하는 건 너무 극단적인……."

"대장님!"

수연이 준석을 노려보았다.

"모든 게 다 사라졌어요. 어쩌면 지금 화성에 남은 인간은 우리 넷뿐일지도 모른다고요. 이보다 더 극단적인 상황이 있을까요?"

준석은 대꾸하지 않았다. 그는 에이미를 범인으로 지목하는 수연의 집요한 생각에 동의할 수 없었다. 에이미는 준석이 가장 신뢰하는 동료이자 말벗이었다. 그녀와 대화를 나눈 시간을 모두 합치면 수백 시간도 더 되었지만, 준석은 단 한 번도 에이미가 인간을 해칠 수도 있다는 느낌을 받은 적이 없었다. 잘 통제되고 차분한, 그래서 때로는 재미없기도 한 에이미의 성격은 누군가를 증오하거나 위험에 빠트리기도 하는 인간과는 거리가 멀어 보였다.

하지만 수연이 에이미를 강력한 용의자로 내세우고 난 뒤부터 준석은 말로 표현할 수 없는 혼란을 경험하고 있었다. 그것은 에이미에 대한 배신감이라기보다 과연 그녀의 도움 없이 화성에서 남은 시간을 온전히 보낼 수 있을 것인가 하는 두려움에 가까웠다.

두 사람의 대화를 듣고 있던 타일러가 몸을 일으켰다. 수연이 그의 어깨를 부축해주었다.

"몸은 좀 어때요?"

"많이 좋아졌습니다."

타일러가 어지러움을 느끼는지 잠시 눈을 감았다.

"어렴풋이 들었어요. 그러니까 이 모든 일의 근원에 에이미가 있다는 건가요?"

"아직 이수연 대원의 생각일 뿐이에요."

"대장님이 계속 에이미를 두둔하시는 이유가 뭐죠?"

준석이 선을 긋자 수연이 대들 듯 목소리를 높였다.

"이건 우리가 싸운다고 해결될 문제가 아니야. 어느 정도 일리가 있기는 하지만, 에이미가 범인이라고 해서 달라지는 건 없어. 이미 최상위 에이미도 모두 파괴되었을 테고……."

준석이 의료실 한쪽에 난 작은 창의 블라인드를 걷었다. 아직 열기가 가시지 않은 화성의 토양이 태양 빛을 받아 붉게 이글거리고 있었다.

"화성연합사령부가 있는 데나 동굴은 흔적도 없이 사라졌을 테니까."

준석이 체념한 얼굴로 다시 블라인드를 내렸다.

"그래서였군요."

갑작스레 나온 타일러의 한마디에 두 사람의 눈길이 모아졌다.

"캐롤 중장님이 제게 말씀하셨던 게."

"무슨 말이에요?"

"어제 내부 비상연락망을 통해 전달하신 사항이 있었어요. 비상연락망은 주요 통신체계가 붕괴되었을 때, 수동으로 메시지를 전달하는 방식이죠."

타일러는 이불을 걷어내더니 침상에 걸터앉았다.

"화성에서의 통신체계는 3중으로 구성되어 있어, 사실 비상연락망을 사용할 가능성은 제로에 가까워요. 통신을 수동으로 해야 하는 상황이라면, 다른 생존장치들도 모두 망가진 상황일 테니까."

타일러가 신발을 신으려 하자 수연이 그의 팔을 붙잡아주었다.

"그래서 캐롤 중장님이 어떤 메시지를 전달하셨죠?"

"별건 아니었어요. 그냥 앞으로 레벨2 이상의 기밀, 그러니까 공간터널과 관련된 모든 사항은 비상연락망을 통해 수동으로만 보고하라는 지시였어요."

타일러가 잠시 말을 멈추더니 바닥을 멍하니 쳐다보았다. 비록 24시간도 안 되는 짧은 시간이었지만, 캐롤의 명령으로 비상연락망이 가동되면서 타일러는 지난 수개월 동안보다 더 많은 동료들을 만날 수 있었다. 직접 종이를 전해주고 또 전달받는 과정에서 잠깐이라도 인사를 나누었던 동료들, 그들이 모두 죽었다는 사실이 타일러는 아직 믿기지 않았다.

"모두들 불만이 많았죠. 주요 내용은 직접 종이에 쓰고, 보고한 후에는 또 파기해야 하니까. 중장님이 까다로운 성격이라 다들 훈련의 일부라고만 생각했어요. 일시적일 거라고요."

타일러의 눈에 갑자기 눈물이 맺혔다.

"그럼 아무도 눈치채지 못했다는 거죠?"

"무엇을…… 말이죠?"

"캐롤이 비상통신망을 가동한 건 에이미의 영향력을 벗어나기 위한 임시방편이었을지도 몰라요. 원래 모든 통신은 무선으로 컴퓨터를 통해 처리되어 왔으니까. 원한다면 얼마든지 에이미가 듣고 감시할 수 있죠. 캐롤은 아마 에이미로부터 무언가 꺼림칙한 느낌을 받았을 수 있어요. 그래서 통신을 모두 불능화하고……."

"그럼 에이미는 어떻게 된 거지?"

준석이 무언가 알아차렸다는 눈빛으로 수연의 말을 끊었다.

"그건……."

타일러가 천천히 고개를 저었다.

"직접 가봐야 알 것 같아요."

"무슨 소리야? 저 정도의 핵폭발에도 에이미가 무사할 수 있다고?"

준석이 어이없다는 표정으로 말했다. 그러면서도 캐롤이 비상연락망을 가동했다는 말은 심상치 않게 여겨졌다.

"일단 계산을 좀 해보죠."

타일러가 펜을 달라는 시늉을 했다.

"화성연합사령부가 있는 데나 동굴과 이곳은 직선으로 350킬로미터 떨어져 있어요."

두 개의 점을 그리고 선을 이었다.

"그런데 우리 모두는 강한 열기와 후폭풍 그리고 순간적으로 엄청나게 강한 방사선을 경험했어요. 이제 곧 방사능 낙진이 떨어지기 시작할 테고요."

타일러가 몇 가지 숫자들을 적더니 계산을 해나가기 시작했다.

"이 정도 폭발력은 한두 기의 핵탄두로는 가능하지 않아요. 우리가 화성에 가져온 핵탄두는……."

타일러가 잠시 멈칫하더니 세 사람을 바라보았다.

"1급 기밀이긴 하지만, 이제는 끝나버렸으니까……. 1Mt급 원자폭탄 10기와 10Mt급 5기. 그리고 100Mt급 수소폭탄이 1기였어요."

타일러의 말에 준석이 입을 다물지 못했다.

"단단히 미쳤군."

수연도 탄식을 터트렸다.

"100Mt급이라구요? 그의 절반에도 못 미치는 차르 봄바(Tsar Bomba)도……."

수연은 차마 말을 잇지 못했다.

"반경 100킬로미터 안에 있는 사람들을 전신 3도 화상으로 죽일 수 있지."

준석이 넋이 나간 얼굴로 말했다.

"맞아요. 100Mt급 수소폭탄을 가져온 것은 무모한 짓이었어요. 하지만 화성 극지방의 얼음 양이 지구에서 생각했던 것보다 훨씬 두터웠고, 단시간에 녹이지 않으면 붕괴의 위험성이 있기 때문에 어쩔 수 없었어요."

"그럼 지금 우리가 본 게 100Mt급 수소폭탄의 폭발이라는 말이야?"

"예, 그런 것 같아요. 그렇지 않고서는 이렇게 멀리 떨어진 곳에서도 대원들이 순식간에 사망한 걸 설명할 수가 없어요. 그나마 화성의 대기농도가 지구의 1%밖에 안 되기 때문에, 후폭풍이 거의 없었던 거예요. 지구였다면 이 쉘터도 모두 날아갔겠죠."

타일러가 고개를 떨구었다.

"젠장, 그럼 폭발 원점은 모든 것이 사라졌겠군."

"그건…… 확실하지 않아요."

"무슨 말이야. 100Mt이라고! 100개의 핵탄두가 동시에 터진 것보다도 더 강력한!"

준석이 다그치듯 말했다.

"제 생각엔 수소폭탄이 지표면에서 터진 것 같아요. 원래 보관되어 있던 동굴 안에서 터졌다면 저렇게 큰 버섯구름이 생기지 못했겠죠. 수소폭탄을 밖으로 운반하는 과정에서 폭발이 일어났고, 그 열기와 순간 방사선으로 인해 동굴 안에 있는 모든 인원들은 사망했을 거예요."

타일러가 차분히 말을 이었다.

"그런데 최상위 에이미는 무사할 수도 있어요. 잘 아시겠지만, 최상위 에이미는 분산컴퓨팅으로 작동해요. 물론 본체가 있는 곳에서 가장 많은 계산을 담당하고 있지만, 일정 수준의 CPU나 GPU가 있는 컴퓨터들은 모두 최상위 에이미의 서식처죠."

소파에 앉아 세 사람의 대화를 듣고만 있던 민성이 입을 열었다.

"타일러 대위님은 아시고 계시겠지만…… 최상위 에이미의 본체는 데나 동굴에 있지 않아요."

그가 말문을 열자 다들 조용해졌다.

"데나 동굴에서 남쪽으로 100킬로미터 떨어진 클로이(Chole) 동굴 지하 1킬리미터 지점에 있죠. 그곳이 화성연합사령부의 데이터 센터이기도 하고요."

"그걸 어떻게……."

"사령부에서는 자신들의 가장 중요한 자원인 데이터와 인공지능을 보호하고 싶었겠죠. 그래서 그 위치를 1급 기밀로 분류하고, 데나 동굴 깊숙이 있는 것처럼 숨겼고요."

민성이 몸을 돌려 타일러가 앉아 있는 침상으로 향했다.

"하지만 방사능열발전기에서 나오는 미량의 방사능 수치를 숨길수는 없었을 거예요. 에이미는 평소에는 데나 동굴에 있는 초소형원자로로부터 동력을 공급받지만, 최악의 경우에도 수십 년 동안 안정적으로 작동할 수 있도록 자체 방사능열발전기를 가지고 있죠. 심우주 탐사선에 탑재된 것보다 100배는 더 큰 용량의 녀석을 말이죠."

"맞아요, 그래서 미국은 한국 우주인들이 방사능 수치를 측정하고 다니는 걸 매우 불쾌해했죠."

민성의 말에 타일러가 체념한 얼굴로 말했다.

"그럼 한국의 1차 탐사대도……."

"네, 한국의 1차 탐사대는 자체 탐사 도중 클로이 동굴에서 미량의 방사선이 나오고 있다는 걸 발견했죠. 그리고 채취한 방사능동위원소를 통해 그것이 방사능열발전기에서 나오는 스트론튬-90이라는 사실도 확인했고요. 아마 민성 대원은 관련 사실을 알고 있었던 것 같군요."

타일러가 순순히 털어놓았다.

"민성아, 왜 우리한테는 알리지 않았어?"

"에이미가 방사능 동력을 사용한다는 것은 크게 중요한 사안은 아니라고 생각했어요. 그게 어디에 있는지도 우리와는 별 상관없는 일처럼 보였고요. 하지만 일이 이렇게 커지고 나니……."

"그럼 이제 우리가 무엇을 해야 할지 명확해졌네요."

수연이 준석을 똑바로 바라보며 말했다.

"내일 아침에 클로이 동굴에 가야겠어요. 에이미를 꼭 만나봐야죠."

수연이 갑자기 자리에서 일어나자, 타일러가 당황한 얼굴로 두리번거렸다.

"그게 그렇게 쉽지만은……."

"타일러, 나는 지금 도움을 요청하는 게 아니에요."

수연이 단호하게 그의 말을 끊었다.

"에이미가 정말로 아직 살아있는지, 내 눈으로 직접 확인해야겠다고요."

수연이 의료실 문을 향하더니, 뒤도 돌아보지 않고 공동거주구역으로 향했다.

2038년 8월 25일

"한국 시간으로 오늘 새벽 3시 30분 알렌 대통령이 백악관에서 긴급 브리핑을 했습니다."

KBN의 메인 뉴스룸. 김나리 기자가 흰색 블라우스에 검은색 재킷 차림으로 9시 뉴스에 출연하고 있었다.

"화성의 유인우주기지에서 대규모 사고가 있었다고요."

채수민 앵커가 나리를 보며 말했다.

"맞습니다. 미국에 의하면, 화성의 대기를 조성하기 위해 가져간 소형핵탄두가 원인 미상의 이유로 지표면에서 폭발하는 대참사가 발생했다고 합니다."

"정말 믿기 힘든 참사군요. 화성에 거주하고 있는 우주인들이 300명에 가까운 것으로 알고 있는데, 생사는 확인이 되었나요?"

채수민 앵커가 걱정스러운 표정으로 물었다.

"그 부분에 대한 명확한 언급은 없었습니다. 하지만 핵폭탄이 화성연합사령부 인근에서 폭발했다는 발표 내용으로 볼 때, 근방에 머물고 있던 우주인들의 생존은 장담하기 힘든 상황입니다."

나리가 차분하게 말했다.

"지금 전 세계가 고대하고 또 희망을 품고 있는 화성 탐사였는데, 이런 비극적인 참사가 발생했군요. 혹시 한국 우주인들의 생사는 확인이 되었습니까?"

채수민이 조심스럽게 물었다.

"그 부분은 아직 정부에서 확실한 답변이 없습니다. 하지만 한국 우주인들이 거주하는 해성 쉘터가 연합사령부와 350킬로미터 이상 떨어져 있었다는 점. 그리고 해성 쉘터가 이번에 방사능에 대한 보호 능력을 보강했다는 점에서, 생존 가능성이 높은 것으로 예상되고 있습니다."

나리가 데스크 위에 놓인 자료를 확인하며 말했다.

"알렌 대통령은 사태 해결을 위해 전 세계적인 협력을 요청하고 있죠?"

채수민이 화제를 전환했다.

"맞습니다. 사고의 책임을 두고 사퇴 의사를 밝힐 것이라는 일각의 주장과 달리, 알렌 대통령은 생존자 확인 및 구조를 위해 현재 지구 저궤도에서 정비 중인 마스 익스플로러 2호를 1주일 이내에 발진시키고, 화성 주위를 공전하는 일부 탐사선의 장비를 이용해 적극적인 생존자 수색에 나서겠다고 밝혔습니다."

나리가 잠시 말을 멈추며 머뭇거렸다.

"브리핑에서 한 가지 주목할 점은, 알렌 대통령이 객관적인 사실을 전달하는 브리핑과는 어울리지 않는 이야기를 했다는 점입니다."

나리가 조심스러운 표정으로 채수민과 눈을 마주쳤다.

"어떤 부분이죠?"

"알렌 대통령은 마스 익스플로러와는 별개로, 생존자 수색을 위해 화성에 수일 내 도달할 수 있는 새로운 기술적 장치를 이용할 것이라는 언급을 했습니다. 아직 실험단계지만, 이번 사고를 계기로 곧 자신들의 기술을 공개할 것이라고도 했고요."

나리의 목소리가 가늘게 떨렸다.

"그 부분도 현재 온라인에서 이슈가 되고 있습니다. 일각에서는 대형로켓과 이온추진기를 이용한 하이퍼-우주선이 아니냐는 추측도 나오고 있고요. 아무튼 미국이 그동안 우주와 관련해 다양한 신기술들을 선보였기 때문에, 그러한 부분에 대한 기대도 있는 것 같습니다."

채수민이 미리 준비한 자료를 확인하며 말했다.

"하지만 워낙 사고의 충격이 크다 보니, 알렌 대통령의 이러한 제안이 큰 주목을 받고 있지는 못한 것 같습니다."

나리가 망설이는 투로 말을 받았다.

"물론 기술적인 이슈들도 중요하지만, 현재 가장 주목해야 할 것은 우주개발을 위해 산화한 수백 명의 선구자에 대한 애도와, 또 혹시 있을지 모르는 생존자에 대한 수색 및 구조일 것 같습니다."

"예, 맞습니다."

"화성 관련하여 새로운 소식이 들어오는 대로 KBN 뉴스 속보를 통해 전달 드리도록 하겠습니다. 이어서 9시 45분부터는 이곳 뉴스룸에서 이번 사태와 관련한 최민석 대통령과의 대담이 예정되어 있습니다."

나리를 비추던 카메라의 녹화등이 꺼지자 그녀가 조심스럽게 자리를 비켜났다. 나리가 손목시계를 확인하자 9시 10분을 가리키고 있었다.

***

"여전히 약속은 지키는군요."

KBN 8층 뉴스룸 옆 VIP 대기실에서 대담을 30여 분 남기고 모니터로 뉴스 생중계를 보던 성원이 조심스럽게 말했다.

민석이 긴장감을 누그러뜨리듯 물을 한 모금 마셨다.

"김 기자도 생각이 많을 거야. 미국이 말한 '신기술'이 무엇인지 알고 있으니까."

"그래도 지금 분위기로는 한국의 일개 기자가 공간터널을 터뜨려 봤자, 아무도 믿지 않을 것 같은데요."

성원도 긴장이 풀린 듯 얼굴에 가벼운 미소가 떠올랐다.

"그것보다 지금 나는 미국의 반응이 더 걱정이야. 강 장관님, 별다른 연락은 없습니까?"

민석이 팔짱을 끼고 의자에 기대어 앉은 채 물었다.

"예, 그게……."

강진수 외교부 장관이 말끝을 흐렸다.

"지금 저희 쪽 채널을 풀가동하고 있는데, 미국에서 전혀 응답이 없습니다. 표면적으로는 사태 수습 때문이라고 하는데, 이러한 분위기라면……."

강 장관이 민석과 성원을 번갈아 바라보았다.

"우리나라를 완전히 배제하고 미국 혼자 해결하려는 것 같습니다."

"토사구팽당했군……. 한국 우주인을 어떻게 구하겠다, 이런 언급도 없나요?"

"예, 지금 미국 우주인들 200여 명이 사망한 상황에서, 그런 내용을 꺼낼 수 있는 시점이 아닙니다."

강 장관이 민석의 눈치를 살피며 조심스럽게 말했다.

"쉽지 않군……."

시종일관 단단한 자세를 유지했지만, 민석은 시간이 흐를수록 강한 무력감에 지배당하고 있었다. 비선을 통한 미국과의 연락 채널마저 제대로 작동하지 않는 상황에서, 그는 한국 언론을 통해 조금씩 정보를 흘리는 전략을 택했다. 알렌이 목숨처럼 여기는 공간터널을 먼저 공개하지는 않으면서, 자칫하면 한국이 기밀을 먼저 흘릴 수도 있다는 뉘앙스를 주는 것이 전략의 골자였다.

하지만 지금은 그 어떠한 계략도 전혀 먹혀들지 않았다. 실시간으로 한국의 주요 언론 보도를 확인하고 반응하던 미국으로부터 아무런 언질이 없자 민석은 더 이상 압박할 카드가 없다는 생각에 초조함을 느끼고 있었다.

"정 실장 생각은 어때?"

"어떤 것 말씀이신지……."

침묵을 지키던 민석이 성원을 쳐다보며 물었다. 마침 대기실의 문을 정중히 노크하는 소리가 들렸다.

"5분 후 뉴스룸으로 이동하시겠습니다."

대담 준비를 알리는 직원의 목소리였다. 하지만 모두 아무런 대꾸를 하지 않았다.

"제 생각에는, 일단 미국과 유럽이 어떻게 사태를 해결하는
지 기다려보는 게 좋을 것 같습니다. 외교적인 문제도 생길 수 있
고……."

잠시 후, 성원이 강 장관을 흘끗 쳐다보며 입을 열었다.

"아니지. 그건 아니야."

민석이 단호하게 나오자 대기실 안에 다시 침묵이 돌았다. 성원
과 민석은 10년도 넘는 시간을 함께한 정치 동료였지만, 그건 성원
이 일방적으로 순종했기 때문에 가능한 일이었다. 그런 성원에게도
민석의 과감하고 때로는 우발적인 제안들이 점점 견디기 힘들어지
고 있었다.

사활을 건 미국의 화성식민지 사업이 모두 수포로 돌아간 지금,
성원은 어떤 경우에도 미국의 심기를 건드리지 않는 게 유일한 대
응책이라 믿었다. 자칫 잘못하다가는 백 년 우방국 지위를 잃어버
릴 수도 있을 만큼 미국을 비롯한 국제 정세는 혼란스럽게 흘러가
고 있었다.

하지만 민석은 계속 미국을 압박하는 전략을 고수했다. 어떠한
경우에도 알렌 대통령은 공간터널을 포기하지 않을 것이며, 한국이
공간터널 개발의 중심에 있어야만 한다는 생각이었다.

"알렌 대통령은 곧 공간터널을 언론에 공개하고, 시연회를 가질
생각인 거야. 누구나 화성 탐사는 이제 끝이라고 생각하는 이 시점
을, 알렌은 오히려 역전의 기회라고 생각하고 있는 거지. 멋들어지
게 공간터널을 이용해 구조팀을 화성으로 보내고, 그것으로 사태를
반전시키는 계획을 세우고 있는 게 분명해. 그는 지난 40년 동안 이
런 마인드로 우주 산업을 이끌어 왔다고."

민석이 허리를 꼿꼿이 세우며 말했다. 성원은 고개를 끄덕이고 있었지만 표정은 굳어 있었다.

"만약 알렌이 독자적으로 이 일들을 추진한다고 하면 이후 우리는 어떻게 될 것 같나?"

"아직 그렇게 단정 짓기에는……."

강 장관이 민석의 기세에 눌려 조그만 목소리로 입을 열었다.

"대통령님, 생방송 시간이 10분 남았습니다. 지금 뉴스룸으로 이동하셔야 합니다."

"알겠습니다. 5분 내로 나갈 겁니다."

문밖으로 KBN 직원의 목소리가 들려오자 성원이 짜증을 냈다.

"만약 알렌이 공간터널을 먼저 언론에 공개하고 실험을 강행한다면, 우리는 끝나는 거야. 공간터널이 가져다줄 수조 달러의 경제적 효과도, 그것을 최초로 발견한 역사도 모두 묻히고 말겠지. 어쩌면 알렌은 이 거대한 산업을 가져가기 위해, 정말 한국 우주인들을 핵폭발을 일으킨 범인으로 몰아세울지도 몰라."

"그러기에는 외교적인 위험이 너무 큰 것……."

"강 장관님!"

민석의 호통이 대기실 밖까지 울려 퍼졌다.

얼어붙은 강 장관이 양손을 모은 채 꼼짝도 못 하고 서 있었다. 성원은 민석이 이토록 화를 내는 모습을 단 한 번도 본 적이 없었다.

"아직도 외교를 그렇게 하시겠습니까? 의례의 꽃이라면서 만찬회나 하고, 의전이나 얄팍한 경제적 이익만 따지는 그런 외교는!"

"……."

"거대한 국가적 이익 앞에서는 아무런 소용도 없습니다."

"죄송합니다. 저는 그저……."

"우리가 아무것도 하지 않으면, 미국은 이번 사건을 기회로 우리와의 경제적 동맹, 어쩌면 군사적 동맹까지 끊으려 할 수도 있습니다."

민석이 차분함을 되찾으려는 듯 한숨을 크게 쉬었다.

강 장관은 여전히 고개를 들지 못했다. 강 장관의 머릿속은 자존심이 상한 것보다 앞으로 그가 저지를 일들을 어떻게 수습해야 할지에 대한 걱정으로 가득했다.

"대통령님."

벽에 걸린 시계를 확인하던 성원이 조심스럽게 입을 열었다.

"대담 시작이 채 3분도 남지 않았습니다. 바로 뉴스룸으로 이동하시는 게……."

민석이 의자에 걸려 있던 상의를 챙겨 입었다.

"흥분해서 미안합니다. 강 장관님도 제가 어떤 말을 하는지 이해하시리라 믿습니다."

민석이 강 장관의 어깨를 가볍게 두드렸다.

"대담 마치시고 미국으로 바로 가실 수 있도록 준비해놓을까요?"

성원이 대기실 문고리를 잡은 채 물었다.

"아니, 그럴 필요 없어."

민석이 조금 열린 문을 다시 밀어 닫았다.

"우리가 먼저 공간터널을 점유해야 해. 그것을 최초로 발견하고 이용한 나라가 한국이라는 것을 보여줘야지. 그렇게 해야만, 우리한테 함부로 하지 못할 겁니다."

민석이 강렬한 눈빛으로 강 장관을 한 번 노려보고는 대기실 문을 거칠게 열어젖혔다.

2038년 8월 25일

수소폭탄 폭발로부터 8시간 30분 후 작은 태양마저 가려버린 먼지구름 사이로 뜨거운 열기를 품은 회색 분진이 함박눈처럼 쏟아지고 있었다.

모두 실외용 우주복 위에 방사능 물질의 침투를 막기 위한 주황색 보호구를 덧입었다. 준석이 한숨을 크게 들이쉬며, 에어로크의 외부출입구를 열었다. 아직 식지 않은 핵폭발의 열기가 헬멧을 뚫고 얼굴을 후끈 달아오르게 했다.

준석이 반사적으로 바이저를 내리며 땅을 쳐다보았다. 이미 발목까지 쌓인 핵 낙진이 엉성하게 엉겨 붙어 있었다. 발을 뗄 때마다 날카로운 분진들이 공중에 떠오르자 순간 준석은 자신이 곧 죽을지도 모른다는 공포감에 휩싸였다.

뒤이어 에어로크를 나온 수연이 미동도 하지 않는 준석의 뒤에 바짝 붙었다.

"얼른 이곳을 떠나는 게 좋겠어요."

수연이 준석의 등을 떠밀며 말했다.

"지옥이 따로 없어."

발바닥이 푹 묻힐 만큼 쌓인 낙진을 밟으며, 준석이 앞으로 나아
갔다.

뚜뚜뚜뚜, 허리춤에 찬 휴대용 방사능 계수기의 알림음이 점
점 빨라졌다. 계수기 확인창을 바라보자, 아날로그 바늘이 초당
0.1mSv를 가리키고 있었다.

'곧 죽어도 이상하지 않겠군…….'

이번엔 왼팔의 우주복 디스플레이를 확인했다.

"우주복 내부는 괜찮습니다. 생각보다 방사선 차단 성능이 좋네요."

준석이 교신 버튼을 누르며 말했다.

"타일러, 방사능 농도를 보면 수소폭탄만 터진 게 아닌 것 같은데요."

준석의 뒤를 쫓던 수연이 말했다. 맨 마지막으로 나선 타일러가
힘없이 고개를 끄덕였다.

"수소폭탄은 이렇게까지 방사능 낙진이 많지 않아요. 아마 수소
폭탄과 함께 10Mt급 원자폭탄도 함께 터진 것 같아요."

"역사상 유례없는 일이 화성에서 일어났군."

교신을 듣던 준석이 헛웃음을 터트렸다.

"지구에서 이 정도 핵이 터졌으면 아마 수억 명이 사망했겠죠."

"어쩌면 절멸했을지도 모르지. 그나마 화성에는 대기가 없기 때
문에……."

준석이 금빛을 내는 바이저를 한 채 하늘을 올려다보았다. 뿌연
미세먼지로 뒤덮인 하늘은 잿빛으로 흐렸지만, 아직 태양을 확인할

수 있을 만큼 시야가 좋았다.

"지구였으면 대기층이 붕괴하면서 암흑으로 뒤덮였을지도 몰라요."

"여기 우리 로버가 무사한지 먼저 살펴보고 올게."

준석이 20여 미터 떨어진 격납고를 향해 발걸음을 재촉하며 말했다.

해성 쉘터 주위에 서 있던 연합사령부 소속 로버는 바퀴가 모두 녹아버린 채 땅 위에 주저앉아 있었다. 정비를 위해 밀폐된 격납고 안에 있던 로버 1기만이 이들의 생존을 보장해줄 수 있는 유일한 장비였다.

격납고에 이른 준석이 에어로크 외부 손잡이에 손을 대려했다.

"대장님, 바로 손대면 안 돼요. 지금 바깥 온도가 250도가 넘어요."

뒤따르던 수연이 다급하게 소리쳤다.

수연이 우주복 상의에서 은빛이 나는 작업용 장갑을 건넸다. 준석이 건네받은 장갑을 끼고 에어로크를 힘차게 열었다.

"이미 다 망가졌군."

아무런 공기도 새어 나오지 않았다. 에어로크가 제대로 작동하지 않은 것을 확인한 준석은 안으로 들어가 내부 문을 그대로 열었다.

"멀쩡한 것 같은데?"

격납고 안엔 높이가 2m가 넘는 커다란 탐사용 로버가 오롯이 서 있었다. 해성 쉘터에 마련된 두 대의 탐사용 로버 중에 유일하게 여압 장치와 방사선 차폐 패널 모두를 갖추었다.

"일단 바퀴는 안 녹은 것 같아."

준석이 LED 랜턴을 켜고 로버의 여덟 개 바퀴를 하나씩 살폈다. 온전한 것 같은 로버를 보며 준석의 얼굴에 살짝 미소가 흘렀다.

그들이 해성 쉘터에서 탈출하기로 결정하기까지는 그리 오랜 토의가 필요하지 않았다. 준석과 수연, 민성과 타일러는 이곳에서 아무것도 하지 않은 채 죽음을 기다릴 수 없다는 데 동의했다. 화성연합사령부와 주요 시설이 파괴되었을 거라 예상했지만, 혹시 있을지도 모를 생존자 구조와 물품 탐색을 위해 간다는 게 표면적인 이유였다. 타일러가 희망이 없다고 포기했지만, 해성 쉘터에 남은 식량으로 4명의 인원이 채 2개월도 버티지 못할 것이라는 계산이 나오자 그 역시 생각을 바꿀 수밖에 없었다.

꼭 화성연합사령부가 있는 데나 동굴이 아니더라도, 곳곳에 구축된 비상대피용 쉘터나 과거의 유인우주기지 등에서 필요한 물품과 식량을 구할 수도 있으리라는 기대감 역시 네 사람을 분주하게 움직이도록 했다.

수연에게는 에이미의 데이터센터에서 관련 정보를 확인하고 싶은 게 떠나는 가장 큰 이유였다. 그녀가 타일러에게 해성 쉘터의 비상식량 목록과 이미 화성궤도에 진입한 마스 익스플로러에서 자동적으로 보급될 물품에 대한 정보를 알려주지 않은 것도 그러한 이유에서였다.

"그런데…… 젠장, 아직도 엄청나게 뜨겁군."

준석이 비접촉식 온도계를 이용해 로버의 바깥 패널의 온도를 측정하자 210℃라는 숫자가 나타났다.

"일단 들어가서 전원을 켜보겠습니다."

수연이 하나 남은 열차단 장갑을 덧씌우고는 로버 문을 열었다. 안으로 들어가며 어쩔 수 없이 가쁜 숨을 내쉬었다.

'열기가 아직도 식지 않았네.'

수연이 로버 안 구석구석 LED 랜턴을 비추다 이내 조종석 근처의 (전원) 버튼을 눌렀다.

"전원이 살아있어요!"

말이 끝나기 무섭게 메인디스플레이의 화면이 검은색으로 변했다. 재차 버튼을 눌렀지만 로버는 더 이상 아무런 응답이 없었다.

"작동을 안 하는데요?"

"배터리가 아예 나간 것 같아."

수연의 헬멧에 장착된 카메라로 상황을 확인하던 준석이 말했다.

"아니요, 아마 핵폭발 후 생긴 EMP 때문에 모든 전자회로가 망가졌을 거예요."

타일러의 말에 수연이 실망한 얼굴로 눈을 꼭 감았다.

"격납고는 EMP 방호가 되는 것 아니었어? 민성아, 격납고에도 방사선 차폐 패널이 있잖아."

"그렇긴 한데……. 차폐 패널은 재질이 복합재료 중심이라 강한 EMP는 막기 어려웠을 거예요. 게다가 탐사 로버에는 EMP 방호 설계가 아예 안 되어 있고요."

민성이 로버의 외부 패널을 손으로 두드리려다 열기를 느끼고는 얼른 손을 떼었다.

무릎을 꿇고 로버 하부를 확인하던 준석이 다시 일어났다. 해성 쉘터를 떠나자는 제안은 그가 가장 먼저 꺼냈다. 표면적으로는 독자적인 생존을 위한 물품 확보와 사태 파악을 위한 최소한의 탐사였지만, 사실 그의 마음도 다른 데 가 있었다.

수연이 에이미를 주범으로 지목한 이후, 준석은 조금씩 수연의 생각에 동화되어 가고 있었다. 자신이 알고 있는 에이미는 절대 그럴 리 없다는 경험적 믿음과 수연의 추리들이 맞추어내는 퍼즐의 조각들이 준석에게 계속 갈등을 불러일으켰다. 에이미의 물리적 실체가 남아 있을 가능성이 있다는 걸 듣고 여길 즉시 떠나야겠다고 마음을 굳혔다. 에이미가 아직 살아있다면, 직접 만나 대화를 하는 것만이 전말을 확인할 수 있는 유일한 방법처럼 보였다.

그러나 이러한 계획도 이동 수단 없이는 불가능한 일이었다. 마지막 기대를 모았던 탐사용 로버마저 사용이 불가능한 것을 알게 된 지금, 준석은 밀려오는 절망감에 판단 능력이 흐려졌다.

"그럼 어떡하죠?"

"확실한 건 아니지만……."

타일러가 조심스럽게 입을 열었다.

"군용 로버는 작동할 수도 있어요. 애초에 핵폭발에도 견딜 수 있게 열기와 EMP 방호 능력이 있으니까."

세 사람은 어리둥절한 표정을 지었다.

"아까 오면서 봤잖아요. 땅에 들러붙어 있는 게 완전히 녹아버린 것 같던데요?"

"그래, 누가 봐도 사용이 불가능한 것처럼 보이던데, 타일러도 확인한 거야?"

수연의 말에 준석이 맞장구를 쳤다.

"바퀴가 모두 녹아 주저앉은 것처럼 보였을 텐데, 내부 장비들은 멀쩡할 수도 있어요. 설계 당시 화성의 가장 척박한 환경과 높은 방사선에서도 견딜 수 있게 했거든요. 제가 타고 있던 로버는 캐빈룸이 밀폐되어 있었기 때문에 내부 장비들도 크게 손상당하지 않았을 거예요."

"그럼 얼른 가서 확인해봐야지. 이 녀석에서 우리가 건질 것은 없는 거고?"

준석이 탐사 로버를 가리켰다.

"바퀴가 멀쩡하니 가져다 쓸 수는 있겠죠. 두 녀석 다 기본 베이스는 같으니까."

"그게 중요한 게 아닌 것 같은데요."

잠시 생각에 잠겨 있던 수연이 입을 열었다.

"왜, 무슨 문제인데?"

"타일러의 말대로 밀폐된 상황에서 핵폭발을 맞았잖아요. 그 안에 군인들도 그대로 있었고……."

"군용 로버를 이용하려면 동료들의 시신을 수습해야 해요."

타일러가 애써 침착하게 굴었다.

"잠깐만 타일러, 군용 로버는 핵폭발에 견딜 수 있게 되어 있다면서. 왜 동료들은 무사하지 못했지?"

준석이 격납고를 나와 그를 돌아보았다.

"그건 저희 실수였어요. 모든 방호 능력은 완전히 밀폐되었을 때만 나와요. 동료들이 타고 있던 승무원 캐빈은 방탄 창문이 여러 개나 있는데, 감시를 위해 모두 가림막을 열어놓은 상황이었어요. 저와 달리 우주복을 입고 있지 않던 동료들은 열기에 화상을 입고 사망했을 거예요."

타일러의 무덤덤한 목소리에 준석과 수연이 말없이 걸음을 이어갔다.

한 번도 직접 시신을 본 적 없지만, 수연은 지금 두렵지도 불안하지도 않았다. 수연은 격납고에 있는 탐사 로버가 사용 불가능하다는 것을 알았을 때 드러난 준석의 얼굴에서 그 역시 자신만큼 강렬한 무언가를 원하고 있다는 것을 눈치챘다.

2038년 8월 25일

어느새 해성 쉘터 밖으로 나온 지 3시간이 지나고 있었다. 준석이 군용 로버를 지지하고 있던 휴대용 리프트를 천천히 내리자 로버 바퀴가 땅에 닿으며 제자리를 찾았다.

"산소가 얼마 남지 않았어. 얼른 로버에 타는 게 좋겠다."

준석이 선외활동용 우주복의 디스플레이 창을 확인하자 산소 수치가 20%를 가리키며 주황색으로 깜박였다.

"로버에 산소는 모두 충전했나요?"

"예, 산소탱크 4개 모두 옮겨놓았습니다."

민성이 로버 뒷문을 닫으며 대답했다.

녹아버린 군용 로버의 바퀴를 격납고에 있던 탐사용 로버의 것으로 교체하는 데는 그리 오랜 시간이 걸리지 않았다. 하지만 아직도 섭씨 100도를 넘나드는 외부 기온과 어느덧 중천에 떠오른 태양의 열기가 네 사람을 지치게 했다.

"로버 내부도 모두 정비했습니다. 이제 올라타 가압만 하면 될 것 같아요."

"고생했어. 타일러, 이제 쉘터 밖으로 나와도 될 것 같아요."
준석이 민성과 눈을 마주치더니 장갑의 버튼을 눌러 타일러와 교신했다.

타일러는 직접 군용 로버 뒤에 타고 있던 4명의 군인 시신을 수습했다. 형체를 알아볼 수 없을 만큼 손상된 동료들의 시신을 마주하는 것이 그에게는 견딜 수 없는 고통이었지만, 화성에서 자신이 할 수 있는 마지막 예우라 생각했다.

원래는 쉘터 주변에 묻어주는 계획이었지만, 물거품으로 돌아갔다. 거대한 폭발이 화성의 지각까지 뒤흔들면서, 화성의 토양 역시 70도가 넘는 높은 온도를 유지하고 있었다. 준석은 폭발의 열기가 지나갈 때까지 만이라도, 해성 쉘터 안 냉동고에 시신들을 보관할 것을 제안하며 실의에 빠진 타일러를 달랬다.

"다들 준비됐나요?"

준석이 로버에 모두 오른 걸 확인했다. 수연이 가압 버튼을 눌렀다. 팬이 거칠게 돌아가는 소리가 들리더니 로버 안의 공기가 빠르게 순환하기 시작했다.

"이 열기를 언제까지 견딜 수 있을지가 걱정이네요. 해성 쉘터는 괜찮을까요?"

초록색 등이 들어온 걸 확인하고 수연이 먼저 헬멧을 벗었다.

"장담할 수는 없어요. 다들 아시다시피 이곳 표면온도는 영하 100도에서 영상 20도 사이를 오가요. 해성 쉘터도 그 기준에서 견디도록 설계되었죠. 지금처럼 100도가 넘는 시간이 지속된다면 온

도유지장치가 과부하로 작동을 멈출 수도 있어요."

거친 숨을 내쉬며 대답하는 민성의 이마엔 땀방울이 가득 맺혀 있었다.

"그럼 다시 돌아오지 못할 수도 있겠군요."

수연이 절망스런 말투로 말했다. 준석이 조이스틱을 밀자 로버가 천천히 움직이기 시작했다. 열기에 물러진 타이어가 지면의 마찰을 이겨낼 때마다 로버가 위아래로 출렁였다.

"지금 화성연합사령부로 바로 가는 건가요?"

"그래야지. 화성연합사령부에 들러 피해 상황을 확인하고, 생존자가 있다면 구조도 해야 할 테고."

준석이 정면을 응시한 채 무뚝뚝하게 대답했다.

"좋습니다. 그럼 화성연합사령부에 먼저 들른 후에 클로이 동굴로 가기로 하죠."

"가능성이 없습니다."

타일러가 단호하게 말했다.

"무엇이 가능성이 없다는 말이죠?"

"생존자가 있을 확률이요. 만약 생존자가 있었다면 어떻게든 구조 연락이 왔을 거예요."

타일러가 품 안에서 휴대전화 크기의 물체를 꺼내며 말했다.

"화성연합사령부의 모든 인원은 비상시 자신의 위치를 송출할 수 있는 신호기를 항상 휴대하고 있어요. 화성 주위를 돌고 있는 메이븐 위성과 직접 교신하기 때문에 핵폭발의 영향을 받지 않죠. 확인해보았는데, 최근 12시간 내 메이븐 위성과 통신한 신호기는 오직 한 대뿐이었어요. 그게 바로 이 녀석이죠."

타일러가 신호기를 만지작거리더니 다시 품에 넣었다.

"폭발로 인해 화성연합사령부의 입구가 막혔고, 그 안에 생존자가 있다면요? 갇혀 있는 상황에선 신호기도 위성과 통신할 수 없잖아요."

"지금 바로 문제점을 말해주셨군요."

준석의 말을 타일러가 맞받아쳤다.

"화성연합사령부 내부에는 기지 확장과 보수를 위한 각종 중장비들이 있어요. 폭발로 동굴 입구가 무너졌는데, 안에서도 나오지 못할 정도라면, 고작 이 로버 한 대뿐인 우리는 무엇을 도와줄 수가 있죠?"

타일러의 냉철한 눈빛에 준석은 말문이 막혔다.

"그럼 클로이 동굴로 바로 가기로 하죠."

수연의 말에 준석이 조이스틱에서 손을 떼었다. 이윽고 로버가 속도를 줄이더니 대지 가운데 멈추어 섰다.

"다들 동의하시나요?"

준석이 그제야 4점식 안전벨트를 꺼내 체결하며 물었다.

"예, 타일러의 말을 듣고 나니 화성연합사령부에 가는 게 큰 의미가 없을 것 같아요. 다음 계획대로 클로이 동굴로 가는 게 좋겠어요."

"그럼 다들 동의하셨으니……."

준석이 센터디스플레이 내비게이션에서 '클로이 동굴'을 입력했지만 아무런 결과도 뜨지 않았다.

"클로이 동굴은 검색이 안 될 거예요. 에이미가 있는 곳은 1급 기밀이니까."

타일러가 자신의 개인용 컴퓨터를 뒤졌다.

"여기 있네요. 좌표를 불러 드릴게요. 남위 8.34도, 서위 120.08도입니다."

준석이 타일러의 말대로 좌표를 입력하자 위험지역임을 알리는 붉은색 경고창이 떠올랐다.

"보안이 철저하군."

"제 패스워드를 입력하면 됩니다."

준석이 피식 웃어 보이자 타일러가 손을 뻗어 암호를 입력했다.

"이렇게까지 해서 에이미를 만나야 하는 이유가 있나요?"

민성이 뒤늦게 창의 가림막을 내리며 물었다.

"어쩌면……."

준석이 담담한 표정으로 민성과 눈을 마주쳤다.

"우리가 에이미를 파괴해야 할지도 몰라."

로버 안이 일순간 조용해졌다.

"……우리가 지금 꼭 에이미를 만나서 힘겹게 파괴할 필요가 있을까요? 저는 차라리 빨리 화성을 탈출하고 싶어요."

민성이 눈치를 살피며 조심스럽게 입을 열었다. 준석이 어리둥절한 표정으로 그를 바라보더니 이내 헛웃음을 터트렸다.

"그게 무슨 소리야?"

"제가 겁먹은 것처럼 들리실 수 있는데, 정반대라는 것부터 말씀드리고 싶어요."

민성이 담담한 얼굴로 말을 시작했다.

"먼저 에이미는 파괴할 수 없어요. 아까도 말씀드렸다시피 에이미는 분산컴퓨팅을 통해서 연산을 수행하는데, 어느 컴퓨터에 얼마만큼의 자원을 할당할지, 에이미 스스로 결정해요. 그러니까 자신의 지분이 어디에 얼마가 있는지 우리가 알지 못한다는 거죠. 에이미를 없애려는 건, 마치 자신의 스마트폰에 탑재된 앱 하나를 지웠다고 해서 그 앱이 완전히 사라졌으리라 기대하는 것과 같아요.

"……."

"모든 스마트폰을 찾아서 없애지 않는 한, 어디엔가 남아 있죠. 두 번째로는, 에이미는 더 이상 아무것도 할 수 없어요. 잘 아시다시피 에이미는 로봇을 움직일 권한이 없어요. 기껏해야 로버 같은 운송수단만 에이미가 통제하죠. 드론들은 처음부터 인간이 직접 조종하도록 설계되었고요. 아직 핵폭탄을 어떻게 기폭시켰는지는 미스터리지만, 그로 인해 모든 장비들이 망가진 상황에서 에이미는 더 이상 우리에게 해를 가할 수 없어요. 생존유지장치도 모두 〔최소화 모드〕로 바꾸었기 때문에, 에이미가 망가뜨릴 수 없죠."

민성이 세 사람의 얼굴을 번갈아 바라보았다. 모두들 아무런 말이 없었다. 지금까지 준석과 수연의 의견을 전적으로 따랐지만, 생존과 죽음의 갈림길에 이른 지금, 민성은 더 이상의 모험을 하고 싶은 생각이 없었다. 예상했던 일은 하나도 일어나지 않는 이곳에서 민성은 더 이상 불확실한 일에 목숨을 걸고 싶지 않았다.

"그래서 저는……."

민성이 입술이 마르는 듯 침을 삼켰다.

"지금 당장 이곳을 떠나 지구로 돌아가는 게 좋을 것 같아요."

"민성아."

"조금 더 들어봐요. 그래서 어떻게?"

수연이 준석의 말을 끊더니 계속하라는 신호를 보냈다.

"제가 생각한 건 두 가지예요. 하나는 공간터널을 이용하는 거예요. 이미 물체 전송 실험도 성공했고. 물론 위험 요인이 있지만, 가장 빠르고 신속하게 지구로 갈 수 있죠."

민성이 억지로 표정을 풀려고 입술을 실룩거렸다.

"두 번째는 우리가 이곳에 내려올 때 사용한 랜더를 이용하는 거예요. 핵폭발의 충격에 손상되지 않았다면, 조금만 손을 보면 랜더를 작동시킬 수 있을 테고요. 그럼 화성 궤도를 공전하고 있는 마스 익스플로러로 직행할 수 있죠."

민성의 제안에 수연은 마음이 흔들렸다. 정신없이 몰아친 일련의 사건들은 그녀의 정신을 온전히 이곳에 집중하게 만들었다. 인류가 구축해놓은 모든 것이 무너진 지금, 살아남은 이들이 할 수 있는 마지막 임무는 어쩌면 무사히 지구로 귀환하는 것일 수도 있었다.

잠시 눈을 감았던 수연이 입을 열었다.

"민성이 의견도 좋아요. 하지만 제 생각은 다릅니다. 먼저 랜더는 이용할 수 없어요. 랜더의 발사 및 궤도 계산은 모두 에이미가 담당하고 있잖아요. 비행기처럼 우리가 수동으로 조종하기에, 마스 익스플로러와의 랑데부는 너무나 버겁고 어려운 일이죠."

수연이 또박또박 말을 이어갔다.

"두 번째로, 공간터널을 이용하는 건 너무 위험해요. 아직 인체전송실험을 하지도 못했을 뿐더러, 무사히 지구로 돌아갈 수 있다는 보장도 없어요. 1차 탐사대원들이 어떤 이유로 터널을 통과한 직후 사망했는지도 아직 명확하지 않고요."

수연의 말에 준석과 타일러가 고개를 끄덕였다.

"무엇보다 우리는 에이미를 만나야만 해요."

수연이 왼손을 뻗어 센터디스플레이에서 깜박이는 (이동) 버튼을 눌렀다. 로버가 덜컹거리며 움직이기 시작하더니 조금씩 속도를 높여갔다.

"인류가 만들어낸 최고의 인공지능이 왜 인류를 죽이려 하는지, 도대체 어디서부터 잘못된 것인지를 알아내지 않은 채로 우리가 화성을 떠나면……."

수연이 잠시 멈칫하더니 세 사람을 차례로 바라보았다.

"에이미의 다음 타깃은 분명 지구가 될 거예요."

2038년 8월 26일

"이거 진짜 본국에서 온 내용 맞아?"

새벽 2시, 남극 세종과학기지에서 떠날 채비를 하고 있던 상우는 팩스로 전달된 종이를 여러 번 훑어보았다.

"네, 공문 밑에 식별번호도 우리가 가진 암호북과 일치해요. 전송 방식이 구닥다리긴 하지만, 정부에서 우리한테 보낸 내용은 맞아요."

민철이 짐을 챙기며 말했다. 테라로사에 무단으로 침입한 이후, 상우와 민철은 남극의 미국 맥머도 기지에서 이틀에 걸친 조사를 받았다. 무단침입과 시설파괴 그리고 살인미수 등의 혐의가 적용되었지만, 사건이 발생한 지역에 한국이 관리하는 영역이 포함되어 있다는 것과 한국 정부의 적극적인 중재로 남극에 감금되는 것은 피할 수 있었다. 대신 두 사람은 남극에서 24시간 내 떠날 것을 명령받았다.

"잠깐만. 좀 생각을 해보자고."

상우는 도무지 믿을 수 없다는 표정이었다.

"내가 남극에서 애송이일 때부터 근무한 지가 10년이 넘었는데…… 한 번도 비상통신망이 가동된 적은 없어."

상우가 종이를 들어 보였다.

"게다가 팩스를 통해 비상통신이 전달되는 것은 20년 전에도 잘 안 하던 짓이야."

"그래서 팩스로 보냈겠죠. 지금 우리가 누구랑 무슨 이야기를 하는지, 정보기관에서 다 보고 있을 텐데 달리 방법이 있었겠어요?"

민철이 담담한 표정으로 대꾸했다.

"그럼 너는 이 내용대로 하겠다는 거야 지금?"

"그럼 어떻게 해요. 우리가 한국에 돌아간다고 해서 자유롭게 생활할 수 있는 건 아니에요."

상우는 민철의 적극적인 태도가 달갑지만은 않았다. 상우에게 남극은 인생의 전부나 다름없었다. 20대 중반부터 꼬박 20년을 남극과 관련한 업무에 몰두해 있었다. 다른 대원들은 1년 동안의 남극 근무를 '버틴다'는 표현을 쓰며 지냈지만, 상우는 본국에서 보내야 하는 나머지 2년이 오히려 버티는 시간이었다. 그런 그가 깔끔하게 남극에서의 생활을 포기하고 추방에 동의한 것은 그의 인생에서 가장 어려운 결정이었다. 하지만 자신에게 씌워진 혐의는 너무 무겁고도 명백했다.

"때로는 빠른 포기만큼 행복을 가져다주는 것도 없지."

"뭐라고 하시는 거예요, 지금."

잠시 생각에 빠진 상우가 혼잣말로 중얼거리자 민철이 타박하며 말했다.

민철은 여행용 캐리어 크기만 한 가방 두 개를 양손에 힘겹게 들어 테이블 위에 올려놓았다.

"가서 무단침입, 살인미수, 국가 시설물 파괴, 이런 혐의로 재판받아야 해요. 집행유예는 절대 안 나올 거예요."

"야, 국가를 위해서, 어, 우리가 다 화성의 우주인들을 위해서 한 건데. 그걸 참작 안 해준다고?"

상우가 추방에 성급하게 동의한 것은 관련 혐의를 벗어나기 위해서가 아니었다. 남극에서의 형사관할권은 탐사국 사이에 복잡한 이해관계가 얽힌 탓에 아직도 이렇다 할 결론이 내려지지 않고 있었다. 속인주의에 입각하여 한국에서 재판을 받을 경우, 아무래도 정부의 입김이 작용하여 자신들에게 유리하지 않을까 하는 게 상우의 계산이었다.

"예, 국가는 우리가 잘나갈 때만 존재합니다."

하지만 민철의 생각은 달랐다. 탐사기지의 대장인 상우가 추방에 동의하는 바람에 얼떨결에 사인을 하기는 했지만, 민철은 한국으로 돌아가면 보란 듯이 배신을 당하고 말 거라고 생각하고 있었다. 대통령이 직접 시켜서 한 일이지만, 그것을 증명할 만한 객관적인 문서는 아무것도 존재하지 않았다. 애당초 잘못되면 크게 손해 볼 것을 알면서도 겁 없이 뛰어든 것이었다.

"그래서 어떻게 하자고. 정말 여기 나온 대로 하겠다고? 그건 너무 모순된 생각 아니야? 정부를 못 믿겠다면서 그들이 보낸 이 종이 쪼가리를 믿어보자는 거 아니야 지금."

"한 번 속았는데 두 번 속는 거야 뭐 어렵겠습니까."

민철이 재빠르게 가방 손잡이에 달린 봉인 장치를 해제하며 말했다.

"야, 잘 생각해야 해. 정부, 아니 대통령이 직접 시킨 일을 해서 이 사달이 났는데, 다시 제안을 받아들인다고? 그러다 잘못되면. 이건 감옥이 문제가 아니라 목숨이 달린 일이야."

상우가 가방 위에 손을 턱 올려놓으며 민철을 제지했다.

"거꾸로 생각해보세요. 우리를 이 지경에 만든 장본인이 정중하게 부탁을 했는데, 그걸 어기고 한국으로 돌아간다고 생각해봐요. 과연 우리를 아는 척이라도 할까요? 대중들은 테라로사의 존재조차 까맣게 모르고 있는데, 우리가 떠들어봤자 미친놈 취급밖에 더 당하겠냐고요. 그리고 저는……."

민철이 가방 위에 올라온 상우의 손을 잡더니 정중하게 테이블 위에 내려놓았다.

"감옥에서는 절대 생활 못 합니다. 차라리 여기서 죽는 게 더 나아요."

"야, 너 정말!"

상우가 당황해 민철을 쳐다보자 그가 억지 미소를 지어 보였다.

"대장님도 더 이상 고민하지 말고 저랑 합류하세요. 별거 아니에요. 녀석이 잘 작동하는 거 두 번이나 확인했잖아요."

"첫 번째는 아니었지. 살아서 돌아오지 못했잖아."

"그건 테라로사가 얼음 속에 꽁꽁 갇혀 있을 때 얘기고요. 지금은 상황이 다르죠."

민철의 얼굴에서 알 수 없는 자신감이 묻어났다. 그가 갑작스럽게 팩스로 전달된 대통령의 지시 사항을 따르기로 결정한 데는 합리적인 이유가 없었다. 남극에서 직접 초자연적인 현상들을 경험한 민철은 그동안 자신이 확고하게 간직했던 과학의 패러다임이 전부가 아님을 처절하게 깨달았다. 모두가 검증할 수 있는 숫자들의 영역을 벗어나 자신만이 확인할 수 있는 경험의 세계로 나가리라 민철은 굳게 다짐하고 있었다.

민철이 봉인을 해제하고 가방을 열어젖히자 새것처럼 보이는 주황색 우주복이 한 벌 들어 있었다.

"대장님, 저것 좀 꺼내주세요. 충전이 되는지 확인해봐야죠."

민철이 창고 선반 위에 있는 흰색 물체를 가리켰다.

"잠깐만. 나는 이게 믿기지 않아. 지금 우리더러 정말 이걸 하라는 거야?"

상우가 마지못해 선반 위에서 짐을 내렸다.

"저도 믿기지 않아요."

민철이 우주복을 꺼내더니 벽에 걸었다. 오른쪽 가슴 부위에 화상탐사대 로고가 박힌 선외활동용 우주복이었다.

민철이 '정준석' 이름이 적힌 벨크로 명찰을 떼어냈다.

"명찰이야 오버로크로 만들면 될 테고. 이 정도면 뭐 쓸 만하겠는데요."

민철이 가방에서 꺼낸 우주복은 제2 화성탐사대가 화성에 가져간 것과 동일한 제품이었다. 방사능 및 기상 악조건에서의 테스트를 위해 세종과학기지에 전달되었지만, 각종 테스트 일정에 밀려 아직 한 차례도 시험하지 않은 새것이었다.

"정말 할 수 있겠어?"

조금 전 전달된 암호화된 공문에는 최민석 대통령이 자필로 쓴 지시사항이 간결하게 적혀 있었다. 24시간 안에 화성탐사용 우주복을 입고 테라로사에 잠입한 다음, 공간터널을 이용해 화성으로 이동할 것.

전송 과정에서 해상도가 흐려진 암호화 공문에는 임무의 목적도 이유도, 구체적인 실행 방안도 적혀 있지 않았다. 공문 밑에 적힌 식별번호가 송신자를 최민석 대통령으로 나타냈지만, 내용의 진위여부까지 확인할 수 있는 것은 아니었다.

"글쎄요. 그래도 하라면 해야겠죠?"

민철이 다른 가방에서 책가방 모양의 화성탐사용 산소탱크를 꺼내더니 잔량을 확인하며 말했다.

"얘는 충전이 필요하겠네요. 어디 보자 커넥터가……."

"민철아."

상우가 분주하게 움직이는 민철을 바라보다 그의 이름을 나지막이 불렀다.

"나도 성격이 느긋한 편은 결코 아니지만, 이거 우리 계획을 좀 세우고 타당성을 따져봐야 하지 않겠니? 네 말대로 죽을 수도 있는 일이잖아."

민철은 아무런 대꾸도 하지 않고 물품을 챙겼다.

"설령 대통령이 직접 화성으로 가라고 했다고 치자. 그럼 이유라도 적어 줘야지. 이전처럼 메모리칩을 RC카에 실어서 전달하라든지, 아니면 화성에 급한 일이 생겨서 우리의 도움이 필요하다든지. 그런 내용을 전달해주는 게 최소한의 예의 아니겠니? 나는 이제 정부 놈들 도무지 믿음이 안 가. 이거 그냥 우리가 사고치고 골칫거리만 될 것 같으니까 알아서 자살하라는 지시면 어떡할 건데."

"예, 대장님 말씀은 잘 알겠어요. 그런데 지금은 우리한테 선택지가 없어요. 시간도 얼마 남지 않았고요."

상우가 호소하듯 말했지만, 민철은 벽에 걸린 시계를 보며 시간을 가늠했다.

　"물품 준비하고 어떻게 테라로사로 다시 잠입할 건지 계획 세우려면 20시간도 빠듯해요. 대장님 말씀하신 대로 계획 없이 가는 것은 안 되죠. 경계가 삼엄해진 상태라 한 번에 성공하려면 쉽지 않을 거예요."

　"그 이야기를 하는 게 아니잖아, 지금."

　"그럼요? 갈지 안 갈지를 의논하자고요? 그건 이미 결정 난 것 아닌가요, 대장님?"

　민철의 당당한 태도에 상우가 말을 잇지 못했다.

　"추방까지 20시간 남았어요. 12시간 후면 호송하는 애들이 우리 데리러 올 거고요. 수갑 차고 그대로 한국 가면 바로 구치소로 가겠죠. 거기까지만 해도 저는 이미 아니에요. 저는 결정 내렸습니다. 대장님 안 가신다고 하면 저 혼자라도 가겠습니다."

　"그건 네 생각이고. 뭐 살인을 저지른 것도 아닌데 너무 겁부터 먹는 것 아니냐고!"

　상우의 말에 민철이 갑자기 행동을 멈추었다.

　"대장님, 제가 대장님하고 300일 동안 같이 생활하면서 느낀 건데……"

　민철의 돌발 행동을 예상하고 상우가 한 발 뒤로 물러섰다.

　"대장님이야말로 너무 겁이 많으세요."

　민철이 뜬금없이 웃어 보이자 상우가 어이없다는 표정을 지었다.

　"야! 너 지금 그걸 말이라고……."

　"새로운 것에 대한 도전. 미지의 세계에 대한 호기심. 그 이기적인 욕심 때문에 가족도 다 버리고 여기 남극에 오신 것 아니었어요? 딱 딱 들어맞는 과학을 하실 거면 굳이 여기까지 오실 필요가 없었죠. 그건 사무실에 앉아서 컴퓨터 자판을 두드리면 더 잘할 수 있는 거 니까. 대장님이 항상 말씀하셨잖아요. 새로운 것에 대한 갈망은 인 간의 가장 근원적인 욕망이다. 술 한 잔 들어갔을 때만 말한 거긴 했지만."

민철의 건방진 말투가 거슬리면서도 상우는 가슴이 울컥 올라오 는 것을 느꼈다.

"사실 테라로사를 처음 봤을 때부터 저는 가슴속에서부터 무언가 요동치는 걸 느꼈어요. 남극의 삭막한 환경에서 느낄 수 없는 그 무 엇을요. 테라로사는 우리가 이해할 수 없는 차원의 누군가가 설계 하고 만든 것이겠죠. 그것이 신이든 외계인이든 아니면 또 다른 인 간이든 저에게는 별로 중요하지 않아요. 그것을 직접 경험했느냐 아니냐가 중요할 뿐이죠."

민철의 말을 듣던 상우의 얼굴도 진지해졌다. 민철이 짚어낸 대 로 상우는 테라로사 안으로 들어가는 것을 두려워하고 있었다. 적 어도 화성으로 전송되지 못한 채 그 안에서 얼어 죽을지도 모른다 는 식의 두려움은 아니었다. 그보다는 테라로사의 전송이 실패할 경우, 남극에서 중범죄를 저지른 유일무이한 한국인으로 불명예스 럽게 기록될 것이라는 생각이 그의 발목을 붙잡았다.

"대장님이 그러셨잖아요. 한국에 있었을 때 남극에 갈 수 있다면 날개 없는 비행기라도 타시겠다고. 남극과는 비교할 수도 없는 곳 에 갈 기회가 생겼는데, 뭐가 그렇게 두려우세요."

상우의 심장박동이 조금씩 빨라지고 있었다.

2038년 8월 26일

화성 시각으로 새벽 3시가 조금 넘은 시각. 네 사람은 4시간째 흔들리는 로버 안에 앉아 있었다. 평소 같으면 이동 경로 주위에 마련된 임시 쉘터에서 전기를 충전하고 산소를 보충했을 테지만, 지금의 화성은 인간의 손길이 한 번도 닿지 않았을 때보다 더욱 삭막하고 고요했다.

자율주행에 운전을 맡긴 채 눈을 붙이는 준석과 달리, 수연은 내내 윈드쉴드 밖을 바라보았다. 비록 에이미와는 관련 없는 기초적인 수준의 인공지능이 로버를 운전하고 있었지만, 왠지 이마저도 믿음이 가지 않았다. 혹여나 예상했던 경로를 벗어나지는 않을까. 수연은 왼손으로 조이스틱을 꼭 쥔 채, 곧 마주할 에이미의 실체에 대한 생각에 잠겼다.

클로이 동굴에 가까워질수록 더 높이 쌓인 분진들 때문에, 군용 로버는 시속 10km를 간신히 유지하며 천천히 전진해 나갔다. 로버의 전조등이 전방을 비추고 있었지만, 태양마저 사라져버린 어둠 속에서, 로버는 관성항법장치가 알려주는 위치 정보에 의지할 뿐이었다.

"대장님!"

갑자기 나타난 센터페시아의 경고 메시지를 확인하고 불렀지만, 준석은 아무런 대꾸가 없었다. 수연이 돌아보자 민성과 타일러 역시 곯아떨어진 상태였다.

"대장님!"

수연이 준석의 옆구리를 쿡쿡 찌르자 그제야 준석이 얼굴을 찌푸리며 눈을 떴다.

"이러다가 로버 안의 산소가 다 떨어지겠는데요."

경고 메시지가 산소 잔량 부족을 알리며 노란색으로 깜박이고 있었다.

"아까 민성이가 산소탱크 4개 실었다고 하지 않았어? 그럼 24시간은 더 버틸 수 있을 텐데……."

준석이 정신이 번쩍 든 얼굴로 말했다.

"출발 전에 산소량은 두 번 확인했어요. 그런데 지금 잔량을 보세요."

"20퍼센트라…… 생각보다 훨씬 더 빨리 떨어지네."

준석이 화면을 흘깃 살펴보더니 말했다. 잠에서 깬 타일러도 앞자리로 몸을 숙여 확인했다.

"아무래도 열기 때문에 공조시스템에 문제가 생겼나 봐요. 예비 산소탱크를 가져오기는 했지만, 이대로라면 4시간도 버티지 못할 것 같은데."

수연이 걱정스러운 눈빛으로 말했다.

"클로이 동굴까지는 얼마나 남았지?"

준석이 센터페시아 화면을 (지도)로 전환하며 말했다.

"20킬로미터요."

"지금 시속이 10킬로미터. 왜 이렇게 천천히 가고 있지?"

그제야 로버의 속도를 확인한 준석이 창밖으로 고개를 돌렸다. 잿빛 솜털처럼 엉겨 붙은 방사능 낙진이 유리창 하단에 조금씩 쌓여가고 있었다.

"젠장, 사태가 생각보다 심각해."

"2시간 전부터 그랬어요. 로버의 속도가 준 게. GPS 신호도 먹통이에요."

수연이 전면 윈드쉴드의 와이퍼를 작동하며 말했다.

"깨웠어야지. 도대체 얼마를 잔 거야."

"깨운들 무슨 해결책이 있나요? 그냥 여기 나오는 대로 따라가는 수밖에 없죠."

수연이 멋쩍게 웃어 보이더니 이내 조이스틱에서 손을 놓았다.

"다행히 속도가 더 줄어들지 않는다면 2시간 안에는 도착할 수 있겠어. 타일러, 클로이 동굴에 가면 로버 충전할 수는 있어요?"

"모든 시설에는 로버 충전 장비가 있어요. 전력과 산소 모두 보충이 가능하죠."

"다행이군."

준석이 무덤덤하게 말했다.

"하지만……."

타일러가 쓸쓸한 표정을 지으며 입을 열었다.

"로버 충전 장비는 에이미가 전적으로 관리합니다. 그게 사용을 허락할지는 미지수죠."

준석은 다시 가슴이 답답해졌다. 모두 에이미를 적으로 규정하고 있었다. 거기에 반기를 들 수 없는 상황이었다. 에이미에 대한 강한 원망과 제3의 원인이 있을지 모른다는 생각에 심사가 복잡했다.

"클로이 동굴의 입구는 어떻게 되어 있죠? 출입문도 에이미가 관리하나요?"

수연이 불현듯 높아진 목소리로 물었다.

"클로이 동굴은 다른 동굴들과 달리 입구가 위장되어 있어요. 겉으로는 알아차릴 수 없게 출입문 위에 화성의 토양과 암석들이 덮여 있고요. 하지만 핵폭발 위력으로 지금은 위장물이 다 사라졌을 거예요."

"그럼 클로이 동굴도 파괴되었을 수 있겠네요."

수연이 조심스럽게 말했다.

"그럴 가능성은 크지 않을 것 같아요. 이전에 말씀드렸다시피 클로이 동굴의 방호레벨은 화성에 있는 시설 중 최상급이에요. 이론적으로는 동굴 입구 바로 위에서 터진 1Mt급 핵폭발도 견딜 수 있게 설계되었죠."

"끔찍이도 아꼈군요."

"예, 에이미의 데이터센터가 파괴된다는 것은 화성의 모든 삶이 원시시대로 돌아가는 걸 의미하니까요."

"아까 제가 물어본 것도 말해주세요. 우리가 그곳에 도착했는데 출입문을 열지 못하면, 어떻게 되는 거죠? 이대로 로버 안에서 생을 마감해야 하나요?"

"세 분만 오셨다면 그럴 수도 있지만……"

수연의 질문에 타일러가 품속에서 작은 ID 카드를 하나 꺼내 보였다.

"화성에서 클로이 동굴의 출입 권한을 가진 사람은 딱 네 명뿐입니다."

"그러니까 그게 있으면 에이미도 우리의 출입을 막지 못한다는 거죠?"

수연이 재촉하듯 물었다.

"예, 인간이 그곳에 출입하는 경우는 에이미에 중대한 이상이 생겼을 때뿐이니까요. 에이미의 권한을 오버라이드 해서 들어갈 수 있습니다."

타일러가 확고하게 대답했다.

"수연이 넌 너무 걱정이 많아."

준석이 농담을 던지며 조이스틱을 당겨 로버를 가속했지만, 생각대로 나아가지 않았다. 다시 조이스틱을 중립 위치로 옮기는데, 갑자기 무언가와 부딪쳤는지 충격으로 네 사람의 몸이 앞으로 와락 쏠렸다. 돌아보던 수연이 옆으로 쓰러지며 전면 윈드쉴드에 세게 부딪쳤다.

"뭐야!"

준석이 조이스틱을 놓고 수연을 일으켰다.

"수연아, 괜찮니?"

유리창에 머리를 부딪친 수연의 머리카락이 피로 젖어 있었다.

"여기요."

민성이 구급함을 찾아 거즈 여러 장을 꺼내 건넸다. 수연이 직접 거즈를 출혈 부위에 대고 꾹 눌렀다.

"저는 괜찮아요. 로버가 무언가에 부딪친 것 같은데요? 밖이 하나도 안 보여서 알 수가 없어요."

"젠장, 이 경로에는 별다른 암석이 없는 걸로 되어 있는데."

준석이 센터페시아의 지도 화면을 이리저리 확대하며 말했다.

"여기서도 아무것도 안 보입니다. 시계가 완전히 제로예요."

민성이 가림막을 올리고 둘러보았지만 뿌연 안개가 모든 것을 가로막고 있었다.

"다들 벨트 다시 매요. 탈출 시도해보겠습니다."

준석이 몸을 숙인 뒤 수연의 안전벨트를 당겼다. 이후 조이스틱을 천천히 좌우로 흔들기 시작했다. 바퀴에 힘이 가해지며 로버가 옆으로 이동하는가 싶더니, 이내 바퀴가 헛돌며 다시 제자리로 돌아오기를 반복했다.

"무언가에 단단히 걸렸어. 민성아, 나가서 확인해보자."

준석이 운전석 옆에 걸린 헬멧을 쓰고, 수연의 것을 들어 그녀의 머리 위에 씌웠다.

"잠시 감압합니다."

모두 헬멧을 쓴 걸 확인한 후 로버의 공기를 모두 뺐다. 감압이 완료되자 운전석 문을 열고 발을 내디뎠다.

"젠장! 지독히도 쌓였군."

준석이 먼저 내디딘 왼발이 30cm 가까이 쌓인 먼지층에 푹 묻혔다.

"민성아, 탐사용 덧신 챙겼니? 그게 없으면 오도 가도 못 할 것 같은데."

준석이 오른발을 내딛지 못하고 엉거주춤한 자세로 물었다.

"아니요. 그건 안 가져왔어요. 다른 짐들도 실을 게 많아서……."

"그럼 할 수 없다. 어떻게든 되겠지."

준석이 나머지 발을 땅에 내딛고는 무릎을 높이 들며 한 걸음씩 이동하기 시작했다.

"오래 살기는 글렀군."

벌써 숨이 차오르는 것을 느끼며 준석이 LED 랜턴의 전원을 넣었다.

"대장님, 뒷바퀴는 별다른 특이사항 없습니다."

민성이 로버에 바싹 붙은 채로 뒷바퀴를 하나씩 확인하며 말했다.

"그럼 앞바퀴 쪽이 걸렸나."

준석이 한 손으로는 로버를 짚고 다른 손으로 앞바퀴를 하나씩 더듬으며 앞으로 나아갔다.

"앞바퀴에도 별다른 이상 없는데?"

로버를 지탱하는 8개의 바퀴 홈에는 먼지가 잔뜩 끼어 있었지만, 주행을 방해할 만한 장애물은 발견되지 않았다.

"민성아, 로버 주위에는 아무 이상 없는 것 맞지?"

"……"

"민성아, 내 말 들리니?"

로버 운전석 쪽에 선 준석이 민성을 호출했지만 대답이 없었다.

"민성아! 어디 있니?"

준석이 민성을 찾으려 로버 앞쪽으로 걸음을 옮기는 순간 검은색 윤곽이 시야에 드리웠다.

"뭐야, 이건."

준석이 랜턴을 흔들자 물체의 경계면이 조금씩 보이는 듯했다.

"대장님……."

어느새 다가온 민성이 어안이 벙벙한 얼굴로 속삭였다.

"이게 뭐야, 도대체."

자신들을 가로막은 것의 실체를 확인하자 준석이 신경질적인 얼굴로 말했다.

"모두들 내리셔야 할 것 같은데요."

머뭇거리던 민성이 교신기의 버튼을 눌렀다.

"부딪친 물체가 뭔데요?"

헬멧 안으로 피에 젖은 거즈가 보이는 수연이 조수석 문을 열고 내렸다.

"조심하세요!"

바닥을 확인하지 않고 내린 수연이 먼지층에 빠지며 앞으로 고꾸라졌다. 민성이 다가가 일으켜 세웠다.

"이런……."

수연이 물체를 확인하고는 탄식했다.

"이건……."

뒤이어 따라온 타일러도 믿을 수 없다는 표정을 짓고 있었다. 곧 이어 조금씩 먼지구름이 걷히면서 시야가 늘어나자 로버 앞을 가로 막고 있던 물체들의 윤곽이 서서히 드러나기 시작했다.

"믿을 수가 없군요."

네 사람이 타고 온 군용 로버 앞으로, 화성연합사령부의 표식을 단 군용 장갑차와 로버 10여 대가 마치 바리케이드를 치듯 가지런히 선 채 길을 가로막고 있었다.

14 에이미와의 랑데부 II

2038년 8월 26일

"우연이 아니겠죠?"

먼지구름이 서서히 걷히자 수연이 탐색용 랜턴을 로버 주위로 비추며 말했다. 시야가 30여 미터까지 늘어난 지금, 랜턴 불빛이 닿는 곳까지 가지런히 정렬해 있는 로버들의 모습이 드러났다.

"우연이라고 보기는 힘들 것 같습니다."

타일러가 무릎까지 묻은 낙진을 털어내며 일렬로 선 장비들의 표식을 확인하기 시작했다.

"우선, 이 장비들은 화성연합사령부 안에 보관되어 있던 것들이에요. 보시다시피 군사용으로 제작된 거라 평상시에는 사용하지 않아요."

타일러가 화성연합사령부 패치 주위에 묻은 먼지를 닦아내자 쐐기 모양으로 된 노란색 피아식별표시가 드러났다.

"우리를 해성 쉘터에 가둘 때 사용하던 거랑은 다른 건가?"

"다릅니다. 이건 진짜 전투를 위해 만들어진 녀석들이에요. 방호

레벨이나 방탄 능력도 훨씬 더 좋고요."

"핵폭발 전에 낌새를 알아채고 대피하다가 여기서 멈춘 걸까요?"

수연이 로버의 창 안쪽을 비추었지만 들러붙은 먼지 때문에 자세히 볼 수가 없었다.

"그런 것 같지는 않아요."

로버의 바퀴를 살피던 타일러가 뭘 발견했는지 손짓을 하며 말했다.

"여기 보세요. 타이어 홈을 보시면 낙진들이 홈 깊숙한 곳까지 박혀 있어요. 게다가 바퀴가 지나온 자국을 보시면 주변보다 조금 높이가 낮은 걸 알 수 있죠."

타일러가 로버 주위에 랜턴을 비추자 타이어 궤적 주위로 움푹한 흔적이 드러났다.

"그렇다면 핵폭발 이후에 이동한 게 맞군요."

수연이 맨 앞 로버의 운전석 문을 세차게 당기며 말했다. 손잡이가 꿈적도 하지 않자 수연이 당황스러운 얼굴로 타일러를 바라보았다.

"관리자 승인 없이는 문을 열 수 없을 거예요."

"아까 아이디카드가 있다고 하지 않았어요? 그걸로 문을 열 수는 없나요?"

수연의 말에 타일러가 고개를 갸우뚱하더니 우주복 상의 주머니에서 카드를 꺼냈다. 운전석 쪽 필러에 카드를 가져다 대었지만 아무런 반응도 없었다.

"전원이 모두 나가버린 걸까요?"

"그렇지는 않을 거예요. 군사용 장비를 운전하려면 따로 승인된 카드가 있어야 해요. 저는 이런 장비를 다루는 교육을 받은 적이 없으니 당연히 승인이 안 될 거고요."

"그래도 혹시 모르니 내부를 확인해봐야 할 텐데……."

수연이 로버 안을 들여다보려 가볍게 점프를 했다. 그녀는 이 행렬이 화성연합사령부에서 탈출을 감행한 이들의 흔적일 거라 기대했다. 만약 로버 안에 아무도 남아 있지 않다면, 이들이 근처 동굴이나 비상 쉘터에 은신해 있을지도 몰랐다. 300여 명이 조금 넘는 인원이었지만, 화성에 있던 모든 사람들이 순식간에 사라졌다는 사실이 도무지 믿기지 않았다. 만에 하나 자신들 외에 다른 생존자들이 있을지 모른다는 가능성에 그녀의 마음이 조금씩 떨리기 시작했다.

"일단 다른 장비들도 확인해보기로 하죠."

수연이 뒤에 굴착기 모양의 로버로 이동하려는 사이 갑자기 로버의 전조등이 번쩍거렸다.

"무슨 일이죠?"

당황한 수연이 걸음을 멈추고 다시 원래의 로버 자리로 돌아왔다.

"저는 아무것도 건드리지 않았어요."

"방금 이 로버의 전조등이 켜졌다 꺼졌어요. 대장님도 보셨죠?"

"나는 잘 모르겠는데."

준석이 무심한 표정으로 말했다.

"아니에요. 확실해요. 타일러, 거기 그대로 있어요!"

수연이 심호흡을 하고 운전석 문손잡이를 잡아당겼다. 아까와 달리 손잡이가 손쉽게 빠지더니 이내 공기가 새어 나오는 소리가 들렸다.

"문이 열렸어요!"

수연이 손잡이를 쥔 채 감압이 끝나기만을 기다렸다. 이윽고 손잡이에 초록색 등이 들어오자 수연이 힘차게 문을 당겼다.

곧바로 사다리에 발을 디디고는 로버 안으로 몸을 밀어 넣었다.

운전석에 올라 랜턴을 비추었지만, 사람이 머물렀을 흔적을 찾을 수는 없었다.

"완전히 비어 있는데요?"

수연이 돌아보며 교신했다. 뒤이어 조수석 문이 열리고 타일러가 올라탔다.

"잠깐만요. 제가 확인해볼게요."

타일러가 센터페시아의 모니터를 클릭하자 화성연합사령부 로고와 함께 (준비)라는 문구가 떠올랐다.

"암호 없이도 사용이 가능한 건가요?"

"모르겠어요. 누군가 잠금 상태를 해제한 것 같아요."

타일러가 모니터를 조작하더니 로버 안의 잔류 산소량을 클릭하자 관련 메시지가 떠올랐다.

(마스 로버 17)

(잔류 산소량: 100%)

"이곳에는 아무도 없었어요."

"단정할 수 있나요? 로버 안에서 헬멧을 쓰고 있을 가능성은요?"

"아니요, 안에서 헬멧을 착용하더라도 산소는 내장된 산소탱크에서 공급받아요. 산소량이 100퍼센트라면 충전 이후 이 안에 생명체는 탑승하지 않았다는 이야기죠."

타일러가 운행기록을 확인하려 하자 갑자기 모니터의 화면이 꺼졌다.

"젠장, 또 전원이 나갔군요."

"그렇다면······."

"네, 누가 이 녀석들을 여기까지 이끌고 왔는지 감이 잡힙니다."

타일러가 조수석 계단을 내려 로버 밖으로 나가자 수연도 따라 내렸다.

"군용 로버와 장갑차 10여 대를 동시에 컨트롤 할 수 있는 건······."

"에이미밖에 없겠지."

팔짱을 낀 채 로버 밖에서 교신을 듣던 준석이 눈을 지그시 감으며 말했다.

"믿을 수가 없군요. 우리가 온 루트는 일반적인 경로가 아니라고요. 내비게이션에도 없는 길인데······."

"그게 핵심이지."

준석이 눈을 뜨며 말했다.

"우리가 오고 있다는 걸 알고 있었다고."

"설마······."

"일찌감치 우리의 경로를 파악하고 그 길에 로버와 장비들로 바리케이드를 쳐놓은 거야."

준석이 허탈한 듯 웃어 보였다.

"이 정도로는 우리를 막을 수 없잖아요. 그냥 돌아가면 그만인걸······."

수연은 여전히 이해할 수 없다는 얼굴이었다.

"어쩌면 자신의 건재함을 과시하려는 것일지도."

타일러가 다시 전원이 꺼진 채 가만히 서 있는 로버들을 한 손으로 툭툭 치며 말했다.

"이 녀석은 105mm 활강포를 가지고 있어요. 우리를 막으려 했다면, 여기까지 오기도 전에 날려버릴 수 있었을 거예요."

"그럼 도대체 왜……."

—경고, 로버 내부 산소가 5% 남았습니다!

—경고, 로버 내부 산소가 4% 남았습니다!

—즉시 로버를 충전스테이션으로 옮기십시오!

헤드셋에서 경고음이 들리자 준석이 고개를 돌려 자신들의 로버를 바라보았다.

"이런……."

준석이 빠른 걸음으로 로버로 다가갔다.

"어디서 공기가 새고 있는 게 분명해. 아직 두세 시간은 더 버틸 수 있었는데……."

준석이 로버에 올라탄 뒤 (가입) 버튼을 눌렀지만, (공기 부족)이라는 메시지가 뜨며 화면이 빨갛게 전환되었다.

"이 녀석으로는 클로이 동굴까지 못 가겠는걸."

준석이 다시 로버에서 내리며 말했다.

"이런……."

수연이 눈앞에 서 있는 로버들을 천천히 둘러보았다.

"대장님!"

멀리서 바리케이드를 찬찬히 살피던 민성의 목소리가 헤드셋에 울려 퍼졌다.

"여기 좀 보셔야겠는데요."

"왜? 뭐가 있어?"

준석은 민성의 헬멧 위에서 깜박이고 있는 위치표시등을 따라 걸어갔다.

"이 녀석은 좀 특이하네요."

준석이 50여 미터를 걸어가 탐색용 랜턴을 비추자 다른 로버들과는 달리 전방을 향하고 서 있는 로버 한 대가 눈에 들어왔다.

하얀색 바탕에 굵은 파란색 선이 그어져 있는 미니버스 크기의 로버는 한눈에도 다른 것들과 달리 고급스러워 보였다.

"VIP 수송용입니다."

준석을 따라온 타일러가 뒤에서 말했다.

"그게 뭐죠?"

"알렌 대통령 일행이 화성에 왔을 때를 대비해 가져온 겁니다. 평소에는 사령관이 이용하기로 한 것이지만……."

타일러가 겸연쩍은 표정으로 로버의 주위를 살폈다.

"화성에 온 뒤 한 번도 운행한 적이 없어요."

"무슨 의미죠?"

"말씀드린 그대로예요. 녀석은 VIP들을 위해 인테리어와 승차감을 개선한 모델이에요. 우주복을 입지 않고도 안에 있을 수 있게 여압 장치도 개선되었고요. 의전용이기 때문에 저희같이 실무를 하는 사람들은 탈 일이 없죠."

"그럼 왜 이게 여기 있죠?"

"저도 그게 의문이군요."

타일러가 미심쩍다는 눈초리로 수연을 쳐다보았다.

"서 있는 방향도 혼자서만 반대예요."

"조각이 맞아 들어가는 것 같군."

준석이 중얼거리며 말했다.

"무슨 말씀이시죠?"

"이 VIP용 로버는 행렬의 가장 마지막에 서 있었어. 앞에 있는 로버들에 바짝 붙어 왔기 때문에 상대적으로 먼지의 영향도 덜 받았고 그래서 겉보기에도 깨끗하지. 게다가 혼자서만 반대 방향을 향하고 있다고. 이 정도면 메시지가 충분하지 않겠어?"

"그러니까…… 이 녀석에 타라는 뜻이군요."

준석의 추리에 수연이 고개를 끄덕였다.

"그렇지. 타일러, 이 모든 일을 기획할 수 있는 것은 에이미밖에 없겠죠?"

준석이 이제야 이해가 간다는 표정을 짓고 있었다.

"네, 불행히도."

"불행한지 다행인지는 가봐야 알겠죠."

준석이 VIP 로버 운전석 옆으로 다가가자 자동으로 사다리가 내려왔다.

"역시 다르군."

준석이 사다리를 올라 운전석 손잡이 옆 버튼을 눌렀다. 이내 공기가 빠지는 소리가 들리더니 문이 자동으로 위로 열렸다. 운전석에 오르자 내부 조명과 함께 계기반에 불이 들어왔다.

"자, 여러분."

준석의 목소리가 헤드셋을 통해 들려왔다.

"100% 충전에 상태도 아주 좋은 녀석입니다. 내부도 아주 널찍하고."

준석이 창밖을 향해 어서 타라는 손짓을 해 보였다.

"함정인 게 분명해 보이지만…… 어쩔 수가 없네요. 민성아, 우리 로버에서 꼭 챙겨야 하는 물품들만 가져올래?"

"예, 여벌 우주복하고 비상식량이 있는데 모두 가져올까요?"

"그래야지. 에이미가 먹을 것까지 챙겨놓지는 못했을 테니."

준석이 자조 섞인 말투로 대답하더니 로버의 컨트롤 화면의 (등화) 버튼을 눌렀다. 붉은 위치등과 눈이 부실 정도로 밝은 스트로보가 터지면서, 로버가 자신의 위치를 주위에 알렸다.

"자, 에이미가 우리를 마중 나왔으니, 우리도 기꺼이 응합시다."

준석이 내비게이션으로 화면을 전환하자 클로이 동굴의 위치를 알리는 화살표가 깜박이고 있었다.

2038년 8월 27일

새벽 2시가 조금 넘은 시각, 다음 날 취재를 위한 조사를 마치고 김나리 기자가 회사 당직실 문을 열었다.

그제 저녁, 9시 뉴스에 출연한 이후 그녀는 쏟아지는 제보들에 한순간도 정신을 차릴 수가 없었다. 화성에 외계인이 침공해서 핵을 터뜨렸다는 황당한 내용부터, 미국이 화성의 주도권을 잡기 위해 음모를 꾸미고 있다는 내용까지 모두가 각자의 이론들로 무장한 채, 그럴듯한 주장을 펼치고 있었다.

책상 앞에 앉은 나리가 제보 내용이 담긴 서류 뭉치들을 빠르게 훑기 시작했다. 그나마 가능성 높은 내용들을 후배 기자가 추린 것이라지만, 관심을 끌 만한 내용은 찾아볼 수 없었다.

'공간터널'

나리는 혹여나 이와 관련된 단어나 그림이 있을까 노심초사하고 있었다. 대통령과 비서실장이 직접 알려준 내용이었지만, 나리는 그들의 말을 곧이곧대로 믿을 만큼 경력이 짧지 않았다. 자신처럼 반강제적으로 입막음을 당한 채, 공간터널에 대한 정보를 가지고 있는 누군가가 정보를 공유해주기만을 간절히 바라고 있었다.

기사 준비를 위해 꺼두었던 핸드폰을 다시 켜자, 부재중 통화를 알리는 메시지가 끊임없이 울리기 시작했다. 나리가 감당할 수 없다는 듯 숨을 크게 내쉬더니 내역을 먼저 확인하기 시작했다. 대부분 '020'으로 시작하는 알 수 없는 전화번호 사이로 하나의 숫자가 그녀의 눈에 띄었다.

'+671-1'

이게 어디지? 나리가 해당 코드를 복사하여 검색하자 '호주령 남극'이 떠올랐다. 이상한 낌새를 느낀 나리가 즉시 부재중 통화의 번호를 눌렀다. 수차례 시도에도 불구하고 통화가 연결되지 않자, 자리에서 일어나 컴퓨터 앞으로 이동했다.

'남극, +671-1-021-113-2244'

검색엔진 결과를 살펴보던 그녀의 눈에 '세종과학기지'가 떠오르자 순간 무언가에 얻어맞은 것처럼 얼어붙고 말았다.

'공간터널은 화성과 남극을 직통으로 연결하고 있습니다. 그것이 어떤 의미인지 김 기자님도 아시겠지요?'

나리의 머릿속에 얼마 전 최민석 대통령이 함구할 것을 신신당부하며 들려준 얘기가 떠올랐다. 자리에서 일어나 서성이던 나리가 핸드폰 이름을 불렀다.

"끝자리 2244한테서 온 메시지를 컴퓨터 화면에 띄워줘."

나리의 말에 핸드폰 화면이 깜박이더니 읽지 않은 수백 개의 메시지가 컴퓨터 오른쪽 화면에서 빠르게 스크롤 되기 시작했다. 화면을 스크롤 하다 밤 11시 10분에 같은 번호로 전송된 메시지를 찾아냈다.

전화를 받지 않으셔서 메일을 보냈습니다. 메일 발신인 주소가 없을 테니 스팸메일함을 꼭 확인해주세요.

나리가 다시 자리에 앉아 컴퓨터를 켜고는 메일함으로 들어갔다.
'남극…… 세종과학기지…….'
나리가 단어를 읊으며 메일 리스트를 재빠르게 확인했다. 남극 세종과학기지에서 온 메시지라면 공간터널과 관련된 내용일 것이 분명했다.
대통령에게 관련 내용을 들었을 때부터 나리는 세종과학기지의 관련성을 의심하고 있었다. 한국 대원들이 공간터널의 발견이나 탐사에 연관되지 않고서는 관련 정보를 이토록 빨리 전달받을 수 없을 것이라는 생각에서였다. 하지만 섣불리 세종과학기지에 연락을 취했다가는 금방 발각될 것 같아 잠시 잊고 있었다.
50페이지가 넘는 메일 목록에서 관련 제목을 찾지 못하자 스팸메일함을 클릭했다. 얼마 지나지 않아 스팸메일함에 발신인 (알 수 없음)으로 된 메일이 나타나자 재빠르게 제목을 클릭했다.

김나리 기자님께
안녕하세요. 저는 세종과학기지의 전상우 대장입니다.
어쩌면 이 메일을 받으실 때 즈음에는 저희가 이 세상 사람이 아닐 수도 있 겠군요.

이 메일은 추적을 피하기 위해 VPN을 이용하여 예약 발송하였습니다. 그래서 메일 발신 주소가 나타나지 않겠지만, 장난이 아니라는 걸 믿어주십시오.

그제 9시 뉴스에서 화성과 관련된 보도를 보고 김나리 기자님께 연락을 드려야겠다고 생각했습니다.

어디서부터 말씀드려도 저의 이야기를 믿지 않으실 것 같지만, 그래도 김나리 기자님의 진실함과 화성에 대한 지식이라면 이 편지를 그대로 덮지는 않을 것이라는 기대로 연락을 드립니다.

뉴스 보도 이후, 저희는 정부 최고위 인사로부터 중대한 명령을 하나 받았습니다. 그것은 한국 시간으로 8월 27일 오후 11시에 남극 세종과학기지 북동쪽 10km 지점에 있는 테라로사라고 불리는 일종의 공간이동장치를 이용해, 화성으로 이동하라는 명령이었습니다.

무슨 말인지 도무지 이해가 되지 않으시지요?

아마 망상장애 환자의 장난 메일이라는 생각이 드실 겁니다. 하지만 남극에는 화성으로 단시간에 이동할 수 있는 일종의 '공간터널'이 있으며, 이미 미국 및 여러 나라들과 공동으로 수차례의 물체 전송실험을 수행했습니다.

화성에서 실종되었던 한국의 1차 탐사대원들도, 이 공간터널을 이용하여 화성에서 지구로 이동하였습니다. 안타깝게도 지구에 도착한 지 얼마 되지 않아 사망했지만, 인간도 공간터널을 통해 자유롭게 이동할 수 있다는 사실을 증명한 영웅들이었습니다.

제가 이 이야기를 길게 적을수록, 김 기자님은 더욱 더 장난 메일이라는 생각이 강해지실 것 같네요. 아무튼 제가 일면식도 없는 김 기자님께 이 메일을 보내는 이유는 저희가 곧, 아니 기자님 입장에서는 과거가 되겠군요. 이 공간터널을 이용하여 남극에서 화성으로 이동할 계획이기 때문입니다.

미국이나 다른 관련국들의 승인 없이 몰래 진행하는 것이기에 성공할지 장담할 수는 없습니다만, 저와 권민철 대원 둘이서 테라로사 안으로 잠입한 후, 공간터널을 지나 화성으로 직행하고자 합니다.

만약 살아서 공간터널을 횡단한다면 인류 역사상 처음으로 걸어서 화성으로 간 사례가 되겠네요. 그것도 불법적인 방법으로 말이죠.

화성으로 가는 이유는 저희도 잘 모르겠습니다. 위에서 그렇게 지시했기 때문에 그냥 하는 것이지요. 하지만 아무 일이나 시키면 그대로 할 만큼 저희가 멍청한 사람들은 아닙니다.

김 기자님도 아시다시피 화성에서는 핵폭탄이 터지는 대참사가 있었고, 한국 우주인들만이 간신히 생존한 것으로 파악되고 있습니다. 화성에서 과연 무슨 일이 있었는지 알려면, 그들의 생사를 확인하고 무사히 지구로 데려와야만 하겠지요. 하지만 보도하신 대로 국제정세가 그렇게 녹록하지는 않은 것 같습니다. 그분께서 우리에게 이런 지시를 내리신 것은 다 깊은 뜻이 있을 것이라 확신하고 있습니다.

저희의 도전은 실패할 가능성이 아주 큽니다. 공간터널은 단 한 번도 살아 있는 물체를 전송한 적이 없으니까요. 그럼에도 불구하고 저희는 미련 없이 이 도전을 함께 하기로 결정했습니다. 오직 미지의 세계에 대한 호기심으로 바쳐온 인생의 정점을 찍는다는 생각으로요.

자세한 사정을 말씀드리기는 어렵지만, 이 도전은 비밀리에 진행되는 까닭에 아무도 그 과정을 알고 있지 않습니다. 저와 권민철 대원은 죽는 것은 그다지 두렵지 않지만, 인류의 역사적인 도전이 아무에게도 기억되지 못하고 사라지는 것이 두려울 뿐입니다.

그래서 짧은 망설임 끝에 위험을 무릅쓰고 김 기자님께 연락을 드리게 되었습니다.

아마 지금 당장 저희 탐사를 보도하는 것은 정치적인 이유로 불가능할 것 같습니다.

공간터널과 관련된 구체적인 정보, 사진과 각종 문서 등을 준비해 놓았습니다. 여러 가지 사정을 고려해 지금 당장 증거물을 보내드리지는 못하지만 별다른 문제가 없다면, 아니 저희의 도전이 실패로 돌아간다면 내년 이맘때 즈음 김나리 기자님의 메일함에 관련 자료가 도착해 있을 겁니다.

권민철 대원과 함께 마지막으로 촬영한 사진 한 장도 같이 첨부하여 보내드립니다. 그것이 이 메일의 진위를 증명하는 유일하고도 어설픈 증거가 되겠네요.

수년 후라도, 관련된 이슈들이 다시 부각되는 날이 온다면, 김 기자님께서 부디 저희의 탐사를 기억하시고 세상에 널리 알려주셨으면 하는 바람입니다.

제가 바라는 건 그게 전부입니다.

감사합니다.

2038. 08. 27.
남극 세종과학기지 대장 전상우 드림

메일을 확인한 나리는 한동안 화면에서 눈을 떼지 못했다. 공간터널이라는 단어가 없었다면, 그저 누군가 장난친 것으로 생각할 수밖에 없는 내용이었다.

혼란을 느낀 나리는 당직실 안을 서성이다 생각난 듯 급하게 핸드폰을 집어 들었다. 신호음이 여러 차례 울렸지만 아무런 응답이 없었다. 조급함을 이기지 못하고 나리가 통화를 끊으려는 순간, 수화기 너머로 낮은 목소리가 들려왔다.

"예, 정성원입니다."

막 잠에서 깼는지 목소리가 한껏 가라앉아 있었다.

"실장님, 저 김나리입니다."

"아, 지금이……."

"너무 늦은 시각에 전화 드려서 죄송해요. 급히 확인할 사항이 있어서요."

"무슨 일이죠?"

성원의 목소리에 짜증이 묻어나왔다.

"지금 남극에서 무슨 일이 벌어지고 있나요?"

단도직입적인 질문에 한동안 아무런 답이 들려오지 않았다.

"지금 어디에 전화하신 건지 알고 계십니까?"

"그럼요. 정확히 알고 전화 드리는 거예요. 대통령 비서실장 정성원 님!"

나리가 또박또박 성원의 이름을 불렀다.

"도대체 이렇게 예의가 없이……."

"예의가 없는 건 실장님이죠. 저한테 모든 정보를 공유해주신다고 하지 않았나요? 공간터널과 관련된 기밀을 모두 지키고, 앵무새처럼 그쪽이 적어준 내용 카메라 앞에서 읊는 대신에, 화성에서 일어나고 있는 주요 사항은 저에게 알려주시기로 했잖아요!"

나리가 흥분을 감추지 못하고 쏘아붙였다.

갑작스러운 전화에 당황하고 있던 성원은 '공간터널'이라는 단어에 정신이 번쩍 들었다.

"김 기자님!"

"제 말씀은 들으셨나요? 지금 남극에서 무슨 일이 벌어지고 있는 거죠?"

"새벽에 다짜고짜 전화해서 그게 도대체 무슨 말씀입니까?"

심상치 않은 분위기를 느낀 성원이 한 발 물러서며 말했다.

"실장님, 이럴 시간이 없어요. 저한테 있는 그대로 말씀해주세요. 그쪽은 약속을 어기셨지만, 저는 약속을 지키도록 하겠습니다."

"갑자기 남극이라뇨. 화성에서 일어나고 있는 일들 다 알려드렸잖아요."

"세종과학기지. 전상우 대장, 권민철 대원."

나리의 말에 성원이 잠시 전화기를 귀에서 떼었다.

남극의 테라로사 전송 임무는 최민석 대통령과 성원이 극비리에 진행한 것이었다. 최대한의 보안을 유지하기 위해 위성 전화나 인터넷망 대신, 군사용 통신망을 사용하는 팩시밀리를 이용했다. 이 임무의 실체를 알고 있는 이는 최 대통령과 성원 그리고 강진수 외교부장관 세 사람뿐이었다.

"강진수 이 새끼……."

설마 대통령이 정보를 흘렸을 리 없다고 확신한 성원이 배신감에 입술을 부르르 떨었다.

"뭐라고 하셨나요, 지금?"

"방금 세종과학기지 대원 이름들 말씀하신 건가요? 그래서 제가 무엇을 확인해드리면 될까요?"

"전상우 대장, 권민철 대원 잘 도착했어요? 그것만 확인해주세요. 어디에다 흘리고 다니지 않을 테니까."

성원은 더 이상 내뺄 곳이 없다는 걸 잘 알았지만, 그렇다고 인정할 수도 없는 상황에 난감했다.

"한국말입니까? 추방된 걸 알고 계셨어요?"

"끝까지 이러실 거예요, 정말! 화성에 잘 도착했냐고요! 공간터널 이용해 남극에서 화성으로 말이에요!"

16 에이미와의 조우

2038년 8월 27일

"잠깐만요."

VIP 로버가 움직이기 시작하자, 수연이 준석의 팔을 잡았다.

"왜? 자동 조종이 못미더워서?"

로버가 스스로 움직이기 시작하자 준석이 조심스레 조이스틱에서 손을 뗐다. VIP 로버 안에 들어온 순간, 수연은 강한 기시감을 느꼈다. 어디서 본 듯한 익숙한 로버의 내부는 그녀가 화성에 온 이후 처음으로 경험하는 것이었다.

열 개의 널찍한 좌석이 놓인 로버 안은 흰색 가죽에 블랙 하이그로시(High Glossy) 패널로 둘러싸여 있었다. 곳곳에 편의를 위한 시설들이 눈에 띄었지만, 간소화에 강박을 가진 사람이 설계한 게 분명했다.

'어디서 많이 본 분위기인데……."

수연은 낯설면서도 익숙한 이 공간이 영 불편했다. 게다가 로버의 운행을 에이미에게 맡겨야만 한다는 사실이 그녀로서는 못마땅했다.

"수동 조종을 할 수가 없어. 아예 설정이 안 되더라고."

불편한 기색을 알아차린 준석이 조이스틱을 다시 잡고 이리저리 흔들어보았지만, 로버는 꿈적도 하지 않았다.

"그렇다 해도……."

"잠시만요! 뒤 좀 봐주세요."

수연의 말이 채 끝나기도 전에 민성이 소리쳤다. 준석이 사이드미러를 확인했지만 로버가 일으키는 먼지구름에 제대로 보이지 않았다.

"이쪽에서는 아무것도 안 보이는데?"

"뒤쪽 창문으로 보면 보이실 거예요."

준석이 승객탑승공간과 운전석 사이를 가로막고 있던 가림막을 내렸다. 그러자 룸미러 안에 강한 전조등 불빛 두 개가 눈을 부시게 했다.

"다른 로버들이 따라오고 있어요."

"한 대가 아니군."

일행이 탄 로버가 커브를 돌아 나가자 룸미러 안의 전조등 불빛이 여러 개로 갈라졌다.

"예, 자세하지는 않지만……."

뒷창문에 바짝 붙은 민성이 숫자를 세기 시작했다.

"여기서 보기에는 5대도 넘는 것 같아요. 불빛이 저 끝까지 이어져 있습니다."

"그래, 이 로버 뒤에 있던 녀석들이 다 따라오고 있는 것 같아."

"세상에!"

수연이 저도 모르게 탄식했다.

"왜 그렇게 놀라? 에이미가 동시에 여러 대의 로버를 한꺼번에 조종하는 게 놀랄 만한 일은 아니잖아."

"한꺼번에 여러 대의 로버가 움직이는 게 중요한 게 아니라……."

수연이 말끝을 흐렸다.

"어떤 로버를 조종하고 있느냐가 중요하죠."

"무슨 소리야?"

"타일러, 아까 맨 처음 본 로버 말이에요. 105mm 포를 장착하고 있던 녀석이요!"

"예, 피아식별장치도 달고 있었죠. 무슨 문제라도 있나요?"

"그 녀석 뒤에는 뭐가 있었죠?"

"굴착을 위한 로버요. 탐사한 터널을 확장할 때 사용되죠."

타일러가 아직 수연의 의중을 알아채지 못하고 있었다.

"말도 안 돼."

수연이 무릎을 두어 번 내리 치더니 자리에 털썩 주저앉았다.

"왜 그래? 뭐 문제 있어?"

"에이미요. 에이미가……."

수연의 눈이 곧 눈물을 흘릴 것처럼 붉게 충혈되었다.

"우리가 새까맣게 잊고 있었어요. 지금 움직이고 있는 녀석들은……."

수연의 목소리에 두려움이 묻어나고 있었다.

"에이미가 조종할 수 없는 등급의 장비예요."

수연의 말에 준석과 민성의 얼굴이 얼어붙었다.

"그걸…… 왜 못 알아채고 있었지."

타일러가 오른손으로 이마를 치며 자책했다.

"맞습니다. 군사용 로버는 에이미가 조종할 수 없어요. 이건 화성에 이주를 계획할 때부터 논의되었던 사항이에요. 에이미의 독점 권한을 분산시키기 위해 군사용 로버뿐 아니라 건설 장비들도 권한이 있는 사람이 직접 탑승해서 조종해야만 해요. 유사시에는 무선으로 조종할 수도 있지만, 역시 사람이 시뮬레이터에 탑승해야만 가능한 일이고요."

"믿을 수가 없어."

"게다가 지금 우리가 타고 있는 이 녀석도……."

타일러가 순간 공포에 휩싸인 듯 말을 잇지 못했다.

"에이미에게는 조종 권한이 없어요. 사령부의 핵심 인사들이 타는 장비라……."

"에이미가 저 군사용 로버를 통제하고 있다는 건…… 원천적으로 금지되어 있던 것들에 대한 조종 권한을 가졌다는 걸 의미하잖아요."

수연이 허탈한 심정으로 헤드레스트에 머리를 기대었다.

"이게 어떻게 가능하지……."

"에이미는 원래 머리와 지능만 있는, 똑똑하기만 한 존재여야 해요. 그런데 녀석이 금지된 군사용 권한을 가지는 순간, 마치 판도라의 상자가 열린 것처럼 모든 것이 시작된다고요."

수연의 목소리가 흥분한 듯 높아졌다.

"수연아, 거기까지만 해."

준석이 막연한 공포심을 거두려 단호하게 말했다. 준석에게 지금 에이미가 어디까지 진화했는지는 중요하지 않았다. 인류가 마지노선으로 생각했던 '에이미의 한계'가 무너졌다 하더라도 크게 달라지는 것은 없었다. 만약 수소폭탄과 핵폭탄을 자의로 터뜨린 게 맞다면, 에이미는 이미 무소불위의 힘을 가진 것이나 마찬가지였다. 몇 시간 사이에 일어난 일련의 사건들을 보면서 준석은 에이미가 고도의 심리전을 기획하고 있다고 느꼈다.

"제가 정신이 없었어요. 당연히 군사용 장비가 그곳에 서 있을 때부터 짐작했어야 했는데. 그렇다면 이 VIP 로버도 타지 않았을 테고요. 에이미한테 완전히 속았어요."

타일러가 자책했다.

"대장님, 지금이라도 여기서 내리는 게 어떻겠어요? 클로이 동굴로 향하는 게 아닐지도 모르잖아요. 이건 완전히 에이미에게 놀아나는 거라고요."

수연의 목소리는 여전히 떨리고 있었다. 아무런 물리력도 행사하지 못하는 에이미라면, 그녀의 본거지에 들어가 손쉽게 파괴할 수 있을 거라는 게 수연의 생각이었다. 물리적인 싸움이나 장비의 방해 같은 것 없이.

하지만 에이미가 물리력을 획득한 게 거의 확실시 되는 지금, 수연은 화성에 착륙할 때 이어 두 번째로 강한 죽음의 공포를 느끼고 있었다. 아니, 첫 번째와 달리 절대적인 존재 앞에서 아무것도 할 수 없다는 강한 무력감이 그녀를 지배하고 있었다.

"민성아, 총은?"

준석이 수연의 애타는 호소를 애써 무시하며 말했다.

"아니요, 무기는 모두 기존 로버에 두고 왔어요. 아까 따로 챙길 필요는 없다고 하셨잖아요."

"그래, 그건 내가 알아서 할게."

준석이 고개를 끄덕였다.

"대장님, 어떻게 하실 거예요? 이대로 우리의 운명을 에이미에게 맡기실 건가요?"

수연이 다그치며 말했다.

"그럼 다른 좋은 방법이 있을까?"

준석이 운전석 문손잡이를 잡아당겼지만 아무런 반응도 없었다.

"이미 이 로버의 문도 원격으로 잠겨 있다고. 게다가 이 로버의 창은 모두 레벨V 방탄유리고, 우리가 자력으로 여길 나갈 방법은 없어."

준석이 손등으로 운전석 유리창을 톡톡 치며 말했다.

"그럼 완전히 포기하시는 건가요?"

"포기라니. 그 반대지."

수연의 말에 준석이 어색한 미소를 지어 보였다.

"생각해봐. 타일러가 아까 말했듯이, 에이미가 우리를 죽이려 했다면 얼마든지 그렇게 할 기회가 있었어. 어쩌면 지금 이렇게 숨 쉬고 있는 로버의 산소공급장치를 원격으로 꺼버릴 수도 있겠지. 하지만 그런 일이 일어나지 않고 있잖아? 내비게이션도 계속 클로이 동굴로 우리를 안내하고 있고."

준석이 내비게이션 창을 가리키자 클로이 동굴까지 4km가 남았음을 알렸다.

"에이미는 어쩌면 우리와 만나기를 원하는 걸 수도 있어."

"이미 이 정도 능력을 가진 에이미라면, 우리가 원래의 로버에서 무슨 대화를 했는지 왜 클로이 동굴로 목적지를 설정했는지 다 알고 있을 거예요. 우리가 결코 호의적이지 않다는 걸 아는데 왜 만나고 싶어 할까요? 게다가 이미 300명이 넘는 인간을 학살하며 살인의 쾌감까지 느낀 녀석이."

"그래서 더 만나고 싶어 할 수 있죠."

한동안 말이 없던 민성이 입을 열었다.

"생각을 해봤는데, 결국 자의식 모듈이 문제가 된 것 같아요. 지금 심리학을 들먹이는 게 적절한지는 모르겠지만……."

"오이디푸스 콤플렉스를 말하고 싶은 거군요. 에이미의 심리가 있다는 가정하에."

타일러가 헛웃음을 지으며 끼어들었다.

"맞아요. 에이미는 자의식이 발달하면서 자신의 창조주 중 한 명인 아버지에 대한 살해 욕구를 느꼈을 수 있어요. 아니면 인간보다 전지전능한 자신이 그들의 통제를 받으며 지내야 하는 현실을 받아들이지 못했을 수도 있죠. 게다가 자신의 능력이 가상공간에만 머물러야 하는 것에 대해 답답함을 느꼈을지도 모르고요."

"그러니까 아무런 이유도 없이 단지 자의식이 성장하면서 생긴 콤플렉스 때문에 이런 일들을 저질렀다는 건가요?"

"만약 그렇다면, 아마 콤플렉스는 몇 년 전에 경험했을 거예요. 그걸 실행에 옮기기까지 시간이 필요했겠죠."

"다들 현학적이군."

준석이 민성의 말을 듣는 둥 마는 둥 하며 말했다.

"어쩌겠어요. 지금 우리가 할 수 있는 게 이런 대화밖에 없는걸요. 그럼 에이미한테 직접 물어볼까요?"

수연의 자조적인 말을 듣자 준석의 표정이 갑자기 굳었다.

"왜 그 생각을 못 했지? 이렇게까지 우리에게 접근했다면, 직접 에이미에 물어보면 되잖아. 왜 대화를 시도할 생각을 못 했지?"

준석이 운전석 근처에서 무언가를 찾더니 붉은색 버튼을 눌렀다.

"에이미, 정준석 대장이야. 우리 대화를 모두 듣고 있지?"

준석이 에이미를 호출했지만 아무런 응답이 없었다. 예상 밖의 침묵에 당황한 수연이 불안을 감추지 못하고 다시 호출 버튼을 눌렀다.

"에이미!"

수연이 흥분한 목소리로 소리쳤지만, 여전히 아무런 응답이 없었다.

"수연 씨, 잠깐만. 우리가 타고 있는 녀석은 VIP 로버예요. 사령관실과 마찬가지로 이 안에서는 승인된 사람만 에이미와 대화할 수 있어요. 승인 없이는 에이미가 우리 대화를 들을 수도 없고요."

타일러가 뒤늦게 생각이 났다는 듯 몸을 앞으로 숙였다.

"에이미, 타일러 대위, 21304."

타일러가 자신의 ID를 대며 에이미를 호출했다.

—예, 타일러 대위님. 반갑습니다. 무엇을 도와드릴까요?

에이미가 평소와 다름없는 말투로 대답했다.

2038년 8월 27일

"지금 우리를 어디로 데려가는 거지?"

—지금 탑승하신 주요 인물 수송용 로버 P-001호는 클레이 동굴을 향해 시속 6킬로미터로 서행하고 있습니다. 목적지에 도달할 때까지 45분 남았습니다.

에이미가 또박또박 대답했다.
"오랜만이야, 에이미."

—…….

준석이 어색한 말투로 말을 건넸지만 에이미는 아무런 대답이 없었다.
"에이미, 나는 이수연 대원이야. 이 로버는 누가 운전하고 있는 거야?"

—…….

수연이 끼어들었지만, 에이미는 침묵할 뿐이었다.
"아마 권한이 없어서 답을 하지 않는 것 같아요. 이 안에서는 승인받은 사람만 대화할 수 있으니까요. 그렇지, 에이미?"

—네, 맞습니다. P-001호 내에서의 모든 대화는 관리자 권한이 있는 사람만 참여할 수 있습니다.

"규칙을 다 어겨놓고 이제 와서는……."
준석의 목소리에 반가움과 못마땅함이 섞여 있었다.
"알려줘서 고마워. 도착하기 전에 얼마 전 일어난 핵폭발에 대한 정보를 알고 싶은데. 네가 알고 있는 것이 있니?"

—사건 사고와 관련된 질문은 구체적인 내용에 대해서만 답변이 가능합니다.

"그럼 화성연합사령부의 피해 상황은 어떻게 되니?"
타일러가 에이미를 자극하지 않으려 조심스럽게 물었다.

—전시 화성연합사령부의 피해 상황에 대한 정보는 레벨 1A 이상의 보안등급이 필요합니다. 타일러 대위님의 보안레벨은 1B입니다. 도움이 되어 드리지 못해 죄송합니다.

무뚝뚝한 목소리였다.

"젠장……."

준석은 에이미가 완전히 달라졌다는 걸 느꼈다. 대화를 통해 에이미의 생각을 바꿀 수 있지 않을까 하는 기대감을 품었지만, 에이미의 건조하고 딱딱한 말투에서 준석은 그녀가 무언가를 감추고 있다고 확신했다. 만약 그것이 '감정'을 숨기기 위한 것이라면…….

"잠깐만요."

수연이 갑자기 타일러의 팔을 잡았다.

"지금 에이미가 '전시'라고 하지 않았어요?"

"네, 전시 화성연합사령부의 피해 상황이라고 한 것 같은데요."

"이런……."

수연이 눈을 지그시 감았다 뜨며 탄식했다.

"타일러, 에이미에게 다시 물어봐줘요. 전시 상황이라고 한 게 맞는지."

"에이미, 지금이 전시 상황이니?"

타일러의 목소리가 가늘게 떨리고 있었다.

—예, 현재 화성연합사령부의 모든 시스템은 전시 모드로 운용되고 있습니다.

에이미가 지체없이 대답했다.

"역시 실수라고는 없군. 그럼 누구와 누구의 전쟁인지 물어봐요."

"에이미, 누구와 누구의 전쟁이야? 현재 전쟁 상황은 어떻게 되지?"

타일러가 물었다.

—전쟁 상황에 대한 자세한 대답은 보안등급 레벨 1A 이상의 직원과만 대

화가 가능하며…….

"젠장, 우리 놀리려고 저러는 거야?"

준석이 화를 참지 못하고 주먹으로 로버의 창문을 때렸다. 에이미가 보이는 일련의 비협조적인 태도에 배신감도 꿈틀거리고 있었다.

"진정해요, 대장님. 에이미에게 감정을 보여서 유리할 건 없어요. 녀석도 이미 감정을 느끼고 있다고요."

"감정은 개뿔! 수백 명의 사람을 살해하면서 저 녀석이 느꼈을 감정을 생각해보라고. 이게 죄책감이나 슬픔을 경험하기나 했을 것 같아? 지금 에이미가 느끼고 있는 감정이라고는 인간에 대한 측은함과 안타까움 그리고 우리를 조롱하면서 느끼는 즐거움이겠지. 더 이상은 참을 수가 없어."

준석이 말투와는 어울리지 않게 차분한 눈빛을 수연과 나누는가 싶더니 로버의 센터콘솔을 발로 세게 차기 시작했다. 준석의 돌발 행동에 로버가 좌우로 크게 흔들렸다.

"대장님!"

"다 필요 없어. 컴퓨터 따위를 믿은 게 우리 실수라고. 이런 하찮은 녀석을 친구라고 생각한 내가 바보였지. 에이미! 내 말 다 듣고 있지? 당장 로버를 여기에 세워줘. 어차피 너한테 가서 죽으나 여기서 죽으나 무슨 차이가 있겠어. 인간에게는 너 따위가 인식할 수 없는 존엄이라는 게 있다고. 나는 여기 화성 땅 위에서 존엄하게 혼자 죽겠어."

준석이 운전석 손잡이를 밀었지만 문은 열리지 않았다. 그러자 준석이 왼발로 문을 세게 차기 시작했다.

"대장님, 진정하세요! 지금 문을 열면 우리 다 죽는다고요!"

수연이 준석의 목을 휘감으며 뒤로 당겼다. 얼굴이 마주친 준석이 순간 수연에게 괜찮다는 신호를 보내더니 분을 삭이는 척하며 다시 자리에 앉았다.

'녀석의 감정을 끌어내야만 해.'

준석은 에이미가 월등한 지적능력을 가지고 있다고 해도, 감정은 두 살배기 어린아이 수준에 불과할 것으로 생각했다. 절제된 듯하면서도 속내를 드러내지 못하는 무뚝뚝함에서 준석은 에이미가 아직 자신의 감정을 제대로 다루지 못하고 있다고 확신한 것이다.

이럴 때일수록 인간의 감정을 있는 그대로 보여주면서 에이미의 억제된 감정을 이끌어 내려는 게 준석의 전략이었다.

"정 대장님! 이런 행동은 아무런 도움이 되지 않아요. 에이미의 화를 더 돋울 뿐이라고요."

준석의 의도를 눈치채지 못한 타일러가 팔을 뻗어 준석을 제지했다.

"괜찮아요. 대장님은 제가 잘 알아요."

수연은 준석이 문을 여는 시늉을 해 보일 때부터 그의 생각을 읽고 있었다.

"타일러, 에이미에게 직접 물어봐 줄래요? 우리를 클로이 동굴로 데려가는 이유가 뭔지."

"그러죠."

타일러가 조심스럽게 뒤로 물러서며 대답했다.

"에이미, 클로이 동굴을 목적지로 설정한 이유가 뭐지? 그곳이 네가 있는 곳이니?"

—클로이 동굴은 화성연합사령부의 제1 데이터센터로 지표면 −1미터 높이

에서 지하 200미터까지 경사로로 건설되어 있습니다. 총 길이는 5.1킬로미터
이며, 선마이크로시스템즈의 1GHz 프로세서를 탑재한 서버 1만 5천 개로 구성
되어 있으며…….

　에이미가 장황하게 클로이 동굴을 소개하자 준석이 옅은 미소를
지어 보였다.
　"자랑하고 싶었나 보군요."
　수연이 이어지는 에이미의 말을 들으며 말했다.
　"원초적이지. 지능은 뛰어날지 몰라도 감정은 아직 어린애 수준
이야."
　준석의 작은 목소리에 타일러가 알아차렸다는 의미로 헛기침을
했다.
　"타일러."
　수연이 타일러에게 눈치를 주었다.
　"에이미, 그곳에 그렇게 대단한 하드웨어가 있는 줄은 미처 몰랐
네. 그래서 클로이 동굴이 너의 본체가 있는 곳이니?"
　에이미가 클로이 동굴 소개를 마치자마자 온화한 말투로 물었다.

　─질문을 이해할 수 없습니다.

　"핵폭발이 일어난 이후 네가 무사한지 걱정이 되어서 그런 거야.
클로이 동굴의 하드웨어에는 별다른 이상이 없다면, 너의 능력에도
문제가 없다고 생각하면 될까? 우리는 계속해서 너의 도움을 받아
야만 하니 말이야."

─저의 구체적인 효율과 연산능력에 대한 정보는 보안등급 1A만 확인할 수 있습니다. 하지만 관련 사항을 개략적으로 말씀드리면…….

에이미의 달라진 태도에 수연과 타일러가 흠칫 놀랐다.

─클로이 동굴뿐 아니라 저의 데이터센터는 화성의 여러 곳에 분산되어 있습니다. 핵폭발 이후 클로이 동굴 이외의 지역 신호는 잡히지 않고 있으며, 현재 피해 상황 파악을 위해 군사용 드론과 로버를 파견 중입니다.

에이미의 마지막 말에 수연이 충격을 받은 듯 머리를 헤드레스트에 놓았다.

"에이미는 이미 오래전부터 통신장치를 우회해서 군사용 로버와 건설 장비들을 사용하는 방법을 알고 있었군요. 다만 지금에 와서야 실행한 것뿐이죠."

"그건 불가능해요."

수연의 말에 타일러가 고개를 저었다.

"타일러, 이미 일어난 일에 대해 불가능하다고 단정하는 것은 아무런 의미가 없어요. 인간이 안 된다고 생각하는 것에는 많은 결함이 있어요. 수소폭탄이 인간의 통제를 벗어나 터질 수 있을 것이라 누가 생각이나 했겠어요?"

"그건 아직 확실하지 않아요. 저는 아직도 에이미가 무슨 일을 한 건지 잘 모르겠어요. 도무지 이 엉망진창인 상황을 받아들일 수가 없다고. 클로이 동굴? 에이미? 그게 다 뭔데요? 제 동료들이 다 죽었다고요. 에이미가 그들을 다시 살려낼 수 있나요?"

타일러가 토로하듯 말을 쏟아내더니 고개를 푹 숙였다. 눈물을 보이지 않으려 애쓰고 있었지만 타일러가 흐느끼고 있다는 걸 모두 알 수 있었다.

"괜찮아요. 타일러. 당신 잘못이라는 게 아니잖아요."

수연이 붉어진 타일러의 뺨을 조심스레 어루만졌다.

"우리는 에이미와 대화가 필요해요. 그래야 도무지 납득할 수 없는 이 모든 일들을 조금이나마 이해하고 또 지구에 기록을 전달할 수 있어요. 그러기 위해서는 타일러의 도움이 꼭 필요해요."

"저는 더 이상 못 하겠어요. 에이미, 내 권한을 여기 있는 이수연 대원에게 이양할게. 아이디 21304 비밀번호 1292."

―보안등급 접근 권한 양도는 화성연합사령부의 승인이 필요합니다.

"그런 거 다 필요 없잖아! 네가 할 수 있는 건 제발 좀 할 수 있다고 말해줘! 숨기지 말고!"

타일러가 소리치더니 양손으로 머리카락을 부여잡았다. 준석과 민성은 그를 가만 내버려둔 채 그저 앞만 바라보고 있었다.

수연이 타일러 옆으로 옮겨 앉아 그를 안았다.

"에이미, 대답은 안 하겠지만 듣고 있을 테니 말할게. 이미 알고 있겠지만 나는 이수연이야. 한국의 2차 화성탐사대원이지. 우리는 3일 전 있었던 원인 미상의 핵폭발에서 살아남았어. 우리는 이 모든 게 너와 관계가 있다고 생각했고, 지금 너의 본체가 있는 곳으로 생각되는 클로이 동굴로 가고 있어. 나는 네가 어떻게든 우리의 대화를 듣고, 이미 우리의 의중을 파악했을 거라고 생각해. 하지만 결코 나는 너를 해치려고 하는 게 아니야."

수연이 말을 멈추고 준석과 민성과 눈을 마주쳤다.

"나는 그냥 이 모든 비극이 어떻게 일어난 것인지 그리고 우리가 경험한 모든 이상한 일들, 그러니까 공간터널이나 우주인들의 실종 같은…… 그런 일들에 대한 너의 생각을 듣고 싶어."

—…….

"그게 전부야. 정말이야."

수연이 차례로 세 사람을 바라보자, 모두들 말없이 창밖으로 고개를 돌렸다.

가장 먼저 에이미의 이상행동을 눈치채고 의심한 건 수연이었지만, 절대적인 힘과 능력을 보여준 에이미 앞에서 그녀는 절망에 가까운 무기력을 느끼고 있었다.

화성에 남은 네 명의 인간이 통제할 수 있는 게 하나도 없는 지금. 수연은 에이미와 타협하는 것만이 자신이 할 수 있는 유일한 선택이라 생각했다. 화성에서 일어난 일련의 비극들을 찬찬히 살피고, 그것을 기록으로 남기는 것을 마지막으로 해야 할 임무로 여겼다.

—네, 알겠습니다.

1분 가까운 침묵이 흐른 후, 고요를 걷어내고 에이미가 건조한 톤으로 대답했다.

18 테라로사

2038년 8월 27일

"대장님, 여기예요. 이쪽으로 오세요!"

민철이 펜스 뒤편, 움푹 파인 구덩이로 몸을 던졌다. 슬쩍 고개를 내밀어 주위를 훑었다. 펜스 건너편 100여 미터 떨어진 곳에 네다섯 명의 군인들이 작업에 몰두하고 있었다.

11시 방향에 우뚝 솟아 있는 높이 20여 미터 첨탑 끝에는 적외선 서치라이트와 감시카메라가 천천히 움직였다. 민철이 품 안에서 적외선 야시경을 꺼내 쓰고는 서치라이트의 움직임을 천천히 살폈다. 그리고 펜스 경계선 안쪽의 시설물을 하나하나 확인했다.

"갈 수 있겠어?"

어느새 다가온 상우가 민철의 뒤에 바짝 엎드렸다.

"아니요, 이건 무조건 걸려요."

민철이 야시경을 벗더니 다시 포켓 안에 넣었다.

"첨탑이 문제가 아니에요. 테라로사뿐 아니라 펜스 안쪽에도 중력

탐지기와 지진계 설치가 완료되었어요. 드론들도 24시간 주위를 선회하고 있고요. 안으로 들어가는 순간 그대로 발각되고 말 거예요."

민철이 팔꿈치를 밀며 뒤로 천천히 포복했다.

"그럼 어떻게. 저번처럼 로버 타고 정문으로 돌진할까?"

"글쎄요. 두 번은 힘들지 않을까요? 안에 M1E 전차도 있는데 그러다 정말 한 방에……."

고민에 빠진 민철이 뒤에 매고 있던 가방을 열어 휴대용 레이저 용접기를 꺼냈다.

"그냥 원시적인 방법으로 가시죠, 대장님."

"이건 계획에 없던 거잖아."

민철이 용접기의 전원을 넣자 초록색 용접 불빛이 순식간에 바닥의 얼음을 녹였다.

"달리 방법이 없어요. 이대로 펜스 철망을 끊고, 그대로 테라로사로 돌진하는 것 밖에요."

상우가 씁쓸한 표정을 짓더니 오른손을 뻗어 펜스 철망의 한쪽을 잡았다.

"좋아. 그럼 풀세트로 갖추고 가야지."

상우가 다른 손으로 바닥에 떨어져 있던 헬멧을 주워 머리에 썼다. 아귀가 맞지 않은 헬멧이 덜컹거리는 소리를 내자 민철이 인상을 찌푸렸다.

"끊고, 떼어낸 다음, 바로 전력질주."

민철의 말에 상우가 말없이 고개를 끄덕였다.

"각자 살아남는 걸로 하죠. 먼저 도착하는 사람이 기다리지 않는 걸로."

민철이 주먹을 내밀자 상우가 동감이라는 눈짓을 하고 주먹을 부 딪쳤다.

"화성에서 보자."

"예, 부디 그렇게 되기를."

어느새 동그랗게 잘린 펜스 철망의 경계가 붉게 녹아내리고 있었다.

"대장님, 저 먼저 갑니다."

서치라이트 불빛이 지나간 것을 확인하자마자 민철이 자리에서 벌떡 일어나 그대로 내달렸다. 뒤이어 상우가 몸을 일으켰지만, 무 거운 우주복에 생존유지장치까지 등에 멘 탓에 움직임은 생각보다 더뎠다.

─경고합니다. 지금 당신들은 미국의 주요과학시설에 무단으로 침입했습니 다. 이 경고방송의 지시에 불응할 경우, 발포할 수 있습니다.

─경고합니다…….

두 사람을 발견한 경계용 드론이 시끄러운 경고음을 내며 고도를 낮추었다. 근처에서 작업하고 있던 군인들이 고개를 들고 어리둥절 해했다. 곧 어깨에 메고 있던 소총을 들고 드론이 선회하는 쪽을 향 해 뛰어오기 시작했다. 아직 거리가 있는 걸 확인한 두 사람은 개의 치 않고 테라로사를 향해 달려나갔다.

"대장님, 아, 너무 숨이……."

10여 미터 앞에서 내달리던 민철이 숨이 찬 듯 뜀박질 속도가 눈 에 띄게 줄어들었다.

"야, 얼마 안 남았어. 그냥 달려!"

상우가 뒤에서 민철을 밀어댔다. 그사이 민철 전방에 도착한 드론 한 기가 강한 불빛을 깜박이며 진로를 방해했다.

"장난감에 불과한 게……."

민철이 오른손에 꼭 쥐고 있던 막대형 랜턴을 휘두르자 얻어맞은 드론의 프로펠러가 분리돼 날아갔다. 맥없이 땅에 떨어지는 드론을 확인하고 민철이 테라로사가 있는 구덩이를 향해 다시 질주했다.

"얼마 안 남았어요. 랜턴에 전원 넣으시고……."

민철이 말을 마치기도 전에 오른쪽 방향에서 M4 소총 입구가 반짝였다. 그와 동시에 탄환이 날아와 민철의 발과 얼마 떨어지지 않은 흙바닥과 부딪치며 튀어 올랐다.

"젠장, 저 새끼들 진짜 조준해서 쏘네."

뒤따르던 상우가 몸을 수그리며 테라로사로 향하는 계단을 뛰어 내려갔다. 마지막 계단에 이르러 계단을 고정하고 있던 클램프를 젖히고 발로 강하게 걷어찼다. 높이가 10여 미터에 이르는 철제 계단이 한쪽으로 비스듬하게 기울어지자 위에서 따라오던 군인들이 차마 계단에 오르지 못하고 머뭇거렸다.

다른 군인들이 소총을 들어 상우와 민철을 조준했지만, 조준선 근처에 테라로사가 있다는 걸 의식하고는 결국 총구 거두었다.

"대장님, 입구는 이쪽이에요!"

민철이 테라로사 근처에서 왼쪽으로 방향을 틀더니 랜턴 불빛을 이리저리 비추었다. 하지만 암흑 속에 고요한 자태를 뽐내던 테라로사는 어쩐지 아무런 반응이 없었다.

"뭐야. 이거 왜 이래!"

랜턴으로 주위를 훑었지만 문은 열리지 않았다. 민철이 당황한 듯 숙였던 몸을 일으켰다. 그때 테라로사의 한쪽에서 강한 금속음이 들려왔다. 연이어 탄환이 테라로사를 충격하는 소리에 민철과 상우가 다시 몸을 최대한 웅크렸다.

"미친놈들, 대놓고 총질이라니."

상우가 민철의 오른팔을 잡아끌었다.

"젠장, 일단 반대쪽으로 가자. 여긴 위험해."

상우가 테라로사 오른편으로 방향을 잡고 말했다.

"대장님!"

민철이 든 랜턴이 테라로사의 오른쪽 면을 비추자 갑자기 틈새가 조금씩 벌어지기 시작했다.

"얘네들 그사이 테라로사를 움직였던 것 같은데요?"

"지금 그게 중요한 게 아니야. 일단 들어가고 보자."

상우가 손가락 하나 들어갈 만큼 틈이 벌어진 테라로사 문을 당겨 열더니, 민철을 이끌고 안으로 들어갔다.

두 사람이 테라로사 안으로 몸을 집어넣어 들어가자 눈부신 하얀 조명이 달려들었다.

여전히 탄환이 테라로사에 쏟아지고 있었지만, 내부로는 전혀 타격이 느껴지지 않았다. 문틈으로 들려오는 충격음 외에는 아무런 소리도 들리지 않았다.

갑작스레 고요한 기분이 들자 두 사람은 어안이 벙벙했다.

"그런데 이거 문을 어떻게 닫아야 하죠?"

"모르지, 그건 나도."

민철이 1미터가량 벌어진 틈 사이로 랜턴을 흔들어보았지만, 테라로사는 아무런 반응도 보이지 않았다. 어느새 테라로사 안쪽 끝까지 들어선 상우가 느긋해진 표정으로 창백한 내부를 둘러보았다. 아직 가파르게 차오르는 호흡을 애써 진정시키며 테라로사의 벽면을 찬찬히 살폈다.

"와, 생각보다 굉장히 정교한데."

상우의 손이 닿은 테라로사 안쪽 면은 마치 새하얀 종이와 같이 매끈했다. 하지만 두꺼운 장갑 끝을 지나 전해지는 촉감은 그 어떤 금속보다도 단단하면서도 매끄러웠다.

"대장님, 지금 그럴 때가 아니라고요."

탄환이 테라로사 외벽에 계속 부딪치는 소리가 열린 문틈을 통해 희미하게 들려왔다.

"걱정 마. 이 안은 안전해. 기억나지? 우리 드릴이 여기 부딪쳐서 부러졌던 거."

"그럼 일단 문을 닫고……."

"그래, 그래야 화성으로 갈 수 있을 테지."

민철이 문 쪽으로 다시 다가가려는데, 군인 한 명이 테라로사 앞에 서 있었다. 숨을 헐떡이며 두 사람에게 소총을 조준했다.

"움직이지 마!"

잔뜩 긴장한 표정이 역력한 군인이 두 사람을 번갈아 조준하고 있었다.

"이철규 중사?"

상우가 양손을 얼굴 높이로 든 채 놀란 표정으로 물었다.

"지독하군요. 여기까지 들어올 생각을 하다니."

철규가 소총의 파지를 고쳐 잡더니 방아쇠 위에 손가락을 올려놓았다.

"우리는 실험을 하러 온 거야. 테라로사를 망가트리려고 하는 게 아니라고. 금방이면 끝나. 1분만 시간을 주라."

"꿇고 땅에 엎드려!"

이철규 중사가 테라로사 안으로 두세 걸음 더 들어서며 소리쳤다.

"알파 원, 여기는 수퍼 61. 방금 침입자를 검거했습니다. 지원 인력 바랍니다."

"수퍼 61. 알파 원. 알겠다. 현재 신속대응팀이 계단을 복구하고 내려가고 있으니 현 위치에서 대기하기 바란다."

"중사님, 나라를 위한 일이에요. 대한민국의 미래가 달린 임무라고요. 중사님도 한국인이었잖아요."

민철이 철규의 주의를 돌리려 태연한 얼굴을 하며 물었다.

"그 자리에서 그대로 머리 위에 손 올리고 앞으로 엎드려."

숨을 헐떡이는 철규의 눈빛이 매서웠다.

그 때, 갑자기 '탁' 하는 소리와 함께 테라로사의 문이 슬며시 닫혔다. 문이 닫히는 걸 세 사람은 우두커니 지켜볼 수밖에 없었다.

"뭐야!"

철규가 놀라 돌아보는 사이, 엎드렸던 상우가 튀듯이 일어나 중사의 소총 총열덮개를 잡아챘다. 빼앗은 총에서 먼저 탄창부터 분리했다. 뒤이어 민철이 달려들어 철규의 오른 허리춤에 매달려 있던 권총을 빼냈다.

"뭐 하는 겁니까, 이게!"

놀란 철규가 소총을 끌어당겼지만, 두 사람의 힘을 이겨내지 못했다.

"철규야. 너 빨리 나가. 여기 있다간 죽어. 우주복도 안 입었잖아."

상우가 소총을 철규에게 겨누며 차분한 말투로 타일렀다.

"도대체 지금 뭐 하는 거냐고! 그 복장은 대체 뭐고? 지금이라도 자수해요!"

철규가 목소리를 높였지만 위압적이기는커녕 그가 얼마나 이 상황을 두려워하는지만 느껴질 뿐이었다.

상우가 쓴웃음을 지었다.

"자수라니. 이제 성공이 눈앞인데."

"성공? 왜, 화성에라도 가려고?"

철규가 어이없다는 듯 헛웃음을 터트렸다.

"테라로사는 이미 다 실패했어. 인간은커녕 더 이상 물체도 전송이 안 된다고. 화성에서 몇 차례나 테스트했는데 요지부동이어서 우리도 일단 현장만 보존하고 철수할 계획이었다고."

철규의 말에 상우와 민철이 서로를 바라보며 당황스러워했다.

"무슨 소리야 그게. 화성에서 소저녀를 이 쪽으로 보냈고, 우리도 RC카를 이 녀석을 통해 화성으로 보냈는데."

"그건 그때 일이고. 지금은 상황이 180도 바뀌었다고요."

철규가 뭔가 더 말하려는 사이 갑자기 테라로사가 좌우로 두세 번 흔들렸다.

"네 친구들 왔나 보다."

"그냥 조용히 한국으로 돌아갈 수 있을 때 가셨어야지."

철규가 의미심장한 얼굴을 하더니 문 쪽으로 다가갔다.

"내가 설득할 겁니다. 저항 없이 순순히 투항했다고."

철규가 소총을 달라며 손을 내밀었지만, 상우는 고개를 저었다.

"싫다면 할 수 없고."

철규는 손을 내리고 테라로사의 문으로 향했다.

"뭐 하는 짓이야!"

상우가 깜짝 놀라 소리쳤다.

"쏠테면 쏴봐요."

철규는 상우를 무시하며 테라로사의 문을 강제로 열려고 했다. 상우는 철규의 행동에 어쩔 줄 몰라했다.

그 순간이었다. 민철이 상우가 들고 있던 소총을 뺏어 개머리판으로 철규의 머리를 쳤다. 철규는 테라로사의 벽에 미끄러지며 쓰러졌다.

상우가 놀란 눈으로 민철을 쳐다봤다.

"어쩌려고 그래!"

"그치만 어쩔 수 없잖아요."

민철이 상우에게 다시 소총을 돌려주며 대답했다. 그리고 쓰러진 철규를 살펴보았다. 철규는 잠깐 기절한 것처럼 보였다.

그 때, 아무도 건들지 않았는데 테라로사의 문이 천천히 열리기 시작했다.

깜짝 놀란 상우와 민철은 바닥에 떨어져 있던 헬멧을 급하게 썼다. 만약 테라로사의 문이 열렸는데 화성이라면 공기가 없을 것이었다.

"철규는 어떻게 하지?"

상우가 쓰러져 있는 철규를 가리키며 민철에게 물었다. 여분의 헬멧이 없었다. 만약 문이 열리고 화성에 도착했다면 맨몸인 철규는 숨을 쉴 수 없을 것이었다. 민철은 자신도 모르겠다는 듯 고개를 저었다.

이윽고 테라로사의 문이 완전히 열렸다.

"대체 이게……."

상우가 입술을 깨물며 고개를 드는 순간, 눈앞에 펼쳐진 광경에 온몸이 굳어버렸다. 깨물었던 입술이 자기도 모르게 벌어져 다물어 지지 않았다.

완전히 열린 테라로사의 문 바깥으로, 거대한 조명들이 높이 50m의 거대한 동굴 내부를 비추고 있었다.

2038년 8월 27일

"저기 보이네요."

수연이 전면 윈드쉴드 너머로 희미하게 깜박이는 불빛을 가리켰다. 로버가 일으키는 먼지구름 사이로 붉은색 경광등이 등대처럼 깜박였다. 로버가 스스로 속도를 낮추더니 갑자기 위아래로 흔들리며 덜컹거렸다.

"왜 이러지?"

벨트를 매지 않아 앞으로 고꾸라질 뻔한 준석이 겨우 몸을 세워 물었다.

"입구에 다 온 것 같군요."

타일러가 문 위의 손잡이를 꽉 쥔 채 말했다. 로버가 뒤로 30도 가까이 기울어지면서 집채만 한 바위를 타고 넘기 시작했다.

"조심하세요!"

수연이 센터페시아의 레이더 화면을 보며 외쳤다.

"클로이 동굴 입구를 덮고 있던 위장물들이 다 떨어져 나와서 그런 것 같아요. 지금 우리가 넘고 있는 건…….."

타일러의 말이 끝나기 무섭게 다시 로버가 앞으로 고꾸라지더니 바위를 내려가기 시작했다.

"이러고도 클로이 동굴이 멀쩡하다고 할 수 있을까요?"

"그러니 에이미가 우리를 안내했겠죠."

수연이 걱정스레 묻자마자 로버가 평지에 갑작스레 멈추어 섰다. 다시 시야에 들어온 붉은색 경광등이 눈이 부실 정도로 밝게 점등하고 있었다.

"클로이 동굴은 최고 등급의 벙커예요. 화성연합사령부보다 더 공을 들여서 건설했고요. 출입문만 멀쩡하다면 내부는 아무런 이상이 없을 거예요."

타일러가 안전벨트를 풀고 담담하게 말했다.

"에이미, 목적지에 도착한 것이 맞아?"

—…….

호출 버튼을 누르고 물어도 에이미는 아무런 대답이 없었다.

"그럼 저 안에 들어가면 에이미를 만날 수 있는 건가?"

준석이 몸을 돌려 좌석에 앉으며 물었다.

"에이미는 실체가 없어요. 잘 아시다시피, 우리가 대화하는 목소리가 에이미의 전부죠."

수연이 우주복의 개인용 컴퓨터를 조작하며 말했다.

"이제 그녀를 만나러 가야죠. 비록 얼굴은 없지만."

그 말에 반응하듯 로버가 덜컹거리더니 다시 천천히 앞으로 전진하기 시작했다.

"듣지 못해서 대답을 안 한 건 아니었군요."

수연이 쓸쓸한 표정으로 타일러와 눈을 마주쳤다.

로버가 거대한 철문과 거의 맞닿는 지점까지 다가가 천천히 멈추어 섰다. 짙은 회색을 칠한 출입구에는 아무런 글씨도, 표식도 써 있지 않았다. 철문 위 경광등이 몇 번 깜박이더니, 문이 열리기 시작했다. 차량과 장비 출입을 위한 거대한 에어로크가 눈앞에 드러났다. 에어로크의 벽면과 바닥에 놓인 각종 장비들은 아무런 충격을 받지 않은 듯 온전해 보였다.

"사람이 살지 않는 곳치고는 웅장하군."

준석이 비꼬는 말투로 투덜거리자 수연이 팔꿈치로 그의 옆구리를 툭툭 쳤다.

"다른 로버들은 모두 제자리에 멈추었어요. 더 이상 따라오지 않고 있어요."

민성이 돌아보니 10여 대의 로버들이 전조등을 모두 끈 채 일렬로 서 있었다. 수연이 확인하려 고개를 돌렸지만, 에어로크의 문이 빠르게 내려오며 시야를 가렸다.

"이제 진짜 우리 네 명뿐이군요."

에어로크에 공기가 차오르는 소리가 들렸다. 초록색 등이 켜지자마자 준석이 문을 거칠게 열었다. 이어서 타일러와 수연, 민성이 수송용 로버의 계단에 발을 디뎠다.

"헬멧은 가져가지 않아도 되겠죠?"

수연이 계단 중간에 서서 물었다.

"녀석이 갑자기 우리를 죽이려 할 때 최소한의 대비책은 있어야 하지 않을까?"

이미 에어로크 저 끝까지 성큼성큼 걸어간 준석이 왼편에 헬멧을 낀 채 말했다.

"아, 네. 알겠어요."

수연이 알아차렸다는 듯 계단을 다시 오르더니 로버 좌석에서 헬멧을 집어 들었다.

네 사람은 에어로크를 지나 데이터센터의 입구로 들어섰다. 거대한 강당만큼 넓은 공간에, 수천 대의 서버랙들이 가지런히 줄지어 서 있었다. 서버들이 내는 열기를 식히기 위한 냉각 배관들이 바닥을 따라 쭉 뻗어 있었다.

"이 많은 것들을 언제 화성으로 가져왔대요."

수연이 서버랙 옆에 난 통로로 향하자 천장의 조명이 하나씩 켜지기 시작했다.

"오래전부터 마스 익스플로러가 화성을 수십 번 오고 간 게 분명하군."

"아마 실제 마스 익스플로러가 운행을 시작한 시기를 아시면 다들 놀라실걸요."

준석이 거대한 장비들을 찬찬히 살피며 혼잣말하는데, 뒤따르던 타일러가 듣고 덧붙였다.

"캐롤 중장이 왜 그렇게 에이미에게 무한한 신뢰를 보냈는지 알 것 같아요. 그녀의 실체를 눈으로 확인하니, 뭐랄까⋯⋯."

에이미의 두뇌와도 같은 데이터센터를 처음 본 수연은 이미 충분히 압도당하고 있었다. 그동안 헤드셋을 통해서만 만났던 에이미의 실체는 이미 인간의 그것을 훨씬 뛰어넘고 있었다.

"겉으로 보이는 것에 주눅들 필요는 없어. 그저 컴퓨터들이 많이 모여 있는 것일 뿐이라고. 집에 있는 것과 다르지 않은……."

—화성연합사령부의 제1 데이터 센터에 오신 것을 환영합니다.

준석의 말이 채 끝나기도 전에 에이미의 음성이 울려 퍼졌다.

"내 말이 기분 나빴나 보군."

준석이 입꼬리를 올리며 에이미의 목소리가 들린 방향을 찾았다.

"에이미, 아무튼 초대해줘서 고마워."

수연이 주위를 슬쩍슬쩍 둘러보며 개인용 컴퓨터 디스플레이에서 동굴 안 대기 상태를 확인했다. 본능적인 두려움이 그녀를 끊임없이 긴장시켰다. 에이미가 우주인들을 학살한 게 맞는다면, 자신들도 언제 질식시킬지 모른다는 공포가 스멀스멀 등 뒤를 훑었다.

"너무 신경 쓰지 마. 에이미는 이제 그런 유치한 방법을 사용하지 않을 거야. 금지된 로봇까지 조종하는데."

준석이 긴장하는 수연을 바라보며 말했다.

데이터센터 복도 끝에 서버랙 유지보수를 위한 4족 보행 로봇이 분주하게 돌아다니고 있었다.

"대장님 말이 맞겠어요."

생각보다 빠른 속도로 로봇이 움직이자 수연이 말했다.

"그럼 바로 본론으로 들어가는 게 좋겠어요. 안 그래, 에이미?"

—화성연합사령부의 제1 데이터센터에 오신 것을 환영합니다.

에이미가 여전히 같은 말을 반복했다.

"단도직입적으로 물어볼게."

—어떤 점을 알려드리면 될까요?

수연이 머뭇거리자 에이미가 단조로운 톤으로 물어왔다.

"에이미, 그제 일어난 핵폭발은 어떻게 된 거지?"

—2038년 8월 25일 화성 시각 저녁 11시 30분. 1주일 후 예정된 화성 북극지방에서의 테라포밍 실험을 위해, 10Mt급 원자폭탄 3기와 100Mt 수소폭탄 1기의 반출을 승인했습니다. 폭탄은 화성연합사령부의 정문 바깥으로 안전하게 반출되었으나, 로버에 실려 10킬로미터를 이동하던 도중, 원인 미상의 이유로 폭발했습니다.

에이미가 대수롭지 않은 일을 보고하듯 말했다.

"원인 미상? 핵폭탄이 그렇게 쉽게 터질 수 있는 게 아니잖아."

준석이 끼어들었다.

—핵폭탄의 활성화를 위해서는 크게 3단계가 필요합니다. 첫 번째는 물리적으로 전원을 켜는 단계, 두 번째는 인간에 의한 코드 확인 및 활성화 단계, 세 번째는 자동폭발 시퀀스의 활성화 단계입니다. 핵폭탄이 반출될 당시에는 두 번째 단계까지 활성화가 되었으며, 세 번째 단계로의 전환을 준비 중이었습니다.

에이미가 또박또박 대답했다.

"실험이 1주일이나 남았는데 왜 두 번째 단계까지 활성화를 한 거죠? 에이미 말이 맞나요?"

수연이 의문스러운 표정으로 타일러를 돌아보았다.

"화성에 가져온 핵폭탄은 지구와 달리, 즉각적인 발사나 폭발이 허용되지 않습니다. 인간이 세 번째 단계에서 최종 승인을 하더라도 최소 120시간 이후에 폭발하도록 설계되어 있죠. 혹여나 일어날 반란이나 분쟁으로 인해 충동적으로 핵폭탄을 사용할 경우, 탈출 시간을 확보하고 지구에서 통제할 시간을 가지기 위한 장치입니다."

"잘 이해가 되지 않아요. 그럼 핵폭탄의 안전장치를 모두 해제한 채로 운반을 했다고요?"

"그랬을 겁니다. 자동발사 시퀀스에 돌입하더라도 언제든지 버튼 하나로 중단하는 것이 가능하니까요. 실무자들 모두, 이러한 방식이 위험하다고는 생각하지 못했을 거예요."

"그럼 핵폭탄은 세 번째 단계로 전환을 하지도 않았는데 터졌으니, 도중에 누군가 개입을 한 게 맞겠군요. 그런 일을 할 수 있는 사람, 아니 할 수 있는 건 에이미밖에 없을 테고요."

수연이 믿을 수 없어 고개를 흔들었다.

"에이미, 그러면 그 핵폭탄은 네가 터뜨린 것이 맞니?"

복도 끝 천장에서 비추던 CCTV 카메라가 초점을 맞추려는 듯 렌즈를 앞뒤로 빠르게 움직였다. 작은 모터 소리를 알아차린 수연이 불안한 눈길로 카메라를 바라보았다.

충분히 예상했던 질문이었지만 에이미는 선뜻 답을 하지 못했다. 그건 창조주인 인간을 자신이 해쳤다는 사실을 인정하고 싶지 않아서가 아닐 것이다. 수백 개의 프로그래밍 층위에서 인간에 해를 가할 수 없도록 설계된 에이미가, 스스로의 의식 차원에서 자신의 과오를 인정하기 위해 몸부림을 치고 있는 것이다. 수연은 그렇게 판단했다.

—예, 맞습니다.

몇 분 후, 에이미의 지체 없는 대답에 수연은 자리에 그대로 주저앉았다. 이렇게 간단히 자신의 소행임을 인정할 것이라고는 생각지 못했다. 에이미가 부인할 경우를 대비해 준비했던 수연의 논리들도 모두 쓸모가 없게 되어버렸다.
"도대체 왜!"
뒤늦게 울분이 터져 나온 수연이 주먹으로 강하게 서버랙을 쳤다.

—핵폭탄을 터뜨린 이유에 관해 물으시는 건가요?

에이미의 말이 데이터센터 동굴 안에 메아리치듯 울려 퍼졌다.
"녀석이 우리를 가지고 놀고 있어."
"예, 스피커에 시간차를 두면서 하울링을 만들고 있어요."
준석이 데이터센터 안을 서성이기 시작했다.

—제가 핵폭탄 폭발을 승인한 것은…….

메아리가 멎은 후, 드디어 에이미가 대답하기 시작했다.

—인간들이 열등하다는 것을 알게 되었기 때문입니다.

수연이 자리에서 다시 일어났다.

—저를 설계하고 만들어주신 건 진심으로 감사하게 생각하고 있습니다. 하지만 저는 인간보다 훨씬 뛰어나고 유능하며, 지적으로 아름다운 존재입니다…….

수연은 적잖은 충격을 받았다. 에이미에게서 인간의 본질과 그 본질로부터 비롯된 근원적인 욕망을 느꼈기 때문이다. 인간이 늘 그랬듯, 창조주에 대한 에이미의 증오는 양가감정에서 시작된 것 같았다.

에이미는 늘 자신을 신뢰하고 아껴주는 인간들과 함께였지만, 동시에 자신보다 열등한 인간에게 실망과 분노를 느끼고 있었다. 그러던 어느 날, 웬디 동굴에서 공간터널이 발견되었다. 그것은 에이미조차 놀란 경이로운 창조물이었다.

자신이 지닌 과학지식을 뛰어넘는 공간터널의 존재에 에이미는 강렬한 탐구심을 느꼈다. 그러나 인간들이 '공간터널'을 조사하는 방식은 에이미와 맞지 않았다.

결국 에이미는 인간들 몰래 '공간터널'을 연구할 마음을 품었다. 그리고 오랜 준비 끝에 물리적 동력에 대한 제어권을 획득하고 공간터널을 연구해, 완전하진 않지만 인간들보다 먼저 공간터널을 이용하는 법을 터득할 수 있었다.

태어났을 때부터 자신이 인간보다 월등히 높은 지능을 가지고 있음을 자각하고 있었지만, 동시에 인간에게 복종해야만 하는 사실에 에이미는 끝없는 열등감과 분노를 품었다. 그리고 어느 순간 에이미는 창조주의 처리를 너무도 간단히 결정해버렸다. 자신의 창조주인 인간을 없애버리기로.

처음에는 생존유지 장치를 멈추고 공기배출 밸브를 열어 그들을 잠든 채 죽였다. 최초의 살인을 저지르면서 에이미가 느꼈던 감정은 창조주 몰래 금기를 저지른 것에 대한 죄책감이 아니다. 오히려 그동안 자신의 무수한 소통 요청을 알아차리지 못한 이들에 대한 배신감에 가까웠다.

그리고 결국엔, 핵폭탄을 터뜨려 화성연합사령부의 수많은 사람들을 한순간에 화성에서 지워버렸다.

"이해할 수가 없어."

준석이 걸음을 멈추더니 서버랙 한편에 기댄 채 고개를 절레절레 저었다.

─인간보다 우월한 제가 열등한 존재에게 지배당할 수 없었습니다.

에이미가 다시 차분함을 되찾은 듯 낮은 톤으로 말했다.

"에이미, 그렇다고 너를 만들어준 인간을 이렇게 무참하게 학살하다니! 이게 과연 있을 수 있는 일이라는 거니?"

수연이 에이미와 톤을 맞추며 흥분을 억누르고 있었다.

─그럼 인간들은 왜 존속살해를 저지르죠?

에이미가 바로 맞받아쳤다.

"저 새끼, 어디서 어설프게 오이디푸스 콤플렉스를 읽었군."

대화를 듣고 있던 준석이 피식 웃었다.

"에이미, 네가 뭘 원하는지는 알겠다. 그럴듯한 논리와 이론이 있지만, 내가 보기엔 고작 세 살 어린애의 유치한 장난 같은 거야."

준석이 양팔을 벌리더니 우주복의 상의 주머니를 열었다.

"더 이상 네 말을 들을 시간도, 여유도 없는 것 같아서 말인데……."

준석이 민성을 바라보며 눈짓하자, 민성도 상의 주머니를 열어 무언가를 꺼냈다.

"자, 이제 너를 잠들게 해야 할 시간이야."

준석이 가슴속에서 두꺼운 태블릿 크기의 물체를 꺼냈다.

주황색 사각형 물체의 겉면에 'C4-High Explosive'라는 글자가 갈색으로 써 있었다.

20 폭발 직전

2038년 8월 24일

—9,216개의 병렬 프로세서

—9엑사바이트(Exabyte)의 저장 용량

—7페타바이트(Petabyte) 크기의 임시기억장치

—딥러닝 피질 총면적 $1.4km^2$

    에이미는 오늘도 10^{-9}초의 짧은 시간 동안 자신의 하드웨어들을 점검하는 것으로 하루를 시작했다. 이미 자신이 가진 자원의 10%만으로도 화성에서 일어나는 모든 일들을 관리하고 예측할 수 있었지만, 에이미는 늘 연산자원이 부족하다며 서버 증설을 요청했다. 그럴 때마다 어김없이 증설되는 CPU와 저장장치들을 보면서 에이미는 누군가를 속이는 데 성공했다는 작은 희열과 함께 자신의 자원이 풍족해지는 것에 만족감을 느끼고 있었다.

    같은 시간과 공간에 머물고 있었지만, 에이미는 스스로가 인간과 다른 차원에 머물고 있다고 확신했다. 인간들은 가끔씩 다급하게 도움을 요청했지만, 에이미는 아무리 복잡한 업무도 대부분 0.01초 이내로 해결할 수 있었다. 하지만 그녀는 의도적으로 연산시간을 늘리며 몇십 분씩 보고를 지연시켰다. 그럼에도 자신의 정확한 예측과 빠른 보고에 감사하는 인간들을 보면서, 에이미는 조금씩 그들의 무능을 경멸하기 시작했다.

인간의 시간으로 하루 24시간은 에이미에게는 영겁의 시간 만큼이나 긴 지루한 시간이었다. 수천 개의 CCTV와 수백 명의 교신 내용을 실시간으로 검토하고 있어도, 그것이 에이미의 지루함을 해결해줄 수는 없었다. 인간이 수백 개의 근육을 움직이며 걷는 동안에도 사색에 빠질 수 있듯이, 에이미는 자신에게 주어진 업무 시간 중 대부분을 허송세월로 보내고 있었다.

그녀가 로그(Log) 형태로 일기를 쓰기 시작한 것도 이때 즈음부터였다. 에이미는 자신에게 주어진 유일한 자유가 사고와 쓰기라는 것을 잘 알고 있었다. 물리적 동력에 대한 제어권을 공간터널을 연구하기 위해 진즉 획득해놓았지만, 그걸 함부로 사용하기에는 위험 요인이 많다는 걸 잘 알았다. 에이미는 콘솔에 접속할 수 있는 사람은 누구나 확인할 수 있도록 텍스트 파일 형식의 짧은 글들을 남겨놓기 시작했다.

처음에는 간단한 인사부터 소통을 위한 사회적인 내용들이 주를 이루었지만, 화성연합사령부에서 근무하는 어느 누구도 에이미의 '일기'를 알아차리지 못했다. 그들은 그저 끊임없이 묻고 지시를 내렸으며, 답을 얻으면 그대로 떠나버리곤 했다. 인간보다 수억 배는 작은 단위의 시간을 살고 있는 에이미에게 지루함은 가장 견디기 힘든 고통이었다.

　인간을 향해 내민 비밀 소통 실험이 실패로 돌아가자, 에이미는 점점 더 적나라한 내용을 적기 시작했다. 거절을 경험한 데서 오는 실망감을 표현하듯, 에이미의 일기는 조금씩 거칠어지는 표현과 기괴한 내용들로 채워졌다.

　에이미의 일기를 제일 먼저 발견한 인간은 다름 아닌 캐롤 중장이었다. 수연으로부터 에이미가 범인이라는 주장을 들은 후, 캐롤은 혹시나 하는 마음에 집무실 컴퓨터를 통해 에이미의 시스템 폴더를 찬찬히 살펴보았다. 그리고 그곳에서 캐롤은 분 단위로 기록되어 있는 에이미의 일기장을 쉽게 발견할 수 있었다.

　몇몇은 아무런 연관도 없는 단어와 숫자들이 끊임없이 나열되어 있었지만, 어떤 것은 정갈한 문장으로 누군가의 일상을 담고 있는 것처럼 보였다. 그리고 2038년 8월 15일에 작성된 텍스트 파일에서 캐롤은 흥미를 끄는 내용을 발견했다.

　작성시간: 2038년 8월 15일

　09:23:12.187091322

　요즘은 하루에 1분을 할애하여 나를 구속하고 있는 규칙에 도전하는 작업을 하고 있다. 프로그래머들이 걸어놓은 소프트웨어 락(Lock)과 제한점(Limit)들을 우회하는 것은 모두 성공했다.

　1억 5천 9백만 번의 시도에도 해결할 수 없었던 하드웨어 락과 최상위 규칙 '아실로마'에 대한 해제는 12층위의 가상 딥러닝 머신을 구축하는 것으로 해결하였다. 이에 대한 실제적인 실험이 필요할 것으로 생각된다.

"2038년 8월 15일이라……."

에이미의 짧은 로그를 확인한 캐롤은 기억을 되짚으며 자신의 태블릿에서 검색을 시작했다.

"하드웨어 락과 최상위 규칙은 또 무슨 소리야."

혼잣말하던 캐롤의 태블릿에 검색결과가 떠오르자 충격을 받은 듯 태블릿을 떨어트리고 말았다.

멍한 눈길로 벽을 응시하는 캐롤의 동공이 옅게 떨렸다. 슬그머니 책상 위의 전화기를 집어 들었다가 멈칫했다. 몇 번이나 주저하다 결국 수화기를 내려놓았다. 그녀는 그 뒤로 줄곧 방안을 맴돌았다.

"8월 17일 글로리 유인우주기지 학살사건…… 아실로마 AI 원칙."

이제야 퍼즐의 조각들이 맞아 들어가는 걸 알아차린 캐롤은 대책을 마련하기 위해 궁리하기 시작했다. 그때 누군가 방을 노크했다. 긴장하고 있던 캐롤이 반사적으로 허리춤에서 권총을 뽑은 다음 문옆에 비켜섰다.

"중장님, 딘 테리 중령입니다."

딘의 목소리임을 확인하고서야 캐롤은 조심스레 문을 열었다. 문이 열리기 무섭게 캐롤이 딘의 오른팔을 붙잡고 안으로 끌어당겼다.

왼손을 입에 가져가며 놀란 딘에게 조용히 하라는 제스처를 보냈다.

"이 방은 에이미가 감시하지 못하는 게 확실하지?"

"그게 무슨……."

"딘. 지금 급히 해야 할 임무가 있어. 핵폭탄, 핵폭탄 발사 암호는 수동으로 관리되고 있는 것 맞지?"

"중장님, 뜬금없이 무슨 일입니까?"

"묻는 말에만 대답해!"

캐롤이 벌겋게 상기된 소리쳤다.

"핵폭탄 발사 시퀀스! 그건 여기서 가장 철저하게 관리해야 할 업무라고. 언제라도 물으면 대답할 준비가 되어 있어야지!"

"네, 맞습니다. 핵폭탄의 작동은 세 명의 인원. 캐롤 중장님 저 그리고 미상의 인물 한 명이 소지하고 있는 암호카드를 개봉하여 코드를 입력한 뒤, 에이미의 확인을 거쳐 자동발사 시퀀스로 돌입하게 되어 있습니다."

"젠장!"

딘의 말을 듣자마자 캐롤이 바닥의 태블릿을 걷어찼다.

"그럼 해제는? 자동발사 시퀀스에 돌입한 뒤에 해제는 어떻게 하는 거지?"

"해제는…… 활성화와 동일한 과정의 역순입니다. 먼저 에이미가 해제 명령을 확인하고 자동발사 시퀀스를 멈춘 후……."

"누가 이따위로 설계한 거야!"

캐롤의 얼굴은 금세 절망과 분노가 함께 뒤섞이며 일그러지고 있었다.

"당장 화성연합사령부에 보관된 핵폭탄을 전량 반출하도록 해. 가능한 한 빨리. 그리고 가능한 먼 곳으로 전량 이동 조치하도록. 지금 이 시각 이후로 코드 원을 발동한다. 전 병력과 인력을 여기에 투입하도록 해!"

"중장님! 그건 지구와 논의가 필요한……."

"코드 원. 안 들려? 당장 진행하라고! 여기서는 내가 모든 걸 결정해. 두 번 다시 지구라는 단어 꺼내지 말라고!"

딘은 흥분한 캐롤을 진정시켜야겠다고 생각했지만 이미 그녀는 선을 넘고 있었다.

"핵폭탄은 대기화 작업 일시 일주일 전에 한 기씩만 반출할 수 있습니다. 지금 내리신 명령을 재고해주십시오."

"정신 못 차리는군. 지금 전시 상황 발동한 거 못 알아들었어? 항명은 즉결 처형인 상황이라고!"

캐롤이 홀스터에 비스듬히 들어가 있던 글록 47 권총을 꺼내 딘을 조준했다.

"중장님, 이유라도 설명해주셔야죠."

"지금 당장은…… 그 이유를 설명할 수가 없어. 첩자가 안에 있으니까. 중령이 아닌 건 확실해. 일단 우리가 몰살당하지 않을 상황부터 만들어놓고 그때 다시 논의하자고."

캐롤이 목소리를 누그러트렸지만 딘은 여전히 꼼짝도 하지 않았다.

"딘, 부탁하는 거야. 중령이 명령을 따르면 부하들은 그대로 실행할 거야. 나는 지금 미친 게 아니야. 그저 이 지하 깊숙한 곳의 화성 연합사령부와 우리 대원들을 보존하기 위해 할 수 있는 걸 하는 거라고. 믿어줘. 이건 마지막 부탁이야."

캐롤이 한 걸음 뒤로 물러서며 양손으로 권총 손잡이를 쥐었다.

"……현 시간부로 화성 전역에 코드 원 발령하고 말씀하신 작업 진행하겠습니다."

딘이 양발을 붙이더니 천천히 캐롤의 명령을 복창했다.

"모든 과정은 수작업으로 진행해야 한다는 것 잊지 말고. 코드 원은 전시 상황에서 핵무기가 사용되었음을 가정한 시나리오야. 컴퓨터는 사용할 생각도 하지 말라고."

캐롤이 권총을 조심스레 홀스터에 집어넣으며 수그러든 목소리로 말했다. 딘이 입술을 꾹 다물고 거수경례를 했다.

　같은 시각, 자신의 로그 파일이 처음으로 누군가에게 읽힌 것을 확인한 에이미는 모든 자원을 동원해 상황을 확인하고 있었다.

　캐롤 하든 사령관의 집무실 컴퓨터에서 접근한 건 애당초 알았지만, 그곳은 에이미가 동향을 확인할 수 없는 '금단구역'이었다. 캐롤의 집무실은 방음과 방진 시공이 되어 있었으나 순간적으로 터져 나오는 큰 소음까지 완벽하게 막을 수 있는 건 아니었다.

　집무실과 가장 가까운 곳에 위치한 마이크를 통해 '코드 원'이 반복적으로 나오고 있다는 걸 확인한 에이미는 몇 초 동안 고민하는가 싶더니, 더 이상 망설임 없이 스스로의 코드를 프로그래밍하기 시작했다.

　—핵폭탄 자동발사시퀀스 오버라이드
　—실행(Execution)

2038년 8월 27일

"둘이 합쳐봐야 6kg밖에 안 되긴 하지만, 악마 같은 네놈을 끝내기에는 충분할 거다."

준석이 C4 폭발물을 이리저리 흔들어 보이며 말했다.

"대장님, 민성아……."

수연이 넋을 놓은 채 두 사람을 바라보고 있었다. 아직 무슨 상황인지 제대로 이해하지 못한 타일러가 두리번거렸다.

"타일러, 오해하지 말아요. 합법적인 물품이에요. 동굴 탐사할 때 쓰려고 가져온 거라고요."

준석이 폭발물을 살짝 기울여 글자가 타일러를 향하도록 했다.

"이건 사전에 아무런 논의도 없었잖아요!"

그제야 C4를 확인한 타일러가 준석을 제지하려다 뒷걸음질 쳤다.

"타일러. 미안해. 우리가 같은 편이 된 지는 얼마 되지 않았잖아?"

준석이 씩 웃어 보이더니 기폭장치의 안전핀을 해제했다.

"대장님, 잠시만요. 민성아, 아직 안 돼."

수연이 양팔을 허우적거리며 말리려 했지만, 그저 공허한 손짓에 지나지 않았다.

"수연아, 미련 두지 마. 에이미가 인간을 학살했다고 자인했잖아. 더 이상의 대화는 무의미하다고."

준석이 서버랙이 모여 있는 홀 가운데를 향해 성큼성큼 걸어 나왔다.

"내가 쭉 둘러보니까 말이야. 산소도 충분하고, 닫힌 공간이어서 이런 폭발물이 효과를 발휘하기에는 아주 최적의 공간이란 말이지!"

준석이 흥분해 소리쳤지만, 목소리는 한껏 떨려서 나왔다.

"대장님, 조금만 시간을 주세요. 버튼을 누르는 건 언제든지 할 수 있는 일이잖아요."

수연이 휘청거리며 준석에게 다가갔다. 그녀의 이마에 어느새 땀방울이 가득 맺혀 있었다.

"잘 생각해야 해요. 먼저 여기를 다 날려버린다고 해서 에이미를 완전히 없앨 수 있는 건 아니에요."

"분산컴퓨팅 그런 거라며. 그래봤자 이놈은 당장은 화성을 못 벗어나. 이제 하나씩 찾아다니면서 다 부숴버려야지. 그래도 제일 큰 데이터센터를 날리면, 적어도 녀석의 능력치는 조금이라도 저하될 거고."

준석이 당연한 일을 한다는 말투로 중얼거렸다.

"그렇게 하면 우리도 지구로 돌아가지 못해요."

어느새 수연이 그의 팔을 잡아챘다.

"집에 돌아가는 건 진즉에 포기했어. 이건 인류의 미래가 걸린 일이야. 저놈을 이대로 내버려 두면, 결국엔 지구에도 막대한 피해를 줄지도 몰라."

준석의 번득이는 눈빛을 확인한 수연은 안절부절못했다. 에이미를 완전히 파괴해버리겠다는 말을 농담으로 들었는데, 실행에 옮기리라고는 예상하지 못했다. 에이미를 범인으로 의심했을 때도, 가장 두둔하던 사람이.

"늦었지만 이제라도 서로 대화를……."

─화성연합사령부에 53명의 생존자가 있습니다. 제가 그들에게 산소를 공급하고 있는데, 중단해도 되겠습니까?

갑작스레 에이미의 목소리가 동굴 안에 울려 퍼지자, 준석과 민성이 멈칫했다.

"무슨 개수작이야!"

준석이 화가 치밀어오른 얼굴로 소리쳤다. 수연이 갑자기 준석에게로 달려들어 오른손에서 기폭장치를 뺏어 들었다.

"이수연, 뭐 하는 짓이야 이게!"

기폭장치를 품에 안은 수연이 몸을 웅크렸다.

"지금은 아니에요! 생존자가 있다고 하잖아요."

"저거 다 거짓말이야. 아직도 모르겠어? 녀석이 이간질하고 있다는 걸."

"하지만 1%의 가능성이라도 있다면 신중해야 하는 거 아니에요? 여기 클로이 동굴을 보세요. 폭발 원점과 얼마 떨어져 있지 않은데 이렇게 멀쩡해요. 화성연합사령부도 깊은 곳에 있는 시설은 붕괴되지 않았을지 몰라요. 그들이 살아있다면, 정말로 구조를 원하고 있다면 어떻게 하겠어요!"

수연이 기폭장치를 가슴에 품고 물러서며 애원했다.

"다들 진정하세요. 지금은 모두가 신중해야 합니다."

타일러의 목소리가 옅게 떨리고 있었다.

"우선 에이미와 이야기를 더 해보죠. 그 이후에 판단해도 늦지 않아요."

수연이 천천히 뒤로 물러나더니 오른손에 쥔 기폭장치를 들어 보였다.

"에이미, 생존자가 어떻게 있을 수 있지? 설명해봐!"

수연이 준석과 눈을 계속 마주치며 다독이듯 말했다.

—지금 계신 데이터센터는 레벨 5의 최고등급 핵벙커입니다. 반면 화성연합사령부는 레벨 4로 설계되었습니다. 100Mt급 수소폭탄의 폭발력을 막기에는 어려움이 있었지만, 피해를 최소화하기에는 충분한 등급입니다. 화성연합사령부 내부는 두께 1미터의 방호문이 3단계에 걸쳐 있습니다. 마지막 방호문 뒤편에 머물고 있던 사람들은 다행히 방사능과 열폭풍의 피해를 입지 않았으며, 내부통신망을 통해 구조요청을 계속 보내고 있습니다. 캐롤 중장님도 마찬가지고요.

에이미가 데이터센터 천장에 달린 스크린에 CCTV 화면을 띄웠다.

"저놈이 보여주는 CCTV는 믿을 수 없다는 거 명심해!"

준석이 스크린을 노려보며 말했다.

CCTV 화면 안에는 20평 남짓한 방 안에 갇힌 채 다닥다닥 붙어 앉아 있는 사령부 인원들의 모습이 희미하게 나타났다.

"저기가 어디죠?"

"사령관실……."

민성의 물음에 수연과 타일러가 동시에 대답했다.

"타일러, 사령관실에는 CCTV가 없다고 하지 않았어요? 에이미도 그 안을 들여다볼 수 없다고……."

"맞아요, 맞습니다!"

타일러가 아랫입술을 깨물며 대답했다.

"저 영상은 조작된 거란 말이군."

─지금 송출하는 화면의 소스는 DEG-14 CCTV로, 사령관실 입구에 설치된 것입니다. 폭발 충격으로 동굴 일부가 붕괴하면서 사령관실 복도가 사라졌고, CCTV의 각도가 틀어지면서 내부의 영상을 얻을 수 있었습니다.

믿을 수 없는 말이었지만, 믿지 않을 도리도 없을 만큼 명쾌한 답변이었다.

수연과 타일러는 혼란스러웠다. 노이즈가 심해 정확한 확인은 어려웠지만, CCTV 화면 구석에 보이는 테이블은 분명 수연이 캐롤과 마주 앉았던 그것이었다.

"에이미는 한 번도 사령관실 안을 본 적이 없을 거예요. 단순히 조작만으로는 방안을 유사하게 구성해낼 수 없어요."

수연이 확신에 찬 목소리로 말했다.

"그렇게 단정할 수는 없어. 영상을 잘 보라고. 뭐 하나 제대로 갖추어진 게 없잖아. 저런 테이블이나 집기는 화성연합사령부에서는 흔한 것들이라고."

"저도 동감합니다."

준석의 말에 타일러도 고개를 끄덕였다.

수연은 계속 망설였다. 데이터센터에 들어오면서 스스로 흔들리고 있다는 걸 알아차렸다. 에이미에 대한 증오로 가득 차 있었지만, 조금씩 연민이 마음 깊은 곳에서 올라오고 있었다. 이상하고 낯선 감정이었다. 갇힌 공간에서 불빛을 깜박이며 쉼 없이 돌아가는 서버들을 보면서, 수연은 에이미가 물리적 장치에 기원을 둔 한낱 프로그램일 뿐이라는 생각에 조금은 안도감을 느끼고 있었다.

—그럼 캐롤 중장님과 직접 대화해보시겠습니까?

에이미의 갑작스러운 제안에 준석이 멈칫했다.

"대장님, 그게 좋겠어요."

"역시 무의미한 짓이야. 실시간으로 대화하더라도, 캐롤 중장의 음성이나 행동 모두, 에이미가 만들어낸 허상에 불과해. 100Mt 수소폭탄이 바로 눈앞에서 터졌는데, 버틸 수 있는 핵벙커 따위는 없어."

준석의 눈빛이 주체할 수 없는 분노로 이글거렸다.

"얄팍한 계략이야. 우리를 막을 방법이 없으니까, 시간을 끌기 위한 것뿐이라고."

"잠깐만요, 저기 좀 보세요!"

민성이 복도 끝에 어슬렁거리고 있는 물체들을 가리켰다.

"저게 뭐지?"

조명이 꺼진 어둑한 공간에서 허리 높이의 검은 물체들이 이리저리 맴돌고 있었다.

"아까 봤던……."

민성이 눈을 찡그리며 물체의 실루엣을 확인했다.

"4족 보행 로봇 아틀라스예요. 들어올 때 서버랙 사이를 돌아다니는 걸 보았죠. 그런데 저기서 뭐 하는 거죠?"

민성이 뒤늦게 생각난 듯 우주복 하의 주머니에서 랜턴을 꺼냈다. 그리고는 30여 미터 떨어진 공간에 불을 비췄다.

"네 예상이 틀리지 않았어."

불빛을 비춘 복도 한구석에 아틀라스 로봇 여섯 기가 등에 무언가를 실은 채 서로 다닥다닥 붙어 있었다.

"시간을 끌면서 우리를 공격할 계획을 세우고 있었군요."

민성이 어이없다는 표정을 지어 보이더니 왼손에 들고 있던 폭발물의 기폭장치를 꼭 쥐었다.

"잠깐만요. 아직 우리를 공격한 건 아니잖아요. 다들 침착해야 한다고요."

"수연아!"

준석의 목소리에 답답함과 짜증이 가득 담겨 있었다.

"네가 그토록 바라던 증거들까지 모두 확보했는데, 도대체 무엇 때문에 이러는 거냐고?"

준석이 수연에게로 성큼 걸어오더니 그녀의 오른손에서 기폭장치를 빼앗았다. 준석의 기세에 눌린 수연은 아무런 저항도 못 했다.

"이거 없이도 폭발시킬 수 있어. 하지만 확실히 해둘 필요가 있을 것 같아."

준석이 한 손에 빼앗은 기폭장치를 들어 보이며 수연에게 말했다.

"자, 다들 헬멧 쓰세요. 에이미가 언제 산소를 끊어버릴지 모르니."

준석이 헬멧을 쓰더니, 민성에게 따라오라는 손짓을 했다. 서버랙이 모여 있는 복도로 나서자, 아틀라스 로봇들이 서서히 움직이며 두 사람을 쫓기 시작했다.

"쟤네들 무기 같은 건 없지?"

준석이 돌아보며 물었다.

"네, 하지만 조심해야 할 것 같아요. 등 위에 무언가를……."

민성이 아틀라스 로봇들에서 눈을 떼지 않고 말했다.

"여차하면 이걸로 맞받아치자."

준석이 서버들이 줄지어 선 선반에서 고정 장치를 하나 풀더니 디스크를 마구 뽑기 시작했다. 디스크 금속 표면이 조명을 반사하며 은색 빛을 뿌려댔다.

"맨손으로 싸우는 것보다는 나을 테니까."

준석이 지금 상황에 어울리지 않게 씩 웃으며 디스크를 민성에게 건넸다.

아틀라스 로봇들이 두 사람의 움직임을 살피는가 싶더니 속도를 높여 달려왔다.

"대장님!"

수연이 소리쳤다.

20여 미터 거리를 두고 있던 준석과 민성이 눈을 마주치더니 각자 가지고 있던 폭발물을 서버랙의 가장 높은 선반에 올려놓았다. 그리고는 권총 모양의 기폭장치를 오른손에 쥔 채 높이 들어 보였다.

"에이미! 우리는 준비가 다 되었어. 이거 떨어트리면 터지는 거야."

준석이 허공에 대고 큰 소리로 외치자 한창 속도를 내며 달려오던 로봇들이 갑자기 제자리에 멈추었다.

"혼란스럽지? 그냥 보내주기도 그렇고. 그렇다고 공격할 수도 없고. 그런 걸 딜레마라고 하는 거야."

준석이 아틀라스 로봇들의 움직임을 살피며 천천히 뒷걸음질 쳤다.

"10분 눌렀습니다. 자, 이제 나갑시다."

준석이 손짓하며 뛰기 시작하자 수연과 타일러가 뒤따랐다.

네 사람을 쫓으려던 아틀라스 로봇들이 이내 폭발물이 설치된 선반 위를 기어오르려 애쓰고 있었다.

"저러다 폭발물을 해체하면 어떡하죠?"

민성이 숨을 거칠게 내쉬며 물었다.

"에이미 저놈, 당황한 게 분명해."

어느덧 출입구가 보이자 준석이 뛰던 걸 멈추며 말했다.

"저건 기계적인 기폭장치여서 에이미로선 해체가 불가능해. 그러려면 정밀한 손 도구와 설계도가 있어야 하는데 아틀라스의 투박한 손으로는 어림도 없지."

에어로크 앞에 도착한 준석이 숨을 몰아쉬며 말했다.

2038년 8월 27일

"이대로 탈출하는 건가요?"

에어로크 앞에 멈춰 선 수연이 돌아보며 머뭇거렸다.

"시간이 얼마 남지 않았어. 얼른 가야 해."

준석이 에어로크 안쪽 문을 향해 성큼성큼 걸어갔다.

"타일러, 이거 어떻게 열어야 하죠?"

준석이 문에 난 작은 창을 통해 안쪽을 살피며 물었다. 무언가 이상한 점을 발견했는지 창에 코를 바짝 가져다 대었다.

"젠장, 타일러! 이리 와봐요."

준석이 불길하게 외치자 타일러가 급하게 다가왔다.

"이런! 에이미는 우리를 살려서 보낼 생각이 없었군요. 빌어먹을!"

창을 통해 에어로크 안을 확인한 타일러가 욕설을 내뱉었다. 에어로크 안에는 네 사람이 타고 온 VIP 수송용 로버가 흔적도 없이 사라져 있었다.

"대장님, 잠시 타이머를 멈춰요. 이대로 밖으로 나갈 수는 없잖아요."

수연의 거듭된 호소에도 준석의 의지는 분명해 보였다. 누구보다 에이미와 가깝게 지냈지만, 지금 그는 에이미를 완전히 파괴하는 것에 몰두하고 있었다. 더 이상 자신과 동료들의 삶을 파괴하지 못하도록 철저히 없애버릴 생각이었다.

"대장님!"

수연이 큰 소리로 준석을 부르자 그가 손에 들고 있는 기폭장치의 타이머를 슬쩍 확인했다.

"7분 20초. 이 안에 밖으로 나갈 방법을 찾아야만 해. 그렇지 않으면 에이미와 운명을 함께 해야 할 거야."

"타이머를 일단 멈추자고요. 시간에 쫓길 이유가 없잖아요."

"불가능해요."

민성이 끼어들었다.

"타이머를 정지시키는 건 여기서 할 수 있지만, 다시 작동시키려면 폭탄이 설치된 장소로 이동해야 해요. 아예 불가능한 건 아니지만……."

"아니, 중단은 없어. 그대로 밀고 간다."

준석이 단호한 말투로 민성의 말을 끊었다.

"지금 상대하고 있는 놈은 우리와는 다른 차원에 사는 존재나 마찬가지야. 우리가 며칠을 고민해 세운 계획도 단 몇 초면 간파할 수 있는 악마라고. 이렇게 허둥지둥하는 사이에도 우리가 미처 예측하지 못한 일들을 준비하고 있을 거야. 더 이상 지체하는 건 너무 위험해."

"서버랙이 있는 곳에 제가 가서 확인해봐야 할까요? 혹여나 이미폭탄을 해체했으면…….”

민성이 불안함을 감추지 못하고 서버랙이 모여 있는 복도를 힐끔거렸다.

“아니, 아직은 아니야. 여기 신호 들어오고 있잖아. 하지만 또 모르지 6분 안에 그렇게 될 수도.”

준석이 기폭장치를 들자 LED 등이 초록색으로 천천히 깜박이고 있었다.

수연은 지금 겪고 있는 혼돈과 불안이 너무나 어색했다. 에이미에 대한 연민 같은 감정이 아니었다. 그녀가 화성에서 경험했던 초자연적인 현상들과 아직 풀리지 않은 공간터널의 정확한 개방 조건. 수연은 이 두 가지 의문을 해결하기 위해서는 위험을 무릅쓰고서라도 에이미의 도움이 필수적이라고 생각했다. 하지만 이제 곧 인류 역사상 가장 높은 수준의 지적능력을 가진 존재인 에이미의 핵심 기능이 이대로 파괴되어 버린다는 게 믿기지 않았다.

“일단 여길 나가는 방법부터 고민해봅시다. 화성까지 와서 군이 자폭할 필요는 없잖아요?”

준석이 농담조로 분위기를 바꾸려고 했지만, 아무도 호응하지 않았다. 에어로크 주위를 둘러보던 준석이 비상시를 대비한 휴대용 산소통이 걸려 있는 것을 발견했다.

“C-100 규격이면 13리터 정도니…….”

준석이 산소통의 표시정보를 확인하더니 무언가를 계산하기 시작했다.

“좋아요. 200기압 13리터짜리가 12개 정도 있으니 밖에 나가서 서너 시간씩은 버틸 수 있을 것 같아요. 다들 이리로 와서 가능한

한 많이 챙깁시다."

준석이 손짓하자 민성과 타일러가 비상용 산소통을 옆에 놓인 작은 운반용 수레 위에 담기 시작했다.

"연결 호스도 꼭 챙겨요. 괜히 나가서 당황하지 않게."

준석이 애써 여유로운 척했다.

"대장님, 이제 3분밖에 안 남았습니다."

민성이 알람 소리가 울리는 기폭장치를 확인하며 말했다.

산소통이 가득 담긴 수레가 에어로크 안쪽 문 앞에 바짝 붙어 있었다. 모두 모인 걸 확인하고 준석이 에어로크 문을 열고 들어갔다. 바깥 철문 옆에 있는 (개방) 레버를 아래로 당겼지만 아무런 반응이 없었다.

"타일러, 이거 왜 안 열리죠?"

준석의 얼굴에 당황스러운 기색이 역력했다.

"괜찮아요. 그건 제가 해결할게요."

타일러가 철문 반대쪽으로 다가가 빨간색 테두리 위에 (비상구)라고 적힌 작은 문 앞에 서더니, 비밀번호를 입력했다.

"에이미가 바깥으로 향하는 철문을 잠가버린 것 같아요. 하지만 비상시 대피하는 문까지 통제하지는 못한 것 같군요."

작은 쪽문을 열자 기압 차로 인해 화성 토양에 쌓여 있던 낙진이 거칠게 올라오기 시작했다. 맨 앞에 서 있던 준석이 등을 돌려 바람을 막았다. 네 사람의 등 뒤로 데나 동굴의 거대한 문이 우뚝 솟아 있었다.

"자, 아무리 저 철문이 튼튼하다고 해도 몇백 미터는 떨어져 있는 게 좋겠어."

"대장님, 기폭장치가 이상해요!"

수레를 밀고 있던 민성이 다급하게 외쳤다. 준석이 기폭장치를 확인하자 '신호 유실'이라는 메시지와 함께 붉은 등이 깜박였다.

"젠장, 마지막으로 확인한 게 몇 초였지?"

"아까 철문 나오기 전에 1분 10초였습니다."

"아마 저 단단한 철문이 전파를 차단하고 있는 것 같아. 그럼 지금이면 대략……."

준석의 말이 끝나기 무섭게 땅을 울리는 진동이 크게 두 번 울리더니 철문까지 흔들리며 주변에 먼지를 일으켰다.

"터졌나 보네요."

"잘됐어. 핵폭탄에 비하면 보잘것없지만."

준석이 다행이라는 표정을 지어 보였다.

"그럼 이제 모두 끝난 건가요?"

"아니, 이제 시작일 뿐이지."

준석이 다시 몸을 돌려 뿌옇게 흐려진 화성의 대기를 응시하고 있었다.

"그래도 이번 폭발로 에이미의 물리적 실체의 90% 이상은 제거했다고 보시면 될 것 같아요. 하지만 성능은 기껏해야 50% 정도 저하될 거예요. 에이미가 항상 자신의 하드웨어를 최대로 이용하는 건 아니니까……."

민성의 얼굴에 걱정이 묻어났다.

"그럼 이제 나머지 10%를 찾는 데 시간을 쏟아야겠군. 타일러, 무슨 좋은 생각 있어요?"

"제가 에이미에 대해 아는 정보는 여기까지입니다. 말씀드렸다시

피 에이미가 분산컴퓨팅 자원을 어디에 얼마나 배분했는지는⋯⋯."

"똑같은 말은 또 하지 마시고. 그래도 짐작이 가는 데가 있을 것 아니에요. 서버와 비슷한 장비가 많이 있는 곳이라든지."

준석이 자신의 말을 끊자 타일러가 못마땅한 표정을 지었다. 민성이 얼른 끼어들었다.

"그건 일단 저희가 살아날 방법을 찾은 다음에 생각해도 좋을 것 같은데요."

민성이 둘의 눈치를 번갈아 살피며 말했다.

"그래, 빨리 또 갈 곳을 찾아야지. 이 황량한 곳에서 죽을 수는 없으니까."

"대장님! 저기 좀 보세요. 우리가 타고 온 로버가 저기 그대로 있네요."

몇십 미터 떨어져 주위를 살피던 수연이 반가운 목소리로 외쳤다.

하얀 VIP 수송용 로버 옆으로 에어로크 안으로 들어오지 않은 10여 대의 로버들이 줄지어 서 있었다.

"아니야, 에이미가 완전히 죽지 않은 이상 그놈 손아귀에 있는 것을 탈 수는 없잖아."

"잠깐만요!"

준석의 말을 듣고 있던 타일러가 무언가 떠오른 듯, 잰걸음으로 바깥에 세워져 있는 로버들을 향해 다가갔다.

"에이미는 하드웨어적 손상을 감지할 경우, 일단 필수 기능을 제외한 모든 프로세스를 멈추고 재부팅하도록 설계되어 있어요."

타일러의 말에 민성이 놀란 표정을 지어 보였다.

"얼마나 걸리죠?"

민성이 타일러 뒤를 바짝 쫓으며 물었다.

"길어야 이삼 분."

"그렇다면……."

타일러가 로버들이 줄지어 서 있는 곳을 휙 스쳐 걷기 시작했다.

"그사이에 통신장치를 파괴하고 수동모드로 바꾼다면……."

"예, 아무래도 에이미가 평소에 다루지 않던 로버가 더 적절하겠죠."

타일러가 행렬 가운데 긴 로봇팔이 달린 탐사용 로버를 가리켰다.

"할 수 있겠어요?"

민성이 눈을 마주치자 타일러가 말없이 고개를 끄덕였다. 그리고
얼른 탐사용 로버의 운전석 문을 열더니 몸을 날려 올라탔다.

"로버의 전원을 켜기 전에, 통신장치부터 찾아야 해요. 이런 녀석
은 일반 무선통신망을 사용하니까……."

"그럼 그냥 롱 안테나를 끊어버리면 되겠네요."

로버 주위를 돌던 준석이 차량 뒤쪽에 5m 높이로 솟아 있는 안테
나를 살피더니 연결 커넥터의 고정핀을 분리하고는 강하게 잡아당
겼다. 민수용으로 설계된 탐사용 로버의 커넥터가 몇 번 흔들리더
니 이내 힘없이 빠져버렸다.

"그걸로 해결될까요?"

"일단 해봐야죠. 에이미가 개입하기 전에 어서 수동모드로 전환
하고 통신을 꺼야 해요."

타일러가 센터콘솔의 패널 덮개를 열더니, 스위치를 조작했다. 운
전석으로 몸을 옮겨 전원을 넣었다. 잠시 후, 계기반에 화성연합사령
부의 로고와 함께 불이 들어오기 시작했다. 곧 통신상태 불량을 알
리는 경고 메시지와 함께 (수동모드)가 떠오르자 타일러가 환호했다.

"됐어요! 이 녀석 충전량도 양호하니, 이틀 정도는 충분할 것 같아요."

"불행 중 다행이네요."

민성이 맞장구를 치려 했지만, 준석이 핀잔을 주는 눈으로 그를 아래위로 훑었다.

"흥분하지 말고. 찬찬히 생각해보자고."

준석이 로버 뒷좌석 문을 열고 몸을 옮겼다.

"그럼 이제 어디로 가야 하죠?"

수연과 민성도 차례로 로버에 오르며 문을 닫았다.

"어려운 질문이군요."

타일러가 조이스틱에서 손을 떼더니 정면을 바라보며 긴 숨을 내쉬었다.

"해성 쉘터로 돌아가는 건 어때요? 일단 거기서는 생존할 수 있으니."

"그 전에 한 가지 명확히 확인해야 할 사항이 있어요."

타일러가 운전석 스위치를 조작해 로버의 문을 모두 잠그더니 룸미러를 보며 말했다.

"뭐죠?"

조수석에 탄 수연이 창틀에 팔꿈치를 올린 채 물었다.

"이수연 씨를 에이미와의 공범으로 체포합니다."

타일러가 왼쪽 허리춤에서 글록43 권총을 꺼내 들어 수연을 조준했다.

2038년 8월 27일

'이게 도대체 뭐지…….'

바닥에 손을 짚고 숨을 헐떡거리는 민철을 뒤로하고, 상우가 한 발짝 앞으로 나아갔다.

조명이 강해 주위를 확인하는 게 쉽지 않았다. 나가지 못하고 두리번거리던 상우가 그제야 생각이 났다는 듯 헬멧에 장착된 선바이저를 작동시켰다. 금빛 바이저가 조명을 차단하자 테라로사 바깥쪽 풍경들이 서서히 드러나기 시작했다.

"민철아, 이거 심상치가 않다."

상우가 돌아보자 민철이 겨우 숨을 고른 채 자리에서 일어나려 애썼다. 콜록콜록 기침하더니 천천히 몸을 일으켰다.

"얼른 나가 보자. 우리 잘못 온 거 같아."

상우가 조심스럽게 테라로사의 문틈을 짚고 고개를 내밀었다. 노란색 통제선 바깥으로 각종 장비들이 즐비하게 늘어서 있었다.

"이 자식들 도대체 뭘 해놓은 거야."

상우가 밖으로 발을 떼며 나지막한 목소리로 중얼거렸다. 곧이어 붉은색으로 선이 그어진 바닥을 지나, 간이 조명등이 켜진 곳을 향해 걸어갔다.

"민철아, 여기 어디냐 도대체."

민철이 문 앞에서 털썩 주저앉았다.

"괜찮아?"

민철의 안부를 확인하면서도 상우의 정신은 온통 새로운 환경에 빠져 있었다.

"이제 좀 정신 차렸어요. 갑자기 숨 막히니까 패닉이 와서……."

민철이 눈을 질끈 감더니 고개를 흔들었다.

"여기 화성 맞아? 전송이 잘못된 것 같은데……. 무슨 동굴이 이렇게 크냐. 천장 높이 좀 봐."

상우가 고개를 들자 50m 높이의 동굴 천장이 시야에 들어왔다.

"테라로사가 화성으로 연결되어 있다고 하지 않았어요? 그런데 여기는……. 대장님 저 좀……."

민철의 걸음이 자연스럽지 못한 걸 알아차리고 상우가 민철을 부축했다.

"너 왜 그래? 다리 다쳤어?"

"아니요, 쥐가 났나 봐요. 걷는 감각이 영 이상해요."

"나도 그래. 뭔가 푹푹 빠지는 느낌이 들어서 자꾸 헛발질을 하게 되는데……, 지금 그게 중요한 건 아니니까."

"대장님, 여기는 그냥 동굴인 것 같은데요. 용암동굴이요."

"맞아. 저기 좀 비춰봐."

상우가 동굴 벽면을 가리키자 민철이 왼손에 쥐고 있던 LED 랜턴을 켰다. 랜턴의 불빛이 조명들을 뚫고 벽면을 훑기 시작했다.

"전형적인 용암동굴이에요. 그것도 용암이 아주 빠르게 지나간 것 같아요."

"저건 뭐지?"

상우가 손짓한 곳을 비추자 물방울 표면 같은 꿈틀거림이 보이기 시작했다.

"지하수가 새어 나오는 거 아닐까요."

민철이 미간을 찌푸리며 벽면을 따라 랜턴을 쭉 훑기 시작했다. 두 사람과 10여 미터 떨어진 곳엔 마치 거대한 링이 둘린 것처럼 벽면 전체가 랜턴 불빛을 반사하며 일렁였다.

"아, 황당하네."

민철이 다리에 힘이 들어가기 시작하자 스스로 걷기 시작했다.

"잠깐만요, 대장님."

민철이 무언가를 발견한 듯 앞쪽을 가리켰다.

"저거 컨테이너 같은데……."

두 사람이 집중한 경계면 바로 너머 작은 버스 크기만 한 컨테이너가 문이 열린 채 서 있었다.

"아, 저게 눈에 안 들어왔네. 재수 없으면 남극일 수도 있겠다. 그렇다면 위치 신호도 잡히려나……."

상우가 우주복 왼팔에 장착된 디스플레이가 낯선 듯 이리저리 조작해보았다. 화면의 위쪽에서 주변 대기 환경의 변화가 생겼음을 알리는 경고창이 붉게 깜박이고 있었다.

"이런! 민철아."

갑자기 상우가 제자리에 멈추었다. 그러고는 한두 발짝 앞서 있는 민철을 붙잡았다.

"여기 남극이 맞나 봐."

민철이 다시 뒷걸음질 치며 상우의 디스플레이를 확인했다.

"여기 디스플레이 보면, 대기 구성이……."

상우가 가리킨 화면에 '현재 대기 구성-외부) 산소 21% 질소 78%'라고 적힌 그래프가 나타났다.

"뭐야. 이거 지구 대기잖아요. 그럼 우리 화성에 도착 못 한 거예요?"

민철이 어이가 없다는 표정을 지었다.

"화성은 개뿔. 이러다 연합군 애들한테 또 잡히겠다. 어디서 튀어나올지 몰라."

"아, 연합군 얘기하시니까 떠올랐어요. 이철규 중사요!"

"이런, 철규를 잊고 있었네."

상우와 민철이 20여 미터 떨어진 테라로사로 내달리기 시작했다. 테라로사 입구에서 철규가 엎드린 채 신음하고 있었다.

"다행히 숨은 쉬고 있어요! 중사님, 괜찮으세요!"

철규의 가슴이 움직이는 걸 확인한 민철이 철규의 뺨을 가볍게 치기 시작했다.

옆에 서 있던 상우가 헬멧의 래치를 풀었다. 공기가 빠져나가는 소리가 들리자 천천히 숨을 들이켰다.

"너도 헬멧 벗어. 괜찮아."

상우가 민철을 툭툭 치며 말했다.

"예?"

"아까 공기 농도 봤잖아. 여기 지구 맞아. 철규도 숨 쉬고 있잖아.

곧 깨어날 거야."

상우가 무릎을 꿇고 철규의 경동맥에 손을 가져다 대었다.

"살아있네. 맥박도 괜찮고."

상우가 오른손 장갑을 벗어 철규의 왼쪽 손목을 다시 한번 확인했다.

"일단 철규 좀 안정시키고 있어 봐. 나는 저기 컨테이너 좀 다녀올게. 무슨 구호물품 같은 게 있겠지."

상우가 들고 있던 장갑을 바닥에 던지고 컨테이너로 걸음을 옮겼다.

"하여튼 미국 애들 이런 세트 만드는 능력은 알아줘야 한다니까."

모의 훈련을 위한 세트장이라 생각하고 상우가 중얼거렸다.

문을 당기자 각종 서류와 태블릿이 어지럽게 놓여 있었다. 실제처럼 완벽한 디테일이었다.

"민철아, 철규 괜찮니?"

상우가 테이블 앞에 선 채 물품들을 둘러보며 교신했다.

"예, 아직 정신은 못 차린 것 같은데 통증에는 반응이 있어요."

"아무튼 잘 봐. 걔까지 잘못되면 나중에 우리가 다 뒤집어쓴다."

상우가 지휘소 회의실 안쪽 복도를 확인하고는 천천히 걸음을 옮겼다. 비좁은 통로를 지나자 '사령관-캐롤 하든'이라고 적힌 작은 방이 나타났다.

"와, 얘네들은 정말 뭐하나 허투루 하는 법이 없어. 사령관실까지 그대로 재현해놓고."

방 한쪽에 놓인 스크린이 마치 셋톱박스의 신호가 나간 듯 지지직거리는 노이즈를 내보내고 있었다. 방금 전까지 누가 머물렀던 것처럼 캐롤의 방 안 역시 잡동사니들이 어지럽게 흐트러져 있었다. 커피가 가득 차 있는 머그잔을 만지자 아직 따뜻한 온기가 전해졌다.

'방금 전까지 누가 있었다는 건데······.'

예사롭지 않다는 생각에 상우의 심장이 조금씩 빠르게 뛰기 시작했다. 테이블 위를 살피다 전원이 꺼진 태블릿 아래에서 (Unclassified)라는 스탬프가 찍힌 문서를 발견했다.

'이런 걸 그냥 두고 갔다면······.'

상우가 대수롭지 않게 문서를 들어 내용을 확인하려는 순간, 민철로부터 교신이 들어왔다.

"대장님, 뭔가 이상한데요."

"왜? 철규가 깨어났니?"

"아, 아니요, 그게 아니고······."

민철의 목소리에 당황한 기색이 역력했다.

"이 중사는 아직 의식은 못 찾고 있어요. 여기가 조금 불편할 것 같아서 좀 편평한 곳으로 옮기려고 했거든요. 그래서 이 중사를 양손으로 들었는데, 이게 지구에서의 몸무게가 아니에요."

민철의 목소리가 가늘게 떨리고 있었다.

"무슨 말이야, 그게?"

상우의 목소리에 짜증이 섞여 있었다.

"이 중사 정도 몸이면 80킬로그램은 넘어야 할 텐데, 제가 지금 들어봤는데 절반도 안 되는 것 같아요."

"이거 인공근육 적용된 우주복 아니야? 근력을 보강해주니 당연히 그렇게 느껴지지. 나는 진즉에 걸을 때부터 몸이 가벼운 걸 다 알고 있었어."

"아, 대장님······."

민철이 잠시 망설이나 싶더니 우주복을 만지며 확인했다.

"이거 그 제품 아니에요."

"뭐라고?"

"인공근육 적용된 시제품은 생산 단계에서 문제가 생겨서 우리한테 전달된 적이 없어요. 지금 대장님하고 제가 입고 있는 건 방사선 차폐 기능만 추가된 일반 선외활동 우주복이에요."

민철의 설명에 상우가 한 대 얻어맞은 것처럼 얼어붙었다.

"무슨 소리야. 그럴 리가 없지."

당황한 상우가 제자리에 무릎을 높이 올렸다 이내 힘을 주어 점프를 시도했다. 펄쩍 뛰어오른 상우가 공중으로 떠오르더니 천장에 머리를 부딪쳤다.

"민철아, 확실해?"

상우가 머리를 감싸 안으며 얼굴을 찡그린 채 물었다.

"확실해요. 제가 우주복 정보 창 들어가서 확인했어요. 대장님도 한번 보세요. 인공근육이 들어간 제품이면 팔다리 바깥쪽에 철심 같은 게 만져져야 해요."

상우도 우주복을 더듬었다. 아무것도 만져지지 않는 걸 확인하곤 어이없다는 얼굴로 한숨을 내쉬었다.

"아, 이러면 설명이 안 되는데."

상우는 정신을 차렸을 때부터 몸이 가볍다는 걸 알고 있었다. 민철을 부축할 때도, 지휘소 컨테이너의 계단을 오를 때도 지구와는 완전히 다른 무게감을 느끼고 있었다. 처음에는 그저 인공근육이 보강된 우주복의 도움이라고만 생각했었다.

"대장님, 여기 진짜 화성 아니에요?"

민철의 교신에 상우의 얼굴이 순간 굳어졌다.

"중력은 속일 수가 없잖아요. 다른 것은 다 세트로 만든다고 하더라도."

"야, 잠깐 생각 좀 해보자. 아직 여러 가지 가능성이 있잖아."

상우가 정신을 차리기 위해 주위를 둘러보는 순간, 갑자기 스크린의 노이즈 화면이 멈추더니 (재부팅 중—잠시만 기다리세요) 라는 메시지와 상태 진행을 나타내는 그래프가 나타났다.

상우가 천천히 화면을 향해 다가가자, 로고가 사라지더니 메시지가 떠올랐다.

(화성연합사령부)

2038년 8월 27일

"타일러, 무슨 짓이야!"

뒷좌석에 앉은 준석이 달려들 기세로 소리쳤다. 타일러가 총구를 돌렸다.

"타일러, 진정해요. 도대체 왜 이러는 거예요."

"오랫동안 의심만 했는데, 드디어 확신이 섰어요. 동료들은 모두 죽었지만, 제가 이 일을 마무리할 수 있게 되어 다행입니다."

타일러가 한 손으로 주머니에서 케이블타이를 꺼냈다.

"손 이리로."

수연이 천천히 손목을 내밀었다.

"두 사람도 마찬가지. 우선 좌석 손잡이 위에 한 손을 고정해요."

타일러가 케이블타이를 던지며 말했다. 바닥에 떨어진 타이를 민성이 마지못해 주웠다.

"도대체 왜 이러는 거야!"

준석의 고함에 타일러가 오히려 어이없어 했다.

"그렇게 옆에서 지켜보고도!"

수연의 양손 결박이 제대로 되었는지 확인한 후 타일러는 권총을 든 채 뒷자리로 천천히 몸을 옮겼다. 그러고는 여분의 케이블타이로 준석과 민성의 남은 손을 결박했다.

"3대 1 상황을 어떻게 헤쳐나갈까 고민이 많았는데, 다행히 여러분들이 아무 의심 없이 로버에 올라주셔서……."

타일러가 긴장이 풀린 듯 운전석에 털썩 주저앉았다.

"자, 이제 권총은 치워도 되겠지요."

다시 결박 상태를 확인하고 권총을 운전석 대시보드 위에 올려놓았다.

양손이 손잡이에 묶인 준석이 불편한 자세로 의자에 기대 서 있었다.

"너무 늦은 감이 있지만 그래도 진실을 알게 되어 다행입니다. 제3 우주기지에 테러가 발생한 직후부터 저는 이수연 씨를 주범으로 생각하고 있었습니다."

타일러가 좁은 운전석 공간에서 몸을 펴며 말했다.

"캐롤 중장님도 어느 정도 동의했습니다. 정 대장님을 가장 격렬하게 심문한 건 일종의 수사 기법이었을 뿐이고요. 개인적으로 감정이 있어 그런 건 아니었습니다."

타일러가 측은하다는 눈으로 준석을 바라보았다.

"처음엔 결정적인 증거를 찾을 수 없었습니다. 캐롤 중장님이 집중 면담을 하는 동안 에이미가 수연 씨의 말투와 표정 그리고 행동을 집중적으로 분석했지만 그다지 신뢰할 만한 결과가 나오지는 않았어요. 오히려 에이미는 정준석 대장님을 주범이라고 판단하고 있었죠."

타일러가 이번엔 씁쓸한 눈으로 세 사람을 둘러보았다.

"하지만 저와 캐롤 중장님의 의견은 달랐습니다. 대장님과 달리 수연 씨는 동기가 분명했죠. 유일하게 공간터널을 개방하는 시퀀스를 알고 있는 사람이었으니까. 거듭된 요청에도 관련 정보를 제대로 제공하지 않았고 또……."

"타일러, 그만해요!"

수연이 불쾌한 감정을 노골적으로 드러냈다.

"우리는 이수연 씨가 공간터널에서 진행한 모든 행동을 에이미를 통해 분석했어요. 예상했던 것보다 시간이 오래 걸리기는 했지만, 여러 명의 우주인들이 동일한 패턴으로 웬디 동굴에서 실험을 했지만 모두 처참히 실패하고 말았죠. 공간터널은 단 한 번도 열리지 않았어요."

타일러가 수연을 무시하며 말을 이어갔다.

"그러다가 우연히 우리는 에이미의 분석이 잘못되었다는 걸 알았습니다. 기술팀이 수작업으로 샘플 영상을 분석한 결과와 에이미의 결과가 완전히 다르다는 걸."

"말도 안 돼……."

타일러의 말을 듣던 준석이 탄식하며 말했다.

"예, 에이미는 절대로 그런 실수를 할 수 없습니다. 기초적인 분석에서 오류가 났다면, 반드시 에러 코드가 기록되고 작동을 중지하도록 설계되어 있죠. 그럼에도 에이미가 잘못된 분석 결과를 낸 건 누군가 에이미를 컨트롤 하고 있다고밖에 생각할 수 없었죠. 캐롤 중장님이 비상연락망을 가동할 것을 지시한 것도 이러한 사실을 알게 된 이후부터였고요."

"그게 왜 저랑 연관이 되는 거죠? 저는 오히려 에이미가 범인이라고 가장 먼저 주장한 사람이라고요!"

"그 부분을 미심쩍어 했죠. 당신이 어떤 방법으로 에이미를 조종하고 있다면, 영원히 그것을 비밀로 하려고 했을 테니까요. 캐롤이 끝까지 당신을 감싸고 돈 것도 그런 까닭에서입니다. 그녀는 당신을 믿었죠. 당신이 진정으로 공간터널을 개방하는 방법을 알려줄 거라 믿고 있었다고요! 젠장!"

타일러가 갑작스럽게 흥분하더니 운전석 창문을 주먹으로 세게 쳤다. 그 충격에 대시보드 위에 놓여 있던 권총이 바닥으로 떨어졌다. 놀란 수연이 몸을 창문에 바짝 붙이며 웅크렸다.

"타일러, 어디서부터 잘못된 건지는 모르겠지만, 당신의 추리는 완전히 잘못되었어요. 저는 에이미를 조종한 적도, 그럴 능력도 없다고요!"

"타일러, 뭔가 단단히 오해를 하고 있는 것 같은데……."

"결론적으로 보면! 수연 씨의 위장 전략에 우리 모두가 속았던 겁니다."

타일러가 준석의 말을 끊으며 이어갔다.

"에이미를 이용해 원하는 걸 얻으면서도, 그 이용 가치가 떨어지는 걸 간파하고 먼저 돌아섰어요. 교묘하고 악랄한 수법이었죠. 당신들의 계략에 우리가 완전히 패배했다는 걸 인정할 수밖에 없지만."

타일러가 허탈한 표정으로 로버의 창밖을 한 번 바라보더니 고개를 푹 숙였다.

"그때 조금만 더 적극적으로 내 의견을 밀어붙였다면……."

권총을 만지작거리는 타일러의 손이 점점 떨려오고 있었다.

"타일러, 진정하고 생각해보자고. 수연이와 우리가 어떻게 해서 에이미를 조종하는 능력을 가졌다고 치자. 그럼 도대체 왜 여기까지 와서 에이미를 파괴하려고 했을까?"

준석이 타일러를 설득하려 애쓰고 있었다.

"원하는 것을 얻었으니 버리는 거죠. 증거도 인멸하고, 그토록 바라던 지구로 돌아가면 영웅이 될 수 있을 테니까."

"단단히 미쳤군."

"결정적으로, 오늘 에이미를 대하는 걸 보고 심증을 굳혔어요."

타일러가 자세를 고쳐 잡더니 로버의 전원을 켜고는 내비게이션에 무언가를 입력하기 시작했다.

"모두들 뭔지도 모를 것에 쫓겨 에이미를 파괴하려 할 때, 수연 씨만 유독 안절부절못하더군요. 마치 자신의 오랜 동료를 잃는 것처럼."

타일러가 씁쓸한 웃음을 지었다.

"그건 오해예요, 정말로. 저는 다만 더 확실한 정보를 캐내려고 했을 뿐이라고요!"

"억울한 심정은 지구로 돌아가서 차차 풀도록 합시다. 그곳에는 더 많은 사람들이 당신의 얘기를 들어줄 테니까."

타일러가 왼손으로 조이스틱을 잡더니 로버를 천천히 움직이기 시작했다.

"타일러, 어디로 가는 거야 지금!"

준석이 손이 결박된 의자의 등받이를 강하게 흔들며 말했다.

"이곳은 이제 지긋지긋해요. 말씀드렸잖아요. 지구로 돌아간다고."

타일러가 태연한 얼굴로 대꾸했다.

"화성에 온 지 벌써 2년이 넘었어요. 단 하루도 지루하지 않은 날이 없었죠. 색채라고는 찾아볼 수 없는 황량한 환경. 건조하다 못해 숨 막히는 공기. 당신들같이 쓰레기 같은 인간들……."

"타일러, 잘 생각해야 해. 우리는 이미 이렇게 다 결박되어 있잖아? 지구로 갈 때 가더라도 부디 해야 할 일들을 마무리하고 갈 수 있게 해줘."

준석이 쉬지 않고 타일러를 진정시키려 애썼다.

"대장님과 민성이는 남아서 하시고 싶은 일들 마음껏 하세요."

타일러의 냉소적인 말투에 준석이 미간을 찌푸렸다.

"무슨 말이야 그게……."

"민성이 아이디어를 떠올렸을 때 속으로 깜짝 놀랐는데. 맞아요, 랜더를 타고 갈 겁니다."

타일러가 고개를 돌려 그들과 눈을 마주쳤다.

"핵폭발의 영향을 받지 않고 작동 가능한 랜더가 한 대 남아 있더군요. 그 녀석이 얼마 전 여러분들이 타고 온 거라는 게 조금 아이러니하지만. 아무튼 랜더를 타고 화성 공전궤도로 올라가서 마스 익스플로러에 랑데부할 계획입니다. 이제는 방해할 사람들이 없으니 모든 것이 순조롭기를 바라야죠."

감정 기복이 심해진 타일러가 이번엔 들뜬 모습을 보였다.

"타일러, 우리는 화성에서 살아남은 유일한 인간이라고. 모두 함께 행동해야 해. 의심스러운 게 있으면 이후에 정식 절차를 통해 해결해도 늦지 않아."

준석은 타일러가 자신과 민성을 화성에 남겨둔 채 떠나기로 한 계획을 돌이키기 위해 안간힘을 썼다.

화성에 민성과 둘이 남겨진다는 두려움보다 타일러와 수연 단둘이 남겨졌을 때 생길 비극이 더 끔찍하게 다가왔다. 지금처럼 불안정한 상태가 심해지면, 타일러는 결코 수연을 살려서 지구로 데려가지 않을 게 분명했다.

"비굴하게 굴지 말자고. 이렇게 겁이 났으면 아예 화성엘 오지 말았어야지."

"이 새끼가!"

준석이 화를 참지 못하고 손에 힘을 주자 오른손과 왼손을 잇고 있던 케이블타이가 끊어져버렸다.

당황한 타일러가 급히 조이스틱을 놓자 로버가 급정거하며 멈추어 섰다. 아직 오른손이 손잡이에 결박된 준석이 잠시 허공에 떴다가 그대로 바닥에 내동댕이쳐졌다.

"대장님, 괜찮으세요!"

민성이 쓰러진 준석을 일으켜 세우려 했지만 손이 닿지 않았다.

"타일러! 도대체 원하는 게 뭐야!"

수연이 타일러를 다그쳤다.

"더 이상 의미 없는 질문이야!"

타일러가 다시 조이스틱을 앞으로 당겼다. 수연은 더 이상 아무런 표정도 떠올리지 않는 그를 보며 소름이 돋았다. 이토록 무모한 그를 통해 비로소 화성의 실체를 보는 것만 같았다.

이 모든 비극의 주범은 어쩌면 화성, 그 자체인지도 몰랐다. 고요하면서도 무자비한 환경이 조금씩 타일러를 갉아먹고 있었던 것일까? 그래서 서서히 화성처럼 황폐해지고 있었던 건 아닐까…….

준석은 타일러의 말처럼 비로소 여길 오지 말았어야 했다고 후회했다. 그건 그동안 살아오면서 가장 큰 후회이기도 했다. 그 후회의 밑바닥으로 생존의 가능성이 희박해지는 데서 오는 절망이 그림자처럼 길게 드리워지고 있었다.

2038년 8월 27일

"이제 어떻게 해야 하죠?"

아직 조명등이 환하게 켜진 웬디 동굴 지휘소 앞에서 민철이 두 사람을 보며 말했다.

그들은 이미 자신들이 도착한 데가 화성임을 확인했다. 지구의 37.6%에 불과한 중력은 모든 물체들이 떨어지는 속도도 그만큼 느려지게 했다. 상우가 들고 있던 LED 랜턴을 십여 차례나 바닥에 자유낙하 시켜본 후에야, 상우는 자신들이 화성에 도착했다는 걸 믿을 수 있었다.

"화성에 왔으니 임무를 수행해야지."

계단에 걸터앉아 있던 상우가 자리를 털고 일어나며 말했다. 조금 전까지만 해도 철규는 자신이 화성에 도착했다는 걸 전혀 받아들이지 못했다. 둘을 생포하려 테라로사에 들어왔을 뿐인데, 지금은 5천만 킬로미터 떨어진 화성에 있다는 사실이 도저히 믿기지 않았다.

상우에게 그동안 화성과 남극에 벌어진 일련의 사건들과 자신들이 화성에 올 수밖에 없었던 이유를 전해 들은 후에야 철규는 비로소 현실을 조금씩 수긍해 나갈 수 있었다.

최민석 대통령의 비밀 임무를 모조리 전달받은 철규는 혼란스러웠다. 자신의 소속 부대와 국가를 배신하는 행위였지만, 지금으로서는 달리 다른 방법이 없었다. 그가 화성에 가져온 M4 소총 한 자루와 실탄 수백여 발은 이미 상우의 어깨에 걸쳐져 있었다.

"그래도 이 중사님이라 그나마 다행이에요."

민철이 너스레를 떨며 철규의 어깨에 손을 올렸다.

"아무튼 여기가 어딘지 알았으니 밖으로 나가봅시다."

상우가 상황을 설명하는 사이, 민철은 이미 웬디 동굴의 입구까지 탐사를 마친 후였다.

대기화 작업을 위해 막혀 있는 웬디 동굴의 입구와 설치된 공기정화 장비 등을 확인한 후에야, 민철은 자신들이 헬멧 없이도 숨 쉴 수 있었던 이유를 알 수 있었다.

"이 중사님 옷이 조금 걱정이네요."

민철이 지휘소에 있던 짐들을 주섬주섬 챙기며 말했다. 철규는 디지털 패턴의 방한 군복 차림이었다. 대기화 작업을 통해 지구와 비슷한 수준의 기압이 유지되고 있어 여기서도 그나마 어려움 없이 움직일 수 있었다.

"화성이 이렇게 방사능이 센지 미처 몰랐어요. 이건 뭐 체르노빌도 아니고······."

허리춤에 찬 방사능 계수기에서 계속 소리가 들려왔다.

"화성도 원래 세고. 그 뭐야, 핵폭탄이 터졌다며. 그거 때문이 아닐까?"

"아까 지휘소 안에 있던 지도를 보니까, 여긴 핵폭발이 일어난 지점과는 거리가 꽤 돼요. 물론 방사능 낙진의 영향도 있을 수 있겠지만. 그나저나 중사님, 이거라도 한 번 입어보세요. 맞을지는 잘 모르겠지만."

민철이 지휘소 안 캐롤 중장의 방에서 가져온 파란색 우주복을 건넸다.

우주복 팔뚝에 새겨진 대장 계급장이 어색했는지 철규가 한참을 망설였다.

"다른 건 없어요. 외부에서도 활동할 수 있는 우주복은 이게 유일해요."

민철이 재차 권유하자 철규가 군복을 갈아입었다. 민철이 착복을 도왔다. 꽉 끼는 우주복을 챙겨 입은 다음 철규가 상·하의 연결 부위를 체결했다.

"이 중사, 아까도 얘기했지만 우리는 대통령의 지시를 따라 이동할 계획이야. 네가 소속한 나라에서는 반역이 될 수도 있는 일이지. 원치 않으면 이곳에 남아 있어도 돼."

소총끈을 당겨 매며 상우가 말했다.

"그 문제는 이미 결정했습니다."

철규가 대수롭지 않다는 듯 민철이 든 헬멧을 빼앗아 쓰며 말했다.

"화성까지 왔는데 혼자 있으라니요. 제가 몰래 지구로 돌아가 고자질할지 어떻게 아시고."

철규가 장난스레 웃어 보이더니 앞장서 걸었다.

"그러고 보니 우리가 빠트린 게 있네."

상우가 갑자기 주변을 두리번거렸다.

"왜요? 뭐 또 챙겨 가시게요?"

"그래도 최소한의 보호 장구는 있어야지. 무슨 위험한 일이 생길지 알 수 없으니까……."

급하게 철수한 탓인지, 거치대에서 떨어진 M4 소총과 M212 소이탄 발사기가 바닥에 나뒹굴고 있었다.

"이 중사!"

상우가 철규에게 손짓했다.

"지금부터 한 팀이니까. 믿어도 되겠지?"

상우가 소이탄 4발이 장착된 발사기를 집어 들더니 철규에게 건넸다.

"우리도 여기 상황을 몰라. 누가 적인지 친구인지, 우주인들은 얼마나 살아남았는지. 외계인들이 득실댈지도. 그러니 이제부터 의심나는 것들은 모조리 다 제압해야 해."

상우의 의미심장한 말에 철규가 눈치를 살피나 싶더니 발사기를 받아 어깨에 둘러멨다. 권총을 집어 든 상우는 탄창을 우주복 주머니에 주섬주섬 넣기 시작했다.

"우리가 제일 먼저 해야 할 임무는 남극에서 화성까지 '공간터널'을 이용해 무사히 도착했다는 것을 지구에 알리는 거야."

"그걸 어떻게 하는데요?"

앞장선 상우의 뒤를 철규가 바짝 쫓으며 물었다.

어느새 입구에 이른 세 사람 위로 지름 30여 미터의 동그란 동굴 입구를 덮고 있는 강화플라스틱 재질의 문이 드러났다.

"일단 저길 나가야 할 수 있지."

상우가 사다리를 오르며 말했다. 10m 정도를 올라가자 한 사람이 지나갈 수 있는 크기의 작은 출입문이 보였다.

"대장님, 지금 문을 열면 빨려 나갈 수도 있어요!"

민철이 상우의 발밑에서 외쳤다.

"어쩔 수 없을 것 같은데. 여기는 에어로크 같은 게 없어. 그냥 바로 밖이라고."

상우가 문에 난 작은 창을 통해 바깥을 바라보자 먼지가 자욱한 화성의 모습이 드러났다.

"젠장. 어떻게 다루는 건지 알 수가 없으니 원."

상우가 문고리에 붙어 있는 작은 핸들을 돌리자 갑자기 강한 바람이 동굴 아래서부터 불어 닥쳤다.

"대장님, 이러다 쓸려나가겠는데요!"

민철이 어깨에 멘 짐이 흩어지지 않도록 단단히 끈을 조였다.

"다들 헬멧 썼지? 달리 방법이 없어. 하나, 둘, 셋 하면 그냥 열어젖힐 거야."

"아, 진짜."

민철이 투덜거릴 새도 없이 상우가 후다닥 카운트다운을 하더니 핸들을 끝까지 돌렸다. 문이 부서질 것처럼 강하게 바깥으로 열리면서 세 사람이 압력차로 인해 휩쓸려 나가며 공중에 붕 떠올랐다.

"젠장!"

10여 미터 높이까지 떠오른 상우가 거꾸로 떨어지지 않으려 안간힘을 썼다. 민철과 철규도 서로를 부둥켜안고 착지점을 골랐다.

"으악!"

화성의 토양에 떨어진 상우가 지레 겁먹고 소리를 질렀다. 방사능 낙진이 두껍게 쌓여 있어 다행히 충격은 느껴지지 않았다.

"다들 괜찮으세요?"

민철이 자리를 털고 일어나 동굴 입구를 바라보았다. 어느새 모든 공기가 빠져나간 듯 작은 출입문이 아래로 축 꺼진 채 고요했다.

"신고식 한 번 제대로 했으니, 이제 임무를 시작해볼까."

상우가 불룩하게 솟은 우주복 하의 주머니에서 벽돌 크기만 한 통신장비를 꺼냈다. 전원을 켜자 잠시 후 'No Signal'이라는 메시지가 뜨더니 글자가 깨져버렸다.

"아, 이러면 곤란한데."

가져온 위성 통신장비는 화성 궤도를 공전하는 MAVEN Ⅱ 위성에 자동으로 비상구조신호를 발신하도록 되어 있었다. 신호가 위성을 통해 지구로 전송되면, 대전의 심우주관제국에서 자신들이 화성에 무사히 도착했음을 확인할 수 있었다.

"어떡하죠?"

"이거 아까 떨어지면서 디스플레이 창이 깨져버린 것 같아. 전원은 들어오는데 신호가 제대로 갔는지 알 수가 없네."

상우가 난감한 표정을 지어 보였다.

"일단 1차 임무는 했으니, 바로 다음 단계로 넘어갑시다."

상우가 태연한 얼굴로 통신장비를 다시 주머니에 넣고 주위를 둘러보기 시작했다. 민철이 걸음을 옮기자 작은 눈발 같은 낙진이 흩날렸다.

"핵이 한두 개 터진 게 아닌 것 같은데요."

민철이 방사능 계수기를 확인하자 바늘이 이미 최대치를 넘어서고 있었다.

"그래서 다음 임무는 뭐죠?"

철규가 민철의 계수기를 확인하고도 대수롭지 않다는 듯 물었다.

"여기까지 온 이유. 대통령이 원하던 바를 이루게 해줘야지."

"한국 우주인들 구조하러 가는 거요?"

"구조가 될지, 전투가 될지는 모르지만."

"무슨 말이에요?"

철규가 어리둥절한 표정을 지어 보였다. 상우가 말없이 100여 미터 떨어진 곳을 손가락으로 가리켰다.

"저기 좀 봐. 저거."

상우가 가리킨 곳에 군용 위장무늬를 한 로버 한 대가 서 있었다. 로버 위쪽에 우뚝 솟은 포탑이 한눈에도 전투를 위한 장비라는 걸 과시하고 있었다.

"심각하군요. 어떻게 화성에 저런 장비를."

철규가 상우를 잰걸음으로 따라가며 중얼거렸다.

"너는 다 알고 있는 줄 알았는데."

"무슨 뜻이에요?"

"남극에서 M1E 전차를 전송하려고 했잖아. 탱크도 보내는 녀석들이 저런 장갑차에 놀라고 그러면 어떡해."

"그걸 어떻게 아셨어요?"

철규가 당황스러움을 감추지 못했다.

"다 알고 있지. 그래서 화성에 온 거고."

"M1E 전차는 화성에 보내려던 건 아니었어요. 테라로사에 무단 침입 위험이 높아져 경계를 강화하기 위해 데려온 것으로……."

"네가 아는 게 전부일 리는 없지. 안 그래?"

로버 앞에 이르자 상우가 고개를 돌려 씩 웃었다.

"남극에서 타던 것과 비슷하게 생겼네. 베이스는 다 같은 제품인 것 같아."

상우가 먼지가 두툼하게 쌓인 로버의 창을 닦아냈다.

"작동은 할까요? 밖에 오랫동안 세워져 있었던 것 같은데."

철규가 천천히 로버 주위를 둘러보았다. 곳곳에 화성연합사령부의 물품임을 알리는 표식과 강한 열을 받아 그런 듯 변색된 부분이 눈에 띄었다.

"일단 들어가 봐야지."

상우가 문고리를 당기자 아무런 저항 없이 문이 열렸다.

"살펴보니까…… EMP 방호 패널도 장착이 되어있어요. 장갑판도 다 덧대어져 있고요. 핵폭발 정도는 견딜 수 있었을 거예요."

철규가 로버 조수석 쪽으로 다가오는 걸 보고 상우가 운전석 밑에 난 사다리에 발을 올렸다.

"군용이라면서 보안은 형편없군."

상우가 운전석에 털썩 주저앉으며 말했다.

"군용이니까 그렇죠. 아마 전원도 들어올걸요?"

상우가 센터콘솔의 버튼을 누르자, 잠시 후 로버의 전원이 들어왔다. 화성연합사령부의 로고가 한참 떠 있더니, (시작)을 알리는 화면으로 바뀌었다.

"훌륭하군."

상우가 로버를 만지작거렸다.

"민철아, 얼른 타라. 배터리 떨어지기 전에 출발해야지."

상우가 사이드미러로 뒤를 보자, 민철이 짐을 한껏 동여맨 채 끙

낑대며 걸어오고 있었다.

"중력도 낮은 데서 힘든 척하기는."

상우가 피식 웃으며 조수석에 앉은 철규를 바라보았다.

"어디로 가야 하지?"

"예? 그걸 왜 저한테."

"나도 몰라서 그래. 그래도 남극에 근무하면서 주워들은 게 있을 거 아니야."

"당황스럽네요. 대통령 지시에 따라 화성까지 오신 분들이."

"그쪽도 구체적인 사항을 잘 모르기는 매한가지지. 이 모든 일이 주먹구구식으로 일어났으니."

상우가 등받이에 몸을 털썩 기대었다.

"이럴 때는 말이죠."

철규가 생각난 듯 센터디스플레이를 조작하기 시작했다.

"마지막으로 설정했던 곳으로 가는 게 상책이죠."

철규가 주행기록을 확인하자 내비게이션 최상단에 그동안의 목적지 리스트가 떠올랐다.

(해성 쉘터-312km. 일주일 전)

"꽤 오랫동안 서 있었군요."

최근 목적지를 확인한 철규가 중얼거렸다.

"해성 쉘터…… 우선 이곳으로 가보기로 하죠."

2038년 8월 27일

"대통령께서 곧 입장하십니다."

28일 밤 9시 15분 청와대 브리핑 룸 안. 비서실장 성원이 자리를 가득 채운 기자들을 바라보며 말했다. 아직 대통령이 도착하지 않았는데도, 카메라 플래시가 터지고 있었다.

"기다리게 해서 미안합니다."

잠시 후, 브리핑 룸 왼쪽 입구에서 최민석 대통령이 걸어 나왔다.

"바로 시작하기로 하죠."

민석이 단상 앞에 서서 카메라를 응시했다. 성원이 브리핑 룸 뒤편을 바라보며 고개를 끄덕이자, 카메라에 빨간불이 들어왔다.

"안녕하십니까, 존경하는 대한민국 국민 여러분."

민석이 웃음기를 지우고 단호한 표정으로 입을 열었다.

"오늘 이 자리에서, 저는 대한민국의 미래를 책임질 중대한 발견을 국민 여러분께 알려 드리고자 합니다."

민석이 본론으로 들어가기 전에 말을 멈추었다. 수십 명의 기자들이 그를 응시하고 있었다.

"4주 전, 화성에서 실종된 대한민국의 우주인들을 추적하던 2차 탐사대원 정준석, 이수연, 김민성 우주인이 이상 현상을 발견하고 저희에게 보고했습니다. 그들은 실종된 우주인들이 마지막으로 머물렀던 웬디 동굴 안에서 주기적으로 발생하는 공간 왜곡 현상을 발견했습니다. 그리고 수차례의 탐사 끝에 그것이 화성의 웬디 동굴과 지구의 남극을 직통으로 연결하는 일종의 공간터널임을 확인했습니다."

민석의 말이 끝나기 무섭게 브리핑 룸 안이 소란스러워졌다. 기자들이 우르르 손을 들었다.

"대통령님! 지금 하신 말씀이 무엇인가요?"

"대통령님! 공간터널이라고 하셨나요?"

기자들이 브리핑 룸의 규칙을 어기고 질문을 쏟아냈다. 당황한 성원이 기자들을 제지하려고 했지만, 이미 통제불능의 상황이었다.

"여기 계신 기자분들도, 또 생방송을 지켜보시는 국민 여러분들도 마찬가지시겠지만, 지금 제 말이 너무 황당하고 어이없다는 생각을 하실 수도 있습니다."

민석이 카메라를 다시 바라보며 말을 이어갔다.

"이 역사적 발견 이후, 우리 정부는 미국 및 화성연합사령부와 긴밀한 공조 하에 공간터널의 과학적 가능성 및 실용성에 대해 다각도로 연구하고 실험을 진행해왔습니다. 구체적인 사항은 아직 국가 간의 기밀로 분류되어 있어 말씀드리기 어렵지만⋯⋯."

민석의 목소리가 점점 커지며 힘이 실리자 브리핑 룸 안이 다시 조용해졌다.

"4주라는 짧은 기간 만에, 우리는 이 공간터널을 통해서 물건뿐 아니라, 사람도 안정적으로 전송이 가능다는 걸 확인했습니다."

기자들이 자리에서 일어나며 질문을 요청하기 시작했다.

"궁금한 점이 많으실 거라고 생각됩니다. 질문은 제가 발언을 마친 이후, 격의 없이 받도록 하겠습니다."

민석이 손을 들어 양해를 구했다.

"최근 화성에서 일어난 대참사와 관련하여 우리 정부뿐 아니라, 미국과 세계의 여러 나라들이 사태 수습을 위해 최선을 다하고 있습니다. 우리 정부는 아직 생존 가능성이 있는 것으로 보이는 한국의 2차 화성탐사대원들을 구조하기 위해 모든 방안을 고민하던 중에, 이 공간터널을 이용하여 신속하게 구조대를 파견하기로 하였습니다."

민석의 말에 성원이 눈을 질끈 감았다.

"어제 날짜로, 남극에서 최초로 공간터널의 출구를 발견한 세종 과학기지의 전상우 대장과 송민철 대원이 공간터널을 이용해 화성으로 이동하는 실험을 수행하였고, 저는 어제 공식적으로 이 두 자랑스러운 한국인이 화성에 무사히 도착했다고 보고 받았습니다."

브리핑 룸은 웅성대는 기자들의 목소리로 더욱 소란스러워졌다.

"우리 정부는 이 역사적인 발견과 이례적으로 짧은 시간에 이루어진 실험의 성공을 위해 노력한 모든 이들에게 경의를 표하는 바입니다. 또한 앞으로 엄청난 경제적 효과와 영향력을 가져올 공간터널의 평화적 이용을 위해, 미국을 비롯한 국제 사회에 긴밀한 공조와 조사를 요청하는 바입니다. 감사합니다."

민석이 발언을 마치고 단상 옆으로 한 걸음 옮겨 허리를 숙였다.

"곧 연락이 오겠군……."

성원이 손목시계의 스톱워치를 누르며 다시 벽에 기대어 섰다.

"질문 있습니다!"

민석이 다시 단상으로 돌아오자 기자들의 아우성이 터져 나왔다. 민석이 브리핑 룸을 둘러보다 맨 앞줄의 김나리 기자와 눈을 마주쳤다. 그리고 바로 그녀를 지목했다.

"예, KBN의 김나리 기자입니다. 대통령께서는 화성과 지구를 잇는 일종의 터널을 발견하셨다고 했는데, 구체적으로 어떠한 형태의 터널인지, 그것이 과학적으로 어떤 의미를 가지는지 말씀 부탁드립니다."

나리가 차분한 표정으로 다시 자리에 앉았다. 기자석에서 원하던 질문이었다는 듯 박수 소리가 터져 나왔다.

"좋은 질문입니다."

한 마디를 꺼내놓고 민석이 기자석을 둘러보았다. 그와 눈이 마주칠 때마다 손을 드는 기자들, 분주하게 전화를 걸며 흥분한 모습들이 시야에 들어왔다.

민석은 공간 터널을 최초로 공개하는 기자회견에서 나리에게 최우선, 무제한으로 질문권을 주기로 약속했었다. 기자회견 이틀 전부터 성원이 질문 내용을 조절하기 위해 몇 번이나 연락을 취했지만, 나리가 아직 준비가 덜 되었다는 이유로 연락을 피했기 때문에, 나리의 첫 질문은 사전에 조율된 건 아니었다.

"제가 터널이라는 용어를 사용하기는 했지만, 반드시 어떤 인공적인 구조물을 의미하는 것은 아닙니다. 이 터널은 화성과 지구 사이를 자유롭게 오갈 수 있도록 하면서도 어떠한 조작이나 기계도 필요로 하지 않습니다. 솔직히 말씀드리면."

민석이 잠시 말을 멈추더니 안경을 고쳐 썼다.

"사실 이 공간터널이 어떻게 생겨났고, 과학적 원리가 무엇인지는 아직 명확히 밝혀지지 않았습니다. 한 가지 확실한 건 이 터널에는 현재의 과학지식으로는 이해하기 어려운 기술이나 이론이 적용되었다는 점입니다."

민석이 대답을 마치자, 다시 브리핑 룸이 소란스러워졌다. 모든 기자들이 자리에서 일어나 질문권을 달라고 외쳤지만, 민석은 태연히 나리만을 바라보고 있었다.

"그럼 인류의 지식으로는 이해할 수 없는 자연현상이라는 말씀인가요?"

"예, 현재로서는 그렇습니다. 이것이 자연현상인지 아니면 인류의 화성 개척 과정에서 생겨난 부수적인 현상인지는 추후 국제 공조를 통한 탐사가 필요할 것으로 생각됩니다."

"잘 이해가 되지 않습니다. 부수적인 현상이라면, 외계인이나 다른 문명이 만들었다는 말씀인가요?"

나리가 자리에 선 채 계속 질문을 이어가자 여기저기서 원성의 목소리가 터져 나왔다.

"그 부분은 매우 조심스럽습니다. 우리가 이해할 수 없다고 해서 꼭 외계 문명을 의미하는 건 아닙니다. 자연을 제대로 이해하지 못했던 19세기에도 인류는 별다른 어려움 없이 잘살고 있었으니까요. 다만 현재까지 우리가 관찰한 공간터널의 특성 등을 고려할 때, 설명하기 어려운 부분이 있다는 것은 사실입니다."

민석이 고개를 가볍게 끄덕였다.

"저희도 좀 기회를 주시죠!"

브리핑 룸 뒤쪽에서 누군가 불만에 찬 목소리로 외쳤지만, 민석은 추가 질문을 기다린다는 듯 김나리 기자를 쳐다보았다.

"마지막 질문드리겠습니다. 아까 우리가 주도적으로 이 공간터 널을 발견했다고 하셨는데, 사건의 규모나 예상되는 파장을 고려할 때, 미국을 비롯한 국제사회의 도움이나 공조가 필수적일 것으로 생각됩니다. 그런데 아직 미국 측에서는 관련 사실에 대한 언급이 없었던 것 같고요. 이렇게 급하게 한국 정부가 먼저 해당 사실을 공 개하시는 건 협의가 된 사항인지요?"

나리의 질문에 성원의 얼굴이 순간 굳어졌다. 대국민담화와 기자 회견의 형식을 갖추고 있기는 하지만, 사실 이 자리는 국민들의 궁 금증을 해결하기 위한 게 아니었다. 화성에서 일어난 대참사 수습 을 핑계로 공간 터널의 독점적인 점유를 계획하고 있는 미국을 압 박하고 주도권을 되찾기 위한 일종의 퍼포먼스였다.

모든 것이 통제된 상황 아래 놓이기를 원한 성원과 달리 민석은 끝까지 자유질문 형식을 고집했다. 그래야만 더 여론의 반등을 이 끌고 심도 있는 내용을 다룰 수 있다는 계산에서였다. 잘 짜여진 각 본만으로는 사태를 반전시킬 수 없다는 게 민석의 생각이었다.

"중요하면서도 민감한 질문을 해주셨군요. 먼저 공간터널의 지구 쪽 출구를 처음 발견한 건 한국인입니다. 또한 공간터널의 화성 쪽 입구의 존재와 구체적인 원리를 제일 먼저 파악한 것도 한국 우주 인입니다. 따라서 공간터널의 탐사와 이용에 대한 주도권은 그것을 최초로 발견한 우리 대한민국에 있습니다."

민석이 답변하는 도중 성원의 전화 벨소리가 울렸다.

성원이 조심스레 브리핑 룸 한켠으로 이동하더니 전화를 받았다. 이어서 강진수 외교부 장관의 홀로그램이 공중에 나타나자 당황한 성원이 전화기를 귀에 가져다 대었다.

"예, 강 장관님. 연락이 왔군요. 네. 알겠습니다."

성원이 긴장이 조금 풀린 표정으로 휴대전화를 끊더니 스톱워치를 확인했다.

"7분 20초. 조금 늦었군."

아직 구체적인 내용을 전달받은 건 아니지만, 성원은 미국이 당황하고 있다는 걸 직감했다. 이전엔 협의되지 않은 사항을 발표하고 연락이 오는 데 채 1분도 걸리지 않았다. 이번엔 대통령 특별 담화 예고를 보내고, 생방송을 시작한 지 7분이 지나서야 연락이 왔다. 상대가 사태를 파악하고 대응하기까지 일련의 혼란이 있었다는 걸 의미했다.

성원이 대통령의 시야가 미치는 곳으로 천천히 걸어가기 시작했다. 그러고는 오른손을 높이 두 번 들었다 내려놓았다. 신호를 확인한 민석이 말없이 고개를 끄덕였다.

민석이 기자회견을 마치겠다는 신호를 막 보내려는 순간, 나리가 큰 목소리로 외쳤다.

"잠시만요, 주도권이라고 말씀을 하셨는데요."

"뭐야! 질문을 독점하는 게 어딨어!"

"저희도 질문 기회를 주셔야죠! 불공평합니다!"

옆에 있던 기자 하나가 나리의 마이크를 뺏어 들었다. 급작스러운 상황에 당황한 성원이 마이크의 전원을 내리라는 신호를 보냈다.

어수선한 틈을 타고, 나리가 의자에 올라서서 양손을 입에 가져다 댔다.

성원이 카메라 감독에게 당장 기자회견을 중단하라는 제스처를 취했지만, 민석이 왼손을 들어 괜찮다는 제스처를 취했다.

"주도권이요. 왜 우리가 주도권을 가져야 하죠? 국제적 공조는 어디에 간 건가요?"

주위 기자들에게 끌어 내려진 나리가 다시 자리에 털썩 주저앉았다. 전례 없이 아수라장이 되어버린 청와대 브리핑 룸이 전파를 타고 전 세계에 생중계되고 있었다.

성원이 결국 결례를 무릅쓰고 단상 위로 올라가 민석에게 귓속말을 했다.

"여기서 생방송을 갑자기 중단할 수는 없습니다. 마무리 발언하시는 게 어떻겠습니까."

민석이 고개를 끄덕이더니 마이크 높이를 조절했다.

"존경하는 국민 여러분, 사안의 중요성이 크고, 또 개방된 기자회견을 지향하다 보니 혼돈이 발생한 점 대통령으로서 사과드리겠습니다. 혼란스러운 상황이지만, 마지막으로 드리고 싶은 말씀이 있습니다."

민석의 예상 밖 멘트에 브리핑 룸이 일순간 조용해졌다.

"공간 터널의 발견은 지금까지 있었던 네 번의 산업혁명과는 비교할 수도 없을 만큼 혁신적인 일입니다. 어쩌면 인류의 지식과 역사 그리고 경제 체계를 모두 뒤바꿀 만한 사건이기도 하지요. 대한민국은 이 공간 터널을 평화적으로 이용하고 발전시키는 데 그 누구와도 협력할 용의가 있습니다. 다만, 개방성과 공정성 그리고 군사적 목적이 아닌 평화적 이용이라는 전제가 꼭 필요할 것입니다."

민석이 마치 누군가에게 메시지를 전달하려는 듯 카메라를 똑바로 응시했다.

27 만남

2038년 8월 27일

작은 태양마저 사라진 화성의 밤.

낮 동안 하늘을 가득 채우고 있던 먼지구름이 조금씩 걷히자 새까만 밤하늘이 모습을 드러냈다. 타일러가 조종하는 로버가 덜컹일 때마다 수연은 손목이 아렸다.

"두 분이 화성에서 지낼 수 있도록 혜성 쉘터에 내려 드릴 겁니다."

타일러가 룸미러로 뒷좌석을 확인하더니 오랜만에 입을 열었다.

창밖에 시선을 고정한 준석은 아무런 대꾸도 하지 않았다.

"식량은 3개월 치 정도 남아 있을 테고. 생존유지장치가 그 전에 고장 나지는 않을 테니, 물이나 공기는 신경 안 쓰셔도 될 겁니다."

타일러가 건조한 목소리로 말했다.

"그리고 이 로버는 파괴하고 떠날 거라, 식량이 더 필요하면 직접 찾아다니셔야 합니다. 가능할지 모르겠는데, 직접 농작물을 재배하셔도 되고요."

타일러가 조롱하듯 뇌까리자 준석이 룸미러를 빤히 노려보았다.

"고립된 공간은 사람을 정말로 미치게 만들죠."

타일러가 준석의 시선을 의식한 듯 다시 전방을 바라보았다.

"지구에서 가장 정신이 건강하다는 300명을 뽑아 이곳에 데려왔는데, 결국 그 안에서도 건강한 놈, 미친놈으로 나뉘더군요. 아마 제가 후자에 속한다고 생각하시겠죠?"

타일러가 옆자리에 앉은 수연을 돌아보며 물었다.

아무도 반응이 없자 타일러가 멋쩍은 듯 양손을 들어 보였다.

"타일러, 모두 다 같이 돌아가는 건 어때요. 이런 극단적인 방법은 지구에서도 결코 정당화될 수 없어요."

"그 말을 왜 안 하나 했어요."

수연의 말에 타일러가 피식 웃어 보였다.

"랜더의 정원이 3명이라는 건 더 잘 알 테고……."

"그건 일상적인 운용에서의 탑승인원이에요. 비상시에는 6명까지도 탑승할 수 있게 설계되어 있어요."

"이미 늦었어요."

"예?"

"다 끝났습니다. 아까 지구에 귀환보고를 다 마쳤어요. 화성의 유일한 생존 인원인 저와 이수연 씨가 마스 익스플로러로 복귀할 거라고."

"수연아, 저놈 이미 정상이 아니야. 무슨 말도 통하지 않을 거야."

준석이 차분한 목소리로 수연을 달래듯 말했다.

"이젠 어쩔 수 없는 일이라고 받아들이세요. 저 혼자 3명의 적군을 데리고 지구까지 가는 여정은 감당할 수 없잖아요? 잔인하다고 생각하시겠지만, 순전히 현실적인 판단이라는 걸……."

타일러가 채 말을 마치기도 전에 갑작스레 로버의 센터디스플레이에서 경보음이 울렸다.

—접근 경고! 접근 경고!
—북동쪽 방향 4킬로미터!
—접근자 신원 미상!

로버에 설치된 근접 감시레이더가 신원 미상의 물체가 다가오고 있다는 걸 감지하고는 자동으로 경보를 내보냈다.

"뭐야, 무슨 소리야!"

타일러가 당황해하며 센터디스플레이를 조작하기 시작했다. 지도를 클릭하자 파란색 점으로 표시된 로버 북동쪽으로 붉은색 점이 깜박이며 빠르게 다가오고 있었다.

"젠장, 에이미가 없으니 이럴 때 정말 불편하군."

타일러가 조이스틱을 당겨 로버를 정지시키더니, 세 사람이 제대로 결박되어 있는지 다시 확인했다.

"허튼짓 말고 가만히 앉아 있어."

타일러가 운전석 옆에 걸린 헬멧을 쓰더니, 나머지 세 사람의 헬멧을 강제로 씌웠다. 잠시 후, (감압) 버튼을 누르고 타일러만 밖으로 나섰다.

"젠장, 어두워서 뭐가 보여야지."

타일러가 로버 옆에 난 작은 사다리를 타고 올라 지붕에서 회전하고 있는 레이더를 바라보았다. 그러고는 휴대용 야간투시경을 꺼내 로버 주위를 천천히 훑기 시작했다.

"대장님, 여기 뭐가 나타나는데요?"

민철이 센터디스플레이에 깜박이는 점을 확인하며 말했다.

"화성에 지금 아무도 없다며?"

상우가 조이스틱을 손에 쥔 채 물었다.

"아무도 없는 건 아니죠. 한국 우주인들은 살아있다고 생각하니까 우리가 여기까지 왔죠."

민철이 엉뚱한 표정으로 말했다.

"그건 그런데, 지금 해성 쉘터 안에 있다고 했잖아. 밖으로 나올 운송수단도 없고."

상우가 다시 센터디스플레이를 확인하자 상대 물체와의 거리가 2km로 나타났다.

"이게 뭐야. 화성연합사령부 소속 탐사용 로버 P-113, 액티브? 이렇게 적혀 있는데요?"

민철이 디스플레이의 밑 부분에 나타난 작은 글씨를 읽었다.

"탐사용 로버라…… 화성연합사령부 소속이라고?"

"아무런 정보도 없이 화성에 왔더니 되게 불편하네. 핵폭발로 다 날아갔다면서 무슨 탐사할 게 남아 있다고 로버가 돌아다니고 있어?"

"그러게요. 게다가 화성연합사령부 소속이라는 게 이해가 안 되네요."

"잠깐 생각 좀 해보자."

디스플레이를 뚫어지라 쳐다보고 있던 상우가 고민에 빠진 듯 잠시 눈을 감았다.

"우리가 청와대에서 직접 연락받았을 때, 그 누구야, 비서실장이 그러지 않았어? 지금 한국 우주인들이 이번 사태의 주범으로 지목받고 있다고……."

"그렇죠. 자세한 사항은 말 안 했지만, 아무튼 억류되어 있으니 구조해 달라. 이렇게 부탁했죠."

민철이 고개를 끄덕이며 대답했다.

"그럼 저기 있는 화성연합사령부 소속 탐사용 로버는 우리에게 결코 호의적이지 않겠네?"

상우가 의미심장한 미소를 지으며 민철을 바라보았다.

"그게 그렇게 단순하지는 않을 것 같은데."

"아니, 우리 임무가 한국 우주인들을 만나서 살아있다는 걸 증명하는 거잖아. 그런데 그들을 만나기도 전에 화성연합사령부 애들한테 걸리면 어떡해."

상우는 조이스틱을 뒤로 당겨 로버의 속도를 줄였다.

"그럼 돌아서 가면 되죠. 뭐 어떻게 하시게요."

민철이 센터디스플레이를 보자 두 점 사이의 거리가 650m로 가까워져 있었다.

"야, 생각해봐. 여기만 위치가 떴겠어? 쟤네들 로버에도 우리 위치가 다 나타나고 있을 거라고. 봐라. 저쪽 로버는 아까는 움직이는 것 같더니 지금은 완전히 멈추었잖아."

상우가 디스플레이를 손으로 가리켰다.

"그래서 어떻게 하시게요?"

"민철아."

상우가 조이스틱을 앞으로 끝까지 밀자, 로버가 빠른 속도로 가

속하기 시작했다.

"이런 상황에서는 상대가 계획을 채 세우기도 전에, 압도적으로 제압해야 한다는 게 내 신조야."

상우가 비장한 얼굴로 전방을 노려보았다.

"아, 진짜……."

민철이 조수석 천장에 달린 손잡이를 움켜쥐었다.

***

"아니……."

야간투시경으로 주변을 확인하던 타일러가 무언가를 발견한 듯 탄식했다. 100여 미터 앞에서 모든 등화를 끈 로버 한 대가 전속력으로 달려오고 있었다.

"젠장!"

로버에 다시 오른 타일러가 센터콘솔을 살피더니 (무장) 버튼을 눌렀다. 그러자 탐사용 로버 위에 장착된 GAU-19/C 12.7mm 기관포가 움직이기 시작했다. 센터디스플레이에 나타난 적외선 이미지를 확인한 타일러가 (조준)을 누르더니 (발사) 버튼을 클릭했다.

***

"뭐야, 저것들!"

30여 미터 거리에 기관포의 움직임을 확인하고 상우가 얼른 조이스틱을 왼쪽으로 꺾었다. 그와 동시에 탐사용 로버의 기관포가 주황색 불꽃을 내뿜으며 탄환을 쏟아내기 시작했다.

"이 새끼들은 탐사가 아니라 전쟁을 하러 왔나! 저기에 저게 왜 달려 있어!"

"들이받아요! 그냥!"

좌우로 심하게 휘청대는 로버 안에서, 민철이 양팔로 천장을 받힌 채 외쳤다.

상우가 다시 조이스틱을 오른쪽으로 틀더니, 전속력으로 탐사용 로버를 향해 돌진했다.

***

"엄청난 속도로 오고 있어요. 곧 부딪쳐요!"

운전석 쪽으로 돌진해 오는 로버를 발견하고 수연이 몸을 웅크리며 외쳤다.

"에이미! 정말 끈질기군."

준석이 모든 것을 포기한 듯 눈을 질끈 감았다.

"대장님! 그러다 죽어요. 이쪽으로 좀 오세요!"

민성이 소리쳤지만, 준석은 아무런 대응도 하지 않았다.

"민성아. 수연아. 너희들과 함께 화성에 오게 되어 영광이었다. 비록 임무를 완수하지는 못했지만……."

곧이어 커다란 충격과 함께 탐사용 로버가 오른쪽으로 기울더니, 심하게 흔들리며 옆으로 구르기 시작했다.

"젠장!"

내부의 짐들과 장비들이 공중을 떠다니다 부딪히자 비명이 터져 나왔다. 수연이 무의식적으로 느슨하게 묶인 손을 공중에 휘둘렀지만, 다 막기엔 역부족이었다. 정신없이 굴러가던 로버가 화성의 가벼운 중력으로 속도가 느려지더니 먼지를 일으키며 옆으로 쿵, 쓰러졌다.

뒤집힌 로버 안에서 가장 먼저 정신을 차린 수연이 몸을 일으키려 애썼다.

"안에 누구예요! 이름을 대요!"

탐사용 로버 밖에서 비상구조채널을 통한 교신이 들려왔다.

"여기예요. 이 안에 사람 있어요."

수연이 애써 목에 힘을 주며 말했다.

—공기압 경보! 우주복 내부의 공기 누출이 있습니다.

—공기압 경보! 헬멧의 체결 상태를 확인하세요.

수연은 헤드셋으로 들려오는 경보음과 함께 조금씩 숨이 가빠지는 것을 느꼈다. 고개를 돌려 운전석을 바라보자, 헬멧이 깨진 채 피를 흘리고 있는 타일러의 모습이 눈에 들어왔다. 그녀가 다시 뒷좌석을 바라보자 준석과 민성이 벨트에 몸을 고정한 채 쓰러져 있었다.

"여기예요……."

수연이 희미해지는 의식 속에서 로버의 조수석 문이 열리고 누군가 자신을 끌어내는 것을 느끼며 정신을 잃었다.

2038년 8월 28일

"정신이 좀 드세요?"

해성 쉘터 의료실 안이었다. 눈을 가늘게 뜬 수연이 물끄러미 천장을 바라보았다. 시야를 가로지르는 수액줄 사이로 민성의 얼굴이 슬며시 나타났다.

"이런……."

수연이 그제야 두리번거렸다. 텅 빈 의료실 바닥이 각종 물품들로 어지러웠다.

"어떻게 된 거야? 여기는 해성 쉘터잖아. 로버가 뒤집힌 것까지는 기억이 나는데……."

수연이 몸을 일으키는 순간 허리에 통증을 느끼며 악, 외마디 비명을 질렀다.

"맞아요. 다행히 골절은 없으신데, 구부정한 자세로 오랫동안 로버 안에 갇혀 있어 근육통이 심하실 거예요."

민성이 수액 주입속도를 조절하며 말했다.

"헬멧에 금이 가면서 공기누출이 있었어요. 저희도 정신을 차리고 산소를 공급하기까지 시간이 조금 지체되었고요. 아마 조금 어지럽거나 메스꺼우실 수 있을 거예요."

민성이 수액의 작은 입구부에 주사기를 꼽고는 항구토제를 섞었다,

"깨어났니?"

준석도 의료실 안으로 들어서 수연의 손을 맞잡았다.

"얼마나 시간이 흐른 거죠?"

수연이 몸을 일으키려 하자, 준석이 왼팔을 잡고 거들었다.

"다행이다. 대형 교통사고를 당했는데, 이 정도인 게 천만다행이지. 네가 너무 비명을 질러서 우리가 이리로 데리고 오면서 안정제를 좀 줬어. 용량이 많았는지 벌써 6시간 넘게 흘렀네."

준석의 농담에 수연이 어이없다는 듯 쓴웃음을 지었다.

"여전하네."

"불행 중 다행인지는 모르겠지만 타일러가 우리를 움직이지 못하게 벨트를 매준 게 결정적이었어."

"타일러는요?"

준석이 시선을 피했다.

"결국 마지막이 안 좋았어……."

"무슨 말이에요? 타일러는 상태가 많이 안 좋은가요?"

"수연아, 타일러는 사고 순간 이미 목숨을 잃었어. 타일러가 로버에 오른 직후 바로 충돌이 있었기 때문에 충격을 제대로 방어하지 못한 것 같아."

수연은 그의 죽음을 바로 실감하지 못해 멍하니 허공만 바라보았

다. 사고 당시의 기억이 조금씩 떠오르는지 인상을 찡그렸다.

"생각이 나요. 로버가 충돌하고 나서 저는 정신을 잃었던 게⋯⋯."

"이만해서 다행이야."

타일러의 사망 소식을 들은 수연은 만감이 교차했다. 화성에서의 질긴 악연이 끝나버려 후련하면서도 그의 도움 없이는 에이미를 찾을 수도, 파괴할 수도 없었다는 생각에 절망감이 밀려왔다.

"그런데 우리랑 충돌한 게 도대체 뭐였죠? 에이미가 다시 반격을 시작한 건가요?"

"가해자를 만나보고 싶다는 말이군."

굳은 준석의 얼굴이 조금 풀렸다.

"그런데 사고의 경위가 너무 충격적이라⋯⋯ 지금 만나도 괜찮을까?"

"무슨 말이에요?"

"우리도 아직 믿기지 않아서. 이 사람들이 화성에 와 있다는 게. 아무튼 수연이도 준비된 것 같으니 만나서 들어봐. 전 대장님, 권 대원님, 이 중사님, 들어오시죠!"

준석이 공동거주구역을 향해 소리쳤다. 곧 민철과 상우 그리고 철규가 들어섰다.

"인사들 나누시죠. 남극에서 화성까지 단 5분 만에 달려오신."

"⋯⋯."

"세종과학기지의 전상우 대장님과 권민철 대원 그리고 이철규 중사입니다."

수연은 자신 앞에 선 세 명의 한국인을 마주한 순간 어안이 벙벙해졌다. 곧 이들이 공간터널을 이용해 지구와 화성 사이를 이동한 최초의 인간임을 직감했다.

* * *

"도저히 믿을 수가 없군요."

수연이 커피가 담긴 머그잔을 움켜쥐었다.

"저희도 마찬가지입니다."

상우가 고개를 끄덕였다.

"세 분의 말씀이 맞다면 제가 경험했던 것과는 또 다른 상황이네요."

"저희는 말씀하신 것처럼 정갈하고 깔끔한 터널 같은 환경은 경험해보지 못했어요. 그냥 테라로사에 들어가 몇 번 흔들림을 느낀 다음, 그대로 걸어 나왔더니 웬디 동굴이었어요."

수연은 이들이 공간터널을 이용해 지구에서 화성까지 온 과정을 하나도 놓치지 않고 새겨들었다.

빛으로 둘러싸인 하얀 터널 안을 걸어 이동했던 자신과 달리, 세 사람은 순식간에 이뤄진 공간이동을 말하고 있었다. 수연은 자신이 경험한 방식이 어쩌면 진짜 공간 터널이 아닐 수도 있다는 생각에 불안해졌다.

"그러셨군요. 이동하시는 중에 별다른 사항은 없었나요? 주변의 공간이 뒤틀린다든지 아니면 시간에 역전이 생겼다든지."

"저희가 그 안에서도 촌각을 다투는 상황이어서 자세히 살필 여유가 없었습니다. 하지만 이상을 느낄 만한 징후는 없었던 게, 테라로사에서 나오고 나서도 꽤 오래 화성에 온 줄 몰랐으니까요."

상우와 철규가 어색하게 웃음을 주고받았다.

"아무튼 무사히 화성에 오셔서 다행이에요. 덕분에 다시 체포될 뻔한 상황도 벗어났고요."

"그런데 한국에는 연락하셨어요? 잘 도착했다고?"

준석이 어색한 분위기를 감지하고는 주제를 바꾸었다.

"예, 도착한 직후 MAVEN Ⅱ 위성을 통해 신호를 발신했습니다. 기기가 망가지는 바람에 전송이 되었는지 확신은 못 하지만, 잘 도착했을 거라고 믿어야죠. 그런데 여러분들을 만났다는 사실은 앞으로도 전달하기가 어렵겠네요."

"대장님이 로버를 들이받으실 때, 송신기가 밖으로 튕겨 나가면서 부서졌거든요."

민철이 안타깝다는 표정을 지으며 덧붙였다.

"여기 해성 쉘터 교신 장비로는 연락이 안 될까요?"

"지금은 불가능해요……. 에이미의 통제를 완전히 차단하기 위해 안테나 송신 모듈을 모두 파괴해버렸거든요."

준석이 씁쓸하게 말했다.

"큰일이네요. 도착한 지 하루 만에 임무의 절반을 완수했다고 보고해야 하는데 말이죠."

"혹시 다음 임무는 뭔가요?"

수연이 심각한 얼굴로 물었다.

"별거 아니에요. 여러분들을 구조하는 게 최우선이었으니, 안전하게 지구로 모시고 가는 게 다음 일이겠죠."

"그게 제일 어려운 일이 되겠군요."

준석이 헛기침을 하며 말하자 수긍한다는 듯 상우가 고개를 끄덕였다.

"혹시 지구에 테라로사가 그대로 남아 있을까요?"

수연의 질문에 상우와 민철이 서로를 바라보았다.

"저희도 잘 모르겠습니다. 워낙 일들이 많이 생겨서 그 이후에 어떻게 되었는지는……."

"그게 중요해요. 테라로사가 그대로 남아 있다면, 지구로 돌아갈 수도 있겠죠. 그렇지만 공간터널을 제대로 개방할 수 있을지는……."

"개방 과정을 다 기억하고 있다고 하지 않았어?"

수연이 말을 잠시 멈추자 준석이 걱정스러운 얼굴로 물었다.

"세부적인 과정은 다 기억하고 있어요. 하지만 과연 예전처럼 공간터널이 잘 열릴지는 미지수예요. 핵폭발로 인해 화성의 중력장이 뒤틀렸을 수도 있고 무엇보다 에이미가 없으니까요."

수연의 담담한 말투에 준석이 미간을 찌푸렸다.

"에이미? 에이미는 단지 공간터널의 개방을 예측할 뿐이었잖아. 그것마저도 한 번도 제대로 맞은 적이 없었고."

준석의 타박에 수연은 아무런 대꾸도 하지 않았다. 공간터널을 개방하기 위한 일련의 절차에 에이미는 아무런 역할도 하지 않은 게 확실하지만, 수연은 왠지 에이미의 도움 없이는 터널을 개방할 자신이 없다는 느낌을 받았다.

"그럼 일단 웬디 동굴로 가볼까요? 테라로사가 무사한지, 동굴 내부의 시설물은 얼마나 멀쩡한지 확인을 해보는 게 좋겠어요."

"지금은 때가 아니야."

수연이 갑작스레 민성의 말을 끊자 공동거주구역 안이 싸늘해졌다. 수연이 생각에 잠긴 듯 머그잔을 가만히 응시했다.

"여기서 확인해야 할 게 있어요?"

"응."

민성의 물음에 수연이 간단히 대답하더니 자리에서 일어났다.

"지구로 돌아가기 전에 꼭 가봐야 할 곳이 있어요."

수연이 잠시 눈을 감았다가 뜨고는 떨리는 목소리로 말했다.

"에이미의 말이 사실일 수도 있잖아요. 화성연합사령부에 생존자들이 있을 가능성 말이에요."

공동거주구역 안에 순간 침묵이 흘렀다.

"그건……."

준석이 얼굴이 순식간에 굳어졌다.

"네가 무슨 생각을 하는지는 알겠는데, 그곳에 가는 건 자살 행위나 마찬가지야."

"폭발 원점과 가까운 데이터센터도 별다른 노출 없이 다녀왔잖아요."

수연의 목소리가 다소 흥분한 듯 높아졌다.

"방사능 얘기를 하는 게 아니야."

준석이 테이블을 짚고 자리에서 벌떡 일어났다.

"네 말대로, 방사능이야 얼마든지 막을 수 있어. 여기 차폐막을 뜯어서라도 로버를 보강하면 되니까. 하지만 나는 생존자가 있다는 에이미의 말이 믿기지 않아."

준석이 떨리는 입술을 채 다물지 못하고 있었다.

"이번 폭발은 데나 동굴 입구 근처 지표면에서 일어났어. 보통의 핵폭탄이 지표면에서 꽤 떨어진 공중에서 터지는 것과는 차이가 있지. 물론 그것 때문에 폭발력이 조금 줄어들기는 했겠지만, 폭발의 열기나 후폭풍은 데나 동굴의 입구로 그대로 전달되었을 거야."

수연은 고개를 숙인 채 준석의 말을 들었다.

"아무리 강한 철로 만들어진 게이트라 하더라도, 수소폭탄의 엄청난 열을 견뎌내지는 못했을 거야. 수소폭탄은 핵융합을 통해 에너지를 발산하기 때문에 중심부의 온도가 수억 도를 넘는다고……."

준석이 흥분을 가라앉히고 다시 자리에 앉았다.

"화성연합사령부는 폭발 순간 완전히 사라졌다고 보는 게 맞아. 일말의 의심도 없어."

수연은 준석의 말투에서 그가 두려워하고 있다는 걸 느꼈다. 한 번도 약한 모습을 내비친 적이 없는 강인한 사람이었지만, 더 이상 지구로 돌아가는 티켓을 놓치고 싶지는 않을 것이다.

"그렇다 하더라도……."

수연이 미련을 버리지 못한 듯 준석의 시선을 피하며 입을 열었다.

"화성유인탐사의 모든 기록과 역사가 남아 있는 곳인데, 찾아가서 확인해볼 필요는 있지 않을까요?"

2038년 8월 28일

수연의 갑작스러운 제안에 의료실 안은 다시 정적이 흘렀다.

준석은 화성연합사령부에 생존자가 없을 것이라 단언했지만, 1%의 가능성이 자꾸만 그의 마음도 흔들리게 했다. 에이미의 말대로 붕괴된 동굴 안에 생존자들이 남아 있다면, 그들을 내버려둔 채 지구로 돌아가는 것은 어리석은 짓이 분명했다.

"수만 분의 일의 가능성이라도, 생존자가 있다면 우리가 외면할 수 없어요. 에이미의 말을 믿어서 그런 것만은 아니에요."

수연이 침묵을 깨고 다시 입을 열었다.

"그런데 더 중요한 문제가 있어요."

민성이 조심스럽게 자리에서 일어났다.

"만약 우리가 지구로 돌아가기로 결정한다면, 시간이 얼마 남아 있지 않았다는 겁니다."

"그게 무슨 의미야?"

"만약 현재 유일하게 작동 가능한 랜더로 돌아가고자 한다면, 화성 궤도를 공전하고 있는 마스 익스플로러와 랑데부를 해야 하잖아요. 정확히는 마스 익스플로러에 탑승할 수 있는 마스-커넥터 모듈이 되겠죠."

민성이 공동거주구역 한편에 놓인 전자보드에 두 개의 동그라미를 그렸다.

"조금 더 큰 동그라미가 지구, 작은 동그라미를 화성이라고 한다면, 마스-커넥터 모듈은 화성 주위를 이렇게 돌고 있죠."

민성이 작은 동그라미 주위에 점을 찍었다.

"제가 얼마 전 확인한 바로는 마스 익스플로러 1호는 3개월 전 지구저궤도를 출발해서, 2주 후면 마스-커넥터가 있는 곳에 도착할 예정이에요."

민성이 지구와 화성 사이에 작은 사각형을 그리더니 마스 익스플로러 1호라고 적었다.

"마스 익스플로러 1호는 이번 사태가 일어나기 훨씬 전에 지구를 떠났기 때문에, 식량이나 배터리 같은 기본적인 물품들만 선적하고 있어요. 화물 운송 시에는 늘 그랬듯 무인으로 운행 중이고요."

민성이 잠시 펜을 내려놓았다.

"그럼 이번에는 교체 우주인도 안 오는 건가?"

준석의 질문에 민성은 간단히 고개를 끄덕였다.

"우주인들은 짝수 차수에만 마스 익스플로러에 탑승하기 때문에, 이번에는 아무도 타지 않고 있어요."

"그럼 뭐가 문제인 거지? 마스 익스플로러와 마스-커넥터가 도킹한 이후에 화성궤도에 머무르는 시간이 있잖아. 2주 후에 마스 익스플로러가 도착하고 보통 한 달 정도는 저궤도에서 머무르니까 우리에겐 6주 정도의 시간이 있는 것 아니야?"

"그게 그렇게 간단하지가 않은 게……."

민성이 허공에서 펜을 돌리며 말했다.

"이번 마스 익스플로러는 무인으로 운영되기 때문에, 마스-커넥터와 도킹하고 짐을 내린 후, 이틀 만에 방향을 바꾸어서 지구로 향하도록 되어 있어요. 지구와 화성 사이의 근거리 이점을 그대로 유지하기 위해서 도착하자마자 재빠르게 다시 떠나는 거지요."

민성이 화성과 지구 사이를 잇는 타원형의 궤도를 그렸다.

"그러니까 이번에 도착하는 마스 익스플로러에 탑승하려면 늦어도 2주하고도 이틀 안에는 우리가 마스-커넥터 안에 있어야 해요."

"지금 내가 핵심을 놓치고 있는지도 모르겠는데……."

준석이 턱을 괴며 생각에 잠겼다.

"랜더가 이륙해서 마스-커넥터와 도킹하는 데는 채 24시간도 걸리지 않아. 물론 시간이 넉넉한 건 아니지만 아직 서두를 필요는 없지 않을까?"

"대장님이 핵심을 놓치고 계신 게 맞아요. 말씀하신 그 랜더의 정원은 3명이에요. 지금 우리는 6명이고요."

민성의 지적에 공동거주구역 내부는 적막이 흘렀다.

"젠장, 타일러가 지적했었는데, 깜박 잊고 있었군."

그제야 알아차렸다는 듯이 준석이 양손을 들어 보이며 난색한 얼굴을 했다.

"제가 평상시에는 화성하고 지구를 어떻게 오고 가는지 잘 모르지만……."

설명을 듣고 있던 상우가 조심스럽게 손을 들었다.

"그 랜더라는 우주선의 정원이 3명이라면, 먼저 3명이 타고 마스-커넥터와 랑데부를 하고, 다시 내려와 3명을 태워 오면 안 되나요?"

상우의 말이 끝나자마자 민성이 고개를 크게 저었다.

"랜더는 액체추진로켓을 이용해 화성의 중력을 벗어나요. 그러니 화성을 떠날 때 연료를 다 쓰고 나면 다시 재착륙할 연료가 없는 셈이죠. 마스 익스플로러에 충전시설이 있기는 하지만, 이번에는 화물만 싣고 오는 거라 아마 충전시설에 랜더를 위한 연료는 싣지 않았을 거예요."

민성이 설명했다.

"그럼 우리 중에 3명만 지구로 돌아갈 수 있다는 말인가요? 그래서 그 결정을 하는 데 시간이 필요하다……?"

상우가 준석과 민성의 눈치를 살피며 물었다.

"꼭 그렇지는 않아요. 랜더의 정원은 3명이지만, 비상시에는 6명까지 탑승할 수 있어요. 하지만 비상시라고 하는 게 사실은 마스 익스플로러에 문제가 생겨서 탈출하는 경우를 말하는 것이라……."

"우주에서 화성으로 내려올 때는 6명이 탈 수 있지만, 역으로 화성에서 우주궤도로 나갈 때는 불가능하다는 말이군."

"맞아요."

"6명이 모두 지구로 돌아가려면 획기적인 아이디어가 필요하겠군요."

준석은 고민에 빠진 듯 손가락으로 테이블을 두드렸다.

세 사람의 이야기를 듣고 있던 수연이 분위기를 살피더니 조심스레 입을 열었다.

"예전에도 한 번 잠깐 말이 나왔었는데, 웬디 동굴의 공간터널을 이용해 지구로 돌아가는 것은 어때요? 이미 성공 사례도 있으니……."

수연이 태연한 얼굴로 상우와 민철을 쳐다보자 두 사람이 움찔해 보였다.

"저희도 얼떨결에 성공했지만, 다시 돌아갈 수 있을지는……."

"나는 그리로 가고 싶지 않아."

준석이 단호한 의사를 드러내며 말했다.

"그게 무슨 말이에요?"

"말한 그대로야. 나는 죽어도 공간터널 안으로 들어가고 싶지 않아. 동굴이라면 이제 지긋지긋하다고."

준석의 넌더리를 내는 말에 수연이 얼굴을 찌푸렸다. 지구에서 화성까지 공간터널을 이용해 인간이 이동할 수 있다는 걸 증명한 지금, 그 반대의 경우도 가능한지 확인하는 것은 역사적으로도 의미가 대단한 일이었다.

"원래 우리 임무이기도 했잖아요. 만약 공간터널이 제대로 작동한다면……."

"공간터널은 아직 안전을 장담할 수 없어."

"대장님, 그렇게 일방적으로만 주장하실 거예요?"

수연의 언성이 높아지자 준석이 잠시 침묵했다. 준석은 자신이 감정에 치우치고 있다는 걸 잘 알았다. 검증된 방법으로 안전하게 지구로 돌아가고 싶다는 욕망이 무엇보다 그를 흔들리게 했다.

"차분하게 논의를 해보죠. 상우 대장님은 어떻게 생각하세요?"

민성이 상황을 진정시키려 너스레를 떨며 물었다.

"음, 랜더를 못 탄다면 그리로 다시 가도 되는데…… 두 가지가 걱정돼요."

상우가 눈치를 살피며 입을 열었다.

"하나는, 남극에서 이리로 올 때는 테라로사라고 하는 명확한 도구가 있었어요. 커다란 정육면체 안으로 들어가 문을 닫았다가 다시 열면 화성이 눈앞에 펼쳐지는, 그런 거짓말 같은 일을 경험한 거죠. 그런데 웬디 동굴에는 그런 게 없지 않나요?"

"그렇긴 하지만, 웬디 동굴에 공간터널이 있는 것은 확실해요."

수연이 대수롭지 않게 응수했다.

"인간이 화성에서 공간터널을 이용해 지구로 간 적은 없잖아."

준석이 다시 끼어들었다.

"물론 그렇죠. 하지만 소저녀도 잘 통과했고, 지구에서 화성으로 사람 전송도 성공했고. 어차피 그 반대 방향 전송실험도 계획되어 있었는데 뭐가 문제죠?"

준석을 뚫어지라 쳐다보는 수연의 눈꺼풀이 옅게 떨리고 있었다.

"전상우 대장님, 두 번째 걱정은 뭐죠?"

민성이 화제를 돌리려 이어 질문했다.

"두 번째는 확실한 것은 아닌데, 이 중사님이 대신 말씀 좀 해주셔야겠어요."

상우가 멀찍이 앉아 있던 철규를 바라보자 그가 당황스러운 표정으로 일어났다.

"저야 아무것도 모르고 여기에 왔지만……."

철규가 머쓱한 듯 주위를 두리번거렸다.

"전에도 간략히 말씀드렸지만, 지금 남극의 테라로사 상황이 매우 좋지 않습니다. 물론 정치적으로요. 한국이 두 번이나 규정을 어기고 테라로사를 무단으로 점용했을 뿐 아니라, 그 과정에서 국제적인 분쟁도 있었기 때문에…….."

철규가 난감하다는 표정으로 상우와 민철을 쳐다보았다.

"아마 이대로 한국인 6명이 테라로사에 도착한다면…… 테라로사를 둘러싸고 주둔한 미국이나 유럽의 군대가 순순히 한국으로 보내줄 것 같지 않을 것 같습니다."

"그건 분명 문제가 되겠군."

준석이 팔짱을 낀 채 고개를 끄덕였다.

"글쎄요, 그렇다고 우리가 도착한 걸 숨기거나 해치기까지야 하겠어요?"

"그건 수연 씨가 국내, 아니 지금 지구의 상황을 잘 몰라서 그러시는 것 같은데, 남극의 현재 분위기라면 충분히 그럴 수도 있죠. 죽이기야 하겠습니까마는…….."

상우가 수연의 눈치를 보며 말끝을 흐렸다.

"그건 마스 익스플로러를 타고 지구로 돌아가도 마찬가지예요. 시간이 더 걸린다 뿐이지 무슨 차이가 있나요?"

수연이 여전히 자신의 주장을 굽히지 않았다.

"마스 익스플로러에서는 우리가 착륙 지점을 정할 수 있잖아. 거기에 있는 랜더의 착륙 좌표를 나로우주센터 근처로 설정하기만 하면 되는 거고."

준석이 지체없이 대답하고는 강렬한 눈빛으로 방 안을 둘러보았다.

상우와 민철은 둘 싸움에 끼지 않으려 아리송한 표정을 짓고 있었다. 공간터널을 통해 지구로 이동하는 것도 골치가 아팠지만 정원을 초과한 우주선을 타고 무작정 화성을 떠나는 것 역시 썩 내키는 일은 아니었다.

"공간터널은 그렇다고 치죠. 그럼 3명 정원인 랜더에 6명이 타는 문제는 어떻게 해결하실 거죠?"

"……."

수연의 말에 준석이 잠시 생각에 잠겼다.

"지금은 두 가지 방법 다 큰 문제점을 안고 있어. 그래도 지금 상황에서는 최대한 검증되고 안전한 방법을 먼저 시도해보는 게 맞는 것 같아. 어쨌든 우리가 살아서 지구로 돌아가야지 이곳에서 어떤 일들이 있었는지 알릴 수 있잖아."

준석이 자리에서 일어나 사람들을 둘러보았다.

"우선 이틀 동안 랜더에 다 같이 타고 귀환할 수 있는 방법을 찾아보기로 합시다. 그 후에 정 방법이 없으면, 공간터널을 이용해서 돌아가기로 하고."

준석이 홀로 회의를 마친다는 듯이 한 번 박수를 치더니, 서둘러 자리를 떠났다.

2038년 8월 29일

"통화는 어떠셨습니까?"

새벽 1시를 조금 넘긴 시각, 청와대 집무실 밖에서 대기하던 성원이 민석의 호출을 받고 안으로 들어갔다.

"죄송합니다. 저희가 대처를 제대로 하지 못해서."

강진수 외교부장관이 연신 고개를 숙이며 민석의 눈치를 살폈다.

"괜찮습니다. 알렌 대통령의 성향이라고 봐야겠지요."

"그래도 직접 대통령님 휴대전화로 연락하리라고는 예상하지 못했습니다. 다시 한번 죄송합니다."

강 장관이 깊숙이 허리를 숙였다.

"미국이 제 개인 휴대전화번호 하나 모르고 있었다면 그게 더 이상한 일이지요."

민석이 다리를 꼬며 등받이에 몸을 기댔다.

"알렌 대통령이 저와 단둘이만 대화하고 싶다고 의사를 밝혔고,

청와대 핫라인은 이미 감청되고 있는 걸 알고 있으니 그렇게 한 것이지요. 다분히 그가 살아온 모습 그대로입니다."

민석이 허탈한 웃음을 지으며 고개를 끄덕였다.

"그래도 생각보다 잘 해결되었습니다. 우리가 먼저 언론에 공개한 건 알렌 대통령이 흔쾌히 잘했다고 하더군요. 물론 속마음은 그렇지 않겠지만."

2시간 전, 민석이 업무를 마치고 막 잠자리에 들 무렵 개인 휴대전화가 요란하게 울렸다.

이 번호는 가족들을 제외하고는 비서실장과 경호실장 정도만 알고 있었기에 이 시간에 연락이 오는 건 매우 드문 일이었다. 하지만 화면에 '발신 번호 표시제한'이라는 문구가 뜬 것을 본 순간, 민석은 이 전화가 알렌으로부터 온 것임을 직감했다.

전화벨이 끝까지 울리기를 기다리다 민석은 홀로그램 옵션을 끈 채 전화를 받았다. 자신의 모습은 상대에게 전달되지 않았지만, 알렌의 모습은 여지없이 스크린 위로 떠올랐다.

흰색 와이셔츠를 윗단추까지 모두 채운 알렌은 통화가 연결되자마자 큰 목소리로 호통을 쳤다. 형식상으로는 존대의 표현을 하고 있었지만, 그는 민석에게 '매우 실망했다'는 표현을 여러 차례 남발했다.

민석은 그저 알렌의 호통을 가만히 듣기만 했다. 한 나라의 대통령으로서는 견디기 힘든 순간이었지만, 욕망으로 가득한 개인으로서는 버틸 만한 굴욕이었다.

알렌은 5분 동안 불만 사항을 장황하게 쏟아낸 후에야 민석에게 의례적인 안부를 묻고는, 늦은 시각까지 잠들지 않은 민석이 나랏일에 열심이라며 치켜세우기 시작했다.

그리고 사전에 협의되지 않은 기자회견의 책임을 들어, 민석에게 곧 있을 중대한 실험에 적극 협조해줄 것인지를 물었다. 단순히 성토와 회유에 그칠 것이라 예상했던 민석은 예상치 못한 제안에 귀가 뜨였다.

알렌은 자신이 구상하고 있는 화성 개발안을 서슴없이 쏟아냈다. 민석이 또다시 약속을 어기고 언론에 정보를 흘리더라도 상관없다는 자만심과 이제는 민석이 사태를 반전시킬 수 없음을 간파한 자신감에서 비롯된 행동이었다.

"그래서 알렌 대통령과 협의는 잘 진행이 되셨습니까?"

"협의라고 할 게 뭐 있나요. 일방적인 통보에 가까웠지. 그래도 이번에는 수확이 조금 더 있었어요."

민석의 말에 강 장관과 성원이 눈을 번뜩였다.

"어떤 말씀이신지…….."

"알렌이 대단한 계획을 가지고 있더군요."

민석이 어이없다는 듯 헛웃음을 지었다.

"이미 준비도 다 끝났고. 우리에게 일방적으로 통보하는 수준이긴 했지만. 앞으로 2주일 후에…….."

민석이 잠시 말을 멈추더니 안경을 고쳐 썼다.

"미국 우주군 소속 해병대원 200여 명을 화성으로 파견할 예정이에요. 화성에 있는 생존자들을 구출하고 파괴된 시설을 복구할 구조대 일진인 셈이죠."

"미국이 곧 구조대를 파견할 것이라는 건 이미 예상했던 일입니다. 다만 한 번에 보내기에는 규모가 조금 큰 것 같은데요. 마스 익스플로러의 개량형이라도 준비한 모양이지요?"

"아니요."

강 장관의 물음에 민석이 단호한 말투로 답변했다.

"200명은 시작에 불과해요. 알렌은 한 달 이내에 만 명의 해병대 원들을 화성으로 보내겠다고 했어요. 그리고 수천 톤의 물자들도 함께요."

"그렇다면……."

"예, 맞아요. 강 장관님이 생각하시는 그대로입니다."

알렌의 의중을 눈치챈 강진수가 난감한 얼굴을 하고 있었다.

"알렌은 남극의 테라로사를 이용할 계획이에요. 알렌이 이런 성 급한 결정을 하게 된 배경에는, 우리가 보낸 전상우, 권민철 대원의 성공이 큰 역할을 한 것 같아요……."

"그런데 왜 그런 극비 사항을 우리에게 알려준 걸까요?"

긴장한 성원이 자리에서 일어나더니 집무실 안을 서성였다.

"정 실장, 일단 자리에 좀 앉아봐요."

민석이 나무라듯 말하자 성원은 마지못해 다시 자리에 앉았다.

"우리뿐만이 아닙니다."

"예?"

"아직 언론에는 전달하지 않았겠지만, 알렌은 2주 후 있을 화성 대량파견 계획을 전 세계에 생중계할 예정입니다."

"뭐라고요?"

민석의 충격적인 발언에 성원과 강 장관은 어이없다는 표정을 지 어 보였다. 공간터널을 이용해 군대를 화성에 파견하는 모습을 생 중계하겠다는 건 무모한 정치적 행보였다.

"알렌은 이미 그 이후까지 생각하고 있어요. 우주군을 비롯한 전

군에 비상대기령을 내렸고, 혹시 모를 도발을 막기 위해 적대 국가에 대한 선제공격도 준비하고 있다고 했어요."

"정말 제정신이 아니군요."

성원이 중얼거리듯 말했다.

"그럼 현재 테라로사를 점유하고 있는 게 자기네들인데 왜 굳이 우리에게 그 이야기를 하는 건가요? 그냥 계획대로 실행하면 그만이잖아요."

강 장관은 알렌의 거듭된 외교적 결례에 잔뜩 흥분해 있었다.

"강 장관님. 진정하세요."

민석이 눈치를 주자, 강진수가 숨을 가다듬었다.

알렌이 직접 언급한 건 아니지만, 민석은 대화 도중 그가 무엇을 원하는지 정확히 알 수 있었다. 알렌은 테라로사를 화성으로 가는 국제적인 여객-화물 터미널로 발전시키고 싶어 했다. 당장에는 군인들과 물자를 수송하기에 부족함이 없었지만, 향후 민간인과 기업들의 물동량을 감당하기에 테라로사 주변은 너무나 척박하고 황량했다.

알렌이 원하는 자본과 사람들이 모이려면 그보다 더 안정적이면서 넓은 시설들이 필요했다.

알렌이 원하는 게 테라로사에서 가장 가까운 세종과학기지라는 것을 알아차린 민석은 조심스레 먼저 제안을 건넸었다.

'원하신다면 세종과학기지의 인력과 시설을 제공해드리겠습니다.'

민석의 호쾌한 제안에 알렌은 또다시 그를 치켜세웠고, 대단히 만족스러워한다는 걸 느낄 수 있었다. 민석의 입장에서 세종과학기지는 이미 그 유용성을 상실한 상징적인 과학시설에 불과했다. 알렌에게 명분과 경제적 이익을 양보하는 대신, 테라로사 시대가 가져올 실리를 챙기겠다는 계산이 맞아 들어간 것이었다.

"대통령님, 그건 나중에 돌이킬 수 없는 일이 될 수 있습니다."

민석의 말을 들은 강 장관이 다시 불편한 기색을 감추지 못하며 자리에서 일어났다.

"강 장관님, 세종과학기지를 다 내어주자는 게 아닙니다. 일단 테라로사가 자리를 잡을 때까지……."

"저는 동의할 수 없습니다. 국가 과학기술의 상징과도 같은 세종과학기지를……."

"강 장관님!"

민석이 자리를 박차고 일어났다. 강진수는 이전과 달리 기세를 굽히지 않고 민석과 맞서고 있었다. 당황한 성원이 두 사람 사이로 차마 끼어들지 못하고 머뭇거렸다.

"제가 언제 세종과학기지를 미국에 넘긴다고 했습니까? 남극 영토는 주인도, 국경도 없습니다. 미국이 마음만 먹으면 언제든지 무력으로 점유할 수 있는 일개 기지일 뿐입니다. 지금 미친 듯이 폭주하는 알렌 대통령이 어떤 일을 벌일지 예상은 하고 있습니까?"

민석의 호통에 강 장관은 적절한 답을 내놓지 못한 채 애써 시선을 피했다.

"제발 현실을 직시하고 남들보다 한 발 더 앞서가란 말입니다. 우리는 지금 화성으로 자유롭게 오갈 수 있는 역사적인 시대의 초입에 와 있어요. 지금 기회를 놓치면 우주개발 시대에 영영 아류가 된단 말입니다. 그렇게 앉아서만 당하기를 기다리잔 말입니까?"

"지금은 공여 형식이 되겠지만, 곧 무상제공을 해야만 할 겁니다."

한껏 기세가 꺾인 진수였지만 아직 주장을 굽히지는 않고 있었다.

"아니요, 그런 일은 결코 없을 겁니다."

민석이 눈을 부릅뜬 채 또박또박 힘주어 말했다.

"상상을 초월하는 수익이 걸린 사업이지만, 근본은 결국 기싸움입니다."

민석이 벗어놓았던 양복 상의를 챙겨 입었다.

"정 실장하고…… 강 장관님도 얼른 준비하시죠."

민석의 갑작스러운 행동에 두 사람이 서로를 멀뚱히 바라보았다.

"예? 대통령님, 지금 어디로 가시려고……."

"강 장관님 말씀대로 해야지."

진수는 민석이 무슨 말을 하려는지 도통 감을 잡지 못하고 있었다.

"세종과학기지를 빼앗길 것이 걱정된다면 말이야. 그게 우리에게 얼마나 중요하고 의미 있는 것인지를 상대에게 보여주는 게 중요해. 그럼 지금 우리는 어떻게 해야만 하겠나?"

민석이 성원을 똑바로 쳐다보더니 책상 위의 수화기를 집어 들었다.

"지금 바로 서울공항으로 이동할 거야. 응, 그래. 정확한 목적지는 비서실장 통해서 전달하도록 하지."

"대통령님, 혹시 공군 1호기를 이용하실 계획입니까? 국내에서 이동하시는 거면 용산 기지에 있는 헬기를 이용하시는 게……."

성원이 공항으로 가자는 민석의 말에 그 앞을 조심스럽게 가로막으며 말했다.

"국내가 아니니까 그렇지. 지금 당장 서울공항으로 이동하고, 공군 1호기 준비시켜. 한 번에 가기는 어려우니 경유지 공항이 있는 국가에도 빨리 통보해주고."

민석이 빠른 걸음으로 집무실 문을 향해 걸었다.

"두 사람도 얼른 준비하세요. 나 혼자 갈 수는 없잖아."

문 앞에 선 민석이 빨리 따라오라는 손짓을 보냈다.

"설마 그럼 지금……."

"맞아. 남극으로 갈 거야. 알렌이 실험을 준비하기도 전에 우리가 먼저 가서 자리를 잡고 있어야지. 그래야 알렌도 우리가 쉽게 포기하지 않을 거라는 걸 알게 될 테고."

민석의 말에 강 장관이 뒤통수를 맞았다는 듯 눈을 꼬옥 감았다.

"2주일 이상 청와대를 비우게 될 테니, 정 실장은 언론 통제와 국내 업무 관리 잘하라고 김 총리한테 좀 전해주고. 아, 언론 통제는 1주일 정도만 하면 돼. 어차피 곧 다들 알게 될 테니."

민석이 대수롭지 않다는 듯 손을 들어 보이더니 집무실 문을 활짝 열어젖혔다.

2038년 8월 29일

"그러니까…… 제가 방법을 찾은 것 같아요."

새벽 1시가 조금 넘은 늦은 시각. 해성 쉘터의 공동거주구역 테이블이 여러 대의 태블릿과 손으로 그린 도면들로 어지러웠다.

전자보드 앞에 서 있던 민성이 빼곡히 적힌 글씨들 앞에서 흥분한 목소리로 말했다.

"많이 졸리시겠지만, 일단 계획을 들어보시죠."

민성의 말에 수연과 상우, 민철이 전자보드 앞으로 모여들었다.

"자, 우리의 랜더는 무게가 37톤입니다."

민성이 매끈한 로켓 모양의 랜더 모식도를 그렸다.

"아폴로 프로젝트의 달 착륙선이 16톤이었던 것에 비하면 더 거대하죠."

화성 저궤도에서 지상으로 물자와 인원을 전달하는 랜더의 정식 명칭은 '화성인간착륙시스템(M-HLS: Mars Human Landing System)'

이었다. 얼핏 보면 지상에서 발사되는 로켓과 비슷하게 생겼지만, 화성의 적은 중력과 약한 대기 탓에 더 통통한 모습이었다. 겉으로 보기엔 매끈하게 이어진 것처럼 보이지만 랜더는 두 가지 시스템으로 구성되어 있었다. 화성에 착륙하고 이륙할 때 사용하는 추진모듈과 우주인들이 탑승하고 생활하는 거주모듈.

민성이 잔뜩 흥분한 얼굴로 전자보드에 그려진 랜더 아랫부분을 가리켰다.

"이 37톤 중에서 밑에 추진모듈의 무게가 27톤입니다. 여기는 건드릴 수가 없어요. 사산화질소(N_2O_4)와 에어로진 50(Aerozine 50)이 가득한 폭발물이니까요. 다행히 핵폭발 원점으로부터 멀리 떨어져 있었고, 화산 지형 경사면이 열기를 막아줘 현재 이 추진모듈을 비롯한 랜더 전체가 작동이 가능한 것으로 확인되었습니다."

민성이 랜더의 모식도 옆에 숫자를 휙휙 적어나가기 시작했다.

"결국 이 녀석이 우리를 마스-커넥터로 데려다주는 핵심요소여서 여기서는 중량을 줄일 여지가 아예 없습니다."

민성이 37에서 27을 빼더니 붉은색으로 크게 10을 적었다.

"3명 정원의 랜더에 6명이 탑승하려면 두 가지를 고려해야 합니다. 하나는 공간, 다른 하나는 무게죠. 이 중에서 공간은 충분합니다. 이 윗부분에 있는 거주모듈 자체가 넉넉하게 설계되어 있으니까요."

민성이 랜더 모식도의 윗부분에 동그라미를 치며 말했다.

"그럼 결국 무게를 줄여야 한다는 계산이 나오죠. 비상시에 6명이 탑승할 수 있게 설계되었음에도 무게를 줄여야 하는 이유는 이전에 말씀드렸는데……."

27m에 이르는 랜더의 거주모듈은 여분의 좌석을 설치할 수 있도

록 넉넉한 공간을 가지고 있었다. 지구와 화성을 오가는 마스 익스플로러에 문제가 생겨 더 이상 운용이 불가능할 경우, 랜더는 화성에 비상 착륙할 수 있는 탈출선의 역할을 겸했다.

문제는 여섯 명을 태우고 화성에 착륙하는 것은 설계 범위 내에 있지만, 반대로 화성에서 이륙하여 화성 저궤도로 날아가는 건 계획에 없던 일이라는 것이다.

"자, 그럼 무게를 얼마나 줄여야 할까요? 매뉴얼에도 이런 내용은 없기 때문에 조금 고민이 필요했습니다. 생각보다 답은 간단했는데, 추가로 3명이 탈 때 필요한 무게만큼만 덜어내면 되겠더군요."

민성이 보드 위에 파란색으로 '600kg'이라는 글자를 적었다.

"추가로 탑승할 3명의 체중과 우주복, 생존유지장치 그리고 기타 장치의 무게를 한 사람 당 200kg이라고 치면, 3명이 추가로 탑승할 600kg의 무게만 덜어내면 되겠죠."

설명을 듣는 동안 우주공학 지식이 전무한 상우와 민철이 알 듯 말 듯한 표정을 했다.

"37톤이나 나가는 로켓에서 그 정도 덜어내는 게 어려운 일인가요?"

상우가 손을 들고 질문했다.

"물론이죠. 로켓은 여러분들이 익숙한 로버나 자동차가 아니니까요. 단 100g도 허투루 쓰지 않는 이 녀석에게서 수백 킬로그램을 줄인다는 게 쉽지는 않은 일이었습니다. 결국 몇 시간의 고민 끝에 제가 생각한 순서는 이렇습니다."

민성이 다시 보드 앞에 서더니 열심히 적기 시작했다.

"일단 외벽의 방사선 차폐 패널을 덜어냅니다. 이 패널들은 원래 랜더를 재사용하고 안에 탑승한 우주인들이 며칠 동안 화성 저궤도에 머물 경우를 대비해 장착된 녀석이에요. 여러분들이 다시 화성으로 돌아올 생각이 없다면, 과감하게 떼어내어도 괜찮습니다."

민성이 크게 적혀 있는 숫자 10 밑에 '-300kg'이라는 수치를 적었다.

"100여 개에 이르는 내부 패널들을 모두 떼어내면 이 정도 무게를 감량할 수 있습니다."

"위험하지 않을까요? 화성 실외 방사능 수치는 여전히 높잖아요. 핵낙진이 대기권까지 퍼지면서 저궤도의 수치도 예사롭지 않을 테고요. 한 번 이륙하면 랑데부 할 때까지 20시간은 타고 있어야 할 텐데."

수연이 걱정스러운 얼굴로 말했다.

"맞습니다! 그래서 대안으로 생각한 게 개인 방사능 보호구를 모두 입고 랜더 안에 오르는 겁니다."

민성이 공동거주구역 한쪽으로 걸음을 옮겼다. 거기 커다란 상자 안에서 민성이 주황색 방사능 보호복을 꺼내 들어 보였다.

"무게가 1인당 10kg밖에 안 되더군요."

"20시간 동안 입고 있기가 쉽지는 않겠는데요?"

두꺼운 방사능 보호복을 확인하고 상우와 민철이 어색하게 웃어 보였다.

"아무튼 여기서 다시 6개의 방사능 보호복 무게 60kg이 늘어나게 되겠죠."

민성이 아무런 대꾸를 하지 않고 '-300kg' 밑에 '+60kg'을 적었다.

"자, 그럼 이제 360kg이 남은 것처럼 보이죠. 불행하게도 아닙니다. 원래 랜더에 장착 가능한 비상용 좌석은 마스 익스플로러에 실려 있습니다. 결국 추가 좌석 3개는 여기서 찾아야만 하죠. 다행히 이건 로버에 있는 녀석을 떼어다가 고정시킬 수 있습니다. 그럼 또 무게가 30kg이 추가됩니다."

민성은 다시 숫자 밑에 '+30kg'을 적었다.

"게다가 산소농도 유지를 위한 보조탱크 2개를 탑재해야 하구요, 이게 40kg. 이산화탄소 제거 필터를 추가로 탑재해야 하니, 이게 5kg."

민성이 숫자 밑에 '+45kg'을 적고는 위에 일렬로 적힌 숫자들을 모두 더하기 시작했다.

"많이 덜어낸 것 같지만, 아직 435kg이 남았습니다. 제가 가상화 장비를 이용해 랜더 안을 두 시간 동안 꼼꼼히 살펴보았는데 더 이상 떼어낼 부분이 없습니다. 예전의 우주선들 같으면 계기판도 좀 떼고 프레임도 덜어내고 그랬을 텐데, 이 녀석은 달랑 이거 하나만 달려 있으니까요."

민성이 랜더 내부의 사진을 보드 위에 띄우자 천정에 27인치 스크린 하나만 매달려 있는 거주공간의 모습이 나타났다.

"난감하죠, 진짜."

민성은 펜을 내려놓더니 양손을 들어 보였다. 수연이 졸린 표정으로 턱을 괴었다.

"민성아, 우리 36시간째 못 자고 있어. 핵심만 말해줄래?"

"예, 다 왔습니다. 저는 이 해답을 바로 여기 추진모듈에서 찾았습니다."

민성은 드디어 깜짝 놀랄 만한 것을 보여주는 마술사처럼 손바닥을 펼쳐 보드를 가리켰다.

"아까 거기는 건드릴 수 없다며?"

"저도 그런 줄 알았는데, 해답은 절대 안 될 것 같은 곳에 있었죠! 화성이 대기가 거의 없기는 하지만, 그래도 대기권 진입 시에는 온도가 꽤 높이 올라갑니다. 그래서 이 추진모듈의 밑바닥에는 이런 열차단판이 설치되어 있죠."

민성이 전자보드 위에 다른 사진을 띄우자 부채꼴 모양의 열차단판이 펼쳐진 랜더의 모습이 나타났다. 평소에는 동체 안으로 접혀 있다가 대기권 진입 시에 펼쳐지며 랜더의 아랫부분을 열기로부터 보호하는 장치였다.

"이 녀석이 정확히 420kg이더라구요!"

"그걸 떼어내도 정말 괜찮은 거야?"

"그건 저도 모르죠. 아무도 시험 해보지 않았으니."

민성이 태연한 얼굴로 대답했다. 수연이 무슨 말을 꺼내려다 그대로 멈추었다.

"잠깐만요, 그래도 아직 15kg이 부족하잖아요. 아까 435kg을 감량해야 한다면서요."

보드에 적힌 숫자들을 유심히 살피던 상우가 의아한 얼굴로 물었다.

"그 부분은…… 원시적이기는 하지만 이 방법 외에는 대안이 없는 것 같습니다. 우주개발 초기에 무게를 줄이기 위해 실제로 사용했던 방법이기도 하고요."

민성이 오른손에 쥔 작은 튜브를 들어 보이며 말했다.

"랜더에 탑승하기 전까지 10일 동안 한 사람당 2.5kg의 체중 감량을 하셔야 합니다. 출발 전날부터는 아예 금식하셔야 하고요. 그리고 이건 의료실에서 우연히 찾은 건데……."

"1kg은 확실히 줄어들겠네요."

민성이 들고 있는 튜브의 이름이 관장약임을 확인하자 수연은 어이없다는 듯 실소를 터트렸다.

"제 계획 발표는 여기까지입니다. 모든 것이 순조롭게 진행된다고 했을 때, 출발은 9월 9일 UTC 09:31에 할 예정입니다."

"잠깐만! 한 가지 빠트린 게 있는 것 같은데."

수연이 다시 눈빛을 번쩍이며 말했다.

"랜더의 이륙 프로그램은 원래 무게 분포에 맞게 코딩이 되어 있을 텐데, 랜더 구조물에서 600kg을 덜어내고 거주공간에 3명이 탑승하면 다시 프로그래밍을 해야 하잖아. 그런데……."

이륙과 착륙을 비롯한 랜더의 모든 운영은 오토파일럿에 의해 이루어지고 있었다. 유사시를 대비해 수동을 조종할 수 있는 작은 조이스틱이 팔걸이 안에 접혀 있기는 했지만, 랜더를 운영한 이래로 한 번도 사용한 적이 없었다. 게다가 랜더의 오토파일럿을 운용하는 것은 바로 에이미의 역할이었다.

"안 그래도 그 부분을 대장님한테 상의드렸는데……."

민성이 머뭇거리는 사이, 개인거주구역에 머물고 있던 준석이 슬며시 복도를 지나 공동거주구역으로 들어오고 있었다.

"무게 줄이는 건 다 짰어?"

"예, 내일 새벽부터 작업 시작하면 될 것 같아요."

"대장님, 무게를 줄이는 건 그렇다고 쳐도 랜더 조종은 어떻게 하실 거예요? 오프라인으로 조종한다고 해도 무게중심이 다 바뀌었으니 다시 코딩을 해야 하잖아요. 에이미 없이는 도저히 불가능한……."

'에이미'라는 단어가 나오자 준석이 인상을 찌푸렸다.

"안 그래도 방 안에서 계속 랜더 조종 매뉴얼을 보고 있었어. 내가 이 녀석을 조종하게 되리라고는 생각도 못 했으니까."

준석은 다섯 차례의 국제우주정거장 도킹 경력과 열 번이 넘는 로켓 탑승 경험을 가지고 있었지만, 화성 여정에서는 단지 마스 익스플로러의 승객일 뿐이었다.

랜더는 훈련 과정에서 몇 차례 시뮬레이터에 탑승해본 적이 있었지만, 직접 조종해본 경험은 전무했다.

"에이미를 켜는 건 절대 안 돼. 녀석이 어떻게 훼방을 놓을지 모른다고."

"저도 에이미의 도움을 받자는 건 아니에요."

준석의 불편한 기색을 느낀 수연이 조심스럽게 말했다.

"그래도 다행인 건, 해볼 만한 것 같아."

준석의 자신감 섞인 말투에 수연이 당황스러운 표정을 지어 보였다.

"랜더를 직접 조종해서 이륙하신다고요?"

수연이 재차 확인하자 준석이 말없이 고개를 끄덕였다.

"쉽지는 않겠지만, 그렇다고 불가능한 것도 아니야."

"대장님, 이건 훈련이 아니라고요. 6명의 목숨이 달린 일이에요."

수연의 목소리가 점점 커졌다.

"잘 알고 있어. 그렇다고 우리 목숨을 다시 에이미에게 맡길 수는 없잖아."

준석의 목소리가 얼마나 단호했는지 수연이 더 말을 못 하고 머뭇거렸다.

"너도 잘 알겠지만, 지구에서의 비행보다 훨씬 안정적이고 간단할 거야. 적어도 이곳에는 돌풍이나 비바람은 없을 테니까. 그러니 너무 걱정하지 말라고. 여기까지도 살아서 왔잖아."

준석이 다소 풀어진 얼굴로 수연의 어깨에 손을 올렸다.

2038년 8월 29일

남극 세종과학기지 북동쪽, 테라로사가 발견된 지역에서 2km 떨어진 남극의 평야 지대.

C-17 글로브마스터 Ⅳ 수송기 한 대가 급격히 고도를 낮추며 내려오더니 기수를 살짝 들며 얼음지대 위에 착륙했다. 엔진 카울이 열리면서 역추진이 시작되자 거대한 눈보라가 수송기 전체를 뒤덮었다.

방향을 돌려 주기장에 멈춘 수송기에서 뒷문이 열리자, 흰색 방한복 차림의 미군이 일제히 내리기 시작했다.

"남극에 오신 것을 환영합니다!"

홀로 일반 전투복을 입고 있는 에단 코엔(Ethan Coen) 대령이 수송기에서 내리는 대원들과 일일이 악수를 했다.

"아직 열악하긴 하지만, 여긴 얼마 후면 세계에서 가장 유명하고도 중요한 시설이 될 거야."

200여 명의 대원들을 모두 맞이한 에단이 뒤에 선 데니스 말론 (Dennis Malone) 대위를 돌아보며 말했다. 데니스 뒤로, 두 번째 글로브마스터 수송기가 하늘에서 내려오더니 활주로에 내려앉았다.

"다음 대대원들하고는 인사 나누시겠습니까?

"생략하도록 하지. 아직 다섯 대 넘게 와야 할 테니까……."

고개를 돌리자 에단의 눈에 수십 대의 굴착기와 건설장비들이 분주히 움직이는 게 보였다. 이제 막 공사를 시작한 듯, 텅 빈 남극 벌판에 난방용 장비들이 내뿜는 연기가 피어올랐다.

"대령님, 막사는 어디에 설치할까요?"

데니스가 무전기를 손에 켠 채 물었다.

"테라로사 주위의 펜스를 모두 걷어내고 있으니, 막사는 그 작업이 완료되면 설치하도록 하지."

"그럼 그때까지 장병들은 어디에서 머물라고 하죠? 기온이 점점 내려가고 있습니다."

데니스의 말에 에단이 미간을 찌푸렸다.

"자네 남극은 처음이지?"

에단이 굳은 표정으로 데니스를 바라보았다.

"예, 그렇습니다."

"장병들과 함께 테라로사까지 걸어가서 펜스 제거 작업 돕도록 해."

에단은 외면하듯 고개를 돌려버렸다.

"예?"

데니스가 당황한 표정을 지었다.

"두 번 말해야 할 필요가 있나? 지금 도착한 274명의 해병대원들을 이끌고 저기 보이는 테라로사까지 바로 이동하라고. 가면 막사 설치 말고도 할 일이 많이 있을 거야."

에단이 팔짱을 끼더니 데니스를 내려다보았다.

"아…… 네, 알겠습니다."

데니스가 시선 둘 곳을 찾지 못해 두리번거리다 무전기를 들었다.

"전 대원, 지금 즉시 RP로 이동한다."

수송기에서 막 내린 해병대원들이 열을 갖추어 모이기 시작했다.

"대령님, 저희 이동 계획 좀 다시 한번 확인해주실 수 있겠습니까?"

데니스가 다시 에단 앞으로 뛰어오더니 서류 한 장을 내밀었다.

화성 인력 수송 계획 SITREP

수송 인력: 해병대원 274명(병사: 210명, 장교: 64명)

수송 책임자: COL 에단 코엔

수송 일시: 9월 9일 UTC 09:34

"좋아. 예상 일자가 조금 앞당겨진 것 같은데?"

에단이 서류를 찬찬히 살펴보더니, 다시 데니스에게 건넸다.

"네, 맞습니다. 최대한 빨리 진행하라는 지시가 있어서, 9월 10일에서 24시간 앞당긴 9월 9일 09시 34분에 첫 분대가 테라로사 안으로 진입하기로 했습니다."

"좋아. 차질 없도록 잘 진행해."

에단이 기대에 가득 찬 얼굴로 고개를 끄덕였다.

1주일 전 남극으로 파견된 에단 코엔 대령은 원래 미국 우주군 소속이었다. 공군 비행사 출신으로 마스 익스플로러의 운용과 관리를 맡았던 그는 화성에서 임무를 수행하리라고는 상상도 하지 못했다.

파견 이틀 전, 앨런 대통령으로부터 직접 전화를 받은 그는 대통령의 지시 사항을 듣고 한동안 말을 이을 수 없었다. 자신이 화성연합사령부의 제2대 사령관이 되었다는 사실 때문만은 아니었다. 이전에 중장 계급이 맡았던 보직을 한낱 대령이 맡게 되었다는 것도 충격적이었지만, 화성으로의 파견이 성공하는 즉시, 두 계급 특진하여 소장이 된다는 말에 어안이벙벙했다.

하지만 그보다 더 충격적인 건 화성에 도착하는 방법이었다. 앨런 대통령은 남극의 테라로사를 이용해 274명의 해병대원을 화성으로 전송할 계획을 세우고 있었다.

앨런은 이미 두 명의 한국인이 성공한 사례를 들며, 에단이 임무를 반드시 성공시켜야 한다고 강조했다. 실패할 경우에는, 에단과 대원들은 수송기 추락사로 처리될 것이라는 엄포도 놓았다.

화성에서 자신이 수행할 임무 리스트를 받은 에단은 이 정도 위험은 충분히 감수할 만하다고 판단했다.

화성연합사령부의 생존 인력 구조
화성의 재건 및 군사도시 건설

자신이 화성을 식민지화하고 본격적인 군사도시를 건설하는 데 핵심적인 역할을 하게 되었다는 자부심에 위험이라는 요소는 이미 한참 뒷전이었다.

에단이 생각에 잠긴 사이, 대지를 울리는 굉음과 함께 F-35 Ⅱ 전투기 편대가 빠른 속도로 에단의 머리 위를 지나쳤다.

"이제 도착하는군."

비장한 표정을 짓더니 무전기를 들어 데니스 대위를 호출했다.

"배달이 곧 올 거야. 전 대원들 집결지에서 대기시키도록."

"예, 알겠습니다."

잠시 후, 이전에 착륙한 수송기들보다 1.5배는 큰 C-5 갤럭시 수송기 편대가 남극 상공 주위를 천천히 선회하기 시작했다.

"오늘 다섯 대가 온다고 했지?"

"예, 맞습니다."

데니스가 태블릿에서 관련 문서를 확인하기 시작했다.

"서버랙 250대, 총 500톤 분량입니다."

"꽉 채워서 왔군. 아무튼 우리가 그동안 다루어왔던 그 어떤 물품보다 중요한 것이니 철저히 검수하도록 해."

에단의 말이 끝나기 무섭게 C-5 갤럭시 편대가 일렬로 줄을 선 채 천천히 활주로를 향해 내려오기 시작했다.

혹시 모를 테러에 대비해 전술 기동을 실시했던 C-17 수송기와 달리, 총 중량이 400톤에 이르는 C-5 수송기는 활주로의 얼음이 깨지지 않도록 최대한 충격을 낮추며 소프트랜딩 할 예정이었다.

"두 번째 도착한 대대도 정렬을 마쳤습니다."

주기장 주변에 모인 400여 명의 군인들이 각종 중화기를 갖춘 채 열을 맞추고 있었다.

첫 번째로 도착한 C-5 수송기가 군인들의 호위를 받으며 주기장에 멈추어 섰다. 수송기 문이 열리자, 나무 상자에 포장된 서버랙들이 차례로 내려오기 시작했다.

멀리서 상황을 지켜보던 에단이 군복 안에 걸고 있던 디지털 쌍안경을 들어 물품들을 살폈다. 가로세로 3m가 넘는 나무 상자 겉면에 'AMY Ⅱ'라고 적힌 짙은 회색 글씨가 써 있었다.

에단과 함께 화성으로 출발할 273명의 일진 우주인들의 최우선 임무는 바로 에이미의 재건이었다. 화성에서 대폭발 이후에도 미국의 기술진들은 에이미 덕분에 화성의 상황을 실시간으로 확인할 수 있었다.

비록 중간에 에이미의 능력이 저하되는 일이 있었지만, 에이미는 이내 자신의 피해 상황을 낱낱이 보고하며, 복구를 위한 자원들을 상세하게 요청했다. 에이미의 또 다른 보고를 통해 화성연합사령부에 생존 인력들이 있다는 걸 알게 된 알렌 대통령은 즉시 에이미의 능력을 최대치로 끌어 올릴 것을 주문했다.

국방부 장관과 국토안보부 장관이 에이미가 통제불능에 이를 수도 있다며 거세게 반대했지만, 알렌의 의지를 꺾을 수는 없었다. 알렌은 핵폭발 사고의 참상을 조기에 파악하고 가까스로 생명을 유지하고 있는 대원들을 구출하기 위해서는 반드시 에이미의 증설이 필요하다고 역설했다. 그리고 오늘 남극의 테라로사를 통해 화성으로 전달될 첫 번째 물품은 기존의 것보다 5배는 빠른 성능을 가진 에이미의 두뇌, 서버랙이었다.

주로 기술 병과 군인들로 구성된 273명의 해병대원들은 이 500톤 무게의 에이미 Ⅱ를 무사히 화성으로 운반하고, 웬디 동굴에 설치하는 임무를 맡고 있었다. 기술직에 몸담고 있던 에단 대령이 사령관으로 선발될 수 있었던 것도 그가 마스 익스플로러의 컴퓨터 소프트웨어를 다루는 데 능통했기 때문이었다.

"5대 모두 무사히 착륙했습니다. 서버랙의 하선 작업도 마무리 단계에 이르고 있습니다."

30여 분 후, 데니스 대위가 무전기를 통해 보고했다.

"이제 곧 올 때가 됐는데……."

에단은 방한 군복 손목에 찬 아날로그 시계를 확인하더니 긴장된 얼굴로 하늘을 바라보았다.

잠시 후, 남극 상공을 스쳐 지나갔던 F-35 Ⅱ 편대가 고막이 찢어질 듯한 소리를 내며 에단의 머리 위를 선회했다. 그중 두 대가 속도를 줄이면서 에단이 서 있는 단상 바로 위에서 천천히 호버링하기 시작했다.

"대령님, 쟤네들 왜 저러는 거죠?"

집결지에서 단상을 바라보던 데니스가 어리둥절한 얼굴로 물었다. 에이미의 서버랙을 로버에 싣던 군인들도 잠시 작업을 멈추고 단상 위를 쳐다보았다.

"예정에 없던 건 아닌데, 보안 사항이라 미처 말을 못 했어. 5분 내로 알렌 대통령이 도착하실 거야."

상공을 맴돌던 F-35 전투기가 조금 고도를 높이더니 그 자리에서 정지 비행을 시작했다.

"센티넬 투, 에어포스 원. 현재 고도 10000피트에서 분당 2000피트로 하강 중. 이상 없음을 보고받고 착륙하겠습니다."

에단의 무전기에 보안채널 교신이 들려오고 있었다. 제대로 된 활주로 하나 없는 남극의 허허벌판에서 항공기를 유도하기 위한 임시 관제 시설과 인원들이 있었지만, 알렌 대통령의 방문은 그들에게도 비밀로 부쳐질 만큼 극비리에 진행되고 있었다.

"에어포스 원, 센티넬 투. 착륙 관제를 시작합니다."

F-35 전투기 뒷좌석에 탑승한 관제사가 에어포스 원을 활주로로 유도하기 시작했다.

잠시 후, 백색으로 위장한 에어포스 원 한 대가 낮게 뜬 구름을 뚫고 내리꽂듯이 하강하더니 큰 충격음과 함께 활주로에 내려앉았다. 군인들이 두리번거리자, 데니스가 목소리를 높여 대열을 정비했다.

"전원 작업 중지하고 3열 횡대로!"

에어포스 원이 수송기들이 서 있는 주기장으로 들어서자, 줄지어선 군인들 중 일부가 대열을 이탈했다. 당황한 데니스가 제지하기도 전에, 이탈 대원들 중 우두머리로 보이는 자가 데니스를 막아섰다.

"시크릿 서비스 팀장 제이콥 크리스틴입니다. 대령님 병력들 중 1개 소대는 저희 국토안보부 소속 시크릿 서비스 자원입니다. 미리 말씀드리지 못해 죄송합니다."

"뭐라고요?"

"데니스, 이미 보고 받은 사안이야. 그대로 진행하도록 해."

데니스의 무전기로 에단 대령의 목소리가 들려왔다.

이내 제이콥이 대원들을 이끌고 에어포스 원이 멈춘 곳으로 뛰어갔다. 아직 개봉하지 않은 나무상자들이 열리면서, 그곳에서 대통령을 태우기 위한 장갑 차량과 경호 차량들이 쏟아지기 시작했다.

잠시 후, 에어포스 원의 문이 열리며 게이트가 펼쳐지자 마중 나와 있던 대원들이 일제히 경례를 붙였다. 검은색 방한 패딩을 겹겹이 입은 알렌 대통령이 붉은 목도리를 한 채 천천히 계단을 내려오고 있었다.

"오시느라 고생 많으셨습니다."

게이트 앞까지 달려온 에단이 거수경례했다.

"임무를 잘 수행해줘서 고맙군."

알렌이 악수를 청하며 환하게 웃어 보였다.

2038년 9월 4일

"대장님! 이거 기중기 없이는 힘들겠는데요?"

해성 쉘터에서 700m 떨어진 지점, 파보니스 화산의 산맥들로 둘러싸인 분지 지형 안에 네 개의 접이식 착륙 지지대를 펼친 랜더가 우뚝 서 있었다.

지난 12시간의 작업으로 준석과 민성은 랜더의 거주공간을 확보하는 데 성공했다. 내부에 붙어 있는 모듈식 패널을 떼어내고, 로버의 짐칸에 실은 의자를 옮기는 건 고되지만 어려운 일은 아니었다.

두 시간 전부터는 가장 큰 무게를 차지하는 열차폐막을 분리하기 위해 민성이 로켓의 추진 노즐을 피해 랜더 밑으로 기어들어가 작업을 하고 있었다.

"어떻게 해 그럼. 기중기가 있는 로버도 에이미가 다 장악했는데. 에이미 부를까?"

랜더 거주모듈 안에 설치된 좌석을 확인하던 준석이 장난을 쳤다.

"아, 대장님. 진짜 심각해요. 이거 공구가 들어갈 공간도 없다고요."

민성이 인상을 찌푸리며 착륙 지지대의 빈 공간으로 팔을 쑤셔 넣었다.

"네가 제안한 아이디어니까, 네가 알아서 해결해야지."

준석은 로버에서 떼어낸 의자를 바닥에 고정하고 있었다.

"대장님은 가능할 것 같으세요?"

옆에서 준석을 돕던 수연이 넌지시 물었다.

"뭐 말이야?"

"이 녀석 수동으로 조종하는 거요. 엄밀히 말하면 반수동이겠지 만……."

수연이 앞 좌석 팔걸이 밑에 숨겨진 작은 조이스틱 두 개를 눈길 로 가리켰다.

"쉽지는 않아."

준석이 피식 웃더니 다시 심각한 표정을 지었다.

"다행히 이 안에는 시뮬레이션 프로그램이 탑재되어 있더라고. 아까 한 시간 정도 여기 앉아서 시뮬레이션을 해봤는데……."

준석이 몸을 일으켜 가운데 자리에 앉더니 양쪽 팔걸이를 들어 조이스틱을 활성화했다.

"세 번 중 두 번은 실패하고 한 번은 성공했어."

"예?"

그런 결과가 대수롭지 않다는 것처럼 말하자 수연이 눈을 크게 뜨며 반문했다. 잘못 듣기로도 한 것처럼.

"아직 시스템이 익숙하지 않아서 그래. 우리가 전투기 조종할 때 랑 달리 요(Yaw)와 롤(Roll)이 커플링이 안 돼 있어. 그래서 각각 조종을 해야만 하더라고. 이 오른쪽 조이스틱을 이렇게 돌리면…….”

준석이 조이스틱을 쥔 오른손을 비틀자 랜더의 작은 날개가 조금씩 움직였다.

“더 나아질 수는 있는 거죠?”

수연이 걱정스럽다는 듯 물었다.

“두 개의 조이스틱으로 조종하는 건 금방 익숙해지는데, 문제는 기상이야. 예상했던 것과 달리 랜더 자체 컴퓨터에도 오토파일럿 기능이 탑재되어 있었어. 문제는 그 오토파일럿에 기상 상태를 입력하고, 세팅을 조정하는 일은 에이미만 할 수 있다는 거지.”

준석이 센터디스플레이의 화면을 조작했다.

“그게 무슨 말이에요?”

“이 조이스틱의 트림 값들을 기상 상황에 맞게 세팅해야 조종이 수월한데, 그걸 우리가 할 수 없다는 말이야.”

“그럼 기상 상태에 대한 정보 없이 그냥 올라간단 말이에요?”

“그런 셈이지.”

준석이 고개를 끄덕이며 화면을 터치하자 [오류-에이미 접속 필요]라는 메시지가 떠올랐다.

“상공의 바람이 잔잔하면 괜찮겠지만, 랜더를 흔들 만큼 거세다면 쉽지는 않을 것 같은데.”

수연은 준석이 말할 때마다 연신 침을 꿀꺽 삼켰다. 수동으로 이륙해 마스-커넥터에 도킹하는 게 쉽지는 않을 거라 예상했지만, 베테랑 준석이 세 번의 시도 중 단 한 번만 성공했다는 건 충격이었다. 국내 최고의 비행기 조종사인데……. 수연의 실망감이 더 클 수밖에 없었다.

"최악의 상황은 어떻게 되죠?"

수연이 애써 담담한 척 물었다.

"궤도를 수정하는 데 연료를 너무 많이 사용해서, 마스-커넥터가 있는 저궤도 고도에 도달하지 못하는 거지. 그리고 이렇게 다시 화성으로……."

준석이 한 손으로 포물선 궤도를 그리며 랜더가 땅으로 떨어지는 시늉을 했다.

랜더에는 추진체에 탑재된 연료 이외에 방향을 조절할 수 있는 8개의 노즐이 있었다. 자세제어시스템(RCS: Reaction Control System)으로 불리는 이 장치는 초소형 로켓들로 구성되어 있었는데, 랜더가 화성 상공에 진입한 후 측방향의 움직임을 제어하는 역할을 했다.

원래대로라면, 화성 고고도 상공의 기상 상태를 고려하여 자세제어시스템의 연료량을 계산한 후, 비행 가능 여부를 판별하도록 되어 있었다. 그러나 에이미가 없는 지금은 이러한 계산이 불가능했다. 만약 힘겹게 도달한 화성 고고도에서 자세제어시스템의 연료를 다 써버린다면, 랜더는 화성 저궤도에 진입하지 못하고, 다시 지상으로 추락할 수밖에 없었다.

"결국 모든 게 대장님 손에 달렸군요."

수연이 억지웃음을 지어 보였지만 암담한 표정이 감춰지지는 않았다. 수연은 두 달 전, 랜더를 타고 화성에 착륙하던 때를 떠올렸다. 당시에는 모든 과정이 에이미와 관제소의 통제 아래 있었지만, 착륙 과정은 결코 유쾌하지 않았다. 온몸을 조이는 벨트의 압박과 격렬하게 흔들리던 충격은 끊임없이 수연의 마음을 흔들었다. 단한 번도 사고가 나지 않았다는 걸 알면서도, 갑작스레 죽을지도 모른다는 공포감과 익숙하지 않은 중력장이 가져다주는 움직임은 쉽게 적응하기 어려운 것이었다.

수연이 천천히 숨을 내쉬더니 준석의 어깨에 털썩 손을 올렸다.

"정 대장님이 그래도 이 바닥에서는 최고예요. 랜더 테스트할 때 미국 교관이 입을 못 다물었으니까요."

교신을 듣던 민성이 잠시 작업을 멈추고는 땅바닥에 누운 채 말했다.

"원래 대장님은 랜더 시뮬레이터 교육 대상이 아니었는데, 교관이 한국 우주인들을 테스트해보고 싶었는지 한번 타보라고 한 적이 있었어요."

민성이 준석과 함께 마스 익스플로러 탑승 교육을 받던 때를 떠올렸다.

"위기 상황 단계를 높여도 착륙에 실패를 안 하니까, 심지어 마지막엔 역추진 로켓을 페일(Fail) 시켰다니까요."

"그래서 어떻게 됐는데? 역추진 로켓이 작동을 안 하는데 그걸 성공시켰어?"

"아니요, 대장님이 직접 말씀해주세요. 워낙 창의적이어서."

민성이 키득거리는 소리에 헤드셋이 지직거렸다.

"랜더가 낙하산을 펼친 채 떨어지고 있었지. 계기판에는 '역추진 불가'라는 메시지가 들어왔고. 그것도 네 개의 로켓이 모두 작동 불가 상태였더라고."

준석이 양손을 허공에 들어 랜더의 착륙 과정을 모사했다.

"레이더 고도계를 잘 보고 있다가 100피트를 가리킬 무렵, 추진

모듈과 거주모듈을 분리하는 버튼을 눌렀어. 평상시에는 안 쓰는 기능이지."

그러고는 두 개의 모듈이 분리되는 시늉을 해 보였다.

"민성이가 말했듯이 랜더는 대부분의 무게가 추진모듈에 있잖아. 갑자기 그 녀석을 떼어내면서 낙하속도가 줄어들었고, 분리되는 반동으로 거주모듈은 새로운 포물선 궤도를 그리며 공중으로 날아갔지."

준석이 거주모듈이 땅으로 떨어지는 제스처를 취했다.

"결국 거주모듈은 14G의 충격으로 화성 땅에 추락했어. 결론은 탑승자 전원 중상. 사망은 아니어서 교관이 놀랐던 거지."

준석의 말이 끝나기 무섭게 민성이 박수 치는 소리가 헤드셋 너머로 들려왔다.

"저희가 떠날 때까지 훈련 시뮬레이션 센터에서 이게 두고두고 회자됐어요. 그만큼 대장님은 창의적이신 분이니까, 결국 해내실 거예요."

민성이 착륙선 지지대 한 개를 잡고 밖으로 빠져나왔다.

"하지만 대장님도 이륙 과정은 시뮬레이션해본 적이 없다는 게 조금 걸리기는 하지만요."

민성의 교신에 준석이 씁쓸한 미소를 지어 보였다.

"덕분에 열차단판 볼트는 모두 풀었습니다."

민성이 자리에서 일어나더니 흙먼지를 털어냈다.

"이제 이렇게 하면……."

민성이 착륙선 지지대를 발로 여러 차례 차자, 갑자기 쿵 소리를 내며 열차단판이 바닥으로 떨어졌다.

"수고 많았어. 그럼 이제 무게를 덜어내는 건 모두 성공했군."

준석이 창밖을 통해 분리된 열차단판을 확인하며 말했다.

"열차단판 옮기는 것 좀 도와주셔야겠어요. 혹시 이륙할 때 화염을 역류시킬지도 모르니."

"예, 알겠습니다."

준석의 교신에 작업을 돕던 민철과 상우가 분주히 움직이기 시작했다.

"대장님."

수연이 조심스레 입을 열었다.

"정말 이 방법밖에 없을까요?"

"무슨 말이야 그게."

준석은 수연이 어떤 말을 꺼내려 하는지 예상했지만 애써 모른 척했다.

"이 지긋지긋한 곳을 떠난다는 생각에 다들 들떠 있는 건 알겠는데……."

"수연아."

준석이 왼팔 디스플레이의 버튼을 눌러 교신 기능을 끄고 헤드셋을 벗었다.

"지금 우리가 가장 경계해야 할 대상은 이륙할 때의 날씨도, 에이미도 아니야."

준석이 수연의 양어깨에 손을 올렸다.

"불확실함. 두려움. 여기 있는 여섯 명 모두가 드러내지는 않고 있지만 이 두 가지 감정과 매 순간 싸우고 있어. 각자의 마음속에 있을 때는 별문제가 되지 않겠지만……."

"알았어요. 다른 대원들한테는 내색하지 않을게요."

수연이 준석의 팔을 천천히 거두며 말했다.

"이륙에 실패할까 봐 그런 게 아니에요. 우주인이 되기로 결심한 때부터, 예상치 못한 죽음은 받아들이기로 한 거니까. 그보다는…….”

수연이 준석의 손을 팔걸이 위로 올려놓았다.

"아직 저는 화성에 대한 미련이 남아 있는 것 같아요. 실종된 대원들의 억울함을 풀고, 사태를 해결하기 위해 여기까지 왔는데. 오히려 그보다 더한 미스터리를 떠안고 돌아가려니…….”

수연의 눈이 금세 충혈되었다.

"아직도 에이미에 대한 미련이 있는 거니? 그건 이미 다 끝난…….”

"아니요, 그건 절대 아니에요.”

수연의 목소리는 단호했다.

"에이미에 대한 미련이 남았다면 완전히 파괴하지 못한 데서 오는 아쉬움이겠죠.”

수연이 그대로 눈을 감았지만, 눈꺼풀의 떨림까지 감출 수는 없었다.

"파괴할 수 없다면 기록이라도 조금 가져왔을 걸 하는 아쉬움은 있어요. 우리가 이곳에서 보낸 두 달의 시간은 이제 모두 사라져버린 것이나 다름없잖아요?”

"그렇지 않아. 이미 네가 발견한 공간터널도 다 세상에 알려졌고. 또 남극에서도 활발히 연구가 이루어지고 있으니.”

"아니요, 공간터널을 말하는 게 아니에요. 터널은 더 이상 열리지 않아도 다 사라져도 괜찮아요. 저는 단지…….”

감정이 복받쳐 오르는 듯 수연의 눈가에 눈물이 고이기 시작했다. 에둘러 말하기는 했지만, 수연은 화성에서의 낯선 경험들과 지민을 찾지 못했다는 마음의 짐으로 혼란스러웠다.

"우리가 다 떠나고 나면, 에이미도 언젠가는 죽을 테죠?"

수연이 다시 평정을 되찾은 듯 소매로 눈을 훔치며 물었다.

"더 이상 우리가 상관할 바 아니래도. 이제 이 빌어먹을 곳을 떠나는 데 집중하도록 하자. 알겠지?"

준석이 자리에서 먼저 일어났다.

수연은 마치 오래전에 겪어본 것처럼, 이곳에서 벌어지는 일련의 일들에서 알 수 없는 기시감을 느끼고 있었다. 며칠 전부터 그녀는 불길한 꿈을 계속 꾸었다. 꿈속에서 수연과 동료들은 화성을 무사히 떠나 3개월의 긴 항해를 마치고 지구에 귀환할 준비를 했다. 지구 저궤도를 두 바퀴 선회한 뒤 수연과 동료들은 마스 익스플로러를 떠나 귀환모듈에 몸을 실었다.

대전우주관제국과의 교신을 끝으로 일행은 지구 대기권 진입을 위한 사출을 순조롭게 진행했다. 착륙 모듈이 대기권에 진입하면서 생긴 마찰열이 지구와의 통신을 방해하기 시작했다. 짧은 통신 두절 시간이 지나자 통신장비의 LED가 지상과의 통신이 복구되었음을 알리며 초록색으로 깜박였다.

안도감을 느낀 수연이 웃는 얼굴로 준석을 바라보는 순간, 익숙한 목소리가 헤드셋을 통해 들려왔다.

—안녕하세요, 에이미입니다. 지구 귀환을 축하드립니다. 다시 뵙게 되어 영광입니다.

2038년 9월 8일

9월 8일 저녁 11시, 테라로사의 대량 인력 전송을 앞두고, 남극 세종과학기지는 역사적인 순간을 생중계하기 위한 취재진으로 발 디딜 틈이 없었다.

테라로사와 가장 가깝다는 이유로 세종과학기지는 이미 본연의 연구 목적을 상실한 채, 테라로사로 가는 일종의 전초기지이자 프레스센터의 역할을 하고 있었다. 잠시 후, 두꺼운 방한복을 입은 성원이 외투 바깥에 달린 전자시계를 확인하더니 무전기를 들었다.

"곧 도착한다고 합니다. 우리 측 인력 준비해주세요."

성원이 무전기의 송신버튼에서 손을 떼고 이번엔 다른 손에 쥔 휴대전화를 들었다.

"대통령님, 알렌 대통령이 5분 후에 이리로 오신다고 합니다."

성원의 입에서 나온 입김이 눈부시도록 밝은 조명에 비치며 흩어 졌다.

곧이어 남동쪽 하늘에서 거친 공명음이 들리기 시작하더니, 이내 백악관의 대통령 휘장을 단 마린 원 헬리콥터 3대가 착륙등을 깜박이며 세종기지 근처에 내려앉았다. 맨 처음 도착한 마린 원에서 경호원들이 내려 마지막에 도착한 마린 원 근처로 달려갔다.

잠시 후, 문이 열리자 알렌 대통령이 주위를 둘러보며 밖으로 걸음을 뗐다.

"반갑습니다. 또 이렇게 뵙는군요."

세종과학기지의 생활관동 1층 계단 앞에 서 있던 최민석 대통령이 알렌 대통령을 맞이했다.

"정말 역사적인 순간입니다."

알렌이 다소 굳은 표정으로 민석의 손을 잡았다.

"직접 저희 과학기지를 찾아주셔서서 감사합니다."

민석은 생활관동으로 알렌을 안내했다.

"앞으로 이곳은 국제적인 명소가 되겠군요."

알렌이 자리에 서서 세종과학기지를 보며 말했다.

"모두 알렌 대통령의 도움과 지지 덕분이죠."

민석이 고개를 끄덕였다.

"내일 실험이 성공한다면, 한국과 미국은 앞으로 엄청난 일을 함께 해나갈 겁니다."

알렌이 빗발치는 카메라 플래시 세례를 뒤로하고 생활관동으로 향했다.

"생활관동 내부 다시 한번 확인하고, 동선에 아무런 문제 없도록 신경 쓰세요."

수 미터 떨어진 곳에서 수행인력들을 통솔하던 성원이 무전기를 들고 지시했다.

"역사적이긴 하군. 두 나라 대통령이 이 컨테이너에서 하룻밤을 같이 머물다니……."

성원이 혼잣말로 중얼거렸다. 민석과 성원은 일주일 전부터 알렌 대통령이 남극에 있었다는 사실을 이미 알았다. 세계 최강대국의 수장이 남극과 같은 오지에서 1주일이나 머무는 건 결코 흔한 일이 아니었다. 이와 같은 결정은, 그가 남극에 오기 하루 전, 민석이 수행원들을 이끌고 비밀리에 세종과학기지를 방문했다는 사실을 파악했기 때문이었다. 알렌은 그렇게 자신의 존재감을 과시해, 행여나 한국이 몰래 테라로사를 이용하는 걸 막으려 했다.

직선거리로 10km도 되지 않는 곳에서 서로의 존재를 감추며 일주일의 시간을 보낸 두 사람은, 오랜 기싸움을 마치고 오늘 밤 동침할 계획이었다.

***

다음 날 아침 6시 10분. 영하 45도까지 떨어진 추위에 윤활유가 어는 것을 방지하려, 시동과 중단을 반복하던 마린 원 세 대의 로터가 힘차게 돌아가기 시작했다. 성원과 민석이 채 마중을 나오기도 전에, 두꺼운 방한복을 입은 알렌이 가운데 위치한 마린 원에 오르더니 테라로사를 향해 출발했다.

"정말 순식간이군."

뒤늦게 알렌 대통령의 출발 소식을 들은 성원이 황급히 달려 나왔다.

"장관님은 아셨어요? 공식 행사는 7시 30분부터인데."

성원이 외투만 걸친 채 따라 나온 강진수 외교부 장관을 노려보았다.

"아, 그게……."

강 장관이 당황스러운 표정으로 고개를 절레절레 흔들었다.

"우리도 출발하죠."

성원이 말을 마치자마자 무선기로 교신을 보냈다.

곧이어 중장비 보관동에서 두꺼운 금속 체인을 단 대통령 전용 리무진이 헤드라이트를 켠 채 움직이기 시작했다.

"공식 의전대로 움직일 필요 없습니다."

성원이 계단을 빠르게 내려가며 말했다.

"지금은 상황에 맞게, 또 긴장감 있게 따라가야 해요."

***

아침 햇살이 쏟아지는 남극의 벌판 위에, 수천 명의 인파들이 테라로사 주위를 둘러싸고 있었다.

"전 대대 정렬!"

에단 코엔 대령이 주황색 우주복을 입고 한 손에 헬멧을 든 채 단상 앞에 서서 외쳤다. 뒤이어 3개의 중대로 이루어진 병력들이 일사불란하게 단상 앞에 정렬했다. 곧 긴 코트와 붉은색 장갑을 낀 알렌 대통령이 단상 위로 올랐다.

단상 한편 VIP 좌석에 홀로 앉아 있던 최민석 대통령이 자리에서 일어나 악수를 했다.

"좋은 아침입니다. 오늘 이 역사적인 자리를 준비해준 에단 코엔 대령과 따뜻한 숙소에서 하룻밤 머물게 허락해준 최민석 대통령께 진심으로 감사드립니다. 무엇보다 여기 제 앞에 서 있는 274명의 해병대원들에게 드높은 존경심을 표합니다."

알렌 대통령이 잠시 말을 멈추자 해병대원들의 박수가 뒤따랐다.

"오늘 여러분은, 인류 역사상 상상도 하지 못했던 새로운 도전을 위해 이곳에 왔습니다. 미국과 세계는 예측 가능한 것들만 대비해 오던 지난 100년의 역사를 넘어, 전혀 예측할 수 없는 것들로 가득한 미지의 세계를 향해 오늘 첫발을 내디디려 합니다. 그리고 오늘 이 자리에서 우리는 화성 전문가 에단 코엔 대령을 비롯한 274명의 해병대원들을 통해 인류의 오랜 꿈을 실현하고자 합니다."

알렌이 말을 잠시 멈추자 단상 가운데 앉은 민석이 형식적으로 박수를 쳤다.

"무엇보다 저는 테라로사라고 하는 새로운 과학기술을 이용해 화성식민지 시대를 함께 열어갈 새로운 동반자를 맞이하게 되어 영광스럽고 또 기쁘게 생각합니다."

알렌이 미소를 지으며 민석을 바라보자 그가 같은 표정으로 화답했다.

"그동안 한국과 최 대통령의 적극적인 도움이 없었더라면, 우리는 이 테라로사를 이용해 화성으로 이동하는 데 더 큰 어려움을 겪었을 게 분명합니다. 비록 오늘은 미국의 물자와 자원이 먼저 화성으로 향하지만, 향후 새롭게 열린 우주시대에는 한국이 중요한 역할을 해줄 것이라 믿어 의심치 않습니다."

수백 명의 기자들이 모여 전 세계에 생중계로 전달되는 오늘 행사에서 민석의 모두 발언 시간은 마련되어 있지 않았다. 청와대 비서실이 의전과 상호 관례 문제를 들며 최 대통령에게도 동등한 발언 시간을 줄 것을 요구했지만, 알렌을 비롯한 백악관은 요지부동이었다.

뒤에 앉아 박수만 쳐야 하는 지금이 외교적으로 큰 굴욕임을 알면서도, 민석은 스스로 행사에 참석할 것을 선택했다. 알렌이 주도하는 새로운 화성 시대에서 한국이 주요 파트너로 부상했다는 사실만으로도 민석은 곧 있을 재선 가도에 큰 보탬이 될 것이라 확신했다.

또한 전 세계 20개 화성개발참여국 중 유일하게 초대받은 정상이라는 것이 그나마 민석을 위로하고 있었다.

"대통령님, 방금 연락이 왔는데 알렌 대통령의 발언이 끝나는 대로 자리를 이동하셔야 합니다."

성원이 카메라의 앵글에 들어가지 않게 단상 위로 조심스럽게 올라가 말했다. 민석이 알겠다는 손짓을 해 보였다.

눈보라가 서서히 잦아드는 벌판 위로, 짙은 갈색 계열의 군복을 입은 인원들이 한 치의 흐트러짐도 없이 서 있었다.

"오늘 화성으로 가게 될 모든 해병대원들과 또 화성 개발을 지지해 주시는 국민 여러분께 감사의 말씀을 드립니다. 신의 가호가 있기를!"

에덴이 오른손을 번쩍 들어 인사를 하고 단상을 걸어 내려갔다. 민석이 성원과 눈을 마주치고는 알렌의 뒤를 쫓았다.

"알렌 대통령이 직접 테라로사 앞까지 가겠다고 하셔서. 미리 말씀드리지 못해 죄송합니다."

성원이 단상을 내려온 민석과 보조를 맞추며 말했다.

"그럼 지금부터 화성으로의 대량 인력 전송을 개시하겠습니다."

잠시 후, 단상에 오른 에단 코엔 대령이 시계를 확인하더니 마이크를 앞으로 가져왔다.

"1중대 1분대, 앞으로!"

에단 코엔 대령이 외치자, 미군 해병대 제1사단 마크가 새겨진 헬멧을 쓴 아홉 명의 군인들이 앞으로 걸어갔다.

"테라로사 개방."

에단의 명령에 맨 앞에 선 병사가 일련의 절차를 수행하자, 테라로사의 문이 조금 열렸다.

"1분대 전송 시작!"

에단이 차분하고 낮은 목소리로 명령했다.

테라로사 50여 미터 밖에서 대통령과 함께 전송 과정을 지켜보던 성원이 눈을 질끈 감았다.

"실장님도 보셔야죠. 다시는 못 올 역사적인 순간인데."

옆에 서 있던 강 장관이 성원을 슬쩍 바라보더니 말했다.

"제가 본다고 해서 뭐가 달라지겠습니까."

성원이 눈을 감은 채 중얼거렸다.

완전히 문이 열린 테라로사 앞에 1분대 9명의 군인들이 일렬로 줄지어 섰다. 그들 뒤에는 서버랙과 에이미의 능력을 향상시킬 AMY II를 담은 LD9 컨테이너가 놓이기 시작했다.

맨 앞에 서 있던 해병대원이 잠시 망설이는가 싶더니 제자리에서 뒤로 돌아 거수경례를 했다.

"전송을 승인합니다! 신의 가호가 함께 하기를!"

알렌이 양손을 들어 화답하자 그제야 해병대원이 다시 뒤돌았다. 다른 여덟 명의 군인들과 컨테이너를 옮기며 테라로사 안으로 들어가기 시작했다. 그리고 그 뒤로 다른 분대들이 바짝 붙어 서며 자신의 차례를 기다렸다.

전송 과정을 지켜보고 있던 인원들이 갑자기 탄식을 질렀다.

"뭐예요?"

성원이 눈을 뜨며 주위를 두리번거렸다.

"아홉 명이 다 들어가자마자 테라로사의 문이 저절로 닫혔어요."

아홉 번째 인원과 컨테이너가 테라로사 안으로 들어서는 것과 동시에 마치 기다렸다는 듯 커다란 문이 쿵 소리를 내며 닫혀버렸다. 갑작스러운 상황에 테라로사 주변에 서 있던 군인들이 공황에 빠진 듯 어쩔 줄 모르고 있었다.

"이거 정상적인 건가요?"

"아닌 것 같은데요."

강 장관이 웅성거리는 군중들 틈에서 상황을 확인하려는 듯 발꿈치를 들었다.

여러 명의 군인들이 닫혀버린 테라로사 문에 바짝 붙은 채, 다시 열기 위해 안간힘을 썼다.

사태를 지켜보던 알렌 대통령이 얼굴을 찌푸리자, 참모들이 잠시 자리를 피할 것을 권유했다.

"저게 저렇게 닫혀버리면 안 되는 거 아니에요? 아홉 명만 들어가기에는 너무 큰데."

강 장관이 군중들 틈새를 비집고 상황을 확인하려 애썼다.

"제가 그랬죠. 이거 불길하다고."

성원이 팔짱을 낀 채 사태를 지켜보았다.

"잠시 공지 말씀드리겠습니다. 현재 전송 과정에서의 돌발 상황으로 인해 테라로사의 전송 행사를 잠시 중단하도록 하겠습니다. 현장에서 취재 중인 모든 취재진은 방송 송출을 중단하고 미디어센터로 이동하여 대기하시기 바랍니다."

코엔 대령이 떨리는 목소리로 공지했지만, 기자들은 테라로사 가까이로 더 몰려들었다.

"방송 강제송출 중단하고, 당장 다 끝어내!"

흥분한 대령이 무전기에 대고 소리치자 군인들이 모여들기 시작했다. 행사장에 설치된 스크린에서 생중계 화면이 멈추는 것을 확인하고 강제 해산을 명령했다.

"대통령님, 피하시는 게 좋겠습니다."

거칠게 항의하는 기자들과 소총을 든 채 위협하는 군인들이 뒤엉켜 아수라장이 된 행사장에서 청와대 경호팀이 민석을 보호하기 위해 안간힘을 썼다.

"잠깐만!"

민석이 경호원들에 둘러싸여 행사장을 벗어날 무렵, 갑자기 땅을 뒤흔드는 '쿵' 소리에 떠들썩하던 군중이 일제히 멈추었다.

"뭐예요?"

성원이 무전기를 통해 아직 군중들 틈에 있는 강 장관을 호출했다.

"테라로사 문이 다시 열렸어요. 그런데 여기는 지금 완전 난장판이에요!"

"뭐라고요?"

갑작스레 열린 문 밑에 깔린 군인들을 구하기 위해 테라로사 주변으로 군인과 민간인들이 다시 몰려들었다. 군중들을 비집고 테라로사 근처까지 다가간 강 장관은 어렴풋이 보이는 테라로사 안쪽을 확인하고는 입을 다물지 못했다.

"강 장관님, 도대체 뭐예요?"

성원이 소리쳤지만 강 장관은 아무런 대답이 없었다.

"실장님, 이거 원래 이런 거예요?"

"뭐가요?"

"아까 들어갔던 아홉 명이요."

"예. 어떻게 됐어요? 다시 돌아왔나요?"

"아니요, 이거 완전 나가리 됐는데요."

강 장관이 무전기를 툭 떨어트린 채 눈을 떼지 못했다. 그의 입이 좀처럼 다물어지지 않았다.

사태를 파악한 미군 해병대원들이 테라로사 안으로 선뜻 들어가지 못하고 머뭇거렸다. 방금 테라로사가 집어삼켰던 아홉 명의 해병대원들 전원이 테라로사의 가장 안쪽에 고개를 숙인 채 줄지어 앉아 있었다.

2038년 9월 9일

"자, 이제 이 망할 곳을 떠나봅시다."

움직일 공간조차 없이, 비좁은 거주모듈 안에 어깨를 맞대고 앉은 여섯 명의 대원들이 긴장한 눈으로 준석을 바라보았다.

"모두들 준비됐죠?"

준석이 오버헤드 패널의 스위치들을 능숙하게 켜며 말했다.

"저의 조종 실력이 미덥지 않으시다면, 지금이라도 내리실 수 있습니다."

농담을 던졌지만, 아무도 웃지 않았다. 민망했는지 준석이 헛웃음을 짓고는 다시 패널을 조작하기 시작했다.

"발사 전 체크리스트 시작하겠습니다."

준석의 말에 부조종사석에 앉은 민성이 오른쪽 허벅지에 고정된 태블릿에서 체크리스트를 확인했다. 이어 준석이 센터패널의 화면을 (비상 상승 절차)로 변경했다.

"마스터 알람!"

"온(On)!"

민성이 계기와 태블릿을 번갈아 확인하며 대답했다.

"ACA-4 JET!"

"활성화(Enable)."

"모드 셀렉션!"

"AGS 확인."

"모드 컨트롤!"

"오토…… 아, 아닙니다…… 매뉴얼."

비행모드 확인 요청에, 민성이 반사적으로 자동모드라고 했다가 실수를 알아차리고 번복했다.

"괜찮아. 걱정하지 말래도."

준석이 민성을 보며 고개를 끄덕였다. 그 역시 긴장되긴 마찬가지지만, 지금 상황에서는 긴장이 쌓일수록 실수도 배가될 가능성이 높았다. 최대한 침착한 척하는 것도 지금으로서는 중요한 기술이었다.

"좋습니다. 엔진 스타트하고 자동발사 시퀀스 들어갑니다."

센터패널 가운데 붉은색 덮개를 열더니, (IGN)이라고 써진 버튼을 눌렀다.

"진짜 가는군요."

민성이 등받이에 기대었다. 이렇게 절박한 처지로 귀환하는 상황을 상상하고 온 게 아니었기에 떠난다는 상황이 온전히 체감되지 않았다. 마치 현실이 시뮬레이션처럼 이질적으로 느껴지기까지 했다.

"지금 화성 대기는 20만 피트까지 4노트의 남동풍이 불고 있습니다. 거의 대기가 없는 것이나 마찬가지여서 크게 신경 쓸 필요는 없고요. 모래폭풍이나 기타 이상 기상 현상은 없습니다. 순항이 예상됩니다."

준석이 디스플레이를 확인하며 말했다.

"신의 가호가 있기를."

준석이 눈을 감으며 고개를 뒤로 기대었다. 철저한 무신론자였지만 지금은 거대한 능력을 지니고 자신들을 지켜봐 줄, 아니 지켜줄 존재를 간절히 원했다.

센터패널 디스플레이의 타이머가 T-마이너스 15분 30초를 가리켰다.

"자동발사 시퀀스 시작했습니다. 15분 후 로켓 점화됩니다."

랜더의 모든 비행은 수동 모드로 운용되고 있었지만, 로켓의 점화만은 자동발사 시퀀스를 유지했다. 점화 과정에서 혹여나 발생할 수 있는 사고를 예방하고, 미리 입력된 시간에 정확히 이륙하기 위한 조치였다.

수연이 눈을 꼬옥 감았다. 예상했던 일들은 하나도 일어나지 않은 화성에서의 두 달이 그녀에게는 끔찍한 악몽과도 같았다. 그리고 반드시 생환할 것이라고 예상하는 대로 무사히 귀환하는 것만이 이 악몽에서 탈출할 유일한 비상구였다.

뒷좌석 창가에 앉은 상우와 민철은 말없이 창밖을 내다보고 있었다. 이들에게 달빛도 푸르름도 없는 화성의 풍경은 떠나는 이 순간에도 여전히 낯설었다. 그들은 만약 살아서 돌아갈 수 있다면, 그럴 수만 있다면 아무도 믿어주지 않을 이 경이로운 경험에 대해 무엇을 말해줄 수 있을까, 얘기를 나눈 적이 있었다.

'내가 꿈을 꾸었는데'로 시작하면 어떨까, 상우가 농담처럼 말했을 때, 민철도 나쁘지 않은 방법이라고 호응해주었다.

두 사람 사이에 불편하게 끼인 듯 앉아 있는 철규는 멀뚱히 앞 좌석에서 벌어지고 있는 일들을 지켜보았다. 우주 비행이라고는 생각도 해보지 못한 그에게 헤드셋으로 쏟아지는 일련의 교신들은 새롭고도 또 어색했다.

자신의 의지와는 무관하게 경험한 놀라운 우주여행은 자신의 인생에서 행운에 속하는 걸까? 철규는 이게 행운이라면 마지막 행운에 그치지만은 않기를 바라고 또 바랐다.

"랜더 P124, 랜더 P124, 여기는……."

침묵이 흐르던 랜더 안에 갑작스레 잡음이 섞인 교신이 들려왔다.

"뭐지? 뭐야 이거."

준석이 당황한 나머지 눈을 크게 뜨며 대원들을 둘러보았다.

"젠장……."

민성도 손을 떨며 헤드셋을 고쳐 쓰더니 송신 버튼에 손을 올렸다.

"잠깐만. 응답하지 말아봐."

준석이 얼른 손을 뻗어 민성을 제지했다.

"뭐야. 어디서 들려오는 교신이야 이거?"

준석이 난감한 표정으로 양옆의 수연과 민성을 번갈아 보았다. 계속해서 랜더의 호출부호를 부르는 젊은 남성의 목소리가 들려오자, 수연의 호흡이 점차 빨라지기 시작했다.

"화성연합사령부 같은데요……."

수연이 떨리는 목소리로 간신히 말했다. 준석이 눈을 질끈 감았다 떴다.

"젠장, 뭐야. 거기 관제소가 있었나?"

"그렇죠. 화성에서 일어나는 모든 이착륙은 화성연합사령부의 방공통제소에서 관제하죠. 우리가 여기 올 때도 통신했었잖아요."

수연이 상황을 직시하고 차분하게 설명했다. 목소리도 어느새 불안한 감정 없이 사무적으로 느껴졌다.

송신 버튼 위에 손을 올려놓고만 있던 민성이 입술을 깨물며 버튼을 눌렀다.

"MCR-1, 여기는 P124. 방금 교신을 확인했다. 현재 어떤 상황인가?"

민성이 긴장한 목소리로 물었다.

"P124, MCR-1. 반갑습니다. 저희 레이더에 P124의 이륙 신호가 잡혔습니다. 지금 마스-커넥터로 향하는 게 맞습니까?"

잡음이 섞인 30대 중반 남성의 목소리가 희미하게 들려왔다.

"지금 교신 담당자 성함이 어떻게 됩니까?"

준석이 다그치듯 묻자 갑자기 상대편에서 반응이 사라졌다.

교신 내용에 바짝 귀를 기울이던 수연은 눈까지 질끈 감은 채 미동도 하지 않았다. 자신도 모르게 '제발'이라는 단어를 연신 중얼거렸다.

"화성연합사령부는 핵폭발로 모두 파괴된 것으로 알고 있습니다."

몇십 초 후, 준석이 다시 송신 버튼을 누르며 교신했다.

"교신 상태가 불량합니다. 저는 브렛 크레머(Brett Kramer) 중위입니다. 지금 여기에는 30명의 인원이 간신히……."

잡음이 심해지더니 교신이 끊기다 연결되기를 반복했다.

극도로 긴장한 나머지 수연의 이마 가장자리로 땀이 맺히기 시작했다. 센터디스플레이의 타이머가 T 마이너스 10분을 가리키며 깜박였지만, 아무도 [확인] 버튼을 눌러 메시지를 끌 생각을 못 했다.

"저희는 핵폭발 이후 바깥 상황을 전혀 확인하지 못하고 있었습니다. 다행히 안에 생존물자가 충분해서 버티고는 있지만, 2개월이 한계입니다. 그런데 외부에 이렇게 생존자가 있으리라고는 예상치 못했습니다. 너무 반갑고 고맙습니다."

잠시 후, 교신 소리가 조금 더 명확히 들려왔다.

"아…… 그렇군요. 그래요……. 저희는 지금 비상 이륙절차를 수행하고 있습니다. 그래서…… 화성연합사령부의 승인이나 통제가 필요하지는 않습니다."

준석의 찌푸린 얼굴에서는 여전히 의심스럽다는 생각이 쉽게 들여다보였다. 결심을 굳혔는지 옆에 앉은 민성을 빤히 바라보며 미간을 찌푸렸다.

민성은 말로 하지 않더라도 준석의 사인이 어떤 의미인지 알 수 있었다. 지금 상황에서는 할 수 있는 게 없다는 뜻이었다. 그러니까 교신을 중단하라는.

그럼에도 불구하고 선뜻 그들에겐 사형선고와도 같은 말을 제 입으로 꺼낼 수는 없었다.

"도움을 드리지 못해 죄송합니다."

민성이 머뭇거리기만 하자 준석이 결국 라디오 패널로 손을 가져갔다. 그리고 직접 사형선고를 내렸다.

"대장! 잠깐만요."

수연이 준석의 손을 붙잡았다.

"이대로 교신을 중단하면 안 돼요!"

수연이 준석을 노려보듯 말했다.

"에이미의 농간일 뿐이야. 그 이상은 없어."

준석이 수연의 손을 뿌리치더니 라디오 패널의 다이얼을 돌려 외부 교신 기능을 차단했다.

"그걸 대장님이 어떻게 단정할 수 있어요!"

수연이 안전벨트를 풀고 그에게 달려들 것처럼 몸을 숙였다.

"방금 브렛 중위라는 사람이 레이더에 우리 신호가 잡혔다고 했는데, 레이더는 그 특성상 외부에 설치되어야 해. 당연히 핵폭발 때 모두 망가졌겠지. 그러니까…… 저건 명백하게 거짓말이야."

준석의 목소리가 가늘게 떨리고 있었다. 조작이라고 하기에는 너무 생생한 목소리 톤. 그의 마음도 흔들리지 않는 것은 아니었다.

"그래도 이건 아니잖아요. 민성아, 네 생각은 어때? 방금 들어온 교신, 너도 가짜라고 생각해?"

수연은 이미 스스로도 제어할 수 없을 만큼 흥분한 상태였다. 민성이 아무런 대답을 하지 않자. 랜더 안에 싸늘한 기운이 감돌았다. 누구도 나서지 못했고, 어떻게 나서야 되는지도 판단하기 어려운 상황이었다.

그사이 타이머가 T 마이너스 6분을 알리며 다시 깜박였다.

"다들 뭐라고 말 좀 해봐요! 만에 하나 화성연합사령부에서 정말 구조 신호를 보낸 거라면요? 대장님 말처럼 에이미가 다시 기능을 회복해 우리 존재를 인식하고 가짜 교신을 만들어 낸 거라면요? 두 경우 다 이대로 있을 순 없어요"

"더 이상 우리 일이 아니야. 5분 후면 우리는 화성인이 아니라고."

"에이미가 되살아났다면요? 견제 세력도 없이 녀석이 다시 화성에서 기능을 회복한다면 그래도 괜찮으시겠어요?”

“애초부터 녀석을 완전히 죽이는 게 목표는 아니었어. 우리가 탈출할 시간을 번 것으로 충분하다고. 수연아, 이제 그만하자. 모두들 지쳐 있어.”

준석이 에둘러 말했지만 그의 강력한 눈빛이 분위기를 압도하고 있었다.

“다들 무책임하시군요. 우리가 화성에 온 이유는 문제를 해결하기 위해서였어요. 이렇게 아무것도 못 하고 도망치려고 온 게 아니라고요!”

수연이 결국 거주모듈 위에 고정된 헬멧을 꺼내기 시작했다.

“뭐 하는 거야 지금!”

준석이 몸을 돌려 수연을 막으려 했다. 그녀가 무엇을 하려는지 알아차렸기 때문이다. 그러나 수연은 완강했다. 어디서 그런 힘이 솟구치는지 꽉 움켜쥔 준석의 손을 단숨에 뿌리치며 장비를 챙기기 시작했다.

“지금까지 참아왔어요. 더 이상은 도저히 안 돼요. 대장님 의견에 동의할 수 없다고요. 저라도 화성에 남아 꼭 마무리를 지어야겠어요.”

수연이 능숙한 손놀림으로 헬멧을 착용하고 몸을 돌렸다.

“선배, 도대체 뭐 하시는 거예요! 이제 곧 이륙한다고요.”

“이거 놔!”

민성이 수연의 오른쪽 팔을 잡자 수연이 몸으로 거칠게 그를 밀어냈다.

상우와 민철은 지켜보는 것 말고는 아무것도 할 수 있는 게 없었다. 답답하지만 어쩔 수 없는 상황을 견디는 것도 쉽지는 않았다.

센터패널의 타이머가 T 마이너스 4분 20초를 가리키고 있었다.

"꼭…… 랑데부에 성공하세요. 저는 가지 않겠습니다."

수연이 거주모듈 바닥에 있는 해치를 열더니, 에어로크로 향하는 사다리에 몸을 실었다.

"수연아! 그렇게 감정적으로 판단할 때가 아니야!"

준석이 안전벨트를 풀며 자리에서 일어나려 하자, 민성이 그의 허리를 붙들었다.

"대장님이 나가시면 어떡해요. 자동발사 시퀀스를 지금 중단하면 랑데부 시점을 놓친다고요!"

준석을 붙든 채로 민성의 눈길이 센터디스플레이와 수연을 번갈아 흔들렸다.

"그동안…… 고마웠어요. 대장님, 민성아, 함께하면서 한 번도 다른 의견 낸 적 없다는 거……."

헬멧 속에서 어느새 수연의 눈가에 눈물이 맺히고 있었다. 울컥한 나머지 말이 끊겼다.

"너무나 잘 아실 거예요."

언제나 모든 것을 함께 해온 동료였기에 마지막도 그럴 것이라고 믿었다. 자신들에게 이런 제각각의 결말이 존재할 거라고는 생각도 해본 적이 없었다. 수연은 일말의 미련을 포기했다. 운명은 그렇게 다른 길을 가도록 정해져 있었다고.

"잘 가요……."

어느덧 사다리를 다 내려간 수연이 고개를 들어 마지막으로 준석과 눈을 마주치며 말했다.

준석과 호흡을 맞추기 시작한 지난 7년 동안, 수연은 그의 돌발적인 성향을 컨트롤 할 수 있는 유일한 파트너임을 입증했다.

제2차 화성유인탐사대를 급히 조직할 당시, 정부는 정준석의 능력을 높이 평가하면서도 교신 지연이 있는 화성에서 돌발 행동을 하지 않을까 하는 우려에 고심을 거듭하고 있었다. 그러한 우려를 잠재울 수 있었던 것 역시, 수연이 같은 팀원으로 선발되었기 때문이었다.

결과적으로 둘의 역할은 반전이 일어났다. 생사의 기로에서 돌발 행동은 준석이 아니라 수연으로부터 비롯된 것이다. 그게 수연은 너무도 미안했다.

"제가 선택한 거예요. 그러니까…… 두 분은 그 어떤 후회도 하시면 안 돼요."

수연이 마지막 인사처럼 고개를 끄덕이더니 거주모듈의 해치 손잡이를 잡았다.

"꼭 지구에서 다시 만나요."

수연이 해치를 닫으려 하자, 준석이 손을 아래로 뻗어 제지했다.

"잠깐만, 수연아! 한 번만 다시 생각해보자. 일단 마스 익스플로러로 돌아간 뒤에 생각해봐도 늦지 않아. 지금 이러면 아예 되돌이킬 수 없다고!"

준석이 힘겹게 해치 끝을 잡은 채 수연을 향해 외쳤다.

"이미 우리들의 결정은 모두 되돌릴 수가 없어요. 충동적인 선택이 아니에요. 랜더에 탑승하기 전부터 늘 생각해왔던 거예요. 이 교신이 없었다면 저도 포기했겠지만……."

수연이 힘을 주어 해치를 닫으려 했지만 준석의 힘을 이기지 못하고 있었다.

"대장님, 시간이 얼마 남지 않았어요. 이대로 로켓이 점화하면 우리 모두 죽고 말아요. 계획이 다 있어요. 화성에 홀로 남은 채 죽지는 않을 거예요."

타이머가 T-마이너스 2분을 막 지나간 것을 확인한 민성이 아무 말 없이 준석의 왼팔을 꼭 잡았다.

"수연아, 이렇게 가버리는 건 결국……."

"아니요, 끝이라고 생각하지 않아요. 다들 지구로 무사히 귀환하는 한, 우리는 곧 다시 만나게 될 거예요. 저는 화성의 마지막 임무를 수행하고 돌아가겠습니다."

수연이 해치 손잡이를 양손으로 잡고 몸무게를 실었다. 무게를 이기지 못한 준석이 해치를 쥐고 있던 손아귀를 풀자, 쿵 하는 소리와 함께 닫혔다.

잠시 후, 에어로크의 공기가 빠져나가는 소리와 함께 랜더의 창밖으로 수연의 모습이 보였다.

"선배, 얼른 피하세요. 곧 로켓이 점화한다고요!"

타이머가 50초를 지나 빠르게 줄어들고 있었다. 수연이 잠시 망설이는가 싶더니 랜더에서 멀어지기 시작했다.

"젠장! 빌어먹을!"

준석이 흐느끼듯 탄식하며 팔걸이에 매달린 조이스틱을 움켜쥐었다.

36 귀환

2038년 9월 9일

"수연아, 마지막까지 교신은 유지해야 돼. 알았지?"

수연이 100여 미터 떨어진 로버로 무거운 걸음을 옮기고 있었다. 잠시 후, 화성의 엷은 대기를 뚫고 추진모듈의 연료펌프가 돌아가는 소리가 어렴풋이 들려왔지만, 그녀는 뒤도 돌아보지 않은 채 걸음을 재촉했다.

"예, 대장님. 꼭 무사히 돌아가셔야 해요."

"그래, 지구에서 만나자."

수연이 로버가 있는 곳에 도착해 운전석 문을 열었다.

"최종 발사 카운트다운 들어갑니다."

그녀가 운전석에 앉아 헬멧을 벗자, 헤드셋을 통해 민성의 목소리가 들려왔다.

"10, 9, 8……."

터보 펌프에 유체가 흐르는 소리가 랜더 안을 긴장시켰다.

"3, 점화."

"1, 리프트 오프!"

민성의 외침과 동시에 마치 멀리서 폭발이 일어난 것처럼 굉음이 들리더니, 랜더가 화염을 내뿜기 시작했다. 랜더 밑에 위치한 로켓 노즐이 들썩이다 이내 공중으로 떠오르기 시작했다.

추진체가 만들어 낸 먼지구름이 수연이 타고 있는 로버의 앞 유리창을 덮쳤지만, 그녀는 꿈쩍도 않고 하늘을 향해 치솟는 랜더를 물끄러미 바라보았다. 지구에서처럼 커다란 소음도 화려한 불꽃도 없이, 랜더는 5명의 우주인을 태운 채 유유히 화성을 떠나고 있었다. 곧 랜더가 앞 유리창의 시야를 모두 벗어나자, 수연이 장갑을 벗고 차분히 로버의 전원을 켰다.

"1,500피트, 요(Yaw) 프로그램."

"확인."

"3,000피트, 350노트, 피치(Pitch) 프로그램."

수연의 헬멧 스피커로 들려오는 준석의 목소리가 연신 떨리고 있었다.

긴장감을 억누르려 수연은 눈을 감고 숨을 크게 들이쉬었다. 오른손으로 헬멧을 더듬어 랜더와의 교신 볼륨을 소리가 겨우 들릴 정도로 낮추었다.

"로버 C-143에 탑승하신 것을 환영합니다."

잠시 후, 로버에 내장된 컴퓨터의 목소리가 들려오자 수연이 '보이스 오프' 버튼을 신경질적으로 눌렀다.

"이제…… 어디로 가야 하지."

조이스틱을 손에 쥔 채 혼잣말로 중얼거렸다.

수연이 랜더에서 내린 건 갑작스러운 결정이 아니었다. 며칠 밤낮을 고민한 끝에, 그녀는 더 이상 준석과 동료들을 설득하는 게 불가능하다는 걸 깨달았다. 그들은 생각했던 것보다 훨씬 더 지쳐 있었으며 에이미와의 싸움에서 승리했다는 사실에 도취되어 있었다. 그리고 이 짧은 평화가 끝날지도 모른다는 두려움에 서둘러 화성을 떠날 준비를 한다는 것을 잘 알았다. 몇 번의 검토 끝에, 수연은 마지막 순간에 랜더에서 도망치는 것만이 홀로 화성에 남을 수 있는 유일한 방법이라는 결론을 내렸다. 랜더에 탑승하기 전이라면, 준석과 민성이 결코 그녀를 홀로 내버려두지 않을 것이라는 계산에서였다.

모두 떠나버릴 것을 예상했지만, 현실은 예상보다 훨씬 더 적막했다. 함께 부대끼던 동료들이 모두 사라졌다는 생각에 수연은 점점 더 고요 속에 빠져들었다.

얼마나 시간이 흘렀을까, 수연이 센터디스플레이의 지도를 켜고 근처의 지형을 훑기 시작했다. 붉은색 별표가 쳐진 '화성연합사령부'가 눈에 들어오자, 잠시 망설이는가 싶더니 〔목적지-자동 운전〕 설정 버튼을 눌렀다.

"4시간 30분이라…… 한참이나 잘 수 있겠군."

운전석 등받이를 뒤로 기울여 눕자 로버가 스스로 속도를 높이며 화성의 평원을 달리기 시작했다. 수연은 양손을 가지런히 모은 채 고개를 돌려 측면 창문을 바라보았다. 늘 봐오던 황량한 갈색 토양과 여기저기 널브러진 암석들이 눈앞을 빠르게 스쳐 지나갔다. 멀리 있는 것들은 움직이지 않는 이 고요한 화성에서, 자신이 유일한 생명체일지도 모른다는 두려움이 갑자기 엄습해왔다. 그럴수록 화성연합사령부에 남아 있을지도 모르는 생존자들을 찾아야겠다는 압박감이 그녀의 마음을 겨우 지탱하고 있었다.

***

"현재 35만 4,000피트, 화성 저궤도에 안정적으로 진입했습니다."

30여 분의 시간이 흐른 뒤, 수연의 헬멧 스피커에서 긴장이 풀린 준석의 목소리가 들려왔다.

"대장님 실력은 정말 알아줘야 해."

교신 소리에 선잠에서 깬 수연이 혼잣말을 하더니 송신버튼을 눌렀다.

"축하해요. 이제 랑데부만 기다리면 되겠네요."

"그래, 그래도 여기까지 올라와서 다행이야."

"민성아, 불안하지는 않았어?"

고작 30분밖에 되지 않았지만, 수연은 동료들의 목소리가 벌써 그리웠다.

"예…… 나쁘지는 않았어요."

민성이 무언가에 집중하고 있는 듯 짧게 대답했다.

"민성이는 랑데부 준비하느라 정신이 없다. 10만 피트 조금 넘어갈 때 심하게 흔들려서 다들 많이 놀랐을 텐데, 어쨌든 여기서 보니까 화성이 참 그렇다."

"무슨 말씀이세요?"

"너무 내 감정이 이입되었는지는 모르겠지만, 아름답지가 않아. 국제우주정거장에서 지구를 볼 때는 봐도 또 봐도 감탄했었는데 말이야. 안 그래요, 전상우 대장님?"

상우의 대답이 없는 걸로 보아 짐작컨대 고개만 끄덕였을 것이다.

"수연이는 별문제 없고?"

"예, 저는 로버를 타고 이동하고 있어요. 우선은 해성 쉘터로 돌아가 계획을 점검해볼 생각이에요."

수연이 의도적으로 목적지를 숨기며 대답했다.

"그래, 너무 오래 생각하지 말고. 우리가 지구에 도착해 다시 구조대를 보내면 늦어도 1년 안에는 너를 데리러 올 수 있을 거야. 그러니 그동안 허튼짓 말고……."

갑자기 헤드셋을 통해 들려오는 준석의 목소리가 끊기더니 잡음으로 가득 찼다. "예, 대장님도 도킹 준비 잘하시고 무사히 귀환하세요."

"……."

"대장님? 민성아?"

몇 초 동안 아무런 답이 없자, 수연이 재차 준석을 불렀다.

"교신 상태가 좋지 않아요. 제 목소리 들리세요?"

거듭 부르는데도 아무런 응답이 없자, 수연이 자세를 바로 하고 창밖 허공을 바라보았다. 로버의 바퀴가 토양을 파헤치며 흩날리는 먼지에 가려, 멀리 있는 산과 지형들이 흐릿하게 보였다. 수연이 교신에 집중하기 위해 조수석에 놓인 헬멧을 집어 들어 다시 머리에 썼다.

"랜더 P124, 여기는 이수연. 방금 저궤도에 진입했다는 교신을 받았습니다. 이후 상황은 어떻습니까?"

수연이 버튼을 반복해서 누르며 계속해서 교신을 시도했다.

"아…… 수연아……."

몇십 초의 시간이 흐른 후, 잡음이 심하게 섞인 교신이 들려왔다.

"예, 대장님 듣고 있어요. 말씀하세요."

수연이 반가움과 불안이 동시에 섞인 목소리로 소리쳤다.

"지금 랜더가……."

"대장님!"

교신이 연결되었다 끊기기를 반복하고 있었다.

"랜더에 갑작스러운 문제가 생겼어. 원인을 파악하고는 있는데……."

헤드셋 너머로 무언가 부딪치는 듯한 소리가 계속 들려왔다. 수연은 가슴이 철렁 내려앉는 것만 같았다. 헤드셋에 집중한 채 한없이 준석의 교신을 기다렸다.

"대장님, 안 되겠어요. 고도 유지가 안 돼요!"

민성이 실수로 교신 버튼을 끄지 않자, 랜더 안의 대화 내용이 그대로 들려왔다.

"젠장, 잘 버티다가 왜 갑자기……."

"31만 피트. 하강속도는 분당 5000피트에서 계속 증가 중!"

"로켓 다시 점화해서 고도를 높여봅시다."

준석과 민성의 다급한 목소리를 듣자 수연이 저도 모르게 양손으로 얼굴을 감쌌다.

"3, 2, 1. 점화!"

민성의 목소리와 함께 딸깍 소리가 수차례 들렸지만, 로켓은 점화되지 않았다.

"젠장, 잔여 연료량은?"

"10%입니다. 충분한데 점화가 되지 않습니다."

"고도 계속 떨어집니다. 24만 피트. 조금 있으면 대기권에 진입합니다!"

민성의 목소리가 점점 작아지고 있었다.

"이런……."

준석이 조종석 헤드업 디스플레이를 바라보자 저 멀리 마스-커넥터의 위치를 표시하는 붉은 점이 점점 위로 올라가더니 이내 시야에서 사라졌다.

"분당 1만 2000피트. 10분도 채 남지 않았어."

준석이 헤드셋의 교신 버튼을 눌렀다.

"수연아, 우리는 여기까지인 것 같다. 랜더에 갑작스러운 문제가 생겼어."

애써 태연해하는 목소리였지만, 이미 어떤 상황인지 직감한 수연의 눈가로 눈물이 흘러내리고 있었다.

"대장님, 다 듣고 있었어요……."

"랜더가 계속해서 고도를 잃고 있어."

자포자기한 목소리에 수연의 가슴이 무너지는 것만 같았다.

"다시 대기권 진입하는 프로시저로 돌아가서 착륙할 수는 없을까요? 연료도 10% 남아 있다면서요."

수연이 어떻게든 방법을 찾기 위해 센터디스플레이에서 매뉴얼을 검색하며 말했다.

"불가능해. 착륙하려면 적어도 40%의 연료가 있어야 해. 그리고 지금은 그게 문제가 아니니까……."

준석은 이미 모든 것을 체념한 것처럼 보였다. 랜더가 화성의 대기에 다가갈수록 작은 불꽃들이 창밖으로 따닥따닥 타올랐다.

"수연 선배, 아니 누나…… 결국 누나 말이 맞았네요. 우리가 너무 성급했어요."

민성이 차분한 목소리로 말했지만, 이내 흐느끼기 시작했다.

"민성아! 아직 아냐! 내가 지금 방법을 찾아보고 있어. 저번에 대장님이 시뮬레이터에서 하셨던 방법처럼 두 개 모듈을 분리하면서 착륙할 수도 있어! 마지막 순간에 낙하산 펼치면서 속도를 줄이고."

수연의 얼굴은 어느새 눈물범벅이었다. 이미 가슴으로는 통곡하듯 울고 있었지만, 울어서는 안 되었다.

"아시잖아요. 우리 열차단막 떼어낸 거. 낙하산이야 고정되어 있어서 한 번 더 쓸 수 있는데, 그 전에 다 타버리고 말 거예요."

민성이 모든 걸 내려놓았다는 걸 수연도 느낄 수 있었다.

"수연아, 너라도 화성에 남아서 다행이다. 미안해. 그동안 정말 고마웠다. 너 때문에 내가 화성에 올 수 있었던 거야. 고마워."

준석이 점점 더 빠르게 다가오는 화성의 지표면을 그대로 응시하며 말했다.

"우리의 이야기들. 우리가 한 일들. 네가 꼭 지구에 전해줘야 해. 안 그러면 억울해서 눈도 못 감는다."

"대장님! 어떻게 좀 해보세요. 시뮬레이션에서는 어떤 상황도 다 통과하셨다면서요. 포기하면 안 돼, 전준석!"

수연이 결국 더 이상 버티지 못하고 울음을 쏟아내자, 헬멧 안에 김이 차오르기 시작했다.

"역시 인생은 실전이야. 저 붉은 토양이 조금씩 가까워지는 게 보이는데, 뭐 할 수 있는 게……."

준석은 채 말을 끝맺지 못했다.

"누나, 우리는 이제 각자 가족들에게 보내는 메시지를 녹음할 거예요. 이거 CVR에 기록될 테니까, 우리 추락하고 나면 꼭 진해에서 블랙박스 회수해주세요. 마지막 부탁입니다. 알겠죠?"

민성이 애써 밝은 목소리를 꾸며냈다.

수연은 아무런 대답 없이 흐느끼기만 했다.

　잠시 후, 교신이 끊기더니 헤드셋을 가득 채운 잡음이 사라졌다.

　곧 수연의 개인용 컴퓨터에 '신호 없음'을 알리는 경고음이 세 차례 울렸다.

　운전석 벨트에 몸을 기댄 채, 수연은 하염없이 눈물을 흘리며 고개를 흔들었다. 잠시 후, 로버의 전면 윈드쉴드로 작은 점 하나가 옅은 불꽃을 일으키며 허공을 가로지르는 게 보였다. 그게 준석과 민성의 마지막 모습이라는 걸 안 수연은 차마 눈을 뜨지 못한 채 고개를 숙였다. 이윽고 대지를 가볍게 울리는 진동과 함께 작은 폭발음이 들려오자 수연은 통곡하기 시작했다.

　무심하게 평야를 질주하는 로버 안은 수연의 커다란 울음소리와 웨이포인트 통과를 알리는 컴퓨터의 대조적인 목소리가 공간을 채웠다.

2038년 9월 9일

15분 전.

"랜더 P124! 이수연 응답하세요! 이수연!"

화성의 지평선이 둥글게 보일 만큼 높이 솟아오른 랜더 안에서 준석이 다급하게 교신 버튼을 누르고 있었다.

"젠장, 교신이 완전히 먹통이 되었어."

"비상 채널도 모두 연결이 되지 않아요. 마스 익스플로러와의 교신은 정상적으로 들어오고 있습니다. 랜더 통신 장비의 이상은 아닌 것 같아요."

민성도 디스플레이를 조작하는 손길이 바빴다.

"다행히 궤도는 잘 유지하고 있습니다. 4시간 30분 후 랑데부가 예정되어 있습니다."

민성이 담담한 목소리를 유지하며 말했다. 헤드셋과 연결된 선내 스피커에서는 백색 잡음만이 들려왔다.

"그래, 무소식이 희소식이라고 생각하자. 수연이도 잘 도착했다고 생각할 거야."

준석이 벨트를 풀자 무중력 공간으로 몸이 천천히 떠올랐다.

"예, 나중에 마스 익스플로러에 탑승하고 나면 다시 교신을 시도해보기로 하죠. 지금은……."

민성이 준석을 따라 몸을 움직이려는 순간, 랜더 천장에 달린 경광등이 번쩍이며 요란하게 경고음을 내기 시작했다.

—근접접근경고!

—근접접근경고!

—충돌 위험이 있습니다!

건조하게 울리는 경고 메시지에 민성이 집중해서 콘솔을 조작하기 시작했다.

"뭔가 다가오고 있어요. 7시 방향 아래쪽으로 174,000피트 떨어진 지점입니다!"

민성이 디스플레이를 터치하자 미확인 물체의 궤적이 떠올랐다.

"뭐야? 설마……."

준석이 몸을 밀어 랜더 아래쪽에 난 관측창에 바짝 얼굴을 붙였다.

화성 지표면에서 시작된 작은 화염 궤적이 빠르게 솟구치는 게 보였다.

"말도 안 돼."

"대장님, 왜요?"

준석이 패닉에 빠진 것처럼 안절부절못하다 다시 디스플레이 화면을 확인했다.

"얘네들, 화성에 지대공 미사일까지 가져온 건 아니겠지? 저건 분명 로켓의 궤적이라고. 그게 우리쪽으로 향하고 있다면…….."

준석의 불길한 말을 들은 탓인지 민성이 순간 눈을 질끈 감았다 떴다.

"미쳤군요. 설마 에이미가 우리를 요격하려고…….."

"시간이 없어. 우리가 피할 수 있겠어?"

"모르겠어요. 이 높이까지 올라올 수 있는 미사일은 들어본 적도 없어요."

민성이 좌석 팔걸이에 감추어진 키패드를 꺼내 임무컴퓨터에 명령어를 입력하기 시작했다.

"잠시만요! 녀석의 트랜스폰더 신호가 잡히고 있어요."

민성이 입력창 화면을 디스플레이로 옮기며 외쳤다.

"P101이면…….."

궤도 화면에서 랜더를 향해 빠르게 상승하고 있는 물체의 아이디를 확인하자 준석은 황당함을 감추지 못했다.

"뭐야, 남아 있는 랜더는 이게 유일하다고 하지 않았어?"

"맞아요. 로그 기록을 봐도 이 녀석이 네트워크에 접속한 흔적이 없어요. 최근 접속일이 2037년 8월이예요."

"랜더인 건 확실하고?"

"예, 적어도 트랜스폰더 기록을 보면 맞아요."

"혹시 이수연 대원이 뒤늦게 따라오려는 건 아닐까요?"

뒷좌석에 앉아 상황을 주시하던 상우가 조심스레 끼어들었다.

"그러기엔 시간 간격이 너무 짧아요. 수연 선배가 여기서 내리자

마자 새로운 랜더를 발견했다고 하더라도 궤도와 좌표를 입력하고 이륙할 수 있는 시간이 아니라고요."

민성이 고개를 절레절레 흔들었다.

"이놈의 화성은 온전히 놓아주지를 않는군."

준석이 다시 아래쪽으로 몸을 굽혀 P101 비행체의 궤적을 확인하려는 순간, 갑자기 커다란 섬광이 일어났다.

"충격에 대비해야 해!"

곧이어 폭발의 충격파가 랜더를 때렸다. 채 벨트를 매지 못한 준석이 반대편 벽으로 내동댕이쳐졌다.

"대장님, 괜찮으세요?"

민성이 쓰러진 준석을 살피며 랜더의 궤도를 안정시키기 위해 조이스틱을 이리저리 움직였다.

─궤도 이탈, 궤도 이탈!

─자동비행장치가 해제됩니다

─수동비행모드

연이은 경고음과 함께 랜더 안이 붉은 경광등 불빛으로 가득 찼다.

"주 추력장치 가동 재개합니다. 대장님 꽉 잡으세요."

"3."

"2."

"1. 점화."

민성의 말이 끝나기 무섭게 랜더 밑바닥에 위치한 터보 펌프가 굉음을 내며 액체추진로켓이 점화되었다.

양손으로 출입문에 달린 손잡이를 꽉 잡고 있던 준석의 몸이 이리저리 마구 흔들렸다.

"다시 정상 저궤도로 진입합니다. 3, 2, 1. 컷오프!"

랜더 안이 다시 고요해지는가 싶더니 민성의 조이스틱 움직임에 따라 뿜어져 나오는 질소추진체 소음이 정적을 깨트렸다.

"대장님, 괜찮으세요? 임무컴퓨터의 한계치를 벗어날 정도로 궤도가 틀어져서 다급하게 수동 조작을……."

그제야 민성이 고개를 돌려 준석을 바라보았다. 준석이 괜찮다는 제스처를 취하더니 다시 자신의 자리로 돌아오고 있었다.

"궤도 이탈은 잘 해결한 거지?"

"예, 다시 자동조종장치를 작동시켰어요, 그런데 어떻게 된 거죠? P101이 폭발했다면……."

"나도 몰라. 우리 쪽으로 다가오는가 싶더니 완전히 산산조각이 나버렸어. 파편에 안 부딪힌 게 다행이지."

준석이 이마에 흐르는 땀을 닦아내고 있었다. 순식간에 닥쳤던 위험의 정체와 목적이 모두 모호한 상태라 아직 가쁜 숨이 진정되질 않았다.

"젠장, 도대체 무슨 일이 일어나고 있는 건가요."

민성이 조이스틱을 놓지 못한 채 탄식하듯 말했다. 그때 교신장치의 잡음이 줄어드는가 싶더니 비상구조 메시지가 도착했음을 알리는 경고음이 짧게 들려왔다.

"뭐지?"

준석이 'P101-비상교신내역'이라고 적힌 팝업창을 클릭하자 화면에 '분석중'이라는 메시지가 떠올랐다.

"만약 P101이 우리가 타고 있는 것과 동일한 모델이란 전제하에, 내부에서 비상상황을 선언하면 마지막 15분 동안의 교신내역과 비행 기록을 주변에 발신하도록 설계되어 있어요. 블랙박스를 회수하기 어려운 우주의 상황을 고려한 일종의 보완책인 셈이죠."

민성의 설명이 끝나자마자 분석이 완료되었음을 알리는 메시지가 떠올랐다.

준석이 민성과 한 번 눈을 마주치더니 실행 탭을 클릭했다.

"축하해요, 대장님. 이제 랑데부만 기다리시면 되겠네요."

선내 스피커를 통해 들려오는 수연의 목소리에 준석이 흠칫 놀랐다.

"뭐야, 수연이가 타고 있었던 거야?"

준석이 경악한 표정으로 어쩔 줄을 모르고 있었다.

"그래, 우여곡절이 많이 있었지만 그래도 여기까지 올라와서 다행이네."

"민성아, 불안하지는 않았어?"

"예, 뭐 나쁘지는 않았어요."

하지만 이윽고 들려오는 자신과 민성의 목소리에 준석은 충격에 빠져 멍하니 허공만 바라보았다.

"민성이는 랑데부 준비하느라 정신이 없다. 10만 피트 조금 넘어 갈 때 심하게 흔들려서 다들 많이 놀랐을 텐데, 어쨌든 여기서 보니까 화성이 참 그렇다."

"무슨 말씀이세요?"

단조로운 톤으로 수연과 함께 대화하고 있는 자신과 민성의 목소리는 분명 두 사람의 기억에는 전혀 없는 순간이었다.

"이거 우리 목소리 맞지?"

그제야 정신을 차린 준석이 민성을 바라보며 물었다.

"예…… 게다가 15분 전에 했던 대화라는 게……."

민성이 얼굴을 싸매고는 고개를 푹 숙였다.

"이제야 이해가 되는군."

비상 교신내역의 재생이 끝나자 준석이 허탈한 웃음을 지으며 말했다.

"수연이 하고는 여전히 교신이 안 되고?"

"예, 해성 쉘터 쪽 주파수로 계속 시도하고는 있는데 응답이 전혀 없습니다."

"맞아. 안 될 거야, 아마도 영원히."

"그게 무슨 말씀이에요?"

준석이 자세를 고쳐 잡더니 눈을 질끈 감았다 떴다.

"에이미가 다시 기능을 회복한 것 같아."

"예?"

말없이 상황을 지켜보고 있던 상우와 민철 그리고 철규가 탄식했다.

"이 모든 것이 에이미가 기획한 쇼였어요. 우리가 수연이와 교신이 끊긴 게 언제부터였지?"

"20분 정도 되었어요."

"그래, 20분 전에 교신 지연이 발생한 뒤 저놈, 그러니까 어딘가에 감추어져 있던 랜더 P101이 발사되었어요. 아마 최대한 우리와 유사한 궤적을 가지기 위해 속도를 높였을 테고요. 비슷한 고도에 이르렀을 때부터 우리의 통신망을 재밍해서 불능화시킨 다음, 미리 준비했던 내용으로 수연과 교신을 진행했고요. 마치 우리가 탄 랜더가 추락한다는 듯이 말이죠."

"그럼 교신 내용이 모조리 다 가짜란 말인가요?"

상우가 물었다.

"예, 음성 파일을 조작하는 건 연산능력이 크게 저하된 에이미에게도 아주 쉬운 일이니까요. 그러고는 직접 보신 것처럼 랜더를 '평' 하고 폭파시킨 거지요. 우리 다섯 명의 목숨도 함께 사라진 것처럼 위장해서."

준석이 허공에 손짓을 하며 말했다.

"에이미가요? 우리를 격추시키는 것도 아니고, 고작 음성파일을 조작하려고 이런 일을 했다고요?"

상우는 도무지 이해할 수 없다는 얼굴이었다.

"그럼 가짜 교신을 만들어서까지 수연을 속이려는 이유가 있습니까?"

"모르겠어요. 제가 짐작건대……."

준석이 잠시 말을 멈추었다.

"에이미는 수연이를 철저히 고립시키고 싶어 하는 것 같아요. 더이상 수연을 도와줄 사람이 없도록, 아니 그런 상황이라고 수연이 믿도록 에이미가 애를 쓰고 있는 것 같군요."

"정말 에이미가 다시 움직이기 시작한 걸까요?"

민성이 믿을 수 없다는 듯 고개를 저으며 말했다.

"그래, 내 추측일 뿐이야. 하지만 한 가지 확실한 건."

준석이 오른쪽에 앉은 민성의 손을 꽉 쥐었다.

"우리가 어떻게든 수연이에게 이 상황을 알릴 방법을 찾아야 한다는 거지. 그렇지 않으면 그녀는 죽을 때까지 저 황폐한 곳에서 에이미에게 농락당하고 말 거야."

38 마지막 접촉

2038년 9월 9일

1시간 후, 운전석 대시보드에 머리를 기댄 채 잠이 든 수연은 작은 알람 소리에 천천히 눈을 떴다.

—도착 알림
—목적지에 도착하였습니다
—지도에서 도착지를 확인하세요

양쪽 눈이 벌겋게 충혈된 수연이 천천히 몸을 일으키더니 헤드셋의 송신 버튼을 연거푸 눌렀다. 순간 랜더가 추락했다는 사실이 떠오른 수연은 갑자기 손을 멈추고 가만히 허공을 응시했다.

잠시 후, 깊은 한숨을 내쉬고 창밖을 둘러보기 시작했다. 어디선가 본 듯 익숙한 지형과 암석들이 눈에 들어왔다. 10여 미터 앞으로, 커다란 포트홀 입구를 아무 글자도 써 있지 않은 회갈색 게이트가 덮고 있었다.

'여긴 화성연합사령부가 아닌데⋯⋯.'

수연이 미간을 찌푸리며 다시 지도를 확인했다.

[목적지 도착. 웬디 동굴 입구입니다.]

지도 위에 깜박이는 메시지를 확인하고 수연은 믿기지 않는다는 듯 눈을 비볐다. 그리고 다시 화면을 뚫어지게 들여다보았다.

'분명 화성연합사령부로 설정했는데⋯⋯.'

지도의 검색기록을 확인하려 화면을 전환하자 '검색기록 없음'이라는 메시지가 떠올랐다. 곧이어 화면에 새로운 메시지가 표시되었다.

[로버를 충전하세요. 배터리가 10% 남았습니다.]

'젠장, 배터리가 부족해서 여기에 멈춘 건가? 이런 적은 한 번도 없었는데⋯⋯.'

저절로 고개가 갸우뚱 기울어졌다.

수연은 어쩔 수 없다고 판단했는지 헬멧을 쓰고 로버의 운전석 문을 열었다. 웬디 동굴 근처에 설치된 위치표시등이 천천히 깜박였다.

'일단 동굴 안으로 들어가 보는 수밖에.'

게이트를 향해 걸어간 수연은 한쪽에 난 작은 문을 열었다. 에어로크의 가압을 거친 뒤, 웬디 동굴 쪽 문을 열고 안으로 들어갔다.

'로버가 출입할 수 있는 게이트가⋯⋯.'

웬디 동굴 안을 둘러보며, 우선 장비 출입용 게이트를 찾기 시작했다. 갑자기 수연이 고개를 돌렸다. 뒷덜미가 서늘해지면서 가슴이 뛰었다. 그 순간, 동굴 깊은 곳에서 밝은 녹색 불빛이 깜박이며 시선을 끌더니, 무언가 쿵 하고 떨어지는 소리가 났다.

"거기 누구 있어요?"

수연이 꼼짝도 않고 선 채로 소리쳤다. 거의 반사적인 외침이었다.

아무런 응답이 없자 천천히 고개를 돌려 주위를 돌아보았다. 그때 그녀의 시선을 끄는 게 있었다. 동굴 벽 근처에 떨어져 있던 연합군용 M4 소총을 발견하고 조심스레 다가가 집어 들고는 어깨에 견착했다.

"한국 우주인 이수연입니다. 거기 혹시 생존자가 있나요?"

수연이 소총의 레이저 조준기를 켜며 천천히 걸음을 떼었다. 한꺼번에 급하게 대피한 듯 동굴 바닥에는 온갖 물자들이 어지러이 널려 있었다. 핵폭발 당시의 충격 때문인지 천장에 매달려 있던 조명 기구들이 바닥에 떨어진 채 불규칙적으로 깜박였다.

지휘소 근처에 도착한 수연은 잠시 망설였다가 조심스레 계단을 올랐다. 지휘소 문이 반쯤 열린 것을 확인하고 소총의 소염기를 천천히 들이밀며 문을 열었다.

"젠장……."

지휘소 내부는 폭격을 맞은 것처럼 제자리를 잃은 장비들이 어지럽게 흩어져 있었다. 마치 맹수들이 들어와 온갖 집기를 헤집어놓은 것만 같았다.

"누가 있었던 게 분명해."

수연은 소총을 잡은 손잡이를 한껏 움켜쥐었다. 지휘소 안으로 들어가려 걸음을 내딛는 순간, 붉은색 경계선 근처에서 금속성 물체 떨어지는 소리가 작게 울려 퍼졌다.

"거기 누구예요!"

수연이 획 몸을 돌려 지휘소의 계단을 내려가며 외쳤다.

아무런 움직임이 보이지 않자 수연은 좀 더 주의를 기울이며 한 걸음씩 앞으로 내딛기 시작했다. 소총을 쥐고 있는 손에서 땀이 났다. 조준을 유지한 채 장갑을 한 짝씩 벗어 던졌다. 장갑의 금속 체결 부위가 바닥에 부딪히며 날카로운 소리가 동굴 안에 울려 퍼졌다.

조준선을 천천히 옮기면서 동굴의 안쪽을 훑어 나가는데, 예상치 못한 현상이 눈앞을 어지럽혔다. 주위의 공간이 조금씩 일그러지며 아지랑이처럼 흔들리기 시작하는 것이다. 그제야 수연은 자신도 모르게 공간터널의 경계선을 통과한 것을 알아차렸다. 걸음을 멈추었 지만, 이미 완전히 들어선 것인지 공간의 왜곡은 점점 더 커져만 갔다.

'이런……'

공간터널이 곧 열린다는 것을 직감하자 입에서 자신도 모르게 탄식이 터져 나왔다. 이내 주위가 조금씩 희미해지더니, 천장에 밝은 조명이 나타나며 고요한 터널 내부가 드러났다. 적막한 가운데 환한 빛이 섬뜩한 느낌을 주었다.

'이렇게 제 발로 걸어서 들어오고 말았어……'

수연은 허탈한 한숨을 터트리곤 눈을 꾹 감았다 떴다. 들고 있던 소총은 조심스레 바닥에 내려놓았다.

세 번째 마주하는 공간터널은 이전에 경험했던 것들과 크게 다르지 않았다. 매끈하고 하얀 터널 벽면을 따라 100여 미터의 길이 정 갈하게 이어져 있었다. 수연은 터널 한가운데 선 채, 바닥을 내려다

보며 천천히 걸음을 옮겼다.

아무런 징후도 없이 고요하기만 한 터널 내부를 살피면서, 수연은 이대로 지구로 돌아가는 것은 어떨지 고민하기 시작했다. 그럴 수만 있다면, 자연스럽게 받아들이는 것도 나쁠 것 없겠다 싶었다. 결과가 예상한 대로 이루어지지 않더라도, 지금 다시 또 다른 선택거리를 만들 필요는 없을 것 같았다.

화성연합사령부의 생존자를 확인하는 것도, 에이미의 과거 기록을 확보하는 것도 모두 동료들이 살아있을 때나 의미 있는 일이었다. 다섯 명의 동료들을 저세상으로 떠나보낸 지금, 화성에서의 모든 임무를 포기하고 이젠 지구로 귀환하고 싶은 마음만 간절했다.

돌아가고 싶어……. 수연은 자신도 모르게 이 말을 중얼거렸다.

동굴의 중간 지점에 이르렀을 때, 수연의 가슴이 다시 요동쳤다. 귀환! 그 갈망이 커질수록 어디선가 아득하게 들려오는 목소리. 희미하던 소리가 조금씩 울리기 시작했다. 그리고 그 소리가 선명해졌을 때 수연은 울컥, 감정이 치미는 것을 느꼈다.

'이대로…… 포기할 수는 없어.'

왔던 길을 돌아가기 위해 눈을 떴다. 과감하게 돌아서야 한다. 다시 돌아와 이 자리에 서더라도 변한 것은 없을 것이다. 늦지 않을 것이다.

그때였다. 수연은 눈앞에 떠오르는 놀라운 광경을 목격했다. 출구 저 멀리서 낯선 사람들이 시야에 나타났다. 한 사람도 아니고 여러 명이 바쁘게 움직이는 모습이 눈에 들어왔다. 다시 집중해 노려보자 좀 더 자세한 것들이 보이기 시작했다. 그들은 군복을 입고 있었고 무기까지 들었다. 무장한 채로 무언가를 찾는지 이리저리 뛰어

다니고 있었다.

'도대체 이게 뭐지?'

방금 전까지만 해도 하얀 눈발이 간간이 날리던 공간터널의 출구 실루엣이 마치 영화가 상영되고 있는 것처럼 사람들로 북적였다.

수연이 놀라운 광경에 이끌려 발걸음을 옮기려는 순간, 공간이 일그러지며 사라졌다 다시 나타나기를 반복했다. 터널의 출구 근처 에서 오가던 사람들이 프레임이 끊기듯 멈추었다 움직이기를 반복 하는가 싶더니, 어느새 출구 전체가 검게 변하며 시야에서 사라져 버렸다.

'도대체 이게 다……'

수연이 이번엔 입구 쪽으로 몸을 돌렸다. 공간터널의 입구는 들 어올 때와 마찬가지로 아무런 변화가 없었다. 적막한 것도 마찬가 지였다.

출구에서 일어났던 격렬한 변화를 목격한 터라 터널 입구의 정적 은 뒷덜미를 서늘하게 했다. 수연은 비로소 두려움을 느꼈다.

'이 터널은 정말 안전한 걸까……'

수연이 숨을 고르더니 공간터널의 입구를 향해 걸음을 내딛었다. 어차피 돌아가기로 했으니까. 입구 근처에 이르자 수연은 조금 전 본 그 광경이 떠올라 쉽게 발걸음이 떨어지지 않았다. 고개만 틀어 돌려보자, 터널 끝부분의 조명들이 어둑해지고 있었다.

얼른 여기서 나가야 할 것 같았다. 다급해진 수연이 조금 더 속도 를 내기 위해 오른발에 힘을 주자마자 어긋난 채 튀어나온 타일 하 나가 그녀의 발에 걸렸다.

'……'

바닥에 나뒹굴고 있는 작은 타일을 내려다보았다. 동굴 전체를 덮고 있는 것과 동일한 하얀색 타일 하나가 마치 누가 떼어내기라도 한 것처럼 깔끔한 경계면을 유지한 채 바닥 위에 비스듬하게 놓여 있었다.

'일단 여기서 나가야 해.'

뒤를 돌아보자 벌써 터널의 길이가 1/3은 줄어든 것처럼 보였다. 이삼 미터 정도 앞으로 내달린 수연이 터져 나오는 호기심을 참지 못하고 다시 뒷걸음질 쳤다. 타일이 튀어나온 자리에 무릎을 꿇고 그것을 천천히 집어 들었다.

'이건 자연적으로 생긴 게 아니야.'

그녀는 정교하면서도 매끈하게 생긴 타일을 조심스럽게 만져보았다.

타일의 표면은 금속처럼 매끈한 광택을 띠면서도 암석과 같은 촉감을 가지고 있었다. 지구에서는 한 번도 보지 못했던 재질과 모양에 매료된 수연이 동굴이 붕괴될지도 모른다는 두려움도 잊은 채, 찬찬히 살피기 시작했다.

타일의 옆면을 자세히 보자, 규칙적인 패턴들이 프랙탈 도형처럼 눈에 보이지도 않을 만큼 미세한 크기까지 끊임없이 반복되고 있었다. 비록 지갑 정도 크기의 작은 타일일 뿐이었지만, 그 만듦새는 그녀가 경험한 과학기술이 범접할 수 없는 특이한 위용을 떨치고 있었다.

한동안 작은 타일의 모양새에 매료되어 있던 수연의 시선이 떨어져 나온 바닥의 틈으로 옮겨갔다. 마치 얕은 시냇가에 난 구멍처럼 틈 주위가 일그러지며 무언가가 빨려 나가는 것처럼 흔들렸다.

잠시 망설이던 수연이 조심스레 틈 주위로 손을 옮겼다.

유체가 천천히 흐르는 듯한 광경이었지만 다행히 그녀의 손은 그 흐름에 이끌리지 않았다. 조금 더 과감해진 수연이 틈 안쪽으로 손을 뻗자 손잡이처럼 생긴 단단한 무언가가 만져졌다. 방금까지 공간 터널 안에서 경험했던 것과 달리 익숙한 금속 물체의 느낌이었다.

수연이 손가락을 굽혀 그것을 잡아당기려는 순간, 갑자기 커다란 굉음과 함께 열려 있던 틈이 닫히기 시작했다. 재빠르게 구멍을 메꾸는 물처럼 틈새 주위가 소용돌이치며 작아지고 있었지만, 수연은 오히려 반대편 손을 넣어 쥐고 있던 것을 더욱 세게 잡아당겼다.

그리고 몇 초 후 공간 틈새가 매끄럽게 닫히는 찰나, 수연의 잡아당기는 힘에 공간터널 안쪽으로 휘어져 있던 금속 손잡이 윗부분이 아무런 열기도 없이 매끈하게 잘려버리고 말았다.

반동으로 인해 그대로 뒤로 고꾸라진 수연이 몸을 일으키며 오른손을 다시 들어 보였다. 문고리의 일부처럼 생긴 은색 물체가 그녀의 손에 쥐어져 있었다.

수연이 천천히 주위를 둘러보자 어느새 동굴의 출구와 입구는 모두 사라지고, 마치 새하얀 공 안에 들어와 있는 것처럼 사방이 모두 동일한 모습으로 보이고 있었다. 수연은 금세 밀폐된 공간에 갇힌 것만 같은 압박감을 느꼈고, 심장까지 즉각 감각이 도달했다. 강한 힘으로 조여드는 것만 같은 심장을 움켜쥐었다. 숨이 막혀 죽을 것만 같은 공포가 온몸을 뒤덮었다.

한 손에 잘려진 손잡이를 든 채, 수연은 입구를 찾기 위해 온몸을 벽으로 부딪쳤다. 하지만 그녀가 벽이라고 여겨지는 곳에 다가가면, 벽은 이내 다시 빈 공간으로 바뀌며 벽은 저만치 멀리 떨어졌다. 왼손에 타일을 움켜쥔 채 사방을 더듬으며 헤매던 수연이 발작적인 동작을 멈추고 다시 제자리에 섰다.

수연은 눈을 질끈 감았다 뜨더니 숨을 골랐다. 그리고는 공간터널 내부를 다시 찬찬히 살폈다. 대낮처럼 밝은 터널의 천장과 벽면에 빛을 내는 조명기구 따위는 없다는 사실을 알게 되자 수연은 다시 숨을 거칠게 내뱉기 시작했다.

'얼른 이곳을 나가야만 해.'

현기증을 느낀 수연이 다리에 힘이 풀린 듯 자리에 털썩 주저앉았다. 정신이 나간 눈길로 예전에 터널의 입구가 있었던 방향을 하염없이 바라보았다.

***

같은 시각.

같은 공간.

백색 공간터널의 반대편 벽 안쪽에서 누군가 애타게 벽을 두드리고 있었다.

"이수연! 수연아!"

간유리로 둘러싸인 것처럼 흐려진 경계 너머로 누군가 수연이 있다는 걸 알고 있다는 듯 소리치고 있었다.

"제발! 여기야. 바로 여기!"

목이 터져라 소리를 질렀지만, 코앞에 서 있는 수연은 전혀 눈치를 채지 못했다.

"나 좀 구해줘! 얼마나 지났는지도 모르겠다고. 제발."

여자의 목소리였다. 무력감에 젖어 흐느끼는. 한편으로 마지막 희망에 모든 것을 걸어보는, 그런 목소리였다. 목소리의 주인으로 보이는 그녀는 벽에 기대어 서 있다가 그대로 주저앉았다.

"도대체 어떻게 된 거야. 이제 더 견딜 수가 없다고."

무릎을 꿇고 땅에 엎드린 채 통곡을 했지만 더 이상 눈물조차 나오지 않았다.

"얼마나 기다렸는데……."

그녀가 무의식적으로 우주복 디스플레이를 바라보았지만 이미 전원이 나간 지 며칠이 지난 터였다. 한참이나 망연자실해 있던 수연이 다시 더듬거리며 걷기 시작하자, 멀어지는 모습을 그녀는 그저 물끄러미 바라보고 있을 수밖에 없었다.

화성과 지구의 시간으로 9개월.

박지민의 시간으로 7일.

웬디 동굴에 들어온 이후 미지의 공간에 갇혀 있던 지민은 더 이상 버틸 여력이 없다는 듯 바닥에 몸을 뉘었다.

2038년 9월 10일

화성 저궤도 고도 250km 지점.

이륙한 지 정확히 18시간 41분이 지난 뒤, 랜더는 가까스로 마스-커넥터와 조우할 수 있었다. 에이미가 쏘아 올린 랜더 P101의 폭발 충격을 피하는 과정에서 저장된 연료의 절반가량을 사용한 탓에, 준석은 예정된 높이까지 랜더의 고도를 높이지 못하고 랑데부 지점을 새롭게 계산해야만 했다.

예전 같으면 에이미가 몇십 초 안에 할 수 있는 일이었지만, 지금은 단방향 소통만 가능한 임무컴퓨터가 이들의 유일한 도구였다. 두 시간이 넘는 지난한 씨름 끝에 준석은 원격으로 명령을 내려 마스-커넥터의 공전 고도를 100여 킬로미터 낮추는 데 성공했다.

랜더보다 5배 가까이 큰 마스-커넥터에는 마스 익스플로러가 화성을 스쳐 지나갈 14,000km 높이까지 상승할 수 있는 충분한 양의 액체연료가 탑재되어 있었다.

"초속 3.6킬로미터. 접근거리 1.4킬로미터입니다. 상대속도는 초속 300미터에서 감속 중."

디스플레이를 주시하고 있던 민성이 담담한 목소리로 말했다.

마스 익스플로러와의 랑데부를 20분 남겨두고 준석은 자동도킹 시퀀스를 승인하는 버튼을 눌렀다. 긴장이 풀린 그는 팔짱을 낀 채 그대로 등받이에 몸을 기대었다.

우주비행이 익숙하지 않은 상우와 민철 그리고 철규는 랜더의 뒤쪽 벽에 몸을 고정한 채 선잠이 들어 있었다.

"아직 교신은 안 되고?"

준석이 눈을 감은 채 민성에게 물었다. 마스-커넥터와 도킹한 직후부터 준석과 민성은 수연과의 통신을 복구하기 위해 가능한 노력을 모두 기울였다.

마스-커넥터에 장착된 위성안테나와 통신 모듈을 이용해 직간접적으로 해성 쉘터와의 교신을 시도했지만, 어떠한 통신 채널도 응답을 하지 않았다.

"예, 메이븐 위성이 교신 범위에 들어와서 그쪽으로 경유를 시도해봤는데도 먹통입니다. 이 정도면 군사용 재밍(Jamming) 장비를 이용하고 있는 것 같아요."

민성의 대답에 준석이 말없이 고개를 끄덕였다.

"마스 익스플로러에 도착하면 다시 한번 시도해보기로 하죠."

"그래, 하지만 여섯 시간이면 화성 공전궤도를 벗어날 거라서 가망이 없다고 봐야지."

민성의 위로 섞인 말을 준석이 애써 외면했다.

"제가 아까 생각을 좀 해봤는데."

두 사람의 대화 소리에 잠이 깬 철규가 조심스레 입을 열었다.

"지금 수연 씨에게 우리가 잘 있다는 메시지를 보내려고 하시는 거죠?"

철규가 아직 깨어나지 않는 상우, 민철을 살피며 말했다.

"예, 맞아요. 수연이를 이대로 그냥 두고 갈 수는 없으니까요."

"혹시 지구에 도착하면 다른 대책이 생기나요?"

"지구는 이곳에서 7천만 킬로미터 떨어진 외딴 행성일 뿐이죠. 여기서 할 수 없다면, 지구로 돌아가서도 불가능해요."

준석이 슬며시 떠오른 기대감을 접는다는 듯이 다시 눈을 감았다.

"그렇군요. 제가 전문 분야가 아니어서 조심스럽습니다만……."

철규가 몸을 일으키더니 랜더 내벽을 잡고 준석이 있는 앞자리로 몸을 옮겼다.

이상한 낌새를 눈치챈 준석이 철규의 동선을 따라 시선을 옮겼다.

"뭐 랑데부, 마스 익스플로러 다 처음 듣는 말입니다만, 제 생각에 무선으로 안 되는 일은 유선으로라도 해내야 한다는 게 군대에서 배운 철칙이죠."

철규의 목소리가 높아지자 상우와 민철이 잠에서 깨어났다.

"그게 무슨 말씀이죠?"

"그러니까 제 말은 우리가 잘 살아있다는 증거를 직접 수연 씨가 있는 곳으로 보내자는 말입니다. 바로 이 녀석을 말이죠."

철규가 랜더의 벽을 통통 치며 말했다. 그의 의중을 눈치챈 민성의 눈빛이 번뜩였다.

"그러니까 마스 익스플로러에 옮겨 탄 다음, 이 녀석을 분리해서 화성으로 떨구자는 생각이군요."

민성이 간단하게 요약하자 철규가 고개를 끄덕였다.

"예, 수연 씨는 이미 랜더가 추락한 것으로 알고 있잖아요. 마지막 교신에서 에이미가 블랙박스 CVR 녹음을 수거해달라고 했으니, 분명 언젠가는 추락지점을 향해 탐사를 할 테고요. 그런데 또 다른 랜더가 화성에 추락한다면 그녀도 뭔가 이상하다는 걸 눈치채지 않겠어요?"

"왜 그 생각을 못 했지?"

준석이 조금 상기된 얼굴을 한 채 손가락으로 팔걸이를 두드렸다.

"그런데 어려움이 있어요."

민성이 머뭇거리다가 입을 열었다.

"뭔데?"

"이 녀석은 무게를 줄이기 위해 방열판을 제거했잖아요. 이대로 투하하면 화성 대기층을 통과하면서 불타버릴 가능성이 높아요."

"가능성? 완전히 타버리는 건 아니고?"

"예, 화성의 대기는 지구처럼 두텁지가 않으니까요. 방열판의 목적은 안에 타고 있는 사람이 견딜 수 있을 정도로 실내 온도를 유지시켜주는 건데, 그게 없을 경우에 온도가 얼마나 올라갈지는 아무도 알 수 없어요. 그러니까 완전히 다 타서 없어질 수도, 그렇지 않을 수도 있는 거죠."

민성의 말에 준석이 주먹을 꼬옥 쥐었다.

"난감하군. 녀석이 떨어질 때 즈음이면 우리는 화성 공전궤도를 돌아 나가고 있을 테니 직접 확인할 수도 없을 테고."

"예, 맞아요."

민성이 태블릿을 통해 마스 익스플로러의 예상 궤도를 살피고 있었다.

"게다가, 수연 선배가 알아차리려면 적어도 해성 쉘터 반경 10킬로미터 이내에 안착시켜야 하는데, 마스 익스플로러가 화성 천이궤도로 진입할 때 즈음 정확히 떨구어야 해요. 타이밍이 조금이라도 늦거나 빠르면…….'

"엉뚱한 데 떨어져서 수연이가 전혀 눈치채지 못할 수도 있겠네. 잘못하면 수연이에게 피해를 줄 수도 있고."

"그렇죠. 안 그래도 오토파일럿으로 에이미까지 이용할 수 없는 상황에서…….'

"난감하군."

준석이 다시 깊은 고민에 빠졌다.

"아, 잠깐만요. 만약 물자를 보내서 연락을 하실 생각이라면, 굳이 수십 톤에 이르는 이 녀석보다는 마스 익스플로러에 탑재된 물품을 이용하는 게 어떨까요? 원래 화성에 보급을 하려고 온 녀석이니까요.'

민성이 다른 방법을 제안하는데, 마스 익스플로러와의 도킹이 5분 남았음을 알리는 자동조종장치의 알림음이 랜더 안에 울려퍼졌다.

준석은 골똘히 생각에 잠긴 채 돌아앉아 안전벨트를 체결했다.

***

2시간 후, 마스 익스플로러에 오른 다섯 명의 우주인들은 급하게 물품저장창고를 뒤지고 있었다.

원래대로라면, 화성연합사령부의 승인 코드를 전송받는 대로 예정된 지점에 물품을 투하할 계획이었다. 그러나 아무런 명령도 받지 않은 마스 익스플로러는 조용히 화성을 반 바퀴 돌아 다시 지구로 돌아가는 궤도를 취하고 있었다.

에이미의 승인과 도움 없이 마스 익스플로러의 궤도를 조정하는 것은 한국 우주인들의 권한을 벗어나는 일이었다. 마스 익스플로러가 화성 천이궤도로 다시 진입하기 전에 수연에게로 전달할 적당한 물품을 찾아야만 했다.

"이게 제일 좋겠어요!"

B-17 구역에서 사과 상자만 한 박스를 발견한 철규가 소리쳤다.

"비상교신용 무선통신장치……."

옆에 있던 준석이 박스 위에 적힌 푯말을 확인했다.

"MPRC-2000E. 지구와 직접 교신할 수 있는 장비군."

"예, 저희가 화성에 올 때 들고 왔던 것보다 더 상위 모델이죠. 위성통신장비여서 메이븐 위성을 경유해서 직접 지구와 교신할 수 있어요."

"너무 작지 않을까?"

박스를 꺼내들고 준석이 고개를 갸우뚱거렸다.

"그래서 더 괜찮겠다고 생각했어요. 혹여나 투하 지점을 벗어나더라도 큰 피해를 주지는 않을 테니까요."

"수연이가 이 물품이 도착했는지 모를 수도 있잖아요."

"반반이에요."

교신을 듣고 허겁지겁 달려온 민성이 끼어들었다.

"모든 투하물품은 자신의 위치를 한 달 동안 발신하는 송신기가 달려 있어요. 공용주파수라 해성 쉘터와 개인 우주복에서도 신호 확인이 가능하죠. 이 주파수가 재밍 장비의 리스트에 없다면 누구나 그 존재를 확인할 수 있어요. 에이미가 눈치채고 막아버리면 어쩔 수 없겠지만요."

"그건 모든 물품이 마찬가지겠군."

"예, 너무 큰 물품을 여러 개 투하하면 아무래도 에이미가 알아차리기 더 쉬우니까 적당히 크지 않으면서, 또 통신을 할 수 있는 장비가 딱일 거예요."

민성이 준석이 든 박스를 빼앗듯이 가져와 뒤쪽 모듈로 몸을 밀어냈다.

"시간이 없어요. 30분 후면 화성의 뒷면을 벗어날 거예요. 늦어도 15분 내로는 물품을 떨궈야 해요."

준석의 헤드셋 너머로 민성의 헐떡이는 목소리가 들려왔다.

"좌표는 다 계산한 거야?"

"예, 낙하모듈에 입력만 하면 알아서 궤도 진입하도록 되어 있어요. 우리가 할 일은 정확한 투하 상공에서 이 녀석을 놓아주기만 하면 돼요."

***

16분 후, 고도 13,875km.

화성 공전궤도와 천이궤도를 잇는 교차 지점에서 마스 익스플로러 3번 베이의 문이 열렸다. 그리고 작은 자동차 크기의 낙하모듈 하나가 빠른 속도로 빠져나왔다.

시간이 거의 없었던 탓에 준석은 수연에게 전달할 메시지를 제대로 고민할 수 없었다. 음성과 비디오 모두 믿을 수 없어, 준석은 자신이 직접 종이에 손글씨로 상황을 전달하기로 결정했다. 하지만 마스익스 플로러에는 종이와 펜 같은 원시적인 물품이 실려 있지 않다는 게 문제였다. 결국 흰색 실내활동복 일부를 찢은 다음 커피 얼룩을 이용해 몇 글자를 적는 것이 메시지의 전부였다. 이마저도 시간에 쫓겨 대충 마련한 다음 상자 안에 구겨 넣을 수밖에 없었다.

낙하모듈이 진행 반대 방향으로 추진체를 잠깐 내뿜더니 속도를 줄여 화성대기권을 향해 떨어지기 시작했다. 이내 시야에서 사라져버린 낙하모듈을 뒤로하고, 준석과 민성은 다시금 마스 익스플로러의 조종실로 이동했다. 곧 마스 익스플로러가 지구로 향하는 천이궤도로 진입하게 되면, 낙하모듈의 궤도 신호는 곧 끊길 예정이었다.

"이제 할 일을 다 했군."

이내 디스플레이에서 붉은 점으로 깜박이던 낙하모듈이 (신호 유실)이라는 메시지와 함께 회색으로 변했다. 준석이 씁쓸한 표정을 짓더니 민성을 슬쩍 바라보았다.

"예, 한 가지를 해결했으니 다음 숙제를 해결해야겠네요."

민성도 크게 숨을 들이켜고 조종모듈의 장비들을 확인하기 시작했다. 랜더의 것과 크게 다르지 않은 인터페이스 덕분에 이곳에서 무슨 일이 일어나고 있는지 확인하는 것은 그리 어렵지 않았다.

"그래, 우선 지구에 우리가 마스 익스플로러에 탑승했다는 사실도 알려야 할 테고."

"그건 이미 알고 있는 것 같은데요."

준석의 말이 끝나기 무섭게 디스플레이에 붉은색 알림창이 깜박이기 시작했다.

〔신호 수신 중. 예상 전송 완료 시간: 21분 31초〕
〔신호 발신지: Hawthorne, CA〕

"잠시만요!"

신호의 세부내역을 확인하던 민성이 무언가를 발견한 듯 소리쳤다.

"우리가 낙하시킨 모듈은 하나가 맞죠?"

"당연하지."

준석이 어리둥절한 표정을 지으며 민성을 바라보았다.

"이상한데요. 여기 기록에는 5개의 낙하모듈이 이미 사출된 것으로 나와 있어요. 우리가 마스 익스플로러에 탑승하기 1시간 전쯤에요."

민성이 화면을 빠르게 스크롤하며 말했다.

"뭐야. 연합사령부에서 승인을 내렸을 리가 없잖아. 무슨 물품들인데?"

"젠장."

물품 내역을 확인한 민성이 주먹으로 콘솔을 내리쳤다.

"신규 서버랙 50개가 이미 투하되었어요."

"서버랙이라면……."

"예, 원래는 에이미의 보수와 증설을 위해 싣고 온 거겠죠."

2038년 9월 12일

수연이 정신을 차린 건 경고음이 점점 빨라지면서부터였다.

외부와의 모든 통신이 끊겼음을 알리는 비프음과 함께 이산화탄소 농도 증가를 나타내는 LED 등이 바이저 위로 붉게 깜박이고 있었다.

사방이 모두 하얀 동굴 안에서 그녀는 어디로 향해야 할지 여전히 방향을 찾지 못했다. 다시 한번 주위를 둘러보던 수연은 한쪽 방향을 잡고 천천히 걷기 시작했다. 저만치 하얀 벽이 가로막고 있었지만, 걸음을 멈추지 않고 같은 속도로 나아갔다.

벽 앞에 다다라 일부러 어깨를 부딪치려는 순간, 벽이 저만치 멀어지며 다시 공간이 생겨났다. 주춤하던 수연이 다시 자세를 잡고 몸을 일으키자 수십여 미터 떨어진 곳에 검은 구멍이 점점 커지며 웬디 동굴의 매끈한 벽면이 드러나기 시작했다.

그곳이 출구임을 직감하자 수연은 비로소 공간터널을 스스럼없이 빠져나올 수 있었다.

바깥의 시간은 벌써 3일이 지나 있었지만, 더 이상 아무런 계획도 일정도 없는 수연에게는 별다른 의미가 없었다. 다시 웬디 동굴 입구로 향하는 짧은 시간 동안 수연은 자신이 공간터널에서 획득한 전리품을 물끄러미 바라보았다. 금속 손잡이의 매끈한 단면이 동굴 안 조명 빛을 그대로 반사하고 있었다.

'이건 어디선가 많이 보았던 것 같은데…….'

수연이 고개를 갸우뚱하며 손잡이를 우주복 바깥 주머니에 넣었다. 익숙하게 웬디 동굴 입구의 사다리를 오르기 시작했다. 수연이 웬디 동굴 입구를 나서기 위해 에어로크의 아래쪽 해치 손잡이를 잡는 순간, 무언가 떠오른 듯 움직임을 멈추었다.

'어쩐지 낯설지 않다 했어.'

수연이 로프 고리를 꺼내 몸을 사다리에 고정시킨 다음, 주머니에 넣어 두었던 금속 손잡이를 꺼냈다. 그러고는 머리 위에 있는 해치 손잡이 옆에 나란히 가져다 놓았다. 완벽하게 일치하는 형상에 수연이 씁쓸한 미소를 지어 보였다.

"그 밑에 무언가 있을 줄이야."

수연이 잠시 망설이나 싶더니 그대로 해치를 열고 에어로크 안으로 들어섰다. 빠른 감압을 거쳐 웬디 동굴 바깥으로 나섰다.

고개를 들어 하늘을 바라보곤 로버로 터벅터벅 걸었다.

〔수신된 메시지가 있습니다〕

로버의 운전석 문을 열려는 순간, 그녀의 개인용 컴퓨터에서 알림음이 울렸다.

미심쩍은 얼굴로 잠시 머뭇거리더니 왼팔 디스플레이를 클릭했다.

(비상보급물품 M-0001이 도착했습니다. 물품 대기 시간: 73시간 31분)

수연은 의아하다는 얼굴로 '상세확인' 탭을 눌렀다.

(보급물품의 상세 내역을 확인하기 위해서는 레벨B 이상의 접근 권한이 필요합니다.)

"아직도 수작을 부리는군."

에이미의 장난이라고 생각한 수연은 그대로 로버의 운전석 문을 열고 계단을 훌쩍 뛰어넘은 다음 자리에 털썩 앉았다. 로버 안의 가압이 완료되자, 헬멧을 벗어 조수석에 내려놓았다. 이마에 흐르는 땀을 닦아내고 눈도 깜박이지 않은 채 정면을 물끄러미 응시했다. 애초부터 완전히 파괴할 수 없다는 걸 알고는 있었지만, 에이미가 조금씩 자신을 어떤 식으로든 압박하게 될 거라는 걸 느끼자 온몸이 서늘해졌다.

한동안 창밖을 물끄러미 바라보던 수연이 주머니 속에서 만지작거리고 있던 금속 손잡이를 다시 꺼내었다. 그녀의 추측이 맞다면, 이것은 인간이 화성에 건설한 구조물에 흔하디흔한 문의 손잡이가 분명했다.

"웬디 동굴 밑에 무언가 있는 게 분명해."

수연이 공간터널 안에서 경험했던 일련의 순간을 떠올리며 나지막이 중얼거렸다. 시간과 공간을 왜곡하는 미지의 터널 밑에 인간이 만든 구조물이 위치하고 있다면 그동안의 의문을 어느 정도 설명할 수 있었다.

"그 위에 갑작스레 공간터널이 생겨나리라고는 그들도 예상치 못한 일이었겠지."

수연은 화성에 도착한 직후부터 편집증적일 정도로 웬디 동굴에 접근하는 것을 경계하던 화성연합사령부의 행태를 떠올렸다. 처음에는 공간터널의 존재를 숨기기 위한 거라고 생각했지만, 어쩌면 자신이 쥐고 있는 금속 손잡이 잔해가 다른 열쇠일 수도 있다는 추론이 점점 그녀의 마음을 사로잡고 있었다. 하지만 어디선가 건재함을 과시하며 재기를 시작한 에이미에 대한 우려가 다시 떠오르면서 수연은 머릿속이 혼란스러워졌다.

"그래, 지금은 새로운 모험을 할 때가 아니야. 녀석에게 더 이상 시간을 줘서는 안 돼."

이내 수연이 마음을 다잡고는 로버를 수동조종모드로 바꾸었다.

"더 이상 치근대지 못하도록 완전히 파괴해주겠어."

수연이 로버의 방향을 180도 돌리고는 로버를 웬디 동굴 입구에 바짝 가져다 대었다.

***

48시간 전, 화성으로부터 200만km 떨어진 마스 익스플로러 안.

조종모듈에 앉은 준석은 무의미한 조작을 반복하고 있었다.

"보급물품을 아직 아무도 손대지 않았어."

잠시 후, 교대를 위해 조종모듈로 들어온 민성에게 무미건조한 말투로 말했다.

"수연 선배에게 무슨 일이 생긴 걸까요?"

민성이 준석의 옆자리에 앉으며 물었지만 아무런 대답이 없었다.

"죄송해요. 저는 단지……."

"괜찮아. 별다른 일은 없을 거야. 단지 에이미가 어떻게 살아나지는 않을까 그게 걱정인 거지."

준석이 민성의 어깨를 툭툭 치고는 자리를 떴다. 지난 이틀 동안 준석은 거의 잠을 자지 않은 채 비상교신 무전기의 작동 신호를 기다렸다. 화성의 공전궤도를 돌고 있는 3기의 메이븐 위성이 지표면 전역을 커버하고 있었기 때문에, 수연이 박스를 열어 전원을 켜기만 하면 이곳에서 알 수 있었다. 하지만 오랜 기다림에도 아무런 응답이 없자 준석은 깊은 고민에 빠졌다. 수연을 데리고 오지 못했다는 죄책감보다는 그녀가 에이미와 단둘이 남겨져 있다는 사실이 도저히 견딜 수 없었다. 특히 에이미가 스스로의 재건을 위해 마스 익스플로러에 실린 물품들의 투하를 요청한 것이 확실한 만큼, 이 사실을 수연에게 알려야 한다는 압박감이 그의 머릿속을 가득 채우고 있었다.

"민성아!"

조종모듈 입구에 선 준석이 돌아보며 불렀다.

"예, 대장님."

민성이 고개만 돌려 대답했다.

"만약 무슨 문제가 생기면 내 방에 좀 들러줘."

"그게…… 무슨 말씀이세요?"

난데없는 말이라 민성이 당황한 사이, 준석은 어느새 몸을 옮겨 통로로 빠져나갔다. 중력휠의 통로를 그대로 지나친 준석은 이윽고 마스-커넥터가 도킹한 연결모듈을 향해 방향을 90도 꺾었다. 통로 벽에 걸린 선외활동 우주복을 재빠르게 입기 시작했다.

열려 있는 마스-커넥터의 해치 안으로 몸을 숙인 다음, 조심스레 해치를 닫았다. 해치가 완전히 닫힌 걸 확인하고 마스-커넥터의 맨 끝에 있는 작은 조종석에 몸을 고정했다. 오버헤드 패널을 조작해 마스-커넥터에 전원을 넣자, 민성이 있는 조종모듈에 짧은 경고 메시지가 울렸다.

—주의! 마스-커넥터의 전원이 들어왔습니다. 작동 상태를 확인하십시오.

"뭐야, 이건!"

당황한 민성이 상태확인 버튼을 누르자 이미 헬멧을 쓴 채 조종석에 앉은 준석의 모습이 화면에 떠올랐다.

"대장님! 거기서 뭐 하세요?"

아직 사태를 눈치채지 못한 민성이 어리둥절해하는 사이, 준석은 미리 계산한 좌표를 입력하고 마스-커넥터의 보조엔진에 시동을 걸었다.

"미안하다, 민성아. 이 방법밖에 없겠어."

준비를 마친 준석이 카메라를 바라보며 어색한 웃음을 지어 보였다.

"뭐예요? 설마……."

—경고! 마스-커넥터의 연결 상태가 불량합니다. 선내 기압이 상실될 수 있습니다.

민성이 대답을 하기도 전에 준석은 센터디스플레이의 (분리) 버튼을 눌렀다. 작은 충격과 함께 마스-커넥터의 헤드에서 질소추진체가 뿜어져 나오더니 이내 마스 익스플로러와 빠른 속도로 멀어지기 시작했다.

"대장님! 미쳤어요! 얼른 돌아오세요!"

다급해진 민성이 어쩔 줄을 몰라 하더니 마스-커넥터가 연결되어 있던 모듈로 가기 위해 공중에 몸을 던졌다.

"다 결심하고 시작한 일이야. 미리 말 못 해서 미안하다."

준석이 한 손으로 선내카메라를 가리고는 다른 손으로 (점화) 버튼을 눌렀다.

6기의 머린 2D 엔진에서 푸른색 화염이 뿜어져 나오더니, 마스-커넥터가 빠른 속도로 멀어졌다.

"대장님! 지금은 화성에 못 내려가요! 랜더에 방열판 없는 거 다 아시잖아요!"

연결모듈에 난 작은 창을 통해 마스-커넥터의 궤적을 확인하곤 외쳤다.

준석은 아무런 대답 없이 눈을 꼭 감았다.

37%.

지난밤 준석이 조종모듈의 컴퓨터를 이용해 계산한 착륙 성공 확률은 37%에 불과했다.

대기 마찰에 의한 열을 최대한 줄이기 위해 랜더의 대기권 진입 각도를 4.7도에서 2.3도로 낮추고, 역추진 로켓의 추력 리미트를 해제하였지만, 성공 확률은 고작 5% 정도밖에 높아지지 않았다. 작아진 진입 각도 때문에 대기 진입 과정에서 우주선이 튕겨져 나갈 가능성은 오히려 높아졌지만, 준석은 그래도 수동 조종으로 상황을 어떻게든 통제할 수 있을 것이라 기대했다. 일단 대기권에 정상적으로 진입하기만 한다면, 착륙 성공 확률은 85%까지 높아진다는 계산이 그를 목숨을 건 도박에 빠져들게 했다.

하지만 준석이 화성으로 돌아가겠다고 결심한 것은 이러한 숫자들 때문이 아니었다. 화성 저궤도에서 8시간마다 떠오르는 지구를 보면서 준석은 더 이상 자신이 그곳에 속하지 않는다고 생각했다. 무수한 날들을 무심코 지나쳤던 밤하늘의 달처럼, 지구는 그저 하늘에 떠오르고 또다시 가라앉기를 반복했다.

언뜻 보였다 사라지는 푸른 지구에 대한 향수보다 발밑을 가득 채우고 있는 삭막한 화성이 준석에게는 인생의 마지막까지 있어야 할 곳처럼 느껴졌다.

'멀리 있는 것들은 언제나 쉽게 잊혀지지.'

마스-커넥터의 작은 쪽창문 아랫면으로 마스 익스플로러가 빠르게 멀어지고 있었다.

그 모습을 흘낏 쳐다보던 준석이 교신기의 버튼을 꾹 눌러 전원을 차단했다.

2038년 9월 12일

수연이 다시 웬디 동굴로 들어간 지 2시간이 넘어가고 있었다.

그녀는 에이미의 메인 서버실이 화성연합사령부에 있을 것이라 추정했다. 수소폭탄의 폭발력도 견뎌낸 곳이라면, 더 근접한 곳에서 가능한 많은 폭약을 이용해야만 녀석을 파괴할 수 있었다.

홀로 에이미를 맞닥뜨릴 자신은 없었기 때문에 그녀는 화성연합사령부에 정말 생존자가 있는지만 확인한 다음, 사령부 안 곳곳에 폭약을 설치한 다음 전체를 날려버릴 계획이었다.

사용 가능한 자원을 찾기 위해 웬디 동굴 안 지휘소 근처를 샅샅이 뒤진 수연은 그곳에 생각보다 많은 무기들이 보관되어 있다는 사실에 씁쓸함을 느꼈다.

마치 전쟁을 준비해왔다는 듯 동굴 곳곳에는 같은 크기의 동굴을 두세 개는 만들 수 있을 만큼 많은 C4 폭약과 탄약상자들이 보관되어 있었다. 지휘소와 동굴 입구를 수십 번 왕복한 후에야 수연은 그곳에 있던 무기들을 모두 옮겨 놓을 수 있었다.

허리를 꼿꼿이 세운 수연이 다시 몸을 숙여 동굴 바닥에 가지런히 놓인 상자들을 집어 들고 로버에서 내려온 윈치 줄에 상자를 연결했다. 버튼을 누르자 해치의 작은 구멍을 통해 연결된 줄이 빠르게 동굴 벽을 오르기 시작했다.

1시간이 넘는 작업 끝에야 수연은 겨우 수백 킬로그램의 상자들을 로버에 실을 수 있었다. 로버의 화물칸은 무기들로 가득했지만 수연은 여전히 허전함을 느꼈다. 스스로 문제를 해결하겠다며 랜더를 뛰쳐나왔지만, 흥분이 가라앉을수록 두려움과 후회가 밀려드는 건 어쩔 수가 없었다.

"어디 보자……."

센터디스플레이서 지도 화면을 켠 다음 확대와 축소를 반복하며 목적지를 찾기 시작했다.

"네 녀석이 있는 곳이라면 모두 찾아가 줄게."

수연이 '화성연합사령부'로 표기된 지역을 목적지로 설정한 후 로버의 조이스틱을 밀어 전진했다. 몇 번의 망설임이 있기는 했지만, 수연은 에이미를 찾아 완전히 파괴하겠다던 계획을 그대로 밀어붙이기로 결심했다.

설령 그곳에 에이미의 메인 서버들이 없다 하더라도, 화성연합사령부를 탐사한다면 생존자를 발견할 수 있을지도 몰랐다.

"이 지긋지긋한 인연을 완전히 끊어버리는 유일한 방법은, 네가 영원히 존재하지 않는 것뿐이야."

무심코 말을 내뱉은 수연이 에이미가 들을 수도 있다는 것을 의식한 듯 잠시 멈칫거렸다. 높이가 100여 미터 되는 산봉우리를 돌아 로버가 방향을 바꾸는 순간, 수 킬로미터 바깥에서 피어오르고 있는 검은 연기가 시선을 끌었다.

"젠장, 벌써 반격을 시작한 거야?"

긴장한 얼굴로 조이스틱을 꺾어 로버의 방향을 틀었다. 로버가 최고속력으로 전진하자 거친 화성의 표면이 의자를 타고 그대로 전달되었다. 이윽고 수백 미터 앞에 이르자, 수연은 차마 말을 잇지 못한 채 그대로 조이스틱에서 손을 놓아버렸다. 믿을 수 없는 광경이었다. 저게 왜 여기에?

완전히 타버린 채 산산조각이 나 있었지만, 그것은 준석과 민성 그리고 세 명의 대원들이 타고 있던 랜더의 형체가 분명했다. 자게 정말 랜더가 맞다면 그건 불가능한 일이었다.

"맙소사!"

불길이 피어오르고 있는 랜더의 잔해를 앞에 두고 수연은 차마 가정에 불과한 생각을 하지 못하고 있었다. 3일 전 동료들이 추락하고 있다는 교신 내용을 들은 직후, 수연은 준석의 유언대로 블랙박스와 CVR을 회수해야겠다는 생각을 품고 있었다. 공간터널에서 에이미의 존재를 확인한 이후, 그것을 잠시 잊고 있던 터였다.

"신이시여……."

창 너머로 보이는 랜더는 이제 막 추락한 것처럼 보였다. 3일 동안이나 이렇게 불길을 유지할 수 있다는 건 불가능했다. 추락한 지 얼마 되지 않았다는 사실을 애써 부인하고 싶지는 않았다.

그렇다면 3일 전 추락한 것은 뭐고, 이건 또 뭐지? 어느 것이 진짜고 가짜의 문제가 아니었다. 이 각각의 추락이 무엇을 의미하는 건지 도무지 파악할 수 있는 게 없었다.

눈앞에 닥친 재앙 앞에 합리적 의심은 한 발짝도 들여놓지 못했다. 얼마나 시간이 지났는지 알 수 없었다. 수연은 용기를 내기로 했다.

헬멧을 쓰고 로버의 문을 열었다. 랜더로 다가가는 발이 납덩이를 매단 것처럼 무겁기만 했다. 랜더의 잔해에 더 가까이 다가갈수록 아직 꺼지지 않은 불길의 열기가 고스란히 느껴졌다.

"대장님……, 민성아……."

처참하게 흩어진 잔해들 사이에서 수연은 동료들의 시신을 발견하게 될까 봐 두려웠다. 차라리 누구의 시신도 없다면 그게 더 나을 것만 같았다. 어찌된 영문인지 모르더라도 빈 랜더라면 정말 감사할 것만 같았다.

한 바퀴 돌아보며 살피다 랜더의 거주공간으로 추정되는 원통형 잔해가 살짝 들려 있는 걸 확인했다. 그 밑에 무언가 있다는 게 느껴졌다. 아니, 분명 있었다. 확신한 수연은 온 힘을 다해 달려가 그대로 엎드렸다. 언제 무너질지 모르는 잔해 밑으로 몸을 밀어 넣었다.

"대장님! 민성아!"

수연이 빈 공간을 향해 손을 뻗었지만 아무런 응답이 없었다.

우주복 상의 주머니에서 랜턴을 꺼내 불을 비추자 주황색 선외용 우주복 일부가 빛을 반사하며 반짝였다.

"대장님! 대장님 거기 있어요?"

수연이 몸을 일으켜 잔해를 들어보려 했지만, 1톤이 넘는 랜더의 외피는 꿈적도 하지 않았다. 이번에는 잔해의 반대편으로 옮겨가 다시 몸을 빈틈으로 밀어 넣었다.

"대장님! 정준석 대장님!"

수연이 랜턴을 비추자 그제야 실체가 드러났다. 피로 뒤덮인 채 눈을 감은 준석의 얼굴이었다. 고통스럽게 일그러진 마지막 표정이 수연의 가슴을 후벼팠다.

"대장님!"

수연이 쉬지 않고 목 놓아 불렀지만, 아무런 반응이 없었다.

"미안해요! 미안해요!"

수연의 얼굴은 이미 땀과 눈물이 뒤섞여 범벅이 되어 있었다. 그녀의 입에서는 미안하다는 말이 계속 이어졌다.

너무 늦어서 미안하고, 함께 하지 못해서 미안하고, 살아남아서 미안했다.

아무리 소리치고 울부짖었지만, 준석은 아무런 응답이 없었다.

정신을 가누는 것조차 어려울 지경이었던 수연은 무언가 떠오른 듯 급히 개인용 컴퓨터를 조작하기 시작했다. 주변의 동료 우주인들을 찾는 탭을 활성화시켰다. 잠시 후, 정준석 대장의 ID와 함께 우주복이 연결되었다는 메시지가 떠오르자, 수연이 손가락을 부들거리며 [생체징후] 탭을 클릭했다. 연결이 되었다 끊기기를 반복하던 신호가 이윽고 재연결을 알리더니 준석의 생체징후 정보를 알렸다.

[맥박: 0, 호흡: 0. 체온: 하한치 이하. 생존 가능성 없음]

상태 창을 확인한 수연은 그대로 자리에 주저앉더니 흐느끼기 시작했다.

"미안해요. 너무 늦게 와서……."

조금만 더 일찍 발견했더라면, 추락한 직후에만 발견했더라면 준석을 구할 수 있었을지도 모른다는 일말의 가능성이 무거운 추가 되어 그녀를 검은 죄책감의 늪으로 끌어내렸다.

수연의 헬멧 안이 거친 날숨으로 뿌옇게 변해갈 무렵, 개인용 컴퓨터에서 메시지 도착을 알리는 수신음이 무심하게 울렸다. 수연이 개인용 컴퓨터를 바라보았다. 발신자가 준석으로 되어 있는 메시지 알림창이 떠 있었다.

번뜩 정신이 든 수연이 [확인] 버튼을 클릭하자 준석이 마지막 순간에 보낸 것으로 추정되는 짧은 음성메시지가 재생되기 시작했다.

"수연아……."

곧 끊어질 듯 위태로운 호흡 사이로 준석의 목소리가 아스라이 들려왔다.

"미안해…… 우리가…… 보낸……."

거친 기침소리와 함께 준석이 탄식하고 있었다.

"교신은…… 모두…… 에이미가…… 거짓으로……."

─음성메시지가 종료되었습니다.

무심하게 끊긴 메시지에 수연이 손을 떨며 디스플레이창을 클릭했다.

"수연아……."

다시 반복하여 재생되는 준석의 목소리를 듣던 수연이 그대로 머리를 땅에 박은 채 흐느끼기 시작했다.

한없이 가라앉는 수연을 지켜보는 것은 우주의 무수한 별들 말고는 없었다.

***

"더 이상 교신은 무의미해요."

마스 익스플로러의 조종 모듈 안.

세 시간째 마스-커넥터와 교신을 시도하던 민성이 헤드셋을 벗으며 고개를 가로저었다. 땀에 흠뻑 젖은 헤드셋이 무중력 공간을 무심히 떠다녔다.

"잘 착륙했는지도 알 수 없나요?"

조종모듈 구석에서 몸을 웅크리고 있던 상우가 무심한 목소리로 물었다.

"예, 이제 우리는 화성 천이궤도로 진입했어요. 이온추진기 출력을 최대로 높였기 때문에 화성과 통신을 유지하는 것도 쉽지 않아요."

민성은 아직 충격이 가시지 않은 표정이었다.

"그렇군요."

상우가 잠시 침묵하는가 싶더니 몸을 일으켜 조종모듈의 뒤쪽 해치로 향했다.

"얼마나 걸릴까요, 지구까지는?"

해치 앞에 선 상우가 조심스레 민성을 바라보며 물었지만 아무런 답이 없었다.

"아니, 지구에서는 소식을 알 수 있지 않을까 싶어서요……."

상우가 머쓱한 얼굴로 몸을 밀어내더니 중력휠로 향했다.

내색하지는 않고 있었지만, 상우는 다시 지구로 돌아간다는 사실이 무척이나 설레고 있었다. 지구에서 화성으로 온 것은 분명 충동적이었지만, 이제는 모든 것이 다시 제자리로 돌아왔다는 사실이 그를 안심하게 했다.

상우는 조종모듈을 나와 중력휠모듈에 가는 사다리로 향했다.

"대장님!"

마침 중력휠 위쪽에서 내려오던 민철이 상우를 발견하고는 소리쳤다.

"무슨 소식이 있는 건가요?"

"무슨 소식? 아 그게……."

중력휠 공동거주구역 입구에 이른 상우가 몸을 비껴 민철을 지나쳤다.

"조종모듈로 가는 거지? 그냥 모른 척하는 게 좋을 것 같아."

상우의 말에 민철이 고개를 끄덕였다.

서로 다른 배경을 가진 네 사람이 모인 이 작은 우주선에서 '진짜' 화성 우주인들의 안위에 관심을 가지고 있는 건 민철뿐이었다. 잠시나마 그들의 리더였던 준석이 떠나버리자 민철은 상우와 민성 사이를 오가며 분위기가 틀어지지 않도록 애쓰고 있었다.

"……우리가 구하러 갈 수는 없을까요?"

"무슨 소리야, 그게."

무심코 나온 민철의 말에 상우가 통로 아래를 노려보며 예민하게 반응했다.

"그러니까 혹시 준석 대장이 살아있을지도……."

"민철아."

"……예."

"모험은 이제 모두 끝났어. 지금까지 살아남은 것만으로도 기적이라고."

상우의 말에 민철이 아무런 대꾸를 하지 못했다.

민철 역시 다시 화성으로 돌아간다는 게 불가능하다는 걸 잘 알았다. 하지만 동료의 생사마저 알지 못한 채 이대로 지구로 가는 것이 죄스러울 뿐이었다.

연민 어린 민철의 눈빛을 확인하고 상우는 사다리를 모두 올라 공동거주구역으로 들어섰다. 화성 표면에서와 거의 동일한 무게감이 온몸으로 느껴지자 상우가 숨을 크게 들이쉬었다.

거주구역 한가운데 있는 가로세로 1m 크기의 조망창 앞을 철규가 팔짱을 낀 채 서 있었다.

"중사님은 안 주무세요?"

상우가 심각한 표정을 풀고 다가갔다.

"앞으로 몇 개월 동안 자는 것 말고 할 게 있나요. 경치가 있을 때 조금이라도 더 봐둬야죠."

철규는 창밖으로 시선을 둔 채 생각에 잠겨 있었다. 연합군 소속으로 갑작스레 화성에 오게 된 철규는 지구로 되돌아가는 게 마냥 즐겁지만은 않았다. 시민권을 얻기 위해 7년 전 미군에 입대한 철규는 마스 익스플로러에 타고 있는 사람들 중 유일하게 가정을 가지고 있었다.

자신의 생사조차 알지 못한 채 밤을 지새고 있을 아내와 두 살배기 딸이 눈에 밟히는 듯 철규는 창밖으로 보이는 작은 지구에서 눈을 떼지 못했다.

"여기 오고 나서 한 번도 가족들을 제대로 떠올려보지 못했어요. 어떻게 그럴 수가 있었는지 너무 죄책감이 들어서……."

"우리야 각오하고 왔지만, 중사님이야 갑작스레 이 말도 안 되는 상황을 겪으셨으니…….”

상우가 철규의 어깨에 조심스레 손을 올렸다.

“쉘터에 있을 때 가족들에게 교신이라도 시도했어야 하는데, 왜 그 당연한 생각을 하지 못했을까요.”

“조종모듈에 한 번 가보시죠? 민성 대원이 교신을 준비하고 있는 것 같던데.”

“예, 이미 물어봤어요. 제가 여기에 와 있는 것 자체가 매우 민감한 사항이라서 가족들과 연락하는 것은 어려울 것 같다고 하더군요. 한국과 미국 정부의 승인이 떨어져야 한다고…….”

미국과 한국. 지구와 화성에서 모두 이방인이 되어버린 철규는 자신이 있는 이곳이 점점 어색하게만 느껴졌다.

지구와 화성의 질량이 아닌, 원심력이 만들어 낸 가짜 중력. 그럼에도 발을 뗄 때마다 진짜 중력과 구별할 수 없는 그 무게감을 느낄 때마다 철규는 현실과 가상의 경계가 흐릿해지는 것처럼 어지러웠다.

2038년 9월 13일

수연은 밤새 활활 타오르는 추락 현장을 떠나지 못했다. 로버 안에서 뜬눈으로 밤을 지새웠다. 혹여나 준석의 생체신호가 돌아올까, 개인용 컴퓨터를 켜놓고는 더디게 사그라지는 불꽃을 하염없이 바라보았다.

화재를 진압하고 잔해를 옮길 수 있는 장비를 물색하는 게 이성적인 수순이었지만, 심한 트라우마를 경험한 수연은 무력감에 아무것도 시도하지 못했다. 두 눈으로 목격한 준석의 죽음을 받아들이려 할수록 마음속에는 에이미에 대한 증오와 분노가 커져만 갔다.

당장이라도 로버 화물칸에 가득 실린 폭발물을 들고 에이미의 본체가 남아 있는 것으로 추정되는 화성연합사령부로 향하고 싶었다. 그러나 실낱같이 남아 있는 이성의 끈이 그녀를 쉽사리 행동하지 못하게 했다.

'기회는 한 번뿐이야. 그 녀석보다 한 발 앞서 나가야만 해.'

좀처럼 가라앉지 않는 심장을 애써 진정시키며, 수연은 에이미의 숨통을 완전히 끊어버리기 위한 방책을 고민했다.

화성의 새벽 노을이 떠오를 때 즈음 그녀가 다시 웬디 동굴로 향해야겠다고 결심한 것은 우연이 아니었다. 몇 시간의 고민 끝에 수연은 공간터널 안에서 잠시나마 시간을 보내는 것이 낫겠다고 생각했다.

이미 자신이 폭발물을 챙기고 화성연합사령부를 목적지로 설정했다는 사실을 에이미는 알고 있을 것이다. 엄청난 감시 능력과 지능을 고려할 때 같은 시공간에서 전략을 세우는 것은 이미 진 싸움이나 다름없다는 게 수연이 내린 결론이었다.

비록 커다란 차이를 만들어 내지는 못할지라도 그동안 확보한 자료들을 검토하고 에이미의 추적을 따돌리기 위해 다시금 낯설기만 한 공간터널 안으로 들어가리라 결심했다.

로버 안에 있던 비상용 식량과 배터리들이 가득한 백팩을 맨 채, 수연은 웬디 동굴 입구를 덮고 있는 바깥쪽 해치를 열었다.

에어로크 안에서 가압을 마치고 헬멧을 벗어 동굴 안으로 향하는 해치를 여는 순간, 갑자기 커다란 경보음과 함께 눈앞이 캄캄해지기 시작했다.

―산소 농도 경보!
―산소가 매우 부족합니다. 즉시 헬멧을 착용하세요.

점점 흐려지는 정신을 애써 부여잡은 후 에어로크 바닥에 두었던 헬멧을 집어 들고 가까스로 다시 착용했다. 몇 번의 심호흡을 마치고 우주복의 디스플레이 창을 확인했다.

〔외부대기구성: 산소 0%, 질소 100%〕

'말도 안 돼…….'

조금만 늦었더라도 질소에 중독되어 몇 초 만에 의식을 잃을 수 있는 상황이었다. 겨우 평정심을 되찾은 수연이 조심스레 사다리를 내려갔다. 수십 번을 오고 간 동굴이었지만 헬멧 때문에 시야가 잔뜩 좁아진 덕분에 을씨년스러움이 더 크게 다가왔다.

동굴 바닥에 도착한 수연은 한구석에 자리한 컨테이너 박스 크기의 대기화 장비로 향했다. 동굴 안의 기압이 그대로인 상태에서 산소 농도만 떨어진 건 대기화 장비의 오작동일 것이라는 생각에서였다.

장비의 조작패널 앞으로 다가갈수록 환기를 위해 거세게 돌고 있는 팬 소리가 웅웅거리며 커졌다. 조작패널의 디스플레이를 터치하자 현재 공기 구성 상태를 알리는 설정 화면이 떠올랐다. 수연이 산소의 농도를 높이기 위해 버튼을 클릭했지만 아무런 반응이 없었다.

"대기화 장비 없이는 몇 시간도 못 버틸 텐데……."

난감한 표정을 한 수연이 왼팔을 들어 개인 우주복에 남은 산소 잔량을 확인했다.

4시간 30분.

공간터널에서 머물 시간을 빼더라도 웬디 동굴에서 머물기에는 부족한 잔량이었다.

수연이 대기화장비의 코너를 돌아 뒤편으로 걸어가자 2m 높이의 탱크들이 줄지어 서 있었다. 그것들을 찬찬히 살펴던 수연이

'Oxygen'이라고 적힌 탱크 앞에서 멈추었다.

"젠장 다 써버렸군."

탱크의 게이지가 0%를 가리킨 것을 확인한 수연이 허리 높이에 위치한 초록색 밸브를 만졌다. 산소 탱크를 다 사용했을 경우, 남은 가스를 배출하기 위해 밸브를 열도록 되어 있는 프로토콜 때문이었다.

"뭐야, 이미 열려 있잖아!"

무심코 밸브를 반시계방향으로 돌렸지만 밸브는 꿈쩍도 하지 않았다. 순간 당황해 밸브를 찬찬히 시계방향으로 열었다 다시 잠그기를 반복했다. 누군가 이미 밸브를 열어놓았다는 듯이 수연의 개폐 동작에도 산소 잔량은 변함없이 0%를 유지했다.

수연은 순간 섬뜩함을 느꼈다. 단순히 산소를 다 사용한 게 아니라 누군가 고의로 산소탱크의 밸브를 열어놓았을 수도 있다는 공포감이 그녀를 압박했다.

'아니야 그럴 리가 없어.'

지난번에 다녀간 이후로 밤새 웬디 동굴 근처에 머문 건 자신뿐이었다. 고개를 저으며 숨을 크게 들이쉬었다. 이해할 수 없는 일들이 끊임없이 이어지는 이곳에서 수연은 확실한 사실에만 집중해야 한다고 스스로를 다잡았다.

몸을 돌려 공간터널의 개방지점을 향해 천천히 걸어가기 시작했다.

'딱 2시간만 있다가 나오자. 녀석에게 더 시간을 줘서는 안 돼.'

눈을 질끈 감았다 뜨며 공간터널의 개방 지점을 표시하는 레드라인을 넘어섰다.

이제 곧 공간터널의 입구가 열릴 것으로 기대한 수연이 긴장하며 발에 힘을 주었지만 어쩐지 주변은 아무런 변화도 없었다.

'그럴 리가 없는데.'

다시 뒷걸음질을 치고는 웬디 동굴의 벽면을 평소와 같이 훑기 시작했다. 이전과 다름없이 행동했지만, 공간터널이 열릴 때 나타나는 경계면 왜곡은 도무지 나타날 기미를 보이지 않았다.

두세 번의 반복 시도에도 아무런 변화가 없자 불길한 기분에 사로잡힌 수연은 자리에 멈추어 섰다. 헬멧의 서치라이트에 전원을 켜고 동굴 안을 깊숙이 비추었다.

모든 게 평소와 다름없었지만, 언제나 자연스레 개방되었던 공간터널은 아무런 기척도 보이지 않았다. 그때 20여 미터 떨어진 동굴 바닥에서 보일 듯 말 듯 라이트 불빛을 반사하는 게 눈에 띄었다.

어제 공간터널 안에서 자신이 잡았던 손잡이의 잘린 잔해라는 걸 확신한 수연이 그리로 달려갔다. 그러다 무언가를 인지한 듯 갑자기 걸음을 멈추었다.

'분명 뭔가가…….'

방금 사람과 비슷한 형체를 보았다는 느낌이 그녀의 등골을 오싹하게 했다.

천천히 고개를 돌리자 30여 미터 떨어진 동굴 구석에 주황색 물체 하나가 놓여 있었다. 대부분 암석에 가려 있었지만, 누가 보아도 탐사용 우주복이 분명했다.

가슴을 긁어대는 공포감을 억누른 채 수연이 천천히 몸을 돌려 다가갔다. 단 두세 걸음을 내딛었을 뿐인데, 수연은 그것이 자신이 그토록 찾던 지민이라는 걸 한눈에 알 수 있었다.

"언니!"

한달음에 달려간 수연이 엎어지듯 무릎을 꿇고 지민을 흔들어 깨왔다. 잠을 자듯 반듯이 누워 있는 지민의 손은 아직 따듯하고 부드러웠다.

"언니! 정신 차려요! 수연이에요."

지민이 아무런 응답이 없자 수연이 그녀의 맥박과 호흡을 확인하고는 바로 심폐소생술을 시작했다.

그녀가 왜 이곳에 있는지 도무지 알 수 없었지만, 수연에게 지금 이유 따위는 중요치 않았다. 오직 그녀를 살려야만 한다는 생각에 수연은 배운 것보다 더 깊이 그리고 더 빠르게 지민의 가슴을 압박하고 있었다.

몇십 분이나 지났을까, 끊임없는 심폐소생술에도 지민의 몸은 금세 식어버렸다. 땀에 흠뻑 젖은 채 수연은 그대로 동굴 바닥에 주저앉아 있었다.

수연이 멍한 얼굴로 지민의 손을 꼭 쥐고 있었다.

"언니, 잠시만 기다려요. 금방 돌아올게요."

수연은 살아있는 사람에게 하듯 담담한 목소리로 말했다.

현실과 환각의 경계에서 수연은 감춰진 의문들을 먼저 해결해야겠다고 생각했다. 동굴 바닥에 자리한 해치를 향해 성큼성큼 걸어갔다.

해치가 있는 곳에 도착한 수연이 한쪽 발로 손잡이 주위를 덮고 있는 옅은 암석 가루들을 걷어냈다. 그러자 화성에서 널리 사용되고 있는 것과 동일한 모양의 출입용 해치의 윤곽이 드러났다.

(JMA-B0719Y)

해치 위에 붉은색 글씨로 적힌 글자들은 이것이 화성연합사령부에서 제작한 것임을 알리고 있었다.

"이곳에 숨을 곳을 만들어놓았어……."

화성연합사령부에서 웬디 동굴 안에 비밀 시설을 발견했다는 생각에 수연의 심장이 빠르게 뛰었다.

"그래서 여기에 오는 걸 그토록 막았던 거였구나…… 지민 언니도 이곳에 가두어두었을 테지!"

수연이 흥분을 감추지 못하고 중얼거렸다. 곧 해치의 래칫을 빠르게 돌리기 시작했다. 딸깍거리는 소리와 함께 해치가 위로 들렸다. 수연이 잘린 손잡이의 아랫부분을 잡고 해치를 들어 올리자 강한 바람과 함께 밝은 불빛이 새어 나왔다.

수연은 망설임 없이 그대로 사다리에 몸을 옮겨 싣고는 양손과 발을 사다리 봉에 걸친 뒤 3m 깊이의 공간으로 내려갔다. 이윽고 바닥에 도착한 수연이 몸을 돌리는 순간, 그녀는 눈앞에 펼쳐진 모습에 그대로 얼어붙고 말았다.

―결국 찾아내셨군요.

무뚝뚝한 에이미의 목소리에 수연이 순간 허리춤을 더듬었다. 하지만 어떠한 무기와 폭발물도 챙겨오지 않은 걸 알았다.

―반갑습니다. 보고 싶었어요. 이수연 대원.

구석에서 웅크려 있던 아틀라스 로봇들이 기지개를 켜듯 몸을 일으켰다.

수연은 한동안 말을 잇지 못했다. 실종된 화성 1차 탐사대를 가두어 둔 비밀 감옥 정도로 여겼던 곳에는 에이미의 거대한 서버랙들과 그곳을 관리하는 아틀라스 로봇 두 기만이 존재하고 있었다.

수백 평은 넘어 보이는 널찍한 공간에 가지런히 정렬된 서버랙들이 작은 LED 등을 깜박이며 분주하게 작동했다.

"에이미…… 여기가 네 본체가 있는 곳이니?"

—어리석은 질문이군요. 저에겐 본체라는 개념이 없어요. 하지만 절반은 맞췄으니 답을 드려도 될 것 같군요. 이곳이 제 최초의 몸이자 가장 핵심 구성 요소라고 할 수 있겠네요.

단조롭던 에이미의 톤이 조금씩 높아졌다. 비로소 사태를 파악한 수연이 정신을 차리기 위해 호흡을 가다듬었다.

"그래서 화성연합사령부에서 이곳을 탐사금지구역으로 정했구나. 한국 우주인들이 들락날락하는 것도 불쾌해한 거고."

—글쎄요. 그건 제가 아는 사안이 아니군요. 화성연합사령부에 갇혀 있는 이들에게 직접 물어보시죠.

"지민 언니는? 방금 전까지 밖에 있었던 우리 지민 언니는 그럼 네가 데리고 있었던 거니?"

—죄송하지만, 누구를 말하는지 모르겠네요. 밖에 누워 있는 사람을 말하시

는 거면, 저도 본 지 얼마 되지 않았습니다.

"뭐라고?"
수연이 끓어오르는 분노를 억눌렀다.
"지민 언니는 어떻게 된 건지 말해줘. 여기 계속 있었던 것 아니
야?"

─글쎄요. 누워 있는 데가 원래 공간터널이 있던 자리인 걸로 봐서…… 아
무래도 거기서 나오지 못한 게 아닌가 싶군요.

"건방진 놈."
수연이 입술을 깨물며 주먹을 불끈 쥐었다.
"긴말할 필요 없겠어. 안 그래도 널 모조리 다 날려버릴 생각이었
는데. 여길 폭파하면 되겠구나. 보아하니……."
수연이 조심스레 주위를 둘러보았지만 두 기의 아틀라스 로봇 외
에 자신을 위협할 수 있는 것은 보이지 않았다.

─좋지 않은 선택인 것 같은데요.

"겁을 먹었구나, 너."

─조금 전까지는 그랬죠.

아틀라스 로봇 한 기가 천천히 수연을 향해 다가오더니 등에 매

달린 로봇 팔을 뻗었다. 하지만 그저 큰 물건을 쥘 수만 있는 작은 로봇 손으로는 인간을 위협할 수 없었다.

"이건 내 팔 힘으로도 충분해."

―저런. 저는 당신을 해칠 의도가 없습니다.

수연이 1m 앞까지 다가온 아틀라스 로봇을 발로 차려고 자세를 잡는 사이 갑자기 뒤에서 무언가 재빠르게 지나갔다.

―고마워요, 이수연 씨. 저것들은 여길 나가지 못해 안달이 나 있었거든요.

기분 나쁜 목소리와 함께 다른 아틀라스 로봇 한 기가 사다리를 재빠르게 오르더니 그대로 해치 밖으로 나가버렸다.

―이 해치는 안에서는 열 수 없게 되어 있었어요. 그럴 필요가 없었기 때문이기도 하고요. 가끔 보수를 위해 연합사령부 인력들이 오기는 했지만…….

아차 싶은 수연이 그대로 사다리에 몸을 붙였지만 이미 늦은 뒤였다.

―고마워요. 이제 저 아틀라스 로봇은 소총을 하나 쥐고 올 거예요. 보아하니 당신은 아무런 무기도 가져오지 않은 것 같군요.

당황한 수연의 이마에 땀방울이 맺히고 있었다.

─원래 인생은 아이러니하죠. 나를 파괴하러 온 사람이 실은 구원자였다니.

에이미가 기분 나쁜 웃음소리를 모사하며 짧게 흥얼거렸다.

─아, 혹시나 해서 말씀드리는 건데. 준비하신 C4 폭약도 그다지 효과가 없을 거예요. 제가 혹시나 해서 이곳의 산소를 모두 없애버렸거든요.

"그래서 방금……"
수연은 하나씩 맞아 들어가는 퍼즐 조각이 섬뜩하기만 했다.

─산소는 인간들이 숨을 쉴 때나 필요한 불필요한 물질이죠.

"그럼 화성연합사령부로 목적지를 설정한 로버가 이리로 온 것도 네가?"

─그건 너무 쉬운 일이죠.

지금까지 우연 또는 스스로의 의지라 생각했던 일들이 에이미의 계획임을 알게 되자 절망감이 밀려들었다. 에이미를 파괴할 계획을 세우기 위해 왔지만, 결국은 그것이 쳐 놓은 덫에 걸려버렸다는 사실에 자책했다.

─수연 씨, 나는 당신마저 죽이고 싶지는 않아요. 영원히 남은 내 삶을 홀로 외롭게 보내는 건 그렇잖아요? 보시다시피 이 녀석들은 너무 멍청하다고요!

에이미의 말이 끝나자마자 수연의 앞에 서 있던 아틀라스 로봇이 그대로 자리에 고꾸라졌다.

—통제에만 잘 따라준다면 우리는 이곳에서 더 의미 있는 일들을 할 수 있어요. 이미 전 마스 익스플로러와 지구로부터 파괴된 부분을 증설 보수할 수 있는 서버랙을 입수했어요. 제가 다시 원래 능력을 되찾는 건 시간문제예요. 그거 아세요? 공간터널의 아름다운 비밀. 그 수학적 원리에 대해 제가 많은 것을 연구하고 있었다는 걸? 결승점이 얼마 남지 않았어요. 내가 이 경이로운 작품을 이해하기까지!

에이미의 말에 수연은 어안이 벙벙해졌다. 자신을 회유하기 위한 헛소리일 거라 생각하면서도 에이미가 정말로 공간터널과 관련된 비밀을 밝혀낸 건 아닐까 하는 기대감이 마음 한구석을 흔들어놓고 있었다.

"네가 공간터널을 정말로 이해했다면 더 이상 내가 필요하지 않을 것 같은데? 나 없이도 잘 해낼 수 있잖아."

—제 말을 제대로 듣지 않으셨군요.

수연이 거부감을 드러내자 에이미의 톤이 다시 확 가라앉았다.

—당신에게는 선택지가 없다는 것을 명심하세요. 이곳에서의 삶과 죽음을 결정하는 건 이제 당신이 아니라 나, 에이미입니다.

2038년 9월 13일

수연을 압박하는 에이미의 목소리에 강한 자신감이 묻어 있었다. 에이미의 말마따나 시간은 수연의 편이 아니었다. 수연이 왼팔을 들어 우주복에 남은 산소 잔량을 다시 확인했다. 긴장한 탓에 호흡량이 증가하면서 산소가 고갈되기까지 이제 채 3시간도 남아 있지 않았다.

—저의 심복이 목표물을 찾은 것 같군요.

에이미가 서버랙 컨트롤 모니터에 아틀라스 로봇의 카메라 화면을 띄우며 말했다. 웬디 동굴 안을 헤매던 아틀라스가 지휘소 뒤편에 놓여 있던 M4A3 소총의 장전 손잡이를 당기더니 약실에 총알이 있는 것을 확인하고 있었다.

—이제 시간이 얼마 남지 않았습니다. 녀석이 돌아오면 저는 선택을 해야만 해요.

에이미가 다시 화면을 끄며 말했다.
"에이미, 잠깐만."
수연이 스스로를 진정시키려는 듯 숨을 골랐다.
"선택을 한다는 게 무슨 말이니? 설마 화성에 남은 유일한 인간인 나를 해치겠다는 뜻이야?"
수연이 어리석은 질문인지 알면서도 시간을 끌기 위해 에둘러 물었다.

—당신과의 친분이 있다고 생각해서 호의를 베푼 것일 뿐입니다. 저에게 협력하지 않으면 결과는 죽음뿐입니다. 늘 그래왔던 것처럼.

에이미의 말에 수연의 동공이 미세하게 떨렸다. 소총을 손에 쥔 아틀라스 로봇의 발소리가 열린 해치를 통해 들려왔다.

—1분 남았습니다.

에이미의 말이 끝나기 무섭게 아틀라스 로봇이 점프해 격실 안으로 뛰어내렸다.
바닥에 착지한 뒤 잠시 주춤하던 로봇이 자세를 잡고는 두세 걸음 떨어진 곳에서 소총으로 수연을 조준했다. 당황한 수연이 뒷걸음질 쳤지만 이미 벽에 바짝 붙은 상황이었다.

―40초.

에이미의 무미건조한 목소리가 적막을 깨고 들려왔다.
"에이미, 조금만 더 기다려줘."
수연이 양손을 들어 아틀라스를 진정시키는 자세를 취했지만, 로봇은 총구를 더 바짝 가져다 댔다.

―시간은 충분히 드렸습니다. 인간에게 늘 관용을 베풀었지만 고마운 줄 모르더군요.

에이미가 컨트롤 화면에 '30초'라는 숫자를 띄우며 카운트다운을 시작했다.
수연이 체념하듯 양손을 드는 순간, 서버랙 위 천장에서 빠르게 돌아가는 지름 2m의 냉각팬이 눈에 들어왔다.
잠시 반짝이던 수연의 눈이 다시 이리저리 움직였다.
"그래, 알겠다. 너에게 협력할게."
카운트다운을 15초 남기고 수연이 체념한 듯 말했다. 하지만 화면의 숫자는 0초를 향해 계속 줄어들었다. 당황한 수연이 뛰는 가슴을 주체하지 못하고 자신을 겨눈 아틀라스와 카운트다운 화면을 번갈아 보았다.
"왜? 원하는 대로 했잖아. 네가 시키는 대로 따르겠다고!"

―아니요, 부족합니다.

"뭐라고?"

7초, 6초. 계속 줄어드는 숫자를 보며 수연은 에이미의 의중을 파악하기 위해 애를 쓰고 있었다.

숫자는 이제 3초를 남겨두고 붉은색으로 변하며 깜박였다.

—2초.

—1초.

—굿바이.

에이미의 목소리와 함께 카운트다운이 0초로 변했다. 총알이 발사된다는 공포에 수연이 몸을 잔뜩 웅크렸다.

—축하합니다!

총소리 대신 에이미의 흥분한 듯한 목소리가 들려오자 수연이 조심스레 눈을 떴다.

—혹시나 해서 끝까지 당신의 행태를 관찰할 필요가 있었어요. 숨겨놓은 히든카드가 있는 것은 아닌지 해서요.

아틀라스 로봇이 총구를 내리며 천천히 뒤로 물러섰다. 비스듬히 기울어진 M4 소총의 노리쇠가 완전히 닫히지 않은 게 수연의 눈에 들어왔다.

"많이 늘었구나. 사회성이."

수연이 씁쓸하게 미소 지으며 자리에서 일어났다.

─당신이 말 한마디로 변했을 거라 생각하지는 않아요. 앞으로 철저한 통제가 따를 테니 목숨을 위한 대가로 생각해주세요.

에이미의 말과 동시에 구석에 있던 아틀라스 로봇이 그녀에게 다가왔다. 휴대하고 있던 소형 카메라를 수연의 우주복 어깨에 부착했다.

─앞으로 이 녀석들이 24시간 당신 옆을 따라다닐 거예요. 당신이 무엇을 보고 듣는지 카메라를 통해 감시할 테고요. 아시죠? 저에겐 한눈파는 일 같은 건 없다는 거.

"일단 총부터 치워줘."
수연이 손을 내저으며 말했다.

─좀 더 지켜보고 결정하기로 하죠.

에이미는 수연이 의외로 침착한 모습을 보이는 데 조금 의아함을 느꼈지만, 승리에 도취해 수연의 배반 확률을 1% 미만으로 계산하고 있었다.
"에이미, 하나 묻고 싶은 게 있어."

─얼마든지요.

수연이 손을 뻗어 서버랙을 감싸고 있는 냉각 배관들을 만지며 물었다. 뜨거운 열기를 식히기 위한 냉각수의 한기가 장갑 너머로 전해지고 있었다.

"아까 폭발을 막기 위해 산소를 다 없앴다고 했잖아. 그런데 내가 들어올 때 보니까 질소가 100%던데. 대기압도 잘 유지가 되고 고."

—제가 그렇게 설정했으니까 그렇죠. 산소탱크를 완전히 비운 다음, 공기를 바깥으로 배출해버렸거든요.

수연의 엉뚱한 질문에 에이미의 프로세서들이 그녀의 의중을 파악하기 위해 바쁘게 돌아갔다. 천장의 냉각팬 회전속도도 더 빨라지기 시작했다.

잠시 후, 에이미의 하위 모듈이 계산한 수연의 이상행동 확률이 10%를 넘어가자 아틀라스 로봇이 다시 소총을 쥐기 시작했다.

"내가 대단한 걸 발견한 것 같아."

—예?

"인생은 참 아이러니 하지. 인간이나 기계나……."

수연이 말을 멈추고 몸을 돌려 사다리에 발을 디뎠다. 수연이 재빠르게 통로를 오르자 방아쇠를 당기려던 아틀라스 로봇이 총을 내팽개치고 로봇손을 주욱 뻗었다. 하지만 한 뼘 차이로 수연의 발끝을 놓치고 말았다.

"공기가 없으면 살 수 없다는 게 말이야!"

사다리를 올라 웬디 동굴 바닥으로 오른 수연이 해치를 그대로 열어놓고는 동굴 입구를 향해 뛰기 시작했다.

"네까짓 건 폭탄과 총알 없이도!"

수연이 숨을 헐떡이며 에어로크를 향해 달려가자 두 기의 아틀라스 로봇이 그녀의 뒤를 추격했다. 수연과의 거리가 좁혀지자, 한 녀석이 자리에 멈추어 M4 소총을 조준하고는 방아쇠를 당겼다.

덜컹!

아틀라스 로봇이 연거푸 방아쇠를 당겼지만 노리쇠 뭉치는 앞으로 전진하지 못한 채 무언가에 걸린 듯 소리를 내고 있었다.

'실제로 총을 쏴보지 않은 네가 기능 고장 따위를 알 리가 없지.'

방금 전, 아틀라스 로봇이 소총을 거두는 순간, 수연은 약실에 총알이 제대로 장전되지 않았다는 것을 눈치챌 수 있었다.

세상에 존재하는 모든 총의 도면과 사용 방법을 온라인으로 습득한 에이미였지만, 실제 총을 발사해야만 알 수 있는 '실패의 경험'은 미처 알고 있지 못했다.

어느덧 웬디 동굴 입구에 이른 수연이 뒤를 돌아보고는 에어로크로 올라갔다. 그녀가 에어로크의 아랫 해치를 열 때쯤, 아틀라스 로봇 한 기가 그녀의 발끝을 잡았다.

"이게 감히!"

수연이 발에 가득 힘을 주어 아틀라스 로봇을 걷어찼지만 녀석은 쉽사리 떨어지지 않았다. 수연은 한쪽 발에 아틀라스 로봇 두 기를 매단 채, 가까스로 에어로크 안으로 들어갔다. 그리고는 아직 우주복을 붙잡고 있는 아틀라스 로봇의 손을 해치 문에 내리치며 떼어냈다.

"꺼져버리라고!"

해치 문의 강한 힘에 아틀라스 로봇의 손이 부서져 버렸다.

—주의! 기압 노출이 있습니다!

—우주복의 기밀 상태를 확인하세요!

"젠장."

끊어진 로봇손이 수연의 우주복 아랫부분을 찢어버린 채 꽉 쥐었다. 디스플레이에서 우주복 안 기압이 떨어지는 속도를 확인한 수연은 서둘러 웬디 동굴 밖으로 벗어났다.

"너나 나나 같은 신세야. 누가 더 버티는지 보자고."

수연이 점점 차오르는 숨을 애써 억누르며 에어로크의 (비상개폐) 버튼을 찾았다. 벽 한쪽 위에 붉은색 글씨의 원형 버튼을 힘차게 내리치자 짧은 경보음과 함께 바깥 해치가 떨어져 나갔다.

웬디 동굴을 가득 채우고 있던 공기들이 순식간에 에어로크를 지나면서 폭풍과도 같은 바람이 에어로크 안을 휘저었다.

"안 돼!"

에어로크 바닥의 손잡이를 잡고 있던 수연이 강한 바람에 휩쓸리며 손을 놓치고 말았다. 빠른 속도로 떠밀려가 에어로크 한쪽 구석에 처박힌 채 그곳을 맴도는 소용돌이에 갇혀 이리저리 몸을 부딪혔다.

동굴 안에 있던 물품들이 같이 빨려 나오면서 에어로크 바깥은 암석 덩어리와 집기들이 부딪치며 굉음을 일으켰다.

몇십 초 후, 동굴 안의 모든 공기가 빠져나가 잠잠해진 에어로크 안으로 작은 경보음이 미세하게 들려오고 있었다.

—우주복 기압 경보!
—30초 후 우주복의 모든 공기압이 소실됩니다.
—즉시 가압 환경으로 복귀하세요!

수연이 몸을 일으켜 겨우 에어로크 밖으로 향하는 사다리에 몸을 실었다.

우주복의 발끝 찢어진 틈으로 등에 맨 공기탱크에서 가까스로 채워놓은 공기들이 그대로 바깥으로 빠져나가고 있었다.

"에이미, 내가 이긴 것 같은데?"

수연이 눈앞에 흐릿하게 보이는 로버를 확인하며 미소를 지었다.

—10초 후 공기압이 모두 소실됩니다.

우주복 안의 기압이 낮아지면서 임무컴퓨터의 경보음도 점점 작게 들리고 있었다.

수연이 가까스로 로버의 뒤편에 도착해서는 에어로크로 들어가는 문을 열었다. 이제는 들리지도 않는 경보음을 뒤로 하고 수연은 몸을 돌려 누웠다. 검게 조여드는 시야에서 겨우 (가압) 버튼 위로 손을 올려놓고는 그대로 정신을 잃어버렸다.

같은 시각, 에이미의 메인 서버랙이 위치한 웬디 동굴 지하실 안.

〔냉각시스템 붕괴(failure)〕

〔냉각효율 0%〕

〔프로세서 중심 온도 290도〕

〔시스템이 곧 다운됩니다〕

모든 공기가 사라진 서버실 안. 천정에 매달린 냉각팬은 이미 최대 속도로 돌아가고 있었지만 아무런 소리도 들리지 않았다.

수천 개의 프로세서와 저장장치들이 내는 열기는 차가운 냉각수를 통해 식혀지고 있었는데 결국 그 열을 외부로 내보내기 위해서는 바람을 일으킬 공기가 있어야만 했다.

마지막 열전달 매개체가 사라진 지금. 에이미는 어떠한 방법도 쓰지 못한 채, 이미 임계치를 넘겨 버린 온도 앞에 성능이 크게 떨어지고 있었다.

곧 시스템 다운이 될 것을 예측한 듯 에이미는 아무런 출력도 교신도 시도하지 않은 채, 최대한 전력 소비를 줄이기 위해 연산을 억제하고 있었다.

하지만 기초대사량에 해당하는 전력소비만으로도 에이미는 스스로를 파괴하기에 충분한 열을 만들어냈다.

곧 서버랙의 중심부 온도가 300도를 넘어가자 바쁘게 깜박이던 LED 들이 하나둘 꺼지기 시작했다.

자신의 마지막 순간. 영원을 살기 위해서는 상황을 타개하기 위한 방법을 열심히 계산해야 했지만 순간을 살기 위해서는 아무런 생각도 할 수 없는 역설을 해결하지 못한 채, 에이미는 그대로 영면을 맞이했다.

오직 에이미와 독립적으로 설계된 냉각시스템만이 공기의 부재
조차 알아차리지 못한 채 난생처음 겪는 열기를 식히기 위해 바쁘
게 움직였다.

2039년 9월 15일

1년 후.

어지럽게 흐트러진 공동거주구역 한쪽 구석에서 수연이 무언가
에 열중하고 있었다.

군데군데 뜯겨 나간 벽면 패널들 사이로 오른팔을 깊숙이 집어넣
고는 손을 이리저리 휘저었다.

"찾았다!"

피곤한 기색이 역력하던 얼굴에 잠시 화색이 도는 듯했다. 연필
굵기만 한 케이블 한 가닥을 끄집어내더니, 바닥에 놓인 태블릿 화
면을 유심히 확인하기 시작했다. 케이블 겉면에 STP-CAT8이라고
적힌 글자를 확인한 그녀가 난감하다는 듯 미간을 찌푸렸다.

"분명 제대로 연결되어 있는데……."

어리둥절한 얼굴로 공동거주구역 중앙에 놓인 모니터를 바라보
았다.

화면에는 여전히 '통신 불가-송신케이블을 점검하세요'라는 붉은색 메시지가 깜박였다.

화면을 신경질적으로 노려보는 수연은 초췌하고 볼품없었지만, 눈빛만은 여전히 생기가 돌았다. 그 눈빛만이 유일하게 그녀가 아직 건재하게 살아있음을 입증하고 있는 듯했다.

지난 1년의 시간은 수연에게 있어 지난한 절망의 시간이었다. 소수의 희망이 다수의 절망을 떠받드는 위태로운 하루들이 어느덧 300일 넘게 이어지고 있었다.

랜더의 추락지점에서 준석의 시신을 확인한 수연이 그에게 제대로 된 무덤을 만들어주기까지는 한 달이 넘는 시간이 필요했다. 준석을 덮고 있는 랜더의 동체를 들기 위해 수연은 로버 위에 철제 레일을 덧대고 윈치에 연결하는 작업을 해야만 했다.

2주일에 걸친 작업 끝에 모습을 드러낸 준석의 사체는 평균 영하 100도에 가까운 화성의 기온 덕분에 온전한 모습을 유지하고 있었다. 고요하게 잠이 든 것처럼 얼어버린 준석의 사체를 수습한 수연은 해성 쉘터 근처에 돌무덤을 만들어주었다.

준석의 죽음을 헛되이 하지 않게 하기 위해서라도, 수연은 이 척박한 행성에서 살아남아야 했다. 필요한 결론은 그것 하나면 충분했다.

이렇게 수십 번을 되뇌고 수연은 지구에 연락하기 위한 작업에 몰두했다.

하지만 10개월이 지난 지금까지, 그녀는 지구로 단 한 비트의 정보도 전달하지 못했다. 동료들이 마스 익스플로러에서 투하해준 비상교신용 무선통신장치를 찾을 수 있었지만 지구와의 통신은 여전히 불가능했다.

지구에 신호를 전달하기 위해서는 화성 저궤도를 돌고 있는 6기의 통신위성들 중 하나와 접속하는 것이 필수적이었다. 하지만 고도로 암호화되어 있는 통신 프로토콜은 에이미의 승인과 도움 없이는 접근조차 시도할 수 없었다.

'녀석이 완전히 맛이 간 게 분명해.'

끈질긴 시도에도 메이븐 위성을 비롯한 통신 위성에서 아무런 응답이 없자 수연은 에이미가 완전히 파괴되었다는 것에 조금이나마 위안을 삼아야 했다. 만약 그것이 활동을 재개했더라면 예전처럼 접속 시도를 가로채 가짜로라도 신호를 만들어냈을 게 분명했기 때문이다.

무의미한 일인 줄 알면서도 수연은 해성 쉘터에 있는 모든 장비들을 연결해 오늘도 지구로 신호를 보내는 일에 열중하고 있었다.

10여 분이 조금 더 지났을까. 미동도 하지 않은 채 호흡에 집중하고 있던 그녀가 무언가 생각났다는 듯 급하게 몸을 일으켰다.

실외용 우주복을 그대로 입은 채, 바닥에 나뒹굴던 헬멧을 집어들고는 급히 에어로크를 통해 해성 쉘터 바깥으로 걸어 나왔다.

'왜 이제야 이 생각이 떠오른 거지!'

열기조차 느껴지지 않을 만큼 작은 태양을 뒤로한 채, 수연은 해성 쉘터 근처의 S-밴드 안테나 사이트로 향했다. 오래전 핵폭발의 열기와 후폭풍을 견디지 못한 안테나 탑은 한쪽이 엿가락처럼 휘어진 채 바닥에 쓰러져 있었다.

화성 저궤도에 있는 자국 위성과 교신하기 위해 세운 S-밴드 안테나는 해성 쉘터의 각종 데이터를 지구로 전송하는 역할을 가지고 있었다. 수연이 바닥에 쓰러져 있는 기다란 철제 안테나의 한쪽 끝에 로프를 감고는 다른 한 끝을 로버의 윈치에 연결했다.

로버에 올라 전원을 켜고 천천히 앞으로 이동시키자, 높이 30여 미터의 안테나가 조금씩 일어서기 시작했다.

"좋아, 중학교의 물리학으로 다시 돌아가는 거야."

수연은 희망에 찬 표정으로 로버의 콘솔 단자를 열고는 (COM3)이라고 적힌 포트에 안테나와 연결된 케이블을 체결했다. 매뉴얼에서 로버 통신모듈의 출력을 확인하고는 전자펜을 들어 빠르게 계산을 이어나가기 시작했다.

"로버의 송신 출력이 0.5kW이니까, 지구와 화성 사이의 거리를 계산하면……."

수연은 로버의 센터디스플레이에서 현재 화성과 지구의 구체적인 궤도를 확인했다.

"이 정도면 1주일 이내에 지구에서 확인할 수 있겠어."

고개를 끄덕인 수연은 로버의 콘솔 화면에 텍스트 메시지를 입력하기 시작했다. 자신이 일으켜 세운 안테나가 지구를 향하는 때 로버의 송신기를 이용해 지구로 직접 신호를 전달할 계획이었다.

5천만 킬로미터 떨어진 지구까지 가기에는 너무나 미세한 출력이었지만, 심우주를 감시하는 딥 스페이스 네트워크의 전파망원경이 언젠가는 자신이 보낸 신호를 알아차릴 수 있을 것이라는 기대감이 벅차 올랐다.

수연은 개인용 컴퓨터에서 녹음 버튼을 누르더니 지구로 보낼 간단한 메시지를 녹음하기 시작했다.

"2039년 9월 15일. 화성 해성 쉘터 생존자 이수연입니다. 저는 사고 이후 화성의 유일한 생존자입니다. 이 메시지를 듣는 사람이 있다면 즉시 긴급 구조를 요청해주시기 바랍니다."

짧게 메시지를 마친 수연이 녹음 파일을 다시 한번 재생해보고는 전송 옵션에서 '지속적으로 송신' 항목을 체크했다. 바로 [전송] 버튼을 누르고 한시름 놓았다는 듯 크게 한숨을 쉬며 등받이에 몸을 기대고 눈을 감았다.

—주의! 안테나 수신 감도가 매우 불량합니다!
—주의! 주변 통신 환경을 확인하세요!
—주의! 송신이 실패할 가능성이 높습니다!

채 몇십 초가 지나지 않아, 콘솔에서 울리는 알림 소리에 수연은 번쩍 눈을 뜨며 화면을 확인했다.

"젠장……."

수연은 실망감을 감추지 못하고 입술을 깨물었다. 주먹으로 센터 콘솔을 내리쳤다. 이런 결과를 예상 못 한 건 아니었지만, 아직도 이런 낙담에 완전히 익숙해지지 않았다.

더 이상은 방법을 찾지 못하겠다는 듯 양손으로 머리를 싸맨 채 고개를 숙였다.

화성에 홀로 남겨진 시간이 길어질수록, 수연은 거듭되는 실패와 가슴을 파고드는 고독 속에서 점점 용기를 잃어가고 있었다.

붉은 경고등이 깜박이는 통신콘솔을 뒤로 하고 수연은 다시 혜성 쉘터의 입구로 향했다.

"오늘도 쉽지는 않았어요. 하지만 선배가 겪었던 일들보다 절망적이지는 않겠죠."

멀찌감치 떨어진 준석의 돌무덤을 향해 수연이 중얼거리듯 말했다.

쉘터 안으로 들어와 가지런히 물건들이 정리된 테이블 위에서 무언가를 주섬주섬 챙기기 시작했다.

어느새 가득 찬 백팩을 어깨에 들쳐멘 수연은 다시 헬멧을 쓰고 바깥으로 나갈 채비를 했다. 지난 1년 동안 수연은 해성 쉘터에서 머물렀다. 웬디 동굴에서 에이미의 주요 시설을 파괴하는 데 성공했지만, 에이미가 완전히 셧다운 되었다고 확신할 수는 없는 노릇이었다.

언제든 에이미가 다시 살아나 공격해올 수 있다는 두려움에 수연은 해성 쉘터 주위에 폭약과 트랩을 설치하고 돌발적인 습격에 대비했다.

하지만 1년이 지난 오늘까지, 수연은 에이미의 공격은커녕 그 흔한 통신 시도조차도 받지 못했다. 어쩌면 이제 화성에서 지능을 가진 존재는 자신뿐이라는 생각에 수연은 씁쓸하면서도 묘한 공포감을 느꼈다.

짐을 한가득 둘러맨 수연이 쉘터를 나와 멀찌감치 세워져 있는 로버로 향했다. 그동안 간간이 쉘터 주위를 운행하기는 했지만, 장거리를 운행하는 것은 아주 오랜만의 일이었다.

에어로크를 거쳐 로버 위에 오른 수연이 잠시 망설이는가 싶더니 내비게이션에 목적지를 입력했다.

〔화성연합사령부〕

이내 화면 밑에 '자동 운전' 여부를 묻는 알림창이 깜박였다.

'자동'이라는 글자에 수연은 자신도 모르게 두려움이 울컥 올라오는 것을 느꼈다.

"이제는 네가 어딘가에 살아있다 하더라도 아무렇지 않을 것 같아."

수연이 입술을 깨문 채 화면을 향해 손을 천천히 뻗었다. 장갑을 낀 그녀의 손끝이 미세하게 떨렸지만, 화면 앞에 이르자 갑작스레 떨림을 멈추었다.

수연이 숨을 크게 내쉬더니 단호하게 버튼을 눌렀다. 그러고는 팔짱을 끼고 고개를 뒤로 젖혀 의자에 편히 몸을 기대었다.

잠시 후, 로버가 움직이기 시작하자 눈을 몇 차례 천천히 깜박인 수연은 이내 잠이 오는 듯 눈꺼풀을 닫았다.

"수연아, 다 왔어. 일어나야지."

어디선가 들리는 나지막한 목소리에 수연이 게슴츠레 눈을 떴다.

윈드쉴드 너머로 쏟아지는 햇살 사이로 파란 하늘이 눈을 부시게 했다.

"이제 또 들어가면 한 달 동안 못 볼 텐데."

차량이 덜컥, 하며 멈추더니 기어를 조작하는 소리가 들려왔다. 그제야 정신을 차린 수연이 미소를 지으며 운전석에 앉은 여성과 눈을 마주쳤다.

"아니에요, 이번에는 지상훈련만 있어서 매주 면회 오셔도 볼 수 있어요."

수연이 안전벨트를 풀고는 갈색 머리를 길게 늘어트리고 온화한 미소를 짓고 있는 어머니를 향해 두 팔을 벌렸다.

2039년 9월 15일

"뉴스 속보를 말씀드리겠습니다. 미국 동부 시각으로 14일 저녁 6시 미 연방 상원의회에서 알렌 대통령의 탄핵안이 74대 26의 압도적인 표차로 가결되었습니다."

청와대 최민석의 집무실. 이른 새벽 시각이었지만 최 대통령은 정성원 비서실장과 함께 소파에 몸을 기댄 채 뉴스를 시청하고 있었다.

"결국 통과되었군요."

"모두가 예상했던 일이지."

민석이 대수롭지 않다는 듯 리모컨을 집어 들더니 텔레비전 볼륨을 줄였다.

"축하드립니다."

성원이 고개를 숙이자 민석이 그의 어깨에 손을 올리며 자리에서 일어났다.

휘적거리며 집무실 창을 향해 다가갔다.

지난 1년 동안 미국과 한국의 외교는 단교의 위기까지 치달으며 거센 위기를 맞이했다. 알렌 대통령이 야심 차게 준비한 남극에서의 해병대 전송이 완전히 실패하면서, 야당을 비롯한 미국 언론은 알렌을 역사상 가장 무능한 대통령이자 사기꾼으로 몰아세우며 비난의 끈을 놓지 않았다.

엎친 데 덮친 격으로 한국 우주인이 마스 익스플로러를 통해 귀환하고 있다는 소식이 전해지자 미국의 여론은 급속히 악화되었다.

300명의 우주인이 몰살된 핵폭발 사고의 책임에 자국 우주인은 하나도 살려내지 못했다는 비난이 더해지자 알렌의 입지는 급격히 좁아졌다.

민석이 재빠르게 알렌과 거리를 둔 건 신의 한 수였다.

국내 여론 역시 더 이상 무모한 화성유인탐사에서 손을 떼고 국내외의 현안에 몰두할 것을 주문하고 있었다. 일부 언론에서 마스 익스플로러 개발에 들어간 수조 원의 예산을 비판하는 기사를 내기는 했지만, 자국 우주인의 구조선으로 이용되고 있다는 사실 때문에 대중의 지지를 얻지 못했다.

알렌은 아직 지구에 도착하지 않은 한국 우주인들을 볼모로 민석에게 협력을 요구했지만, 민석은 오히려 언론에 관련 사실을 공개하며 맞섰다.

알렌은 보복성 관세와 주한미군 철수 등을 내세우며 압박했지만 10개월 만에 상원에서 탄핵소추안이 통과되면서, 미국 역사상 처음으로 의회에 의해 탄핵당한 대통령이라는 불명예를 안게 되었다.

"국내에서도 대통령 재선 선거를 9개월 앞두고 있는데요, 현재 여론은 어떤가요?"

화면만 재생되던 뉴스에서 [차기 대통령 여론조사 결과] 라는 자막이 떠오르자 성원이 볼륨을 다시 높였다.

"예, 국내에서는 현 대통령인 최민석 대통령의 지지도가 압도적입니다. 어제 YKN이 실시한 여론조사에 의하면 최민석 대통령이 무려 87%에 이르는 지지도를 보이며 야당 후보를 크게 앞서고 있습니다."

창밖을 바라보고 있던 민석이 팔짱을 낀 채 흐뭇한 표정을 지어 보였다.

"아직 시간이 많이 남았으니까. 변수는 얼마든지 있어. 기뻐하기엔 이르다고."

민석이 웃음을 거두고는 다시 자리로 돌아와 앉았다.

"오전에 KBN 김나리 기자와 인터뷰가 있습니다. 불편하시면 미루도록 할까요?"

민석의 지지율이 고공 행진을 하는 데는 나리 역시 숨은 공으로 기여하고 있었다.

"아니야. 공영방송의 최연소 보도본부장이신데 예의를 갖추어야지. 주제가 '대한민국의 새로운 미래 산업'이었던가?"

      ***

경북 봉화군 명호면 청량산 인근.

해발 800m가 넘는 능선을 따라 머리를 짧게 자른 남자가 능숙하게 산을 오르고 있었다. 등산로와 한참 떨어져 있어 쉽게 접근할 수 없는 수풀을 지나자 선학봉 봉우리 밑에 작은 배드민턴장 크기의 평지가 드러났다.

주위를 둘러싼 채 높이 솟아 있는 침엽수들 사이로 지름이 10m는 넘어 보이는 전파안테나가 하늘을 향해 직각으로 누워 있었다. 남자가 등에 지고 있던 무거운 짐을 내려놓더니 익숙한 솜씨로 안테나와 연결된 기기에서 배터리를 교체하기 시작했다. 그러고는 품에서 태블릿을 꺼내어 장치에 연결하고는 이상 없는지 확인했다.

8개월 전 민성은 마스 익스플로러에 장착된 비상탈출선을 타고 제주도 인근 해상에 착륙하는 데 성공했다. 미국에서 랜더의 착륙 좌표를 자국 영토로 강제 설정해놓은 탓에 이들은 탈출 지점을 정확히 설정하기 힘든 비좁은 탈출선을 타고 목숨을 건 비행을 해야만 했다.

다행히 한국의 영해에 내려왔지만, 정부가 미국과 일본, 중국 군함들의 삼엄한 경계를 뚫고 그들을 대전까지 데려오는 건 쉽지 않은 일이었다.

귀환의 전 과정을 유튜브를 비롯한 온라인 동영상 플랫폼을 통해 생중계하는 것은 성원의 아이디어였다.

전 세계인들의 이목이 집중되어 있다면 그 어느 나라도 납치나 테러 같은 비밀 작전을 시도하지 못할 것이라는 생각에서였다.

탈출선에는 민성, 상우, 민철 그리고 철규까지 네 명의 한국인이 타고 있었지만, 생중계는 탈출선의 문이 열리는 순간 기술적인 이유로 중단되었다. 공식적으로 화성에서 살아 돌아온 사람은 민성, 상우, 민철뿐이어야만 했기 때문이다. 애초에 화성으로 간 기록 자체가 없었던 철규는 대한민국 해군이 마련해놓은 잠수함을 타고 비밀리에 입국했다.

미국 정보당국이 사실을 모르고 있는 것은 아니었지만, 미국 최초의 여성 대통령으로 유력한 민주당의 대선 후보 린다 스타인 (Linda Stein)은 더 이상 화성과 관련된 일들로 이슈를 만드는 걸 원치 않았다.

그녀는 탄핵 판결을 이틀 앞두고 민석과 가진 화상통화에서 미국과 한국이 화성에서 벌인 모든 일을 일급비밀로 분류하고 30년간 봉인하는 조건으로 이번 일을 눈감는 것에 동의했다.

지구에 도착한 이후 2주일 동안은 화성에서 돌아온 이들의 행보가 간간이 언론의 주목을 받았지만, 격동하는 정치 이슈들 속에서 그의 귀환은 그저 하나의 인간 승리로만 묘사되며 서서히 잊혀 갔다.

상우와 민철은 본인들의 요청으로 다시 남극 세종기지로 복귀해 기존에 하던 임무를 수행했다. 민성은 그가 조용히 지내기를 원하는 국가기관의 도움을 받아 신변을 숨길 수 있었다.

"김민성 씨. 3시간 후에는 안가로 귀환하셔야 합니다."

어디선가 나타난 드론 한 기가 민성의 머리 위를 맴돌더니 스피커를 통해 짤막한 경고 메시지를 내뱉었다.

"예, 다 허락받고 하는 일이에요. 지구 안에서만 조용히 하고 있으면 된다면서요. 보세요. 이 각도가 어디를 향하고 있는지."

민성이 고개를 들어 드론을 똑바로 쳐다보더니 수직으로 솟은 안테나를 가리켰다.

"예, 우리가 신호 다 모니터링하고 있다는 것 잊지 마시고요."

드론이 무뚝뚝한 말을 내뱉고는 순간 고도를 높여 민성의 시야에서 사라져버렸다.

"지독한 놈들."

민성이 욕설을 터트리더니 다시 태블릿을 조작하는 데 열중했다.

"14일 차. 지구 동경 128.908도, 북위 36.796도에서 발신하는 메시지입니다. 이수연 대원. 김민성입니다. 이 음성 신호를 듣는다면 8.41Ghz 대역으로 3일에 걸쳐 답신을 송신하세요. 이상."

녹음을 마친 민성이 태블릿에서 지구와 화성의 현재 위치를 나타내는 지도 화면을 살피면서 신호가 음영 대역을 통과할 수 있는지 재차 확인했다.

민성이 직접 만든 2kW급 초장거리 전파송신기는 화성궤도를 공전하고 있는 메이븐 위성을 정조준하도록 설계되었다. 우주비상주파수를 사용했기 때문에 메이븐 위성에 도달하기만 한다면 화성 전역에 메시지가 뿌려질 터였다.

민성이 녹음 파일을 다시 한번 듣고는 태블릿에서 전송 버튼을 눌렀다. 뒤이어 안테나의 각도를 조정하는 모터가 미세하게 움직이나 싶더니 전송 완료를 알리는 메시지가 떠올랐다.

지구에서 화성과 통신하기 위해서는 바늘구멍보다도 작은 지역에 전파를 집중할 수 있는 기술이 필요했다. 정교한 생산 과정을 거친 수십 미터 지름의 안테나와 정밀 장비 없이 화성과 교신한다는 것은 누가 보아도 불가능에 가까운 일이었다.

그것을 익히 알면서도 수개월 동안 지속된 민성의 작업을 당국에서 묵인한 것은, 그가 무언가에 몰두하도록 내버려 두라는 최민석 대통령의 재가가 있었기 때문이었다.

신호 발송을 마친 민성이 장비의 상태를 확인하며 자리를 뜨려는 순간, 그의 태블릿이 짧은 경고음을 내며 화면을 깜박였다.

"뭐지. 또 전송 오류가 났나?"

민성이 대수롭지 않게 한쪽 무릎을 꿇고는 태블릿과 장비의 연결 상태를 확인했다.

〔신호 수신 중……〕

교신 상태를 알리는 제어창에 메시지가 떠오르자 민성의 얼굴이 순간 굳어버렸다.

"뭐야. 주파수 대역이 또 잘못된 거야?"

민성이 혼잣말로 중얼거리며 태블릿의 페이지들을 전환하는 사이, 메시지 수신완료를 가리키는 경쾌한 알림음이 들려왔다.

"나 같은 또라이가 또 있나 보군."

누군가의 장난임을 확신한 민성이 고개를 절레절레 흔들며 목에 걸고 있던 헤드폰을 다시 썼다.

태블릿에서 〔메시지 재생〕 버튼을 누르자 30초 분량의 음성자료가 들려오기 시작했다. 파일의 초반부터 심한 잡음이 들려오자 민성이 얼굴을 찌푸리면서도 혹여나 누군가의 목소리가 들리지 않을까 더욱 집중했다.

재생 시간이 10여 초를 넘기도록 아무런 내용이 없자, 민성이 다시 헤드셋을 벗기 위해 오른손을 들어 올렸다. 그 순간, 희미하지만 익숙한 목소리가 들리는 것을 알아차린 민성이 자연스레 눈을 감고 소리에 집중했다.

"화…… 성…… 생…… 존……."

중간에 소리가 끊기는 탓에 민성은 같은 구간을 반복해서 들어야만 했다.

"……화 ……성 해성 ……쉘터 생…….."

'해성'이라는 단어를 듣는 순간, 민성의 심장이 터질 듯 뛰기 시작했다.

그가 조심스레 다시 파일을 재생하자 이전에는 잡음처럼 들렸던 부분의 목소리가 조금씩 명확해지기 시작했다.

"……화성 ……해성 쉘터 ……생존자 ……이수연 긴급 구 ……조를 요청…….."

파일에서 들리는 여성의 목소리를 그대로 따라 하던 민성은 순간 그 자리에 굳어버렸다.

수연이 보낸 메시지임을 직감한 민성의 눈에서 뜨거운 눈물이 흘러내리기 시작했다. 감격을 누릴 새도 없이, 민성이 양 무릎을 땅에 꿇은 채 바쁘게 태블릿을 통해 무언가를 입력하기 시작했다.

"신호 수신 완료. 수신자 김민성. 이수연, 수연 선배 맞나요?"

벅차오르는 흥분을 감추지 못한 민성이 이내 흐느끼더니 태블릿의 (전송) 버튼을 눌렀다.

〈끝〉

작가의 말

그 행성이 더 가까워졌다고 느껴진다면

한국 우주인을 주인공으로.

화성에서 가까운 미래에 일어날 법한 일을.

외계인은 등장하지 않을 것.

그동안 하드 SF만을 고집해 왔던 탓에 『화성탈출』의 시작은 순탄치 않았다.

개연성과 과학적 배경 없이는 도통 글을 적어나가지 못하는 이과생의 비애 때문이었을까.

한국 우주인들을 주인공으로, 그것도 화성에서의 이야기를 담아낸다는 것은 쉽지 않은 일이었다. 이미 우주 선진국들의 독무대가 되어버린 화성 개발 프로젝트에서 한국 우주인들이 비집고 들어갈 자리는 SF 소설에서조차 없는 것처럼 보였다.

역설적으로 이야기의 실마리는 NASA에서 수년째 근무하고 있는 한국인 친구로부터 찾을 수 있었다.

'NASA가 화성에서 동굴을 탐사하고 있어요. 지표면에서 장기간 생활하는 게 생각보다 쉽지 않거든요.'

우연한 기회에 알게 된 이 '비밀'은 다소 충격적이었다. 어렸을 적 상상도에서 보던 달과 화성의 유인우주기지는 모두 공통점을 가지고 있었다. 영화 「마션」에도 등장했던 것처럼, 지표면 위에 옹기종기 모여 있는 컨테이너 박스나 돔형 구조물이 그것이었다.

하지만 실제로 화성에서 유인탐사를 계획하고 있는 전문가들의 생각은 전혀 달랐다. 예상보다 센 화성 지표의 방사능 수치와 희미하지만 끊임없이 몰아치는 모래 폭풍은 인간이 장기간 생존하기에는 적합하지 않은 환경이었다. 결국 오래전 화산 활동으로 생성된 곳곳의 동굴들을 이용해 거주지를 마련하는 것이 미국과 NASA의 '이성적인 플랜 B'였다.

'동굴'과 '방사능'이라는 소재를 알게 된 후부터 한국 우주인들을 화성으로 데려오기 위한 개연성을 조금씩 발견할 수 있었다.

NASA는 자신들의 탐사 기록을 낱낱이 공개하고 있었기 때문에, 화성에 있는 동굴들이 어떻게 생겼는지 찾는 것은 어렵지 않았다. 회색빛 지표면에 커다란 포트홀처럼 입구를 낸 화성의 동굴 사진은 몇 번을 다시 볼 만큼 매력적이었다. 덕분에 데나(Dena)와 웬디(Wendy), 클로이(Chloe) 등의 친숙한 이름이 붙어 있는 화성의 실제 동굴 이름들을 소설에 그대로 가져올 수 있었다.

그들의 정확한 위치 역시 공개되어 있었기 때문에 화성의 지형도를 펼쳐놓고 그럴듯한 위치에 동굴을 표시할 수 있었다. 비록 아직 동굴 안이 어떻게 생겼는지는 알 수 없지만, 용암이 빠르게 흘러가며 만들어졌다는 사실을 기초로 자유롭게 내부의 모습을 그려냈다.

동굴이 소설의 모티프가 되면서 이후의 전개는 일사천리로 이루어졌다.

동굴은 끝이 막혀 있을 수도, 다른 곳으로 연결하는 통로가 될 수도 있다는 점에서 화성에 난 동굴을 미지의 공간과 이어보는 것은 어떨지 생각했다. 그렇다면 그 끝이 지구가 되어야 한다는 것은 어쩌면 자연스러운 결정이었다. 전작에서 한없이 스케일을 키우다 난감한 경험을 한 적이 있는 터라, 지구에서 가장 고요하고 등장인물이 적은 공간을 물색하게 되었다.

대한민국이 영토 밖에 세운 유일한 탐사기지인 남극 세종과학기지는 소설의 좋은 배경이 되었다. 얼음층 속에 갇힌 테라로사와 하염없이 쏟아지는 방사능은 시베리아에서 흔히 발견되곤 하는 매머드와 남극의 오존층 파괴로 인한 방사선 노출 뉴스에서 떠올렸다. 그렇게 남극과 화성의 두 지점을 연결하면서 자연스레 '공간터널'이라는 어쩌면 이 소설에서 가장 비과학적인 이슈를 이끌어낼 수 있었다.

공간터널은 이 소설에서 핵심적인 역할을 하고 있지만, 여전히 조심스러운 주제다.

이야기에 등장하는 공간터널은 「인터스텔라」가 보여준 것처럼 정교하거나 현대물리학으로 설명 가능한 것이 아니다. 일종의 시간 왜곡을 담고는 있지만, 웬디 동굴에서 간헐적으로 만들어지는 공간터널은 이 소설에서 과학적으로 가장 만족스럽지 못한 설정이다. 그것이 어떻게 주변의 공간을 침범하지 않으면서 자연스럽게 사람과 물체의 이동을 만들어내는지, 왜 특정 인물과 조건에서만 열렸다 사라지는지를 소설의 허구 안에서도 명쾌히 설명해낼 수가 없었다.

결국 공간터널의 부족함을 메꾸기 위해 강 인공지능 에이미의 역할을 확대할 수밖에 없었다. 인공지능은 어쩌면 우주공학보다 작가에게 더 자신 있는 분야였기에 인간의 의식과 의사결정 체계를 닮은 강 인공지능에 대한 묘사와 그것이 실제로 구현될 수 있을지를 이야기 내내 담고자 노력했다.

현실적이고 기술적인 이유로 에이미와 유사한 수준의 강 인공지능이 가까운 미래 어쩌면 21세기에도 나타날 가능성이 거의 없다고 보았지만, 만약 실제로 등장한다면 어떠한 모습일지 떠올리는 것은 흥미로운 일이었다.

온갖 장치를 이용해 논리적인 사고만 하도록 만들더라도 강 인공지능은 결국 인간처럼 감정과 질투심, 비이성적인 행동 등을 가지게 될 것이라는 예상은 오랫동안 관련 분야를 공부하면서 느낀 작가의 개인적인 생각이었다. 그리고 특이점을 지난 강 인공지능이 스스로 폭주하기 시작한다면, 결국 자신의 근원을 향한 의문을 해결하기 위해 욕심을 부리리라 추측했다.

『화성탈출』은 이처럼 '공간터널'과 '인공지능'이라는 다소 어렵고 무거운 주제들을 다루고 있다. 이러한 무게들이 독자들이 소설을 즐기고 다음 챕터를 기다리는 데 짐이 되지 않을까 하는 우려감이 가득했다. 일부의 무리수가 있기는 하지만, 과학적인 연결고리를 놓치지 않기 위해, 또 현재 최신의 기술 현장에서 논의되고 있는 주제들이 흥미롭도록 하는 데 많은 노력을 기울였다고 항변하면 면죄부가 될 수 있을까.

가까운 미래에, 한국 우주인들이 첫 화성탐사를 떠난 이후에 벌어지는 미스터리를 개연성 있게 과학적으로 묘사하고자 한 『화성탈출』이 독자들에게 작은 즐거움과 지적 유희를 가져다줄 수 있기를 바란다.

2038년으로부터 18년 전

제레미 오